吱吱 著

花娇

（完结篇）中册

重庆出版集团
重庆出版社

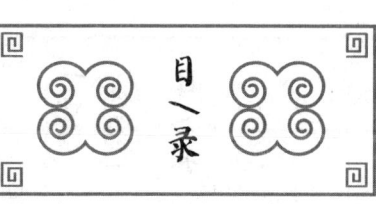

目录

第六十八章　微悟　/001

第六十九章　决心　/014

第七十章　茫然　/027

第七十一章　高兴　/040

第七十二章　失言　/054

第七十三章　脸红　/067

第七十四章　说服　/080

第七十五章　心软　/093

目录

第七十六章 账目 /107

第七十七章 喜帖 /120

第七十八章 重合 /133

第七十九章 除服 /147

第八十章 出阁 /161

第八十一章 新妇 /174

第八十二章 蜜月 /188

第八十三章 骤变 /201

第六十八章　微悟

裴宴大步走到太师椅旁，撩袍坐下。

他觉得自己和平时没有什么两样，青沅却飞快地睃了他一眼。三老爷刚才的动作显得有些急躁，好像故意引人注意似的。三老爷这是想掩饰什么吗？青沅想不明白。

裴宴已道："怎么？把你吵醒了吗？"

这不是显而易见的吗？郁棠在心里嘀咕着，却被裴宴温和的声音吓了一大跳。

她的瞌睡都被吓醒了，看了裴宴一眼，见裴宴神色也很温和，不像口是心非的样子，暗暗惊奇不已，面上却不敢流露半分，翘着嘴角点了点头。

裴宴看着才惊觉得自己好像有点太着急了。反正他晚上在家，郁小姐这里安全得很，明天把陶婆带过来也是可以的。但他来都来了，人也吵醒了，还是把这件事快刀斩乱麻地办了为好，否则以他的性子，今天晚上肯定会睡不着的。

裴宴道："我们现在虽然还没有查出来顾昶是怎么认识你的，但我总觉得这件事不是那么简单，而且还有彭十一和李端的事，不知道什么时候就爆了。我很担心，就向陶家借了个人来。平时呢，你就当她是客人敬着就行，但只要出了这个院子，就一定要把这婆子带在身边——她会武艺，你要是万一遇到什么事了，她还能帮你挡一挡。"

郁棠非常意外。这样的人她只在画本子里见过，而且都是年轻貌美的侠女。如今裴宴却带了个婆子过来，她不由道："既然是婆子，想必年纪不小了。她能行吗？"

"你放心！"裴宴信心百倍地道，"陶大兄做事还是很靠谱的，他既然能把人借给我，肯定是有几分把握的。你只管听我的没错。"

他不提，郁棠都快忘了彭十一和李端。如今裴宴提起来，她虽然觉得梦中的事如今肯定不会重演，却不好驳了裴宴的好意，让他看出端倪来，只好道："您放心，我肯定照您的吩咐行事，出了这个院子就带着那婆子。"

裴宴看她把他的话听进去了，觉得她既然能够窥视天机，那彭十一和李端迟早有一天会像她梦里梦到的那样伤害她，他怎样防范也不过分，直到他能抓到彭十一和李端的把柄,把这两个人给收拾了,郁小姐才算是真正的安全了。

他再三叮嘱了郁棠几遍,这才让人请了陶婆进来。

陶婆穿着件细布靛蓝色素面大褶子,白色的里衣,背挺得笔直,看着干净整洁而又肃穆端庄。

她上前给郁棠行礼,问了好,显得有些沉默。

郁棠既然知道了她是什么人,看她就像看到一个年长的退隐江湖的侠女,对她自然很是客气,让她有什么事可以直接找青沅,就端茶请青沅带着她下去歇了。

裴宴见事情顺利,心中大悦,虎虎生威地又走了。

郁棠叹气。她能感受到裴宴的善意,也很感激他去陶家借人,可如果裴宴能别这么别扭,更坦诚一些就更完美了。这也许就应了那句"天下间没有十全十美的人",这也许就是裴宴的不足之处,是裴宴的缺点。她能怎样?就只能慢慢地适应,想办法接受啰!

郁棠回到屋里,躺在床上好不容易才又睡着。

殷浩则打着哈欠一直等到了裴宴回来。

"你去做什么了?"他担心道,"不会是王七保那里出了什么事吧?"

裴宴下意识地不想告诉殷浩这件事,他有些含糊地道:"这是杭州城,又不是在苏州,王七保能出什么事?我能让王七保在这里出事吗?"

殷浩无语。裴家虽然祖籍临安,却在暗中盘踞着杭州城,是杭州城实际的地头蛇。王七保在杭州,是不可能出事的。殷浩在心里暗忖,难怪裴府人手有些不足。他怀疑裴宴派了一部分人去了王七保那里,既是守护,也是监视。怪不得裴宴总是能比他们更早得到消息。

殷浩就瞪裴宴道:"我这不是怕你出事吗?"

裴宴不以为意地冷冷地"哼"了一声,没有说话。

殷浩看他那样子,不像是有什么事的,想着裴宴也是鬼精鬼精的,只有他算计别人,哪有别人算计他的⋯⋯当然,如果裴宴真被人算计了,他只会拍手称快,看谁有这样的本事,无论如何也要认识认识。

他呵呵地笑着,说起了顾昶的事:"杨三太太觉得可行。我准备明天约了他一起用午膳。你到时候也一道吧,顺便还可以提点他一二。"

裴宴才不想掺和顾昶的事。他斜睨了殷浩一眼,道:"你真的想让我去吗?我在京城的时候,可曾经听人说过,他觉得年轻的士子中,德行品貌能被他推崇的可只有你们家殷明远一个人!你觉得我去,合适吗?"

殷浩嘴角抽了抽。

裴宴作为张英的关门弟子,当年在京城的风头太劲,被很多人明里暗里地羡慕、妒忌。而裴宴这么说,分明是在暗示他,顾昶也是那些羡慕、妒忌他的人之一。这种扒遮羞布的事,裴宴在场只会让顾昶难堪,不要说联姻了,说不定话一出口就结了仇。

殷浩就损他："你不想去就不去好了，为何要拿人家顾朝阳说事？顾朝阳再怎么羡慕、妒忌你，人家现在继续在官场上混着呢！你呢，致仕继承了家业，再厉害，也就只能在你这一亩三分地里厉害，人家有再多的羡慕、妒忌恐怕此时也已经释然了。"

裴宴气得把殷浩赶走了。

殷浩还就真的不敢让他去做这个说客了。

第二天的午时，他请了顾昶在裴宴家的水榭午膳。

裴家的厨子穿着蓝色粗布褐衣，拿着刀，带着一帮徒弟在水榭旁等着，殷浩和顾昶并肩坐在湖边的小马扎上，一人拿着根钓鱼竿在钓鱼。

"还是遐光会享受啊！"殷浩望着荷叶刚冒尖尖角的湖面，感慨道，"瞧瞧这架势，要是我，我也愿意致仕回乡继承家业。难怪周子衿妒忌他妒忌得抓心挠肺的。这家伙，在哪里也不让自己吃亏。"

顾昶笑了笑没有吭声。一个在乡间混吃等死的人，就算从前再惊才绝艳，可时间长了，远离朝堂，影响力渐减，还能拿什么来保护家族利益，有什么好羡慕的？他是不会做这种人的！

殷浩看着，精神一振，开始慢慢地向顾昶透露着殷家的打算："不过，人各有志。我虽然羡慕，可你让我真的像遐光这样放下京中远大的前程回乡，我肯定是不会愿意的……"

那边郁棠和徐小姐正准备出去逛逛。

因为提前从裴宴这里得到了消息，昨天下午杨三太太临时改变行程，去拜访了浙江布政司使秦炜。秦太太对杨三太太的拜访非常惊讶，好在杨三太太是个应酬的高手，很快就让秦太太相信秦家本就是在她的拜访名单上的，对杨三太太一见如故，甚至约了今天下午一起去逛银楼。

徐小姐悄声告诉她："我们不去那里，太拘谨了。我们逛我们自己的，回来的时候大家一起回来就是了。裴家的骡车坐着还挺舒服的，就是走到哪里都被人围观、被人议论不太好。"

郁棠今天只准备做一个好的陪客，她笑着应好，问跟在她身边的陶婆："您还习惯吗？"

陶婆笑着应诺，道："小姐还是叫我陶婆子吧？我在杭州城住了二十几年，旮旯角落就没有我不熟悉的，小姐要去哪里，我可都能帮着带个路。"

郁棠听着眼睛一亮，笑道："那我就不客气了，称您陶婆了。"

陶婆连连点头。

郁棠就说了几间徐小姐想买礼物的百年老字号。陶婆忙告诉她们怎么走。

郁棠雀跃地和徐小姐商量着先去哪里再去哪里，问陶婆杭州城还有些什么不为外人所知道的好东西卖,杨三太太却迟迟没有出门。

半炷香的工夫,徐小姐就忍不住了,让阿福去打听杨三太太那边出了什么事。

不一会儿,阿福就小跑了回来,道:"杨三太太在写信,让两位小姐稍等片刻,她马上就来。"

结果她们又等了两炷香的工夫,杨三太太这才笑盈盈地出来了。她先喊了个小厮去送信,然后才对徐小姐道:"你们都等急了吧?今天我请你们吃杭州城最有名的顶顶糕,怎么样?"

徐小姐立刻忘记了等待时的苦恼,问陶婆:"哪里的最好吃?"

陶婆先看了眼杨三太太,见她神色依旧温和,这才道:"我倒是知道一家,在北关夜市那里。"

杨三太太道:"北关夜市在哪里?听这名字,应该是夜里营生的。白天他们做生意吗?"

陶婆笑道:"他们家是小本买卖,白天卖,晚上也卖,不然哪里赚得到钱!"

几个人说说笑笑地,去了杭州城最大的银楼昌兴号。可等到郁棠晚上回来,就被一个惊天的消息给砸蒙了。

顾昶居然要和殷家联姻了!娶殷明远二叔家的女儿。怎么会这样?那,那孙小姐怎么办?

郁棠觉得她有预知能力后,很多事情都乱了套,她完全看不到未来的路了。

等到徐小姐兴奋地跑过来准备和郁棠八卦这件事的时候,看到她神色快快,还以为郁棠是受了这件事的打击。她忙安慰郁棠:"你想,你们家人丁单薄,你是要招上门女婿的,顾朝阳怎么可能去做上门女婿呢?他既然与你无缘,你就当不认识他好了。"

郁棠啼笑皆非,道:"我对顾大人真的没有什么想法。"

徐小姐不太相信,道:"你看顾大人的眼神,好像对他挺熟悉的。"

郁棠只好道:"那是我认识他妹妹顾小姐的缘故。难道你就没有这样的时候吗?"

徐小姐了然,道:"他乡遇故知?!"

"对!"郁棠笑道,"顾小姐马上就要嫁到我们临安去了。"那就是抬头不见低头见的关系了。

徐小姐点头,表示理解,犹豫着要不要跟郁棠说说殷明远那位小堂妹的事。

偏偏郁棠拉着她来到内室的圆桌旁,亲手斟了杯茶给她,笑盈盈地问她:"你来找我有什么事?不会是你和殷家的这位小姐有什么恩怨吧?"

徐小姐被强行按捺下去的说话欲顿时又被挑了起来。

她跳着脚道:"怎么是我和她有恩怨,明明是她和我有恩怨。你是不知道这个人,你要是认识她,也一样受不了她。现在好了,她要嫁人了,我看她以后还敢不敢看见我就直皱眉头。"

殷小姐嫁了人，徐小姐就是她娘家的嫂子了，她无论如何都应该敬着才是。

郁棠听徐小姐这语气，殷小姐好像对她很不满似的，郁棠就笑道："人家是你的小姑子，你要是不忍着，真的欺负了她，她向殷大人告状，你让殷公子和殷大人怎么办？"

徐小姐听了很是苦恼，道："你不知道，我第一次见她的时候她才七八岁大，就板着个脸，问我是不是她三哥的媳妇儿，还说我话太多，人太吵，喜欢多管闲事，我要是想嫁到她们家去，就得循规蹈矩，妇言妇德什么的缺一不可。我当时气得不行，就说我不会嫁到她们家去的，让她放心。她们家要是退亲，外面有大把的人排着队等着娶我。

"谁知道她听了马上就像个被点燃的炮仗，红着脸揪着我的衣领非要我去给殷明远道歉，还说会把这件事告诉我爹和我娘，让我爹和我娘好生管教我。我怎么知道她人小力气却大，勒得我喉咙痛，我受不了了，就推了她一把。她一下子跌倒在地。

"我身边的婆子立刻就把她扶起来了，还问她有没有哪里不舒服。她自己不说话，直摇头的。不承想她回去之后就被发现胳膊脱了臼……我不仅给她道了歉，还被我爹押着去照顾了她好几天，可她还不依不饶地非要我去我爹面前保证，长大以后一定会嫁给殷明远。"

徐小姐越说声音越小："我也不是故意的。她也是，那么小的年纪，就那么能忍，硬生生地竟是一声也没有吭。"

说来说去，徐小姐还是挺内疚的，要不然也不会记得这样清楚了。何况谁小时候没有做过几件错事呢？

郁棠握了徐小姐的手，轻轻地拍了拍，道："大家现在都长大了，再想起小时候，只会觉得有趣和亲切，我想殷小姐也不是个斤斤计较的，她肯定已经不责怪你了。"

徐小姐可能是说出来后心里好过了一些，长长地叹了口气，道："我从小到大虽然顽皮，却从来没有伤过人，她是唯一被我推得跌倒过的人。她不喜欢我也是应当的。"然后她转移了话题："说起来她和你的情况还有点像。早些年殷明远的二叔父还准备把殷小姐留在家里的，不知道后来为什么又改变了主意。可能是上门女婿真的很不好找吧！不管怎样，她能嫁出去，我还是挺高兴的。至少不用天天见面了。"

郁棠想哄徐小姐高兴，有意打趣她道："人家就算是留在家里，也不会和你天天见面吧！你就别纠结了，她要是留在家里，你就和她相敬如宾好了，如今她要嫁出去了，你对她客客气气的，尽了一个做嫂子的责任就行了。但我觉得不管怎样，他们殷家的姑奶奶这么有名，她不管是出嫁还是不出嫁，恐怕都会管你们家的事的。"

徐小姐就嘟了嘴,道:"所以说殷家的这些姑奶奶……有时候是挺烦的。"

郁棠哈哈大笑。

徐小姐想想也觉得有趣,跟着笑了起来,开始有心情跟郁棠说殷家的八卦:"殷家的几位姑奶奶也都觉得应该把殷明远的这个堂妹留在家里,据说他二叔父也同意了,把殷小姐当成男孩子般养大的,她不仅精通田庄的事,而且还管着铺子。据说有些账房先生都要算半天的账目,到了她的手里,看一眼就清楚了。殷明远觉得有个这样的妹妹,可以省下很多的事。谁知道说变就变。你不知道,我第一次听说杨三太太受了几位姑奶奶的委托在给殷小姐找婆家的时候,惊讶得下巴都快掉下来了。我当时还在想,要是她能在二十岁之前嫁出去,殷家的祖坟得冒青烟了……还好我只是这么想了想,没有说出来。不然今天可就不好收场了。"

徐小姐可真是什么都敢说。郁棠心里的小人儿摸了摸额头的汗。

徐小姐在那里想象:"你说,殷小姐和顾朝阳成亲之后,是会住在杭州的顾家老宅,还是跟着顾朝阳去京城?"

哪个都有可能。郁棠没办法猜测。梦中孙小姐是住在杭州顾家老宅的。

徐小姐就很遗憾地对郁棠道:"殷小姐都有可能会去京城,你却还得待在临安。"她说到这里,又开始天马行空,两眼发亮地道:"要不,我让我娘收你做干女儿吧?这样,你就可以经常来看我了。"

郁棠笑道:"你知不知道从杭州到京城要走多长时间?我就算是做了你娘的干女儿,也不可能经常去看你啊!不过,你放心,我现在还跟着我伯父和堂兄在学管铺子,以后说不定会和我堂兄一起去京城看看的。到时候去打扰你,你可别不认得我了。"

"那可太好了!"徐小姐高兴地道,"我不记得谁也不可能忘记你啊!你可要说话算数,来了京城一定要去找我。"

郁棠笑眯眯地点头。两个人又东扯西拉地说了一大通,徐小姐才告辞。

郁棠原本今天陪着徐小姐等人逛了半天,又是坐着因为要走青石街而很是颠人的骡车回来的,早就很是疲惫,等徐小姐一走,她洗漱一番就倒在了床上。

但她怎么也睡不着,还在想顾昶的事。不知道是谁给顾昶做的媒?顾昶娶了殷小姐应该会比梦中的仕途更顺利吧?如果是这样,她就有点能理解顾昶为何要和殷家结亲了。不过,顾昶要大殷小姐快十岁吧?顾曦要是知道顾昶给她娶了个这样显赫的嫂子,应该会很得意吧!梦中她就常常嫌弃孙小姐家连累了顾昶……

郁棠思来想去,发现自己要是想知道这些事,只有问裴宴最合适。她发现自己有什么事都想找裴宴……裴宴什么时候在她的生活中变得这样重要了?郁棠锁着眉,有点不想承认,又觉得有点难受。以后裴宴娶了妻,她就不好再去找他了吧!就算她坦坦荡荡,裴宴的妻子见别的女子来找裴宴,肯定会不高兴的。她睁着眼睛,望着床顶发着呆,不知不觉间睡着了。

翌日，她是被一阵笑声吵醒的。

郁棠睁开眼睛，发现屋里只有青莲一个人守着，原本应该当值的双桃却不见了踪影。

她不由问："出了什么事吗？"

青莲忙道："顾大人不是要和殷家定亲了吗？顾大人得回家去禀了家中的长辈。今天一早就准备回去了，现在派了小厮在给仆妇们发封红，说是多谢这些日子大家对他的照顾。"

所以双桃去领封红去了？外面才会这样热闹？

郁棠正想着，双桃满心欢喜地走了进来。见郁棠醒了，忙扬了扬手中的封红，道："小姐，我看顾大人挺大方的，不仅帮青莲姑娘讨了几个封红，还帮您也讨了几个。"

双桃不喜欢顾曦，连带着也不太喜欢顾昶。她可能觉得，让顾昶这样破点财，也算是挖了顾曦的墙脚，心里舒服些。只是这样有些不符合裴府的行事做派而已。但双桃回去之后就要准备嫁人了，这样的做法反而更符合市井闾巷的生活。

郁棠不准备拘着双桃，她笑道："顾大人拿了很多的银子打赏吗？"

双桃撇了撇嘴，道："说是抬了一箩筐新钱，我瞧着也没有多少。"至少没有她们过年的时候去给裴老安人拜年的时候赏得多。

裴府的仆妇虽然都一副欢天喜地的模样领着封红道着贺，可那眼里却没有什么笑意，她都能看得出来是敷衍，顾家的人也应该能看得出来吧？

双桃有点幸灾乐祸。

顾昶则很是窝火。裴家得多有钱，这些仆妇居然连他的打赏都无动于衷？他虽然赏得不多，但大小也是几文钱，买个头花、瓜子还是可以的。顾曦嫁到裴家的时候，他得给她准备多少陪嫁才行？顾昶想到了和殷家的亲事。他得准备多少聘礼才算是给了殷家体面？

顾昶脑海里突然闪过孙家那座简陋却干净，透着几分书香气的小宅子来。也许，那才是让他觉得舒适的地方？但这念头也不过是一闪而过，很快就被他压在了心底。他不能像孙皋那样在底层苦苦地挣扎那么多年才好不容易有了个机会拜相入阁。他应该有座像裴宴那样看似俭朴却处处精美的宅子……

顾昶想到这些，不可避免地就想到了郁棠。

殷浩向他提出联姻的时候，他的确是非常惊讶的。他从来没有想过娶一个豪门世家之女为妻。一来是他对外的形象向来是淡泊名利，不求富贵的，二来是怕受妻族连累，在二皇子、三皇子争储的时候被迫站队。

但殷浩的一句话打动了他。殷浩问他："你觉得顾家能支持你做到三品大员吗？"

顾家做不到。他的庶叔父虽然只是个秀才，人情世故却极其练达，这样的人，放在谁家都是个人才，却被他父亲逼着分了宗。他犹豫了，脑海里又闪过郁小姐含笑的面孔，漂亮得让人忍不住也会跟着微笑起来。可这样的才貌，若是在规矩大的人家，是不敢纳她为妾的。太出色了，很容易妻妾相争，祸及子孙。敢纳她为妾的，不是藩王勋贵，就是不顾及内宅争斗的。

顾昶屈服了。说到底，还是因为殷家实力太强悍了。正常情况下，他不可能和殷家联姻，所以才从来没有想过娶豪门世家之女为妻吧？顾昶问自己，苦笑着摇起头来。也许这样是最好的结果。他娶了殷氏女为妻，裴宴纳了郁小姐为妾。也许只有像裴宴那样的人才能任性地想做什么就做什么吧。他致仕在家，也有时间和精力去平衡妻妾之间的关系。

顾昶狠狠地喝了一口茶。说不定这还是件好事。裴宴就没有那么多工夫管外面的闲事了。而他也可以一心一意在仕途上争个高低了。既然决定要娶妻了，就应该好好地经营自己的婚姻，以前不管有什么绮念，都应当成过眼云烟，忘个干净，心无旁骛地对自己的妻子好。夫妻，也是伙伴。你不用心，也是会翻船的。这艘船要是翻了，是会殃及子弟的。没有了传承，那他这一生的挣扎、奋斗又有什么意义？顾昶渴望的，不仅是在青史留名，而且还要在家谱上留下清誉。

顾昶推开窗户，看着外面冉冉升起的朝阳，长长地嘘了口气，觉得自己以后的日子再怎么差，也不会比现在更差了。

他大声叫了高升，道："我们回去吧！"

和殷家的婚事，还得由他父亲出面，他最好修书一封，快马加鞭地送往京城，委婉地向孙皋说明这是父母之命……

至于顾昶说不再羡慕，实则会常常被他拿来作比较的裴宴，则神清气爽地坐在那里一面用着早膳，一面听着四管事禀报："郁小姐买的那些东西，我已经吩咐人送回了临安。账单我们这边也会帮着处理的。之前因为有您的提点，杨三太太改道去拜访了秦夫人，这样一来，她们的返京行程应该会拖个两三天。"说到这里，他略犹豫了一会儿，才道："李大人的车马已经行至金华，不日就要到杭州了，您是等杨三太太等人返京了就回临安呢？还是见过李大人再回临安？"

即将卸任的浙江布政司使秦炜和二太太的娘家哥哥曾经做过国子监的同事，因这点香火缘，裴家又有心相交，在任时对裴家颇为照顾。而即将履新的李光，一直在云贵一带做官，是从县丞一路升上来的。这次他之所以能做浙江布政司使，也是机缘巧合，几方角力之下捡了个漏，裴家和他并没有直接的交情。在这种情况下，若是裴宴能留在这里等李光上任之时捧个场，又有秦炜从中穿针引线，相信李光会很高兴，等闲不会轻易得罪裴家。

谁知道裴宴却不屑地冷哼了一声，道："不用管他。他是靠着剿匪积攒的功劳，和我们家不是一条路上的。"

四管事吓了一大跳。云、贵那边土司多，所谓的剿匪，多半是剿的山寨之中的人。他不由担心地道："既然是这样，那我们是不是更应该……"

裴宴觉得四管事的心态不对，正色对他道："虽有'灭门刺史'之说，可还有句话叫'铁打的衙门流水的官'。"李光若是想玩云贵那一套，江南的士子未必会吃。

四管事知道裴宴是极有见识的，要不然老太爷临终前也不会把裴家托付给裴宴了。他不再说什么，而是全然信任地笑道："那我就去给您准备船了。到时候把郁小姐也带回去。"还帮裴宴解释道："郁小姐是给我们家做陪客的，我们既然请了人家来，也应该平平安安地把人送回去。"

裴宴顿时觉得这个四管事也是个人才，完全可以当个总管事。比胡兴可强多了。裴宴看了四管事一眼。裴家只有三个总管事的位置。若是要提四管事做总管，就得从中撸一个。再怎么看，被撸的也是胡兴。或者是，再增加一个总管事？！增加一个总管事好说，怕就怕以后的宗主有样学样，随随便便就增加总管事，养些吃闲饭的人。最好还是把胡兴给撸了。让别人看看，裴家就是能者多劳，多劳多得。

不过，胡兴带杨御医给郁太太看病，又在老安人面前听差，勤勤恳恳，也还算马马虎虎。要不，让胡兴专门去服侍老安人？可以让胡兴继续领着总管事的月例。这样也算是保留了胡兴的体面，又多提拔了一个人。裴宴越想越觉得可行。只是这件事还得好好想想怎么跟老安人说。

裴宴拿定了主意，面色和悦起来，想着是不是去见见郁棠，还可以趁机和她商量一下回临安的事。只是还没有等他起身，殷浩就过来了。

他已经和顾昶商量好了，快刀斩乱麻，明天顾家的宗主会亲自上门来给顾昶提亲，他想裴宴帮他陪顾家的来客。

裴宴不想掺和顾朝阳的事。他瞪着眼睛道："你有没有弄错？我自己的婚事还没有着落呢，你居然让我给你陪客？我不干！"

殷浩气得半死，道："你说除了你还有谁合适吧？说起来，你也算是顾朝阳的长辈了，人家来你们家提亲，你于理于情也都应该出面招待一下人家吧！"

说到这儿，裴宴的眼睛就瞪得更大了，他道："你们两家联姻，为什么要来我家提亲，在我家请客？是杭州城的好酒楼不够多呢，还是你们谁家缺银子？你和顾朝阳说这件事的时候，你们俩都没有感觉到不对劲吗？"

殷浩道："我这不是悄悄来的杭州城吗？"

裴宴冷笑："掩耳盗铃而已。你还以为大家真的不知道你来了！你就别自欺欺人了。你们定了明天什么时候？我这就去给你们订间酒楼。席面钱，我出了，就当我这个做长辈的给顾朝阳送的定亲贺礼好了。"

殷浩看他那样子，不像开玩笑的，不解道："顾朝阳没有得罪你吧？怎么你说起他来一副势不两立的样子？"

裴宴的确是看见顾昶就心烦，可他这个时候不能当着殷浩表现出来。要不殷浩问他"既然顾朝阳不好，你怎么推荐他做我们殷家的女婿"，最后两家的婚事告吹了，那就麻烦了。

他道："我可不想别人说起孙皋之事的时候，把我也给扯进去——你们在朝为官，以后步步高升，我可只能在临安城守着祖业，当我的乡绅。有的人，你们惹得起，我可惹不起。你就别拖我下水了。"

殷浩恍然，拍胸道："你放心好了，只要你还喊我一声'殷二哥'，我就不会让别人欺负你们裴家。不就是个李光吗？我保证他不敢动你们家一根草。"

裴宴当然不会是真的怕了李光。只要他二哥起复，裴家在朝堂就又有了说话的人。他不过是找个借口不想帮衬顾昶，即便是无关紧要的一些小事，他也不愿意。所以殷浩的话说得再感人，也不可能打动他。

他没理会殷浩，径直叫来了四管事，让他去杭州城最好的酒楼定最好的席面，并道："你把事情办妥了，记得跟顾家说一声。"

四管事闻言眼底闪过一丝担忧，这才低声应诺，退了下去。

殷浩想阻止都来不及。裴宴就拍了殷浩的肩膀，颇有些长辈教训晚辈的模样，语重心长地道："你要是不相信我，你去问问杨三太太好了。看是我做得对，还是你做得对。"

殷浩听了这话，立刻就蔫了。他从小娇生惯养，又万事都有姑姑、姐姐们帮忙打理，他虽是殷家的宗主，却不擅长处理这些关系。

裴宴还不放过他，继续道："你要是还信不过，就去问陶大老爷好了。他总不会骗你吧？"

殷浩已经完全不想去问谁了，他直接认命地道："那行。我去跟我姑母说一声。若是那边请了媒人过来，肯定得我姑姑出面。"

裴宴道："只要不在我家就行。"

殷浩无奈摇头，去了杨三太太那里。

杨三太太知道这件事后笑道："我还在想你明天和顾家见面的事，总觉得有什么地方不妥当的。裴遐光这么一闹，还真是这个道理——我们两家说亲，按理是要祭拜祖先，让祖先知道的。这里到底是裴家的宅第，我们怎么好在裴家的宅第里祭拜自家的祖先呢？我看裴遐光这件事做得对，我们不仅不能在这里接待顾家的人，最好也别在裴家过礼。我看我们不如买个宅子好了。等阿芷出阁，还可以作为她的陪嫁，以后我们来杭州城，还可以有个落脚的地方。"

殷浩眼睛一亮，击掌称"好"，立刻让人去请了四管事，让他去帮着买个宅子："大小都不拘，地段要好，出行要方便。最好离你们这里比较近，以后也好有个照应。"

四管事没有多想，跟裴宴禀了一声，差人叫了相熟的牙人过来，帮着殷家操持起来。

裴宴没有心思去关注殷浩都做了些什么，反正他的话吩咐下去了，下面的人就会照着他的话去做，至于殷浩怎么做，那就是殷浩的事了。他现在坐在郁棠住的院子的厅堂里，一面喝着茶，一面和郁棠说着顾家和殷家联姻的事。

"你应该已经知道了吧，"他说着，拎起盖碗轻轻地拂了拂水面上的浮叶，"顾家明天就应该会派人来和殷家商量婚事了。可笑顾朝阳还准备在我们家过礼。我已经跟殷二哥说了，我出钱出人都可以，到我们家过礼是不行的。让我们家的祖宗怎么想啊？我看殷二哥是忙得糊涂了，连孰轻孰重都分不清楚了。"

郁棠只是笑盈盈地坐在那里听着，并不搭话。她隐隐觉得裴宴好像对这件事挺得意的。可这是顾昶定亲，他得意个什么劲？她有些想不通，也不能明白裴宴的心情，干脆沉默好了。

裴宴就有点郁闷。从前都是郁棠说话他听的，他不过就说错了一句话，何况他已经道过歉了，她却对他一直不冷不热的。这气性也太大了一点吧？不过，等她回到临安，看到满屋子的礼物，应该就不会生气了吧！

想到这里，裴宴又打起了精神，道："你这两天身边有没有发生什么奇怪的事？"

郁棠摇头。

裴宴就有些困惑地喃喃自语道："不应该啊！我把彭十一赶出临安之后，他明着什么也没有说，却非常气愤，还'失手'打死了身边的一个小厮。李端还在京城没有任何的动静……这两个人到底是什么时候认识的？又是怎么勾搭到一起的？"

郁棠低下头，轻声道："也许是我记错了！我如今再想起那个梦，总觉得十分荒唐。老人家们也说，日有所思，夜有所梦。我或许是乍看到彭十一被吓了一大跳，生出许多的臆想来呢？"

这个时候，反而是裴宴不相信了。他道："若是臆想，也未免太厉害了。"

郁棠这才深切地感受到人真的不能说假话，不然你会在这条路上越走越远，最后找不到方向的。她只得道："只有千日做贼的，没有千日防贼的。有些事，还是听天由命吧！"

裴宴不满地看了郁棠一眼。这小丫头，怎么回事？这几次见她总是有气无力的，说出来的话也很沮丧。看来陶清说得有道理，他的道歉她根本就没有意识到。还是应该更明显一点。

裴宴不禁暗暗为自己喝彩。还好他机智，派人跟着郁棠，凡是她看上眼的东西都给买了送回了临安。她看到那些东西应该就能明白他的用意了。说不定高兴起来，还会跑来向他道谢。

裴宴想着，脑海里浮现出郁棠雀跃的表情，眉头自然而然地舒展开来。

他决定大度地原谅郁棠，并给她打气道："你说的话有道理。不过，我们若是明明知道谁是贼还放过他，未免太便宜那些做贼的了。你且放心，这两个人，我肯定会收拾他们的。你只管按我的安排来，保管你平平安安，什么事都没有。"

这个郁棠相信。可她却能感受到裴宴一时阴一时雨的心情，又不知道发生了什么事，心里有些打鼓，只得道："有您护着，我肯定会没事的。"

裴宴非常满意地"嗯"了一声，觉得自己应该和郁棠继续说说顾昶的婚事，又有点担心自己在背后议论别人不太好。可他以前又什么时候顾及过谁的喜好呢？他到现在也没有意识到自己的异样，反而犹豫了片刻，最后决定春秋笔法地说说顾昶就好。

"顾昶现在的处境还是颇为艰难的，和殷家联姻，于他仕途上有好处。"他微微笑道，"不过，之前他的恩师孙皋一直想把女儿嫁给他，他模棱两可，始终没有给孙家一个明确的答复。孙家毕竟是嫁女儿，怎么着也要矜持一些，加上孙皋这个人又有些刚愎自用，觉得顾家在这种情况下不可能再娶别家的女儿，而顾家之所以一直没去提亲，可能与顾昶那个不着调的父亲有关。没想到孙皋的做法却给顾昶提了个醒，顾昶这次和殷家定亲，就打着长辈的旗号，借'父母之命不可违'做了托辞。孙皋这回吃了个闷亏，恐怕要提前和顾昶反目了。

"殷浩还专门为这个来找我，问我有没有什么办法能帮帮顾昶。

"我想着我们两家毕竟是姻亲，还给殷浩出主意，孙皋的怒火是不可避免的。而且之前顾昶并没有明确地拒绝孙家，京城里才会有风声传出来。如果这个时候顾昶不受点委屈，甚至不受点羞辱，别人是不会同情顾昶的。那顾昶忘恩负义的名声就算是贴在身上了。

"只有让大家看到孙皋的霸道，才能理解顾昶的苦楚嘛！"

郁棠觉得这种事她不懂。不懂裴宴为什么要告诉她这些，也不懂顾昶为什么要把自己的婚姻当筹码，更不懂他们这样汲汲营营的有什么意思。她只可怜孙小姐。不知道这辈子会嫁给个怎样的人，丈夫会不会对她忠心耿耿，郁棠只是点了点头。

裴宴在心里"啧"了一声。怎么这个小姑娘还真哄不好了。他在心里叹气，这时候有点念徐小姐的好了——徐小姐要是在这里，还能有个人在旁边递话，小姑娘应该就没有这么丧气了。不过，殷、顾两家马上要定亲了，最忙的应该是杨三太太。徐小姐作为未来的殷家媳妇，徐家又和殷家是姻亲，杨三太太人生地不熟的，估计会把徐小姐拉着做帮手，徐小姐多半没空理会他家小姑娘了。

念头一闪而过。裴宴表情微僵。他家……嗯……的小姑娘……的确是这样没错吧？是他一直想护着的人。但说是他家的小姑娘……好像还有点耳热……也有点名不正言不顺的。

裴宴就颇有些不自在地轻轻咳了一声，把这些他觉得乱七八糟的东西都压在了心底，有些迫不及待地说起了徐小姐："她这几天肯定很忙。你要是觉得无聊，我让青沅陪你去凤凰山那边的宅子住住如何？那边远离闹市，有大片大片的树林，青山翠嶂，非常适合夏天去住……"

郁棠再回避，也感觉到了裴宴的善意。但她是过来陪徐小姐的，怎么能因为徐小姐太忙，她就丢下徐小姐一个人跑去凤凰山他的宅子里去玩呢？

她不由得望了裴宴一眼，道："徐小姐跟我说过这件事了，她邀了我跟她一起去给杨三太太搭把手。"

徐小姐的原话是说这个机会难得，知道了像殷、顾这样的人家是怎么办喜事的，以后郁棠再遇到家族中有什么喜事，她就知道该怎么做了。郁棠以后是要当家的，处理人际关系，红白喜事的能力是衡量你是否合格的重要因素之一。

裴宴一听就反对。他道："他们要是没有人手，为什么不来找我借人？要把你拉去做苦力？"他都没舍得用的人，凭什么让别人呼来喝去的。裴宴只是那么一想，心里就像浇了油的火，烧得呼呼的，止不住地冒烟。

"不去！"他强势地道，"我看她是指使殷明远指使惯了，逮住谁用都觉得理所当然。你等会儿就去跟她说，不，让青沅去。就说天气越来越热了，他们的事你又帮不上什么忙，你等会儿就要去凤凰山那边小住几天。等他们这边忙完了再搬回来！"

郁棠怎么会答应？

她见裴宴气得一张脸绷得紧紧的，都要结冰了，知道他这是气狠了。但她又想不通他为什么会气成这样。况且徐小姐是为了她好，她也的确想好好看看这些大户人家都是怎么过礼的，为什么要这么过礼，以后她就可以试着接手家中的这些事务了。

她都想好了，就拿明年她小侄子的周岁礼练手，还想好怎么说服家中的长辈了。裴宴又突然跑出来插了一杠子，还是完全没有道理地插了一杠子。郁棠还想，如果裴宴只是对徐小姐不满，她应该从中调和一下才是。

她因此有些不解地道："人家徐小姐也是好意，你这么生气做什么？"

裴宴一下子被问到了。

他为什么这么生气？他不是不希望别人给她脸色看吗？他为什么不希望别人给她脸色看？是因为他都没有这样对待过她吗？他也没有这样对待他的小侄女。可他也没有因为他的小侄女受了什么委屈而被气得暴跳如雷。

裴宴的心开始怦怦乱跳。他感觉到了自己对郁棠的态度跟对别人是非常不同。容忍她狐假虎威，容忍胡说八道，容忍她张牙舞爪……就这样，他还会怕她被别人欺负了。看她向鲁信追画的劲头，她是那种被人欺负了不还手的人吗？他却怕她被顾曦欺负！他猝然间心乱如麻，脑袋里嗡嗡嗡不知道在想些什么，全身僵硬地呆在那里，面如锅底。

郁棠看着有些忐忑。她不会是又捅了马蜂窝吧？裴宴这个人真不好伺候，你就不知道什么时候会戳中他的痛处，什么时候会惹了他发笑。不知道徐小姐她们什么时候返京，她有点想家，想早点回去了。

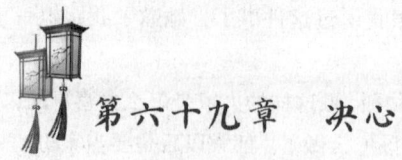

第六十九章 决心

心念一起,郁棠的心情就更低落了。

她给裴宴续了杯茶,低声道:"徐小姐邀得诚心,她们那边又的确没有什么人手,我也答应了,凤凰山我就不去了。"

这就是委婉地拒绝裴宴的提议了。

如果放在平时,裴宴肯定会心生不悦,然后想办法让郁棠按着他说的去做,可现在,他好像突然发现了自己平时隐藏在心底的情愫,特别对象还是个他一直当成晚辈的小姑娘……亏他之前还一直觉得自己堂堂正正,清清白白,就算是身份再显赫,他也只是个第一次遇到这种情况的年轻人,怎么可能不恐慌?

他哪里还听得清楚郁棠到底说了些什么?裴宴只想回到自己屋里,好好地想想这件事。他到底是一时想岔了,还是早已暗生爱恋而不自知……

"这件事我们以后再说。"裴宴急匆匆地站了起来,语气含糊不清地道,"我先回去了,你别出府,让陶婆和青沅陪着你。"

郁棠就算是对裴宴有再多的看法,可裴宴对她的庇护她却是能感受到的。她素来不知道怎样拒绝别人的好意。郁棠点了点头,想着若是徐小姐今天为着顾殷两家联姻之事要出府,她推了就是,结果等她一抬眼,就发现裴宴已经逃也似的快步走出了厅堂。

他这是怎么了?郁棠有些担心。刚才他的脸色就有点不好。难道是遇到了什么不好的事?

郁棠胡乱猜着,想着杨三太太和徐小姐平时对她颇为照顾,既然她们那边很忙,她不如早点过去搭把手好了。

她重新换了件衣服,就带着青沅准备出门。可走到了门口,她又想起了裴宴的叮嘱,转身叫上陶婆,这才去了杨三太太她们住的地方。

杨三太太正在口述给顾家的还礼,徐小姐坐在旁边的书案边写着礼单。

见郁棠进来了,两人不约而同地停下了手中事,笑着招呼她过去坐。阿福则眼疾手快地给她端了个绣墩过来。

郁棠道了谢,坐下来后等小丫鬟上了茶点,笑盈盈地问杨三太太和徐小姐:"有什么我能帮得上忙的?只管吩咐!"

杨三太太快言快语,笑道:"说吩咐就太客气了,你能来帮我们搭把手,我们已经很感激了。"随后也没有和她客气,道:"原本准备在这边过礼,就想请你帮我们看着点来往的仆妇。现在我们虽然决定到新买的宅子里去过礼，但新买来的仆妇还来不及学规矩，帮忙的人手恐怕还得从裴家这边借，我写了个单子，你看看。到时候依旧请你带着青沉帮我们看着点那些仆妇。"

郁棠接过单子，看着上面写了茶酒房需要几个人，灶上需要几个人，筵席内外各需要多少人……林林总总的，大约要借百来人。

她暗中咋舌，道："新宅子有多大？"

"还不知道呢！"杨三太太笑道，"四管事帮着去找了。不过，按照两个或是三个人服侍一个的比例，我还算得有点少。"

徐小姐也在旁边道："这也是没有办法。我看这边宅子里的人也不多，只能先这么将就了。"

三个人说着话，郁棠很快没有心思去想裴宴了。

而回到自己屋里的裴宴，盘腿呆坐在禅椅上，沉着个脸，不吭声。他身边服侍的人都吓得战战兢兢的，不知道发生了什么事。还有机灵的小厮跑去给四管事报信。

四管事吓了一大跳，也顾不上找牙人了，一路小跑了过来。

阿茶正守在门外抓耳挠腮，见四管事过来，他像看见了救星似的跑了过去，语带哽咽地低声道："四管事，您快想想办法吧！三老爷把我们都赶了出来，一个人待在屋里，半晌都没有人进去服侍了。您看，我们还没有来得及送茶点呢！"

四管事肃然地望了眼跟着阿茶身后捧着托盘的小厮，小厮畏缩地低下了头。

因为三老爷平时不怎么住在这边，这边宅子里的人就是想巴结三老爷也没有机会。他是四管事来后提携到三老爷身边的，他们全家都还盼着他能出人头地呢！

四管事沉声道："三老爷之前去见了谁？"

阿茶道："郁小姐。"

"两人……"四管事目光深沉地看了阿茶一眼。

阿茶却一无所察，道："我们也不知道两个人都说了些什么。三老爷没有让我跟着。我只知道三老爷去的时候高高兴兴的，出来的时候就板着脸了，回屋后坐下来一句话没说，就把我们都赶了出来……"

也就是说，事情出在郁小姐那里了。这个时候四管事发现没在郁小姐那里安排个管事的嬷嬷非常失策。只是这会儿再安排也来不及了。

他想了想，招了自己的心腹，给了两块碎银子，让他想办法去见见双桃："打听清楚三老爷和郁小姐都说了些什么。"

心腹飞奔而去。四管事只能守在门外。

夏初的太阳渐渐升至半空中，四管事的心腹抹着汗来报："双桃跟着郁小姐去了杨三太太那里，当时在郁小姐和三老爷跟前当值的是青莲。"

那也就是说什么也不会打听到了！

四管事心急如焚，却只能等着。

那边牙人带着裴家的小管事看了几座宅子，小管事觉得各有优缺点，暗自在心里排了个序，准备回去禀了四管事，下午就带着殷浩过来看，把宅子的事决定下来。谁知道殷浩却是个急性子，等了一会儿就不耐烦了，亲自跑去找四管事，就正好和来回信的小管事碰了个正着。

殷浩见四管事自己压根就没有去，顿时气得不行，一言不发就来找裴宴。众人可不就在裴宴的门前遇到了。

殷浩愕然，问四管事："你们这是怎么了？"

四管事正不知所措，见到殷浩，立刻目露期盼，把事情的经过告诉了殷浩，当然，关于裴宴去见过郁棠的事他给瞒了下来，最后他担心地问殷浩："是不是王公公那边出了什么事？"

在四管事看来，只有这样的事才可能让裴宴喜怒形于色，至于郁棠，有可能会，但这次更像是个巧合。

殷浩对四管事的判断嗤之以鼻。他道："你们家三老爷连张老大人都是想怼就怼，他会怕个王七保？"

殷浩把事情的经过又仔细地问了一遍，没有发现什么异样，又把这几天的事撸了一遍，也没有发现什么值得让裴宴为难的事，他这才对四管事道："我去看看！"

四管事感激涕零，把殷浩送到了门前。

殷浩没有客气，径直推门而入，就看见裴宴像老僧入定似的，闭着眼睛，木然的神色间诡异地透露着些许沮丧，盘坐在禅椅上，听到动静眼角眉梢连动都没有动一下。

这个裴遐光！上次见他这样还是裴家老大暴毙的时候。他这次是遇到什么大事了？

殷浩大咧咧地拉了把太师椅坐到了裴宴的对面，道："好了，这里也没有别人，你想说什么就说吧！"

裴宴连眼睛也没有睁，有气无力地道："我什么也不想说，你也别问了。我想一个人待着。"

殷浩"喂"了一声，道："你以为我想和你待着啊！我这不是没办法了吗？你们家上上下下几百号人都在外面等着呢，我想干点什么事都没有人理会。要不然我来看你的脸色啊！"

"不就是顾昶那点破事吗？"裴宴睁开眼睛，看殷浩的眼神充满了鄙视，道，"要是他连顾家的那些破破烂烂都搞不定，这样的女婿不要也罢！"

殷浩被气得笑了起来，道："这门亲事不是你力推的吗？"

"难道我们家就不是受害者？"裴宴开始刺人，"他妹妹过些日子就要嫁进我们家了。你家能摊上的事，我们家一样会摊上。何况你们家现在悔婚还来得及，不像我们家那蠢货，一头扎进去了出不来，还以为自己捡了个宝贝疙瘩。"

殷浩都不知道说什么了。

裴宴却依旧心里不痛快，想继续嘲笑顾昶几句，又突然觉得没什么意思。

虽然现在还不知道在梦中郁棠是怎么认识顾昶的，但顾昶肯定对郁棠有过想法，否则顾昶也不可能那样热情地和郁棠说话了。

说不定顾昶就是求而不得，对郁棠起了歪念，郁棠才会梦见他的。

裴宴带着几分恶意地猜测。

难怪他看着顾昶和郁棠说话的样子心里特别不舒服了。

说起来，他和郁棠有罅隙，都是顾昶引起来的——如果他不是对郁棠那么热情，自己也就不会心里不舒服，也不会在自己都不知道的情况下讽刺郁棠了，郁棠也就不会觉得受了委屈，和自己生气了。

也算顾昶识相，答应了殷家的婚事，要不然……要不然怎样？他还能和顾昶打一架不成？！想到这里，他有点坐不住了。

郁棠不会是知道顾昶对她的那点小心思了吧！那她心情低落到底是因为自己惹她生气了呢，还是因为顾昶攀高枝和殷家定亲了呢？不行！他得去问问。

裴宴明明知道殷浩在这里，他应该忍一忍，完全可以把殷浩丢给四管事，等他去忙买宅子的事之后再去郁棠那里，可他却连几息的工夫都等不了，非要这个时候问个明白才行。

裴宴趿了鞋就要往外走，被殷浩一把拽住，道："你这是什么意思？我来了你就走，我走了你是不是又回来了？我没得罪你吧？你怎么像吃了炮仗似的？"

裴宴压根不想理睬殷浩，可殷浩拽得特别紧，他要想挣脱还得用点力气，不免推推搡搡的不雅观，他索性停下脚步，道："来劝导我的人是你，拉着我不让出门的也是你，你到底要怎样？难道非要我说我心里不痛快，你就舒服了？可我就算是说了我心里不痛快，你能帮我解决吗？要是你能帮我解决，来，来，来，我说给你听听好了。"

一时间殷浩还真不太敢听——要是裴宴说他想把王七保永远"留"在杭州城，他是帮忙还是不帮忙呢？

殷浩嘿嘿地笑。

裴宴这次轻轻一甩就挣脱了殷浩的手，大步出了厅堂。

四管事等人不知道屋里发生了什么事，见裴宴出来，一股脑地都拥了上去。

裴宴一记刀眼。众人又都很自觉地低头，站在了原地。

等到殷浩赶出来，只看见了满院子的"木头桩子"。

裴宴心情烦躁地去了郁棠住的院子，见到只有几个小丫鬟在那里擦着窗棂，这才想起郁棠去了杨三太太那里。可这一耽搁，却让他犹豫起来。

上次只不过是问了问顾昶是怎么认识她的，她就气得不理他，说起话来还阴阳怪气的，这次要是去问她是不是为了顾昶的事伤心……感觉她会把自己给打出来。

要不，还是等一等？！裴宴站在那里举棋不定。

得了信的青莲已带着几个小丫鬟走了出来。"三老爷！"她们屈膝给裴宴行礼。

裴宴点了点头，没有吭声。

青莲几个既不敢多问，也不敢走。大家就僵硬地站在那里。

裴宴越想越觉得自己来得有点冲动。万一郁棠真的为这件事伤心，他这么一问，岂不是往她胸口上捅刀子？他虽然不是个体贴的人，但也不是那不知晓轻重的。要不，这件事就当你知我知，就这么算了？！

裴宴又觉得自己咽不下这口气。那顾昶还没有自己对郁棠好，郁棠凭什么那么在意他？裴宴想到这里，心里突然一亮。是啊！他又是哪只眼睛看到郁棠对顾昶好，在意顾昶的？完全是他在自说自话嘛！这么一想，裴宴突然觉得自己当初真的有点对不起郁棠——他怀疑的不是郁棠和顾昶的关系，而是在怀疑郁棠的人品。

裴宴有些尴尬地笑了笑，暗暗庆幸还好他心不在焉，直接走到了郁棠住的地方，这要是和郁棠碰了个正着，两人之间岂不是又要起些无谓的争执？

他长长地叹了口气，觉得自己这半天像是掉了魂似的，就没有哪件事是做得对的。

裴宴去了郁棠屋后的小溪，坐在小溪旁的凉亭里发呆。

他是什么时候喜欢上郁棠的呢？是第一次见面时心生遗憾的"卿本佳人，奈何做贼"，还是之后的一连串偶遇？具体的，他已经记不清楚了。好像她在他身边已经很久了。久到他对她的出现已经习以为常，对她的庇护也已经习惯成自然了。如果不是顾昶的出现，如果不是顾昶没能掩饰住的倾慕，他可能还发现不了自己对小丫头的在意。但这种在意是喜欢吗？这种喜欢能让他们白头偕老吗？他之所以从来没有考虑过娶郁棠为妻，不就是因为他目睹了师兄费质文的婚姻吗？

裴宴的心情又开始低落起来。他很想找费师兄说说话。但这里离京城太远了，恐怕他就算是快马加鞭到了京城，见到费师兄也早已失去诉说的欲望了。

裴宴在凉亭里来来回回地走着，如困在牢笼里的猛兽，不知道什么时候就会压制不住心里的戾气，咆哮着扑出来伤人。

来找他的陶清远远地看到这一幕，顿时心惊胆战，悄声问四管事："他这个样子有多长时间了？殷大人呢？不是说他住在这边吗？怎么也没有劝劝你们家三老爷？"

裴宴是他们几个里面年纪最小的。裴老太爷在世的时候为人宽厚，乐于助人，陶家和殷家都得过他老人家的帮助，特别是陶清，如果没有当年裴老太爷暗中送来的一笔银子，他多半就带着寡母幼弟远走他乡去谋生了，也就没有了之后的陶大老爷和陶大人。

他们对裴宴的感觉也就比较复杂，辈分上是弟弟，情感上却更像子侄。

四管事暗中叫苦不迭,却不敢流露半分,还得恭敬地道:"顾家和殷家要联姻了,这事定得有点急,殷大人那边也是忙得团团转。刚才过来看了看我们家三老爷,三老爷什么也不愿意说,殷大人也没有办法。这不,您来之前才刚刚被杨三太太派人来叫了过去,说是定亲宴想请秦大人和邓大人他们,把殷大人请去写请帖了。"

像秦炜、邓学松这样的官吏,殷家和顾家定亲下了请帖肯定会来,但若是殷浩亲自去请或是亲自写了帖子让人送去,意义又不同。

陶清对这些事门清,也不好责怪殷浩,打发了四管事,直接走了过去。

"遐光,"他直呼裴宴,"天下没有什么过不去的坎。你先坐下来,有什么事我们一起商量。要是还不行,我这就让人去请了你二哥过来。"

以陶清对裴宴的了解,能让他这样苦恼的事肯定不是外面的交际应酬或是家族危机。裴宴好像天生就非常擅长处理这方面的事,而且他喜欢处理这些事,不仅不以为苦,还当成乐趣。能让裴宴这样的,只能是家人或是亲眷之间的背叛或矛盾。裴宣过来未必能解决,但至少可以安慰裴宴,让他知道,自己的同胞兄长始终是站在他这一边的。

裴宴闻言果然没有刚才那么烦躁了。他皱着眉坐在凉亭的美人椅上,奉了四管事之命过来服侍的阿茶一路跑了过来,气喘吁吁地指使着小厮们摆了坐垫,奉了茶点,这才退出了凉亭。

陶清就指了大红色团花锦垫对裴宴道:"虽是初夏了,也不可大意,坐到坐垫上说话。"

他们都信奉的是老庄之道,讲究修身养性,裴宴也有点想找个人说说话,没有排斥陶清的安排,坐在了旁边的坐垫上。

陶清心中微安,亲自递了杯茶过去,温声道:"喝杯茶,解解乏。"

裴宴也没有拒绝。

陶清这才坐了下来,道:"你想不想和我说说话?若是不想,我就在这里陪你坐坐。"

裴宴盯着手中的茶盅没有吭声,半晌才闷声道:"大兄,你知道我费师兄的事吗?"

吏部侍郎费质文?!那个在张英致仕之后接手了张英在吏部人脉和势力的费质文?!陶清不可能不知道。这次陶安角逐江西巡抚,他也是一个重要的人。但他做事向来老到,闻言道:"你说的是哪方面的?我和他私下没有打过交道,只是因为阿安一起吃过两次饭。"

裴宴没有抬头,轻声道:"他是桐乡费家的子弟,因为从小书读得好,年轻的时候也颇为桀骜不驯。他从小定过一次亲,还没有正式下定对方就夭逝了。后来他到了适婚的年纪,看上了他们田庄旁一户乡绅的女儿,就想方设法地娶了过来……"

说到这里，他停了下来。

陶清听到过一点费质文的事，加上他自己的阅历，见裴宴一副不知道说什么好的样子，再联想到裴宴那天半夜突然的来访，他不由猜测道："是不是，他们后来过得不太好？"

裴宴点头，含含糊糊地道："费夫人嫁进来后不管哪方面都非常不适应，费师兄就把她带去了京城……她也没有办法适应京城的气候……费师兄只好又把她送回了桐乡，让她单独住在了别庄，请了她娘家的人来陪她……"说到这里，他如同难以启齿般地停了下来。

陶清知道，接下来才是关键。他不禁屏声静气，低声道："你放心，我谁也不会说的。跟阿安也不会说的。"

裴宴还是迟疑了好一会儿，这才道："后来那女子与庄子上的庄头好上了，自请下堂……"

陶清脑袋"嗡"的一下。他只知道费质文没有孩子，也没有纳妾，还以为费质文对夫人一往情深，没想到……陶清喉咙发紧，说不出话来。

裴宴抬起头来，目光平静却带着几分死寂，轻声道："大兄，我从来没有想过找江南世家之外的女子为妻……我不知道……"不知道他能不能和那个人走下去，也不知道那个人是不是知道他的心意，愿意和他一起走下去。他怕他剃头担子一头热，更怕他把一个无辜的女子拖下水。

陶清头皮发麻。这种感情的事，怎么劝都是错。何况像裴宴这样非常有主见的人。说不定他早就打定了主意，只不过是想让人赞同他的观念，来证明他没有错得那样离谱，以此为借口，自我安抚而已。但他又不能不发表意见。他怕万一有个什么不好的结果，裴宴会把这错全都归结到自己身上去，再也没有办法从泥沼里爬出来。像费质文，没有子嗣，也不纳妾，从来不进茶楼酒肆，据说活得比僧人还自律……

陶清脑袋飞快地转着，还不敢让裴宴看出来，紧张得手都紧紧地攥成了拳。

"感情的事，谁也说不清楚，每个人的情况又不一样。"他模棱两可地道，"你得跟我说说你是怎么想的，我才好帮你出主意啊！"

裴宴是个从小就知道自己要什么的人。他当然知道自己想要什么！可正是因为知道，他才不知道该如何说出口。

陶清见他半晌不吭声，心里也猜到几分。裴宴如果只是想纳那位郁小姐为妾，就不会考虑这么多。正是因为裴宴是打算娶那位郁小姐为妻，所以才会患得患失，一时拿不定主意的。这也符合裴宴一贯以来的行事做派。那他就得从娶妻的角度和裴宴讨论这件事的可行性。

陶清想了想，道："老安人对你的婚事可有什么安排？"

做父母的，怎么可能不对孩子的婚姻有期待。可裴宴若是个活在父母期待中的孩子，他就不会这样任性了，也不会在这件事上这样犹豫。

他道："所以我才担心她是否愿意和我一路走下去。"

不被父母祝福的婚姻，他的压力可能比郁棠更大——郁棠受了委屈可以找他诉说，找他抱怨，找他解决，他又能对谁说呢？就怕像费质文那样，他在那里殚精竭虑地想办法，对方却早已萌生去意。我在你心里，不是顶天立地能庇护你的人，这样的不信任，比什么都要伤人。裴宴轻轻地叹了口气。

陶清仔细地回忆着关于郁小姐的一切。可他和郁小姐实在是没什么接触，郁小姐给他的印象除了漂亮，一双眼睛特别有神而灵动之外，没有更多的记忆了。

或者，劝裴宴放弃？！这个念头在陶清的脑海里一闪而过就被他否决了。他有几年没有接触裴宴了，裴家老太爷又走得突然。裴宴虽然接手裴家做了宗主，可他的性子却还像从前那样的叛逆，你说东他偏要往西。那他要是觉得这门亲事不妥当，估计裴宴会更坚持了。

陶清忙试探般地道："人和人都是不同的。郁小姐未必就和费大人家的夫人一样，你也别杞人忧天，太过担心了。"

裴宴微微颔首。

陶清看着，在心里暗暗摇了摇头。裴宴分明是已经打定了主意，和他说这些，十之八九只是为了倾诉一番罢了。他这个时候就更不敢惹裴宴不快了。

陶清斟酌着道："但郁小姐是怎样的人，我们也不知道。郁小姐不是陪着徐小姐在杭州城吗？要不，你试着了解一下郁小姐？这样你以后做什么事也有个准备，总归保险一点。"

他嘴里这么说，心里对郁棠则十分抱歉。这样等同于是怂恿裴宴私下里去接触郁棠，但两相比较，他自然更维护裴宴，只好对不起郁小姐了。

谁知道裴宴听着却眼睛一亮，脸色顿时阴转晴，高兴地对陶清道："大兄，找您说这些果然是对的。我怎么没有想到？正式请媒人去提亲之前，我应该问问郁小姐的意思。她性格坚韧，为人又聪明伶俐，机智有谋，她若是答应了，肯定能同我一起走下去的。"

说到这里，他激动起来，腾地起身，开始在凉亭里走来走去。一面走还一面道："大兄说得对。人和人是不同的。费家的事我也不是很了解，是费师兄喝醉了之后和我絮叨的，我也只是听了个只言片语。郁小姐不一样！她不仅敢说还敢干。我现在主要是得让她同意。不过，我怎么才能让她同意呢？"

裴宴的话听得陶清一阵头痛。可他又有什么办法？这是他给出的主意。万一⋯⋯不是裴宴找他的麻烦，就会是老安人找他的麻烦。反正他是撇不清，跑不掉的。那就不如帮裴宴成功好了。至少没有把两个人都得罪了。

他有些破罐子破摔，道："这就和我们做生意一样，只要利益一致了，那就肯定能谈到一块儿去。"

利益一致！裴宴不喜欢这种说法。

陶清觉得头更痛了。他道："我打个比方好了。像阿安的婚事，我就想找个能在仕途上帮他，却又不能反客为主地让阿安事事都以他们家为尊的。所以阿安的媳妇是我们那里一户近两代才开始有功名的大户人家的女儿，这样大家既能彼此帮衬，又能彼此守护。阿安的妻族也是这么想的，希望找个家里有底蕴的女婿，我们两家的利益就是一致的。这门亲事就是门好亲事。"

那也不应该说"利益一致"，说"目标一致"不行吗？裴宴依旧不满意，只是陶清已经开始问郁家的事，他没有心思，也没有时间去更正陶清了："郁小姐家里还有些什么人？他父亲为人如何？和周围邻居相处得好吗？"林林总总，问了一大堆。

裴宴就把郁棠家里的事简单地跟陶清说了说。

陶清就道："你看，郁家若是非要招女婿上门，你就是千好万好，人家也不会同意的，你就得把这件事先给解决好。至于郁小姐，她若是想嫁个懂经营的，好替她家里掌管门户，你就没有机会了。可她若是想嫁个读书人，你肯定就是最好的人选。"说着，他看裴宴满脸的肃然，好像把这件事当成了一件能改天换日的大事般。他明明知道裴宴不喜欢"利益一致"这个说法，还是忍不住打趣裴宴："这难道不是'利益一致'？所以说，无论什么事，都要找对方法。方法对了，一准能行。你就放心好了。"

裴宴连连点头，心里快速地计算着。

郁文那边好说，他们家说是要招女婿，不外是怕女儿出了嫁没有同胞兄弟帮衬，在夫家受了欺负没人撑腰，再就是想能有人继承家业。郁博和郁远都是很好的帮忙人选。到时候把这两个问题说通了，郁文肯定会答应这门亲事的。

倒是郁棠那边有点难办。她到底喜欢什么样的人，对自己的婚事是怎么想的，他一无所知。但陶清也说了，趁着这个机会主动接触下郁小姐，不就什么都知道了。

裴宴信心百倍，觉得他肯定不会像费质文那样。

当然，费质文的那个妻子估计也不是什么好东西。过不下去了就和离好了，还和个庄头好上了才自请下堂。难怪费质文郁郁寡欢，要换成是他，想死的心都有。

裴宴有些坐不住了，他想早点打发了陶清去见郁棠。好在他还没有完全昏了头，知道问问陶清来找他是有什么事。

陶清笑道："王七保那边我已经打点好了，想请你晚上陪着一起吃个饭，也不知道你晚上有没有空闲？"

他一点儿也不想出门。但陶清刚刚帮了他一个大忙，又是他尊敬的人，他只好答应下来，还问陶清："要不要把殷二哥也叫上？"

这样就有人给他挡酒了。他回来的时候还可以去看看郁棠。

殷浩在陶安争取江西巡抚之事上也在帮陶家奔走，当然是要一起请的。

裴宴立刻道："我这就让人去把他叫过来。"

结果殷浩的请帖还没有写完，阿茶就在外面等着了。

杨三太太知道他晚上要去喝酒，生怕他放松下来不管不顾，忙叮嘱他："你晚上少喝点。明天还要和顾家的人见面，新买的宅子也还没有定下来。"

殷浩觉得满头是包，他托付杨三太太："您就是让我去看宅子，我也看不出什么来。不如您替我拿主意好了。遐光那边等得急，我先走一步了。"说完就跑了。

杨三太太没有办法，把徐小姐和郁棠留在家里准备明天和顾家见面的事。她由四管事陪着去看宅子，一直忙到晚上掌灯时分才饥肠辘辘地回来。

徐小姐和郁棠已经用过晚膳了，正坐在屋檐下美人椅上一面乘凉，一面打着络子说着话："……殷小姐将来如果不住在京城，京城世家的宅门他顾朝阳肯定是进不去的，到时候会很麻烦。我不管别人，只想知道你怎么样才能进京。要不，你们家在京城也开个漆器铺子吧？可以拿殷明远的名帖去衙门，他们不敢找你们家麻烦的；而且等你去了京城，认识的人更多了，想找个合心意的上门女婿也容易一点。临安还是太小了。有本事的人都出去了。"

郁棠倒没有那么大的野心，她只希望梦中害过她的那些人都倒霉就好。

她听着笑道："这可不是我能决定的。且京城那边天气太冷，我怕水土不服，我们家最多也就想在杭州城开个铺子，京城还是太远了。"

徐小姐就道："那你就去找裴遐光。要不是他说起来，我们还不知道秦大人要调到京城去了。他的消息很灵通的，你找他要张名帖，在杭州城里做生意，就没有人敢惹你们家了。"

那也得看江潮那边的生意能赚多少钱了。如果有了足够的本钱，他们家是应该在杭州城开一个分店才是。郁棠琢磨着，抬头看见杨三太太由丫鬟扶着走了进来。

她忙笑着起身和杨三太太打招呼，问她用过晚膳没有。知道杨三太太还没有用晚膳，又让阿福去吩咐灶上服侍的，还站在那里问了问杨三太太出去顺利不顺利，决定买哪家的宅子之类等话，这才起身告辞。

杨三太太越发喜欢郁棠了，想着要不要等忙完了殷、顾两家定亲的事，也帮郁棠留意下，找个好点的人家。

徐小姐自然是拍手称好。

对此完全不知的郁棠却在刚刚回屋就知道了来见她的裴宴此刻正坐在厅堂里等她。

郁棠好奇地问来禀她的青沅："三老爷不是和陶大老爷、殷大人一起出去喝酒了吗？"

怎么还会这个时候来见她？

青沅也不知道。按理，裴宴出去应酬，还喝了酒，回来应该去休息才是，可裴宴却是来了郁棠这里，而且是连着几天都来拜访郁棠，不仅晚上来，早上也会来。

青沉只得一面服侍郁棠更衣，一面笑道："反正三老爷已经过来了，您等会儿直接问问他老人家好了。"

还"老人家"呢？裴老太爷虽然去了，可裴老安人还好好的。他们对裴宴未免太过敬畏了。郁棠在心里腹诽着，换了件平时穿的白银条的襦衣，去了厅堂。

或者是喝了酒的缘故，裴宴面颊带着些许的红润，虽然五官依旧有着咄咄逼人般的英俊，却多了几分温和。看见郁棠进来，裴宴懒洋洋地看她一眼，道："用过晚膳了？和徐小姐一起？"

他平时说话的声音颇为清越，此时不知道是太过放松还是有些懒散，声音低沉，带着几分沙哑，让人想起昏暗的灯光，带着隐隐的暖意，如羽毛般落在郁棠的心间。

郁棠莫名心中一突，忙道："杨三太太回来得晚，我陪着徐小姐一起用的晚膳。"

裴宴点了点头，没有说话，目光却直直地落在了郁棠的身上。

襦裙和襦衣款式宽松，却把她的身段显得更加苗条，夜风徐徐，如春日里的柳条，柔韧、轻盈、婀娜多姿，令人赏心悦目。

郁棠在他旁边的太师椅上落座，等丫鬟重新上了茶点，这才道："三老爷过来是有什么要紧事吗？"

裴宴发现这段时间只要他过来，她就会问这句话，好像没有什么事，他就不能来找她似的。这不是个什么好现象啊！

裴宴思忖着，神色却很淡然，想着郁家既然要招婿，郁棠也同意，那肯定是对郁家的家业颇为看重，他应该从这方面下手才对。

他直接跳过郁棠的问话，按着自己的节奏和郁棠聊起天来："苏州江潮生意的事，你跟家里人说了吗？"

郁棠还以为裴宴是专门过来说这件事的，她已打定主意，只要不管就不会失言。

"还没跟家里人说。"她笑盈盈的，热情、客气，也有着不容错识的疏离，"家里的生意是我大伯父在掌管，这件事得他老人家拿主意才行，我去说会不会不合适？"

她言下之意是指既然这桩生意这么重要，怎么能让她一个养在深闺的女子就这样递一句话就完了，裴家怎么也应该派个管事正儿八经地去郁家，跟郁家的当家人商议吧？

裴宴是个聪明人，之前不过是没有想到自己会对郁棠抱有别样的心思，现在知道了，对郁棠上起心来，她话说得再委婉，他仔细想想，不敢说全能听懂，怎么也能听懂个七七八八的。

闻言他嘴角翘了翘，觉得郁棠还挺有意思的，挠人都带着几分小心思。好在是他也有他的打算。

裴宴干脆道："行！那我派个人去跟郁老爷说说。"

这还差不多！郁棠笑眯眯地点头，给裴宴续了杯茶。

裴宴就问她："你闺名一个'棠'字，是哪个'棠'？"

郁棠一愣。他这样问有点失礼。可偏偏他一本正经的样子，之前谈的也是很严肃的事，让她生出一种错觉，觉得裴宴这么问不是失礼，只不过是好奇想知道罢了，甚至没有什么其他的用意。

她也没有隐瞒，大大方方地说了："是'甘棠'的那个'棠'字。"

果然是他猜的那个"棠"字。裴宴道："可以取个小字'香玉'或是'君然'。"

这小字是能随便让人取的吗？

郁棠支支吾吾的，应也不是，不应也不是。

裴宴也没有继续这个话题，突然又问起苦庵寺的佛香来："后来怎么样了？有没有商定个章程？小佟掌柜还是挺不错的，交给他应该不会有什么大问题。"

这说到底也是裴家的善事，她参与其中就行了，犯不着也不应该越过裴家的女眷去主导这件事。

她笑道："之前就和几位小姐商量好了，此事全部交由小佟掌柜去管，我们只是帮着在女眷中推荐推荐，至于能不能帮上苦庵寺，还要看苦庵寺的师父和居士们愿不愿意吃苦，有没有能力做起来。"

裴宴看她的神色，淡淡的，也不是很感兴趣的样子。

他就又转移了话题，说起了她家里的那个山林："今年的沙棘果收成怎么样？想好做什么了没有？"

这东一榔头西一棒子的，让郁棠完全摸不着头脑，不知道裴宴到底想做什么。但家里的那个山林都成了郁棠的一块心病了，裴宴提起来，她不由精神一振，道："只是试种了那几株，说是要三年才挂果。我们试着做了点蜜饯，也没有感觉比京城过来的蜜饯好吃。"

真是件非常尴尬的事。当初，可是她力荐种沙棘树的。结果不仅把她爹，还把她大堂兄，把裴宴，甚至把沈先生都折腾了一通，却还是无功而返。

看来小丫头对这件事很上心啊！裴宴眼底闪过一丝得意的笑，面上却不显，依旧冷峻地和她说着这件事："我们南方人谁会去吃蜜饯？甜得齁人。你们做蜜饯，肯定不好卖啊！"

那梦中你是怎么把蜜饯卖出去的？郁棠差点就把这句话说出来了。

裴宴看着小丫头阴晴不定的脸色，心中暗暗撇了嘴角，神色却比刚才更严肃了，道："要不，种点别的试试？"

郁棠看了裴宴一眼，道："之前胡总管奉您之命去我们家的山林看过了，说是种什么都不太合适……"他不会是不记得这件事了吧！

裴宴当然不会忘记，他和郁棠东扯西拉的，说到底还是觉得陶清的话有道理。费质文之所以夫妻不和，与两人之间没有共通之处有很大的关系。他和郁棠合适不合适，得多接触才知道。他现在就是在试探小丫头到底喜欢什么，讨厌什么，关心什么。只有对症下药了，才能抱得美人归嘛！他还得拖延时间。

裴宴当然不能说自己忘了，也不能没话找话说，让郁棠这个鬼机灵看出什么破绽来，加之他深谙说话的技巧，回答起郁棠来那叫个理直气壮："我怎么会忘记呢？我是觉得胡兴这个人做事不太靠谱——若真如他所说，你们家怎么会去种沙棘？可见我从前还是太相信他了，觉着他是服侍过老太爷的人，我当家的时候又没有跳出来指手画脚，怎么着都应该是有几分真本事的。没想到我居然看走了眼！"

郁棠窘然地笑了笑，心里的小人儿却双手合十，朝着胡兴致了个歉。在这件事上，是她对不起胡兴。其实胡兴说得对，是她知道梦中的事，有了执念，非得像梦中的裴宴那样做沙棘蜜饯赚钱，让胡兴的名誉受了损。

裴宴见郁棠没有顺着自己的意思抱怨胡兴的不是，猜着郁棠应该对胡兴还是挺满意的，不过因为他们没有听胡兴的话，闹得现在骑虎难下罢了。

这就好！裴宴的嘴角忍不住又翘了翘，随后神色变得更冷淡了，道："所以我准备让四管事接手胡兴的差事。"

"什么？！"郁棠惊得差点跳了起来。

裴家只有三个总管，出门在外几乎可以代表裴府行事，就是临安的父母官见到裴府的总管，也会高看几眼，给几分薄面。要是遇到那膝盖软的，能恭恭敬敬地跟他们互称"兄弟"，在一个桌上喝酒。

她……她这是把胡总管给连累了？！郁棠想到人家胡总管每次都尽心尽责地陪着杨御医来给她姆妈问诊，谦逊地向她阿爹问好……她整个人都不好了。

"这，这不太合适吧？"郁棠忙帮胡兴求情道，"您也说过，胡总管是服侍过老太爷的，老太爷的孝期还没有过，您当家的时候他也没有做出什么对不起您的事……您这样，万一招来非议怎么办？"

裴宴骤然间觉得胡兴也有胡兴的好处了。他故作为难地道："但胡兴办事，也太没谱了。他总不能占着位置不干活吧？"

就算是要撸了胡兴，也不能是因为她们家啊！郁棠急急地道："要不您等些日子再说？他现在……"胡兴现在正在服侍裴老安人。

她猛地想起前两天徐小姐给她讲的一个话本来。

太后入住慈宁宫，太后身边的大太监也就成了慈宁宫的大总管，虽然没有之前有权柄了，但月例不变，还因为服侍的是太后，倒是更体面了。

她脑子转得飞快，道："要不，您让胡总管专门服侍老安人？我看老安人那边每天也有很多事，几位管事平时都忙得团团转呢！"

像这次，老安人突发奇想，决定请了福建的高僧来讲经，七个管事里就有三个在忙这件事。老安人那边有什么事，都是胡总管在安排。

裴宴就皱了皱眉，迟疑道："你说的也有道理。我看这样好了。你家那个山林变成了今天这个样子，我们这边也有一点责任。干脆我把胡兴先给你用段时间，他毕竟做了裴家这么多年的管事，江南的大族多多少少都要给他几分面子，我让他先帮你把那个山林的事解决了再说。"

那要是不能解决呢？郁棠额头冒汗，忙道："他也不过是个普通人，又不能点石成金，这也太为难他了。"

裴宴不为所动，道："裴家的总管是那么好当的吗？没有点化腐朽为神奇的本事，他就应该趁早让贤。"

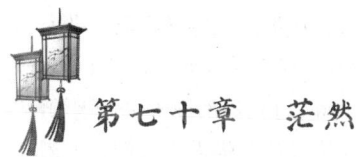

第七十章　茫然

郁棠听着眉头微微蹙了蹙。

裴宴越过胞兄成了裴家的宗主，等闲大户人家是轻易不会发生这种事的，这其中有过什么惊心动魄的故事她不得而知，但听裴宴此时的语气，分明是对胡兴不满已久，想趁此机会换了胡兴。

换胡兴没什么，这是裴宴的权力，可若是想拿她作借口，她就不喜欢了。郁棠想到上次两人的不欢而散，觉得难怪别人都怕裴宴，这个人的确是不讨喜。

反正她也不想讨好裴宴，干脆道："胡总管在裴家当了多年的总管，没有功劳也有苦劳。您盼咐下去的事他没有做好，您心里不高兴，我也能理解。只是我们家这山林也不是一天两天的事了，沙棘树眼看着明年就可以挂果，贸贸然地再换种其他的东西，只怕又要耽搁几年。好在是家里也不等着这山林的出息过日子，林子里长的那些杂树还可以卖几捆柴，我看，这山林就留给我自己去折腾好了。胡总管那里，您再给他派个别的差事更好——您刚才也说了，他和江南的一些世家都熟，这可不是一朝一夕就能成的事，就这样派到我这里来帮着管山林，太浪费了。"

裴宴听着，暗中为郁棠击掌。这小丫头，不愧是他看中的，机灵着呢。怕胡兴的总管被撸了，让人误会与她有关，提前就把自己给择出来。他无意让郁棠背黑锅，就想着要不换件其他的什么事？或者，他换件事说？郁家还有什么事来着……

裴宴思忖着，继续试探道："你们家漆器铺子的生意怎么样了？我上次给你画的图样卖得怎么样？"

当初他给出了个好主意，不管是郁博还是郁文，都很是感慨了一番，说裴老太爷有眼光，选了裴宴做宗主。他们家也照着裴宴的意思，连夜赶工，做了好几个剔红漆的花卉匣子。除了献给裴老安人和昭明寺的，其他的，还没有拿出来卖。

郁棠笑道："说起来这件事还要多谢您，要是没有您给我们出主意，我们家一时也想不到。只是时间还短，又先顾着昭明寺的讲经会，暂时还没有拿出来售卖。"

这和裴宴猜测的差不多。他道："那我再给你们家画几个图样好了，别人来了你们家铺子也多个选择，别除了莲花就是梅花，怎么着也要添几种其他的花卉，否则再漂亮的物件，别人也要看厌了。"

郁棠求之不得。只是这样一来，不免又欠下了裴宴的人情，以后还得经常和裴宴打交道。也不知道哪个更让人头痛。郁棠迟疑了片刻，觉得既不能把裴宴得罪死了，又不能全指望裴宴，不然他们家可能以后就真得靠着裴宴过日子了。

郁棠总觉得靠谁也不如靠自己。她以后的日子如此，她们家的铺子也应该如此。

郁棠笑道："那我就先谢谢您了，只是您毕竟是有功名的人。我们再看看还能不能找到愿意画图样的读书人就行了。若是您有相熟的人愿意做这个的，还请您帮着留留心，我们愿意高价收图样。"

裴宴端到嘴边的茶都忘记喝了。他这是被拒绝了？！裴宴望着郁棠。除了发现她好像比之前更白了些，微微垂下的睫毛好像比他印象中更加浓密些之外，郁棠没有其他任何的异样。

裴宴气得差点把茶盅摔在了茶几上。要不是怕把原本就已经说话有点阴阳怪气的郁棠弄得和他离心离德，更加冷淡疏离，他怎么会连吸了几口气，硬生生地把这怒气咽了下去？

他深深地吸了几口气，觉得自己收敛住了怒意，这才淡然地道："我身边怕是没有愿意画图样的读书人。你们家要是觉得我画得不太好，想约画稿，我倒可以从中搭个线，帮你们多多留意。"话虽如此，但他那扑面而来的怒气以郁棠的机敏怎么会感觉不到。

她觉得自己失策了。她以为以裴宴的身份地位、见识阅历，不会把这些事放在心上，不承想他还是和很多的文人一样争强好胜，一样的小心眼，见不得别人多看其他人的画作一眼。难道以后他们家只能用裴宴画的图样？要是有一天他不给画了呢？他这么忙，要是没有空画呢？难道他们郁家还放着生意不做，只能等着不成？

郁棠想了想，道："原本这话我不应该说的，只是您也不是旁人，告诉您也没什么。之前我向章慧章公子约过图样……"言下之意，是不可能只用你一个人的图样。

裴宴发现小姑娘心思还挺多的，像个滑手的泥鳅，说起话来既不得罪人，又不让人抓住把柄。也许这小丫头还真的挺适合做买卖的。她若是真的有这才能，他也不是容不得人的人，裴家多的是铺子，到时候让她来管就是了。不一定非要在郁家的漆器铺子里熬着，也免得和郁远争饭碗，那样郁远肯定会比现在更喜欢她。

裴宴不由笑道："原来我在郁小姐眼里，是个容不得人的人啊！"

这话的语气太过调侃，放在这样只有他们二人独处的场合中，不免有些轻浮。

郁棠一愣。

裴宴立刻意识到了。他不自在地轻轻咳了一声，正色道："章公子那边，你继续约他的稿子就是了，我这边如果遇到合适的人，也会帮你留意的。"

他是想找个能和郁棠好好相处的事，画图样的确也不太合适，否则他天天伏案画画，她继续待在郁家，就算是相处，也不过是能约了一起说上两句话。怎么比得上种树，除了要讨论树种，还要上山去实地查看。

裴宴越想越觉得山林的事比较合适。他把话题生硬地转到了郁家的那片山林上："胡兴的事，不会把你卷进来的。但你们家那个山林，也不能不解决。你可有什么好主意吗？"

郁棠不怕和别人针锋相对，却怕别人对她善意温柔。

裴宴这时就对她非常友善。

郁棠赧然，声音都不禁低了几分，说话也有了从前的几分真诚："我也不知道该怎么办，想着只有等沙棘蜜饯做出来了再说。"

她这是在敷衍裴宴。再花大力气移栽沙棘树苗是不可能的了，她想回去之后到山林周围看看，看看别人家像他们家这样的山林都种了些什么，可不可以借鉴下，或者是直接放弃。谋事在人，成事在天。有时候，做成一件事也要有点运气的。她说不定根本就没有梦中裴宴的运气。

裴宴闻言心中大喜。这可是件好事。最好他们家的山林这两三年里什么都种不出来。但他神态间却半点不显，还假意思考了一会儿，严肃地道："你说的也有道理。那这样好了，等我们回了临安，我带着胡兴，亲自去你们家的山林再仔细地瞧瞧，看能不能大家商量出个好办法来。"

她和裴宴在山林里转悠吗？郁棠愕然，心有点不受控制地乱跳起来。

裴宴则不动声色地看了屋里的更漏一眼，凭他和朝中那些大员打交道的经验，话说到这里就应该打住了，再继续下去，只会让人觉得疲惫，对话题不感兴趣。横竖他的目的已经达到。

他当机立断就站了起来，道："时候不早了，明天你还要给杨三太太和徐小姐帮忙，你早点休息，我就先告辞了。山林的事，我们这两天也都各自想想，看还有没有更好的主意。我们回临安的路上再说。"

这样，连下次见面说什么都定下来了。裴宴很满意，没等郁棠起身，就说了一句"你不必送我，我先走了"，抬脚就离开了郁棠住的地方。

郁棠站在那里，心头茫然。那裴宴到底来做什么的呢？说来说去，说的全是她们家的事，而且还是想到什么就说什么⋯⋯

郁棠大半夜没睡着，翌日早上起来的时候居然眼眶有点发青。忙让青莲给她用粉仔细地掩饰住了，用过了早膳，这才去了杨三太太那里。

一行人去了殷家新买的宅子。

那宅子离裴宴的宅子还挺近的，坐轿子不过一刻钟的工夫就到了。在郁棠看来三进三出，挺大的了。在徐小姐看来，却只能将就："唯一的好处是离裴遐光近，以后有什么事，裴家能帮着照应照应。"

郁棠笑了笑，没有吭声，领着从裴府那边借来的仆妇进了正房旁边的抱厦，说起要注意的事项来。

徐小姐见她正襟危坐，神色温和，说话的声音不高不低，语气不急不缓，漂亮的面孔在光线不足的屋子里白得发光，有种说不出来的别样的美丽，禁不住驻足看了一会儿，这才转身去了杨三太太那里，对杨三太太笑道："人家郁小姐比我们想象的厉害多了，坐在那里给那些仆妇训话，寻常人家的当家主母也不如她有气势，关键还不咄咄逼人。裴家的仆妇交给她，肯定不会出错的。"

杨三太太听了大感兴趣，很想过去看看，可惜裴家过来帮忙的佟二掌柜过来了，杨三太太忙将佟二掌柜请了进来，一时间也没空去关注郁棠了。等杨三太太清闲下来的时候，郁棠已经按照昨天商量过的，把所有的事都安排好了。

杨三太太忍不住对佟二掌柜赞道："真是能干！"

佟二掌柜与有荣焉。

杨三太太就领着郁棠和徐小姐忙着布置这边的宅子，殷浩则强拉着裴宴去了和顾家见面的酒楼。

不知道顾昶是怎么和家里人说的，来和殷家商定婚事的是顾昶的大伯父，也就是顾家的宗主顾首，顾昶的父亲却没有出面。

顾首看见裴宴眼睛一亮，笑着迎上前去，主动和裴宴打招呼。上次顾曦和裴彤定亲，是顾宣代表顾家出面的。他很遗憾地道："上次听说你去了淮安，我当时还在想，怎么那么不凑巧，还寻思着等九月份了请你过来吃螃蟹赏菊花的。没想到我们两家这么有缘，在朝阳的婚事上见了面，可见我们两家是注定要做姻亲的。"

这话就说得有些谄媚了，顾朝阳听着很是不自在。好在是因为顾曦，裴宴和顾首成了平辈，让他不至于太过尴尬。

裴宴对顾家二房很是瞧不起，对一直以来苦苦支撑着顾家的顾首印象还算可以，加上今天顾昶的婚事就会正式定下来了，顾昶以后肯定麻烦多多，他的心情非常好，也不吝啬自己的温和，笑着和顾首道："我也没想到能在这里见到您。您身体还好吧？前些日子听我母亲说贵府的大公子染了风寒，现在好些了吗？"

顾首的儿子当然没事，不然裴宴也不会拿这件事说话的。顾首笑道："他就是不听老人言,衣服脱得太早。"之后就把自己的长子拉出来和裴宴见礼。

他的长子比裴宴还要大十来岁,可见到裴宴却只能称"世叔",裴宴心情就更好了。

大家坐下来商定顾昶的婚事,裴宴就当自己是个摆设,一言不发,还抽空想着郁棠家的那片山林。

最好的办法当然是改种其他的东西,可若是郁棠坚持,不同意改种,那就只能在沙棘树上下功夫了。

沙棘树……在西北很寻常,在南方特别是临安几乎从来没有过,能不能在这上面下下功夫?再就是那沙棘果有什么特别之处能拿来哄人的,他得找个人问问才行。最好是能入药。到时候做成干果或是蜜饯,应该能想办法卖出去。

裴宴好不容易熬到用完了午膳,想着他们下午要商量具体的定亲事宜,他就不在这里枯等了,想回去看看郁棠在做什么,偏偏被顾首拉着不放:"你又不是旁的什么人,有些事还需要你帮着拿主意呢!"

顾首对自己这位堂弟的结发妻子留下来的一儿一女还是挺照顾的,特别是在顾昶有了出息,顾曦又是个有主意的,他就更愿意搭把手了。

顾昶的父亲不靠谱,他之前和顾昶父亲商量顾昶定亲之事的时候,顾昶的父亲开始还挺高兴的,结果听了顾昶继母的几句话之后,就开始在钱财上斤斤计较了。还说什么他们顾家世代诗书,若是太过注重钱物,怕是到时候会被其他的江南世家瞧不起。顾昶定亲,依照古礼,想办法弄对大雁送就可以了,其他的什么茶酒点心,意思意思,成双成对就行了。

他就差没说只送一对大雁就好。

顾首知道在这件事上是指望不上顾昶父亲的了。可他既不能坏了族里的规矩,在顾昶的婚事上多花银子,也不可能拿出体己银子去补贴顾昶。

想到顾昶成亲时的寒酸样子,再想到顾昶不管到哪里都把自己收拾得光鲜体面,他心里除了难过,还想帮帮顾昶和顾曦。

那最好的办法就是让裴宴在场做个证,不是顾昶怠慢了亲家,而是顾昶的父亲不要脸面,不愿意替长子花钱。这样等到顾曦出阁的时候,若是嫁妆上不怎么好看,裴宴也能包容一二,甚至有可能因此而怜惜顾曦,在裴老安人面前替顾曦说几句好话,顾曦在裴家的日子就不会太难过。

他考虑得挺长远,也周全,却架不住顾昶觉得丢脸。他道:"大伯父,王七保在杭州城,遐光这些日子有些忙,您别勉强他了。"然后又对裴宴道:"我这边都是小事,你又不是外人,我就不和你客气了。"

裴宴见顾昶笑容勉强,就知道接下来的事不怎么好看。他都不愿意让别人知道他在殷、顾两家的婚事中起了什么作用,就更不用说坐在这里听殷、顾两家打机锋了。

他毫不客气地起身告辞。

殷浩肯定要留他。他还是第一次主持家中晚辈的婚事，身边也是第一次没有"姑姑""姐姐"们的提点，他生怕做出什么不合规矩的事来，让殷家被人笑话。这也是他为什么非要裴宴跟过来的缘故。

现在裴宴要走，眼看着顾家留不住人，他立刻站了起来，对顾首道："您是长辈，我去送送遐光好了。"说完，还丢了个眼神给顾昶，让他把顾首陪好了。

顾昶点头。

殷浩送裴宴出了雅间，刚走两步就道："你走了，我这边怎么办？"

裴宴看了殷浩一眼。难怪别人都说殷家的男人除了读书做官什么也不会干。看来殷浩也是个被殷家"姑奶奶"们给惯坏了的主。

他道："你不是带了媒婆吗？到时候让媒婆去说。你只管点头或是摇头，难道你连这个也不会？"

殷浩扬手就要去拍裴宴的头。

裴宴连忙前走几步，避开了殷浩的手掌，不悦地道："你别仗着你是我世兄就对我不客气，小心我丢下你们家不管。"

"你这是要管的样子吗？"殷浩快步追上裴宴，道，"我不会点头和摇头吗？问题不是什么时候点头，什么时候摇头合适吗？你给我好好说话。你可别忘了，这门亲事可是你推荐的，要是我堂妹嫁得不好，你也别想安生。"

裴宴没有半点愧疚，道："你要是觉得不好，我再怎么推荐你也不可能动心，你别什么都往我身上推。"又觉得殷浩这个人真是除了做官和读书，没有一点可取之处，还在外面养外室，弄出个私生子来，想想他都有点同情殷夫人了。

殷浩拽着他的胳膊不放，道："你赶紧给我出个主意，要是他们家的聘礼很贵重，我怎么办？要不，你把你的私库打开了，让我挑两件东西。"

他们这些世家故交都知道钱老太爷把自己的私藏都指名道姓地留给了裴宴，对别人来说难求的孤品古董，对他来说只分喜欢或不喜欢。

顾家好歹也是江南四大姓，这几年虽说不如从前，但瘦死的骆驼比马大，万一拿出什么古玩字画做聘礼，他们这边怎么也要准备相应的东西做陪嫁给姑奶奶们撑门面。

要说殷家并不比顾家差，可坏就坏在他们家更看重姑奶奶，所以姑奶奶们出阁的时候都会有不菲的陪嫁，家里的好东西七七八八都散得差不多了，这也是殷家到了殷浩手上时在财物上渐渐有些困难的重要原因。

裴宴对殷家的事知之甚详，见殷浩打他私库的主意，不由阴阳怪气地道："我说你怎么非要我来不可？原来是等在这里呢！不过，你想多了。顾家不可能送什么特别贵重的东西做聘礼，你根本就不用担心还不起。"

殷浩心中一紧，抓住了裴宴的肩膀，道："你这是什么意思？"

裴宴觉得既然顾家不地道，那也怨不得他再给顾昶挖个坑了，谁让他没事的时候招惹他们家的小姑娘呢！

"我家大嫂就盼着我那侄儿早点成亲呢！"他道，"可顾小姐的陪嫁单子据说到现在也没有送过来。"也就是说，顾家拖着女儿的婚事，想让裴家让步。

殷浩目瞪口呆。这在他们殷家是不可想象的事。

裴宴看了，觉得殷浩和他们裴家都是受害者，他应该对殷浩更宽和一些。他不由温声道："你不必担心。你们殷家看中的是顾朝阳又不是他爹，管他爹干什么，你只要和顾家的宗主说好了姑奶奶的陪嫁怎么处置就好。以后有了侄儿，是喜欢出手大方，给买笔墨纸砚和点心糖果的舅舅呢，还是喜欢一毛不拔的祖父呢？"

殷浩一听，心中大定，忍不住再次向裴宴请教："怎么和顾家约定姑奶奶的陪嫁好？"

裴宴听了想翻白眼，但他想到顾昶，还是耐着性子和殷浩道："你们家出了阁的姑奶奶们的陪嫁和夫家都有些什么约定？"

殷浩仔细想了想，道："没有什么约定啊！既然是她们的陪嫁，自然归她们自己处置。"

唉！难怪早些年大家都以能娶殷家的姑娘为荣了。

裴宴道："遇到不同的人要有不同的处理方式。如果是我，遇到了像顾氏这样的人家，就会约定，若是姑奶奶在他们家陪嫁如何处置。若是和离如何处置。婚后若是有子如何处置，若是无子又如何处置？"总而言之，就是不能让顾家得了好处，占了便宜。

殷浩这个从不管家中庶务的男子恍然大悟，觉得裴宴给他打开了一扇大门。他跃跃欲试地道："你看我的！"好像去欺负人似的。不过，也的确是去欺负人——人还没有嫁过去，就防着这防着那了，分明是没有把顾家的人当成君子。

裴宴扯了扯嘴角，决定再加把柴："我这么说也是没有办法，谁让顾家的长辈这么不靠谱的。我那个侄儿的婚事现在还不知道怎么办好呢，好在是老太爷的孝期还没有过，还能帮他们掩饰一二。"

殷浩顿觉同仇敌忾，对裴宴道："要不是看在顾朝阳这个人的份儿上，谁耐烦和这样的人家打交道。"

裴宴笑道："谁说不是。"这才扬长而去。

裴宴心里惦记着郁棠，紧赶慢赶，好不容易赶在申时正回到了家里，却得知郁棠随着杨三太太和徐小姐去了殷家新买的宅子还没有回来。

他虽在心里嘀咕着"布置个新宅子而已,需要这么长的时间吗"，实际上却明白，女子要是摆弄起这些东西来，一整天都不会觉得累的。

那他要过去看看吗？裴宴心里跃跃欲试。却又觉得有点不合适……或者是觉得有点不好意思。那边有杨三太太，他去了最多也只能看郁棠一眼，郁棠又不知道他的心思。他想到上次给郁棠道歉的事心里就堵得慌。但是就这样待在家里，他又有些不甘心。怎么办好呢？

裴宴盘腿坐在书房的禅椅上，沉着个脸，看得屋里服侍的丫鬟小厮都不敢大声喘气。

好在京城那边有信过来，他皱着眉把身边的人都打发下去，从身后的书架上抽了本书，一个人待在书房里，对照着书中内容按事先的约定把信给译了出来。

带信给他的是他的恩师，已经致仕了的原吏部尚书张英。

他让裴宴除服之后和裴宣一起进京。

裴宴看着信，半晌才起身，拿出个青花瓷的小瓯，把信丢在小瓯里烧了。算算时间，周子衿应该还没到京城。但他已经飞鸽传讯，把周子衿的行程告诉给了张英。张英还要他去京城，而且让他带着他的胞兄。恩师这是想重用他们裴家吗？可他答应过逝世的父亲，会在老家守着家业、守护族人……裴宴的心情不太好。

四管事进来请他示下："您之前说让胡总管过来一趟，铺子那边明天有小伙计回临安，您看要带个信过去吗？"

裴宴不免想起郁棠家的那个山林来。他眉头紧锁，道："让他把昭明寺的事交给别人，立刻赶到杭州城来。"

四管事躬身应诺，退了下去。

裴宴无心在书房呆坐，一个人沿着后院的小湖散步，天色渐渐暗了下来，也没有觉察。

郁棠她们却比计划的回来得要早。杨三太太甚至一进门就找了四管事，问起了裴宴："他用过晚膳没有？我们这个时候去拜访他方便吗？"

四管事飞快地睃了郁棠一眼，这才道："三老爷从春风楼回来之后就一直一个人待着，现在在后面的湖边散步，还没有用晚膳。我正发愁怎么办呢？"

言下之意，是让杨三太太拿主意，是否去向裴宴禀告。

郁棠暗中一惊，不禁道："已经这个时候了，三老爷怎么还没有用晚膳？"在她的心里，裴宴是个比较看重自己的人，这得是遇到了多大的事，才会连晚膳都没有用。

杨三太太也暗中一惊。郁棠是个很有教养的小姑娘，听到裴宴没有用晚膳，她居然失礼地抢在她的前面说话。再联想到郁棠和裴家的关系，她想到了一个可能。

杨三太太就看了徐小姐一眼。

徐小姐却很淡然。她从小被众人捧在手心中长大，像郁棠这样说话随意一些，根本不是什么事。因而她也就没有注意到杨三太太看她的眼神，反而和郁棠想到了一块儿，奇道："可是出了什么事？"

四管事当然不会随意议论裴宴。他回道："小的也不知道。三老爷一个下午都没有说话了。"

殷家的人对杭州城都不是很熟悉。殷浩带去的媒婆,是杨三太太通过秦炜的夫人找的,杨三太太又很关心殷家和顾家的亲事进展如何,早就派了人跟在那媒婆的身边。春风楼发生了什么事,那边殷浩和顾家定亲的流程还没有走完,她就都知道了。

郁棠和徐小姐跟在杨三太太身边,杨三太太知道了,她们也就知道了。

三个人闻言面面相觑。

杨三太太本能地觉得裴宴多半是在为殷顾两家的婚事忧心,忙道:"烦请您帮我们去通禀三老爷一声。若是三老爷今天不方便,我们就明天再求见。"

四管事也一直担心裴宴的心情不好,如今有人求见裴宴,他自然是乐见其成。

谁知道裴宴一听杨三太太她们回来了,立刻就请了她们去湖边的花厅说话。

四管事一面去通传,一面在心里琢磨着裴宴为何要在花厅见杨三太太她们。

难道是因为那边不仅景致好,离杨三太太她们住的地方也近?

四管事想了半天也没有想明白,杨三太太几个却已在眼前,他只好打住了思绪,笑着亲自领了杨三太太三人去见裴宴。

等她们到的时候,裴宴那边已收拾好了花厅,摆好了茶点和果子。

裴宴看了郁棠一眼,见她神色怡然,眼底不禁露出些许的笑意,对杨三太太道:"您今天辛苦了!我听小厮们说您还没有用晚膳,我正好也还没有用,不如就让他们在这里摆了,我们一起用膳,我们说了话,您也可以早点回去休息。"

杨三太太欣然应允,心里想着,难怪别人都说裴遐光为人体贴周到,果然是名不虚传。

几个人分尊卑坐下,喝了几口茶,吃了两个果子,气氛和煦,杨三太太说起自己的来意:"春风楼那边的事我已经听说了,我是特意来谢谢你的——你殷二哥不怎么管家中的庶务,有些事难免疏忽,要不是你提醒,他今天可就犯大错了。"

裴宴不解,看了郁棠一眼。

郁棠想起杨三太太派去春风楼回来的人说的话,抿了嘴笑。夕阳下,她的眸色如星子般熠熠生辉。

裴宴一个恍神,等回过神来的时候已经不知道杨三太太刚刚说了什么。见杨三太太笑盈盈地正等着他回话,他不禁耳朵火辣辣的,只好涎着脸道:"您这,这是……"

杨三太太只当是自己说话太委婉,索性笑着开诚布公地道:"我也知道,姑娘家的陪嫁不应该计较得那么清楚,不然姑娘家还没有嫁到婆家,却先让婆家的人起了戒心,往后的日子只会越过越冷漠。只是顾家的情况有所不同,顾大人的父亲太不着调了,我们做了恶人,总比姑娘嫁过去后再为了些许的陪嫁和顾大人的父亲、继母有了罅隙更好。"

裴宴这才明白过来,原来杨三太太是为了自己提醒殷浩要和顾家把殷姑娘的陪嫁提前说清楚的事来向他道谢的。

他不以为意，笑道："殷姑娘也算是我的妹妹，我怎么着也要站在她这一边。"

杨三太太点头，感慨道："老一辈的姑奶奶们出阁的时候，不管是张大人还是黎大人，那时候都还在书院里苦读，家中的长辈想帮衬一把，又怕伤了女婿的自尊心，这才对陪嫁没做什么约定，就是想让女婿的日子过得宽裕一些，把心思都放在读书上。顾大人和我们家结亲，却已是功成名就，有些事提前约定一下比较好。"

但约定的话，应该由顾昶提出来更好吧！

裴宴相信顾昶是个聪明人，他眼睛看着郁棠，却笑着问杨三太太："顾家怎么说？"

郁棠睁大了眼睛。裴宴今天是怎么了？说一句话就看她一眼，难道是有什么事要私下里和她说？她寻思着等会儿要不要找个机会问问裴宴。

那边杨三太太显然对这次的事很满意，并没有注意到郁棠和裴宴的眉眼官司，笑道："这次老二做事也很靠谱，一开始什么也没有提，之后媒婆们说起嫁妆时，他表示不用有什么约定。倒是顾家听说了，顾朝阳主动提出来按江南嫁女的惯例约定陪嫁的归属，顾家大老爷也在旁边帮腔，估计是防着顾朝阳的父亲。老二就顺水推舟、勉为其难地答应了。"

至于心里怎么想的，就不得而知了。但有这样一个父亲，顾昶也够丢脸的吧！裴宴的目的达到了，当然不能把这件事扯到自己身上去，他违心地狠狠地夸奖了殷浩一番。

殷家的姑奶奶们可是以宠娘家人出名的，杨三太太这样一个精明人，竟然没有一点怀疑，把裴宴对殷浩的夸奖全都毫不客气地收入囊中，还道："早知道老二外放之后越来越能干了，早几年就应该让他出京的。"

裴宴只好提醒杨三太太，笑道："这也是要看机遇的。过几年，殷二哥还不是得回京城去。"

别人不敢外放，怕回不去。但殷浩有个在当朝做阁老的姑父，外放对他来说就如同逃离了仰长辈鼻息的生活去外面玩了一圈。

大家又说了几句话，四管事就亲自摆了饭。

食不言寝不语。

郁棠总感觉裴宴一直在看她，可等她抬头，又只看得到裴宴在低头用膳，她只能当是自己想得太多了。

裴宴则在想怎么能找个借口送郁棠回去。可惜杨三太太和郁棠毗邻而居，直到用完了晚膳，他也没有找到机会。

第二天顾、殷两家正式过礼，郁棠被杨三太太拉着，裴宴被殷浩拽着，两个人一天都没有碰到面，更不要说说句话了。

裴宴决定早点回去。

胡兴就在这个时候风尘仆仆地赶到了杭州城。

裴宴看他都觉得顺眼了不少，没等他安顿下来，就把他叫到书房，问起郁家那片山林的事来。

胡兴脑子转得飞快。

那片山林他已经跟裴宴说过好几次了，这次裴宴旧事重提，这是想让他务必要给郁家的山林找个出路？还是从前的事他没有放在心上，不记得了，找他来重新问问？

胡兴觉得可能是前者。以裴宴的聪明劲，不可能记性不好。可那片山林他真的不知道该怎么办好！

胡兴心里苦，拍马屁的话说出来却实心实意："您见多识广，田庄里的庄头就是听了您的话，才能在夏天种出橘子来。您天生就是出主意的人，我天生就是个跑腿的。您只管吩咐，我保证把这件事办得妥妥帖帖的。"

裴宴很满意胡兴的态度，说出了自己的目的："我准备帮郁小姐种树。"

是郁小姐，不是郁家！是种树，不是让山林变得有收益！胡兴的脑子转得飞快，面上却依旧恭敬谦和，笑道："您老人家这主意好！虽说现在种树有点晚，但好歹也算是赶着个尾巴了；而且这个时候的天气好，果树正开花，青沅姑娘陪着郁小姐爬爬山，赏赏花，累了在树下喝个茶，说个笑话，再好不过了。"

裴宴眼底泛着笑意。这个胡兴，难怪能在他母亲面前讨巧，的确是个心思玲珑的人。

他道："那就这么说定了。你去安排安排。"

胡兴的心里炸了个雷。没想到居然是这样的……他这岂不是被迫站队？裴老安人他惹不起，裴宴他就更惹不起了。还有郁小姐，知不知道裴三老爷对她有这样的心思？要说他惹不起裴老安人和裴宴，那郁小姐就更惹不起了。一时间，他不知道该同情自己还是更同情郁小姐了。不过，不管他此时是怎么想的，裴宴发了话，他也不敢流露出半点反对的意思。他得先把眼前的局面应付过去再说。

胡兴的脑子转得更快了，人都微微有些晕眩的感觉了："三老爷，您看这样行不行。我先去跟郁小姐说一声，就说我们家田庄里种出一种果子，这果子销量不错，果树也好种，就是不知道适不适应种在她们家的山林里。等您和郁小姐回了临安，我们得去山林仔细看看。我猜着郁小姐十之八九会答应……"

裴宴冷冷地打断了他的话："要是郁小姐不答应呢？"

胡兴一愣。裴宴若是个沉不住气的，也不可能走到今天了。可此时的裴宴，看着和平时一样，小细节中却透露出几分急躁。看来郁小姐的事，他要重新估量了。胡兴忙道："郁小姐也有可能不答应，那她就会差了郁家的少东家郁远陪着我们上山。那也不急。郁少爷虽然为人也算得上精明，却不懂农事。到时候我陪着郁远上山,有的是办法让郁少爷主动请了郁小姐出面。"

裴宴还想问问他有什么办法让郁远主动请郁棠出面,但想想胡兴这个人在他面前还算靠谱,不管他用什么手段,只要达到目的就好,说得太明白了,若是用了些说不得的手段,他是同意呢,还是不同意呢?

他应该持平常心态,像以前交代下去的事一样,只须能达到目的就行了。

裴宴沉吟道:"你说的果树,是什么果树?"他得好好地了解一下,万一郁棠问起来,他一问三不知,岂不是个笑话?

胡兴暗暗庆幸自己因为从前管着裴家的农庄,有时常打听农庄农事的习惯。他道:"青州那边有种桃树,每年的五六月份分枝,十一二月份的时候结桃。我们在吉安的田庄正在试种这种桃子,只是还没有挂果。"但拿这个做借口却足够了。

各种主意随口就来。裴宴看着胡兴的目光明显地流露出赞赏。

胡兴一阵激动,心里暗暗对郁棠说了声抱歉。虽然对不往她,可他到底是裴家的管事,得听裴三老爷的话。他若是有什么做得不对的,只能以后有机会再给郁小姐赔不是了。两人在书房里说了好一会儿话,随后胡兴去见了郁棠。

郁棠正在收拾那天陪着徐小姐上街买的土仪,哪些是给小姐父母的,哪些是给徐小姐和杨三太太的。青沅正领着几个小丫鬟在剪纸,用来贴在装土仪的纸匣子上。

听说胡兴过来拜访,郁棠有些意外,忙请胡兴进来。

胡兴看见郁棠很是惊讶。也不过是几天没见郁小姐,却能感觉到她越来越漂亮了。

不是说她打扮得有多漂亮,也不是说她皮肤更白净,面色更红润了,而是那种由内而外的气质,像那经过时光打磨的美玉,渐渐流露出沁过色的圆润之美来。不像从前,漂亮得站在人群中一眼就能看到,却始终少了些许的韵味和幽长。

发生了什么事?胡兴摸不着头脑,却不好多想,笑眯眯地上前给郁棠问了个好。

郁棠忙请他坐了下来。

胡兴虽是裴家的总管,每次见面对她们家的人却很尊重,她一个做小辈的,理应对胡兴也尊重些才是。

她让小丫鬟去洗些樱桃和油桃来给胡兴尝尝鲜,这才坐在了胡兴的对面,笑道:"你什么时候从临安过来的?可是有什么要紧的事?昭明寺那边的讲经会已经散了吗?老安人她们都好吧?"

胡兴想着这两天樱桃和油桃都新上市,在裴府也先给了几位主家吃,就觉得郁棠在这里肯定备受敬重,不敢有丝毫的马虎,笑容中就不由带着几分郑重,道:"临安一切都好,讲经会后天才散。是三老爷,担忧你们家那片山林,特意把我叫过来的。这不,我去见过三老爷就来了您这里。"还半开玩笑地道:"我连茶都没能好生生地喝几口。"

郁棠能想象胡兴在裴宴那里的待遇。她莞尔，道："这不，我让人去给你端果子了，你甜了嘴再甜心。"

胡兴呵呵地笑，觉得要是郁棠真的进了裴府也不错，至少不是个难服侍的人。他说明了来意。

郁棠非常诧异。

她知道裴宴在给她想办法，但她并没有抱太大的希望，总觉得那山林就是盈利，也不是一年两年间的事。说不定她们家就没有这运气，就算学着裴宴种一样的东西，也未必就能像裴宴那样赚钱。

令她没有想到的是，裴宴把这件事当成了一件头等的大事，还专程叫了胡兴来杭州府。

她不禁正色道："胡总管，您也觉得我们家那片山林更适宜种桃树吗？"

肯定是不适合的。要是适合，他上一次就说了。可这不是三老爷要它"合适"吗，它还能不"合适"吗？但他不是什么毛头小子，知道有些话能说，有些话不能说，有些话这么说就砸了，有些话那么说却正正好。

"所以三老爷才让我来问郁小姐一声。"他道，"若是郁小姐觉得可行，回了临安，三老爷亲自陪您上山林看看，试一试。若是郁小姐觉得不妥，我们再想想其他的办法。不过，三老爷刚才已经吩咐下去，让我等会给在西北任职的一位从前的同科送信，让那位大人帮着再送个两三百株沙棘树种苗来，我们府上的田庄也都试着种种沙棘树，看能不能挂果。"

这岂不是把整个裴家都给拖了下水？郁棠忙道："那怎么能行呢？我这边的沙棘树还不知道怎么样了呢。您还是劝劝三老爷，等过几年，看看我们家的收成怎样再做决定吧！"

胡兴笑道："郁小姐也不用放在心上。我们三老爷说了，北方的蜜饯不好吃，让我们在京城铺子里的掌柜们看看能不能试着做点适合南边人口味的蜜饯——在京城做官的江南人很多的，只要口味好，不愁销路。说不定打上沙棘果的旗号，还能把西北的那些人给吸引过来。"

郁棠汗颜。两人站的高度不同，看事情的眼界大不一样，考虑的问题也就天差地别。她只想到怎么到杭州开铺子，裴宴开口就要去京城，吸引的是天下人。

胡兴已经理会到了裴宴的意思。裴宴对郁棠的重点不是种树，而是要找个借口多相处。怎么样不是相处？非要爬山不可吗？他刚才是不好驳了裴宴的面子，此时在郁棠这里，他没有那么多的顾忌，自然可以计谋百出。

胡兴道："我和令尊也算是能说上几句话的人，您也别怪我倚老卖老。我觉得，您这样是不行的。不是有句话说，读万卷书，不如走千里路。我是觉得，您想把您那片山林整治好了，不如多出去走走。既然三老爷有意帮您做这件事，您不妨跟三老爷说说，到我们府里的田庄去看看，取个经——自我们家三老爷做宗主之后,我们府上的田庄可就不全都是粮食了,有些种了果树,有些开了鱼塘,有些还种了药材。反倒是粮食都改到外地的田庄去种了。按照我们三老爷的说法,我们江南的气候好,水土好,种普通的粮食可惜了,不如种些更有收益的作物。"说到这里,他有意压低了声音,道:"您看了还可以跟着学学。像湖州那边的田庄,就全都种了桑树、养蚕、织布。那个,可比种田的收益大多了。"

他一副我只能说到这里为止的模样,让郁棠实在是心动。她虽也不懂农活,可她可以跟着那些有本事的人学啊!郁棠沉思起来。

胡兴看着有戏,更加不动声色地怂恿她:"您先跟着三老爷去您家的山林看看,再慢慢地抽了工夫跟三老爷说这件事。三老爷这个人,不做就不做,做就要做最好,不然他也不会像心里有根刺似的,盯着你们家山林不放了。这可是个好机会啊!"

郁棠抑制不住动心了。她徐徐地点头,在心里琢磨开来。

胡兴则暗中长嘘了口气。看来,这件事成了。他感觉自己从悬崖边重新回到了康庄大道上,全身松懈下来,这才发现自己的后背不知道什么时候已经被汗浸湿了。

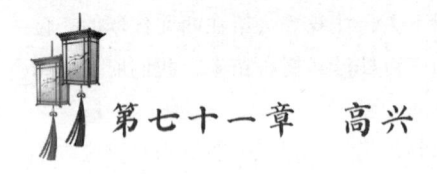

第七十一章　高兴

殷家这次南下大有收获,杨三太太和徐小姐在杭州又停留了两三天,等到顾家和殷家正式过了礼,她们也就启程回京城了。

临走之前,徐小姐拉着郁棠的手依依不舍道:"我成亲你是肯定赶不上了,但我会写信给你,你一定要回,不能和我断了音讯。要是我们以后都成了亲,孩子年纪相当,还可以结个儿女亲家什么的……"

她这句话刚起了个头,就被杨三太太狠狠地瞪了一眼,一把拽到了旁边,低声道:"你多大的人了,还说这样的话。"不管是殷家还是徐家,都不可能随随便便和人结亲,更何况郁棠还不知道会嫁到什么样的人家去。

徐小姐觉得杨三太太杞人忧天,理直气壮地反驳杨三太太道:"正是因为知道郁小姐是怎样的人,我才会说这样的话。"

先不说郁棠为人知道进退,她和郁棠要是都有好几个孩子,只要不是长子长女联姻,彼此人品都好,结个亲家有什么不好的。

杨三太太有些头痛。

殷家到殷明远这辈只有三个男丁，殷浩就不必说了，原配生了三个女儿，唯一的儿子是外室生的，既不能抬进门也不好上家谱，更不要说继承宗主之位了。另一个年纪小不说，还在小的时候因低烧没有照顾好得了麻痹症，有条腿不太好，以后婚娶肯定有得折腾。只有殷明远，会读书不说，还找了个门当户对的媳妇，殷家把希望都寄托在这对夫妻身上，徐小姐自然是嫁过去了就会代表殷家在外行走。

她竟有这样的想法，杨三太太简直都不知道怎么办好，寻思着只能回去了找张夫人或是黎夫人商量，无论如何也不能让徐小姐像在娘家的时候似的，想干什么就干什么了。

郁棠当然没有把徐小姐结儿女亲家的话放在心上。在她看来，这不过是徐小姐对她的喜欢罢了。孩子长大了有无限的可能，也许在别人看来，她的孩子配不上有着殷、徐两家血脉的孩子，可于她而言，那是自己的骨血，是自己身上掉下来的一团肉，她并不想让他或是她受委屈——徐小姐家的孩子若是人品不好，她一样不稀罕。

她让青沅把之前准备好的土仪交给了徐小姐身边的阿福，对徐小姐道："你放心，我若是有机会，一定到京城去看你。你若是有机会出京，也来看看我。"比如说，殷明远以后外放做了浙江或是江苏的父母官。

徐小姐连连点头，眼泪都落下来了，才挥着手和郁棠告别。

陪着殷浩来送行的裴宴看着散了口气。

这捣乱的人走了，郁棠闲下来了，他们也能抽空说上两句话了吧？

谁知道殷浩却要他陪着一起去拜访王七保。

裴宴当然不肯。他振振有词地道："我已经致仕了，以后也不会再入朝为官，王七保的事我只能帮到这里。家里还有一堆事等着我呢！"

裴家的子弟马上就要除服了，其他人好说，裴宣起复的事应该开始着手布局了，殷浩心里明镜似的。但孙皋的事还没有完，顾昶现在又成了他妹夫，他怎么着也要帮顾昶把后面的事摆平了才能显示出殷家的能量，让顾昶觉得这门亲事结得值得。他堂妹嫁到顾家，顾昶也不得不高看她一眼。

裴宴才不管殷家姑娘如何呢，交代了一声，带着郁棠，连夜坐船回了临安。殷浩赶到码头的时候裴家的船早没了影子。

裴宴惬意地站在船舷边，由着胡兴指使那些丫鬟、小厮乱七八糟地收拾着船舱，自己则借口落脚的地方还没有布置好，和郁棠在船头说着话。

"走得有点急，"他说话挺客气，却听不出半点的歉意，道，"可不走也不行。全是些鸡毛蒜皮的事，没有我一样能行，有我，不过是多个出力的人。我寻思着我们还是早点回临安的好。再过些日子，就要到仲夏了，种什么果树都不行了，白白耽搁了一季的收成。"说得好像他要靠这季的收成过日子似的。

但郁棠还是一样感激,毕竟人家是在帮她们家。她笑着向裴宴道了谢。

裴宴就和她说起种树的事:"昭明寺的讲经会已经散了,那些师父应该都已经踏上返程,武家、宋家的家眷应该也不在临安了,但有些账目我还得回去看看。郁老爷和郁太太那边,也有些日子没有看见你了,肯定很想你。

"我寻思着,我们先各自忙个一两天,然后带着胡兴和几个经验老到的果农去你们家山林看看,商量一下适合种什么树,你再回去和郁老爷商量,把事情定下来。"

郁棠想着端午节过后,天气渐渐热了起来,漆器铺子正是淡季,活计交给夏平贵看着就行了,郁远正好有空,遂点头答应了。

裴宴解决了心头大患,顿时神采飞扬,说话也就更随意了。

"你今天忙了一天了,原本应该明天再赶路的,可我想,晚上赶路更好,人少不说,你还可以在甲板上散散步。"他说着,指了两岸的树木,"你看,那边就是西溪。上一任的浙江提学御史陈民在杭州卸任后就没有回乡,在西溪结庐而居,称'西溪草堂',在旁边的芦苇荡里养了十几只丹顶鹤,号称是仙鹤,每年的九月在这里开什么学社,弄得很热闹。结果得罪了当时的首辅袁梅之,学社被解散了不说,陈民被下了诏狱,死在了狱里。这边的草堂也就渐渐破落下来。倒是那十几只丹顶鹤,繁衍生息,变成了百来只,成了西溪一景。可惜现在是晚上,若是白天,你还可以看见几只。若是秋天,那就更壮观了。百来只丹顶鹤仰天长唳,惊天动地,展翅高飞之时则遮阳蔽日,如云盖顶,是江南少有的景致。"

听得郁棠心向往之。

裴宴趁机道:"下次有机会带你来看看好了。"

郁棠有些犹豫。她年纪已经不小了,回去之后十之八九要定亲了,以后也不知道有没有机会再和裴宴出来。不过,裴宴是好心,她不想破坏裴宴的心情,也不想和裴宴多作解释,干脆笑盈盈地应"好",道:"那陈民和袁梅之是什么时候的人,我怎么从来没有听说过?"

能下诏狱,肯定是大案子,她却没有听临安的人议论过。

裴宴笑道:"都是五十年前的事了。"

这么久了他还知道?郁棠咋舌。

裴宴笑道:"我从小的时候父亲就把这些事当成故事讲给我听,一来是让我熟悉一下本地的轶事,二来也算是借古鉴今,让我别做傻事。"

他开始细细地给郁棠讲陈民和袁梅之的故事。

实际上这是件很简单的事。陈民出身豪门,但父亲宠妾灭妻,陈民小时候受过很多的苦,甚至因为后宅阴私,智力受损。就这样,陈民还读书读了出来。但他毕竟与常人不同,人情世故就反应比较慢,得罪了不少人,在浙江提学御史上做了十五年也没能再晋升。后来他索性开始追求利益,想在人前塑造他鸿儒名士的风范，办起了学社，收了十个所谓的亲传弟子。

袁梅之和陈民是同科。与陈民相反，袁梅之出身寒微，读书路上受过很多的帮衬，情商极高，官运亨通，一路做到次辅。

陈民妒忌袁梅之，几次组织江南学子攻讦袁梅之，为自己赢得了巨大的声誉。

袁梅之之前一直忍着，直到他与当时的另一个次辅争夺首辅之位，他为了清正名声，摆脱陈民这个皮癣，便设下一计，让陈民误以为当年禁海是因为皇上听信了袁梅之的谗言，在被袁梅之收买的学生怂恿之下写下万言书贴在了浙江布政司的八字墙前，引起皇帝关于江南朋党之争的猜疑。

不仅他自己下了诏狱，江南世家几乎都被清算了一遍。江南四大姓的顾家就是在这场浩劫中伤了元气，慢慢败落下去的。

尽管裴宴语言幽默风趣，把一件惊动江南的大事件讲得像无伤大雅的邻里之争，郁棠还是听得直皱眉，不由道："伤敌一千，自损八百。这位袁大人手段未免也太凶狠了一些，只怕是自己以后也难有善终。"

裴宴闻言两眼一亮。那袁大人的确没得善终。

他道："你怎么不说那陈民太过分了，不然袁梅之也不会下手这么狠了。"

"我能理解袁大人的心情。"郁棠只是心有戚戚，道，"若是换成我，我也不会放过陈民。只是因为陈民之事，却连累了江南世家。这些世家变成了受害者，以后肯定不会支持他的。水能载舟，亦能覆舟。在这世上，仅靠一人，是不行的。"

裴宴的眼睛更亮了，试探着道："那你说他能怎么办？"

郁棠道："他应该在陈民的事之后就安抚江南世家，让江南世家先摒弃陈民，趁机和江南世家达成联盟，共进退，还可以约束陈民的那些所谓的弟子，免得生出世仇来。"

袁梅之后来的确是被陈民的一个弟子给谗害而死。裴宴看郁棠的目光就有些痴。

郁棠不禁有些不自在，忐忑地道："怎么了？是不是我说得有点可笑？我，我就是随口说说，这些朝廷的事，我也不知道。我只是觉得，打击报复别人可以，但不应该牵连其他的人……"

见郁棠有些不安，裴宴忙摇了摇头，轻声道："不，你说得很对。是我……"

当年他父亲给他讲这个故事的时候，正是他不知道天高地厚闯了祸的时候。

他父亲想用这件事告诉他"得道者多助，失道者寡助"的道理，可他却觉得，袁梅之做得对，成大事者应该不拘小节；而江南世家被清算，是因为他们没本事，从陈民那里得了益，却又不能够果断地在袁梅之报复陈民的时候及时站队，活该倒霉。

他还记得当时父亲看他时痛切的目光。父亲还声音喑哑地吩咐他："你去好好给我查查当年的事，以此为鉴。"

他根本不想去查。

但父亲当时正为大兄的婚事头痛,他心疼父亲,乖乖地去查了当年的卷宗,知道袁梅之后来被江南世家联手对付,死于诏狱不说,还留下了奸臣的名声,好不容易兴旺有望的家族也被有意打压,再没有出过一个正经的读书人。

人和人果然是不一样的。裴宴仔细地望着郁棠。红润的脸庞,清澈的眼睛,乌黑的青丝丰盈浓密,如一朵静谧的花,乍眼只看到她的浓烈,却不知道她身上还带着淡淡的花香。

裴宴自嘲地勾了勾唇角。像很多长辈在他年幼时说他那样,他天生就是个冷漠的人,相信实力和手段更多于人的性情。郁小姐可能也是天生的。不过她可能天生相信人的性情吧!这也算是他的意外收获吧!

他原本只是想哄着郁棠到西溪来玩几天的,不承想她比自己以为的还要冷静理智,聪明伶俐,像个藏宝图,打开了,认真地寻找,才会发现这其中珍藏着不少别人不知道的宝贝。

裴宴想想,心都热了起来。他开始期待郁家的山林之行了。

可惜的是不管胡兴和青沉他们怎样拖拉,船舱只有那么大,事情只有那么多,他们总有做完的时候。胡兴只有硬着头皮来请两人回舱休息,还怕裴宴不高兴,道:"郁家的山林还挺大的,只怕我们到时候要多停留几天,郁小姐回去了,最好是多带几件布衣,免得被挂破了。"

还要去几天吗?郁棠有些惊讶。裴宴却暗赞胡兴会办事。

郁棠不由道:"我们大约要去几天?"

胡兴胡编道:"这要看运气了!要是运气好,当天就能确定种什么树,我们第二天就能回来。要是没有办法确定下来,肯定就要围着那山林走一圈,看看你们家的山林是不是全是一样的土质,能不能引水灌溉,需不需要挖成梯田的模样……总之,得一次把这件事解决了才好。否则还不知道三老爷下次是什么时候有时间了。"

这么大的工程量?郁棠觉得太麻烦裴宴了,都要打退堂鼓了。

一直注意着郁棠的神色的胡兴见了忙道:"您别看着麻烦,可若是这次做成了,您以后十年、二十年,甚至是几代人都不用管了,可谓是一劳永逸,岂不是比年年月月都挂心这件事要好。"

郁棠当然知道,只是她怕麻烦裴宴。

裴宴也看出来了,道:"我这段时间正好没事。再过些日子,等我除了服,除了家里的事,江西那边我得去一趟,淮安那边也少不了要去还人情,到时候你就是想我帮你,我也没空了。"

郁棠咬了咬牙,想着只有以后想办法再报答裴宴了。她笑着向裴宴道了谢,还道:"回去了让我阿爹登门拜访,好好地谢谢您。"

裴宴默然。他突然发现,他要是真的娶了郁棠,郁老爷岂不成了他的岳父!

他还能安心地让郁老爷来给他道谢吗?

还有吴老爷。他是随着郁家的人当成长辈呢,还是各交各的呢?裴宴突然发现从前他不怎么看在眼里的人,到时候恐怕都会成为他的长辈……

两人回到各自的船舱,都有点睡不着。

裴宴是因为辈分,郁棠是因为银子——照胡兴的说法,若是真的要开挖梯田,还要筑沟渠,那得多少银子?他们家拿得出这么多银子来吗?万一裴宴这边有了办法,他们家却拿不出银子来怎么办?

两个人都没有睡好。第二天船到码头的时候,神色都有点憔悴。

好在郁家前一天就得到了消息,郁文和郁远早就等在了码头,和裴宴匆匆打了个招呼,就踮着脚等着郁棠下船,压根没有注意到裴宴与平时有什么异样。等到郁棠下了船,更是呼啦啦挤了上去,拉着郁棠的手问来问去,连个多余的眼神都没有给裴宴。

裴宴表情僵硬地在那里站了一会儿,见郁家的人根本没有再和他寒暄的意思,知道他回来的人又渐渐地围观过来。他铁青着张脸,坐着轿子就走了。

等郁棠回过神来,裴宴早不见了踪影。郁棠摸了摸鼻子,也懒得理会裴宴的心情,高高兴兴地跟着父兄回家了。

郁博是大家长做派,依旧在铺子里守店,王氏和相氏抱着小孙孙早等在了郁文家里,见郁棠回来都欢喜地迎上前来,打量的打量,询问的询问,恨不得让她把这几天的经历事无巨细地都交代一遍才放心。

郁棠心中暖暖的,虽然有些疲惫,但还是满脸带笑地一一答着家中长辈的问话,将从杭州带回来的礼物分送给众人,又抱着小侄儿玩了一会儿,用过午膳,这才倒床沉沉睡去。

等她醒过来,郁博已经回来了,小侄儿由乳娘看着在睡觉,一家人坐在透着晚霞的厅堂里小声说着话。

郁棠雀跃着进屋喊了人,郁博笑着点了点头,对大伯母王氏道:"几天不见,阿棠越来越好了。"

这倒是真的。

郁文笑呵呵地招呼大家坐下来,又是一顿胡吃海喝,郁博是被郁远扶着回去的。

江潮的事,郁棠等到第二天中午父亲酒醒了才有机会跟他说。

郁文还迷迷糊糊的,闻言半晌脑子都是蒙的,当然,就算他是清醒的,作为一个勉强看得懂账目的秀才,他也不知道该判断这件事是好还是不好。只知道能跟着裴家做生意,那肯定是稳赚不赔的。

他顿时有些坐不住了,要去找吴老爷商量。

郁棠抿着嘴笑,送了父亲出门。

吴老爷有好事的时候拉着他们家,他们家有好事的时候也应该投桃报李,拉着吴老爷才是。何况人家吴老爷做生意是把好手，比她阿爹靠谱多了，有吴老爷看着，他阿爹就算是亏钱，也能少亏一点。

陈氏端着碟雪花酥从厨房过来，正好看见郁文出门，她不由问郁棠："你阿爹去做什么？你刚回来，他怎么出了门？"

郁棠笑着接过母亲手中的点心，挽了母亲往屋里走："是生意上的事，阿爹要找吴老爷商量商量。"

陈氏听了还是有些不悦，嘀咕道："是生意重要还是你重要？你不在家的时候他整天长吁短叹的，说不应该让你陪着徐小姐去杭州的，怕你受了委屈。你一回来，他倒好，立刻跑了出去。"

郁棠温顺地听着，和母亲在厅堂坐下，又亲手给母亲沏了杯茶，这才道："姆妈，您这雪花酥做得可真好。我准备明天去给裴老安人问个安，您到时候再做点，我带点去给裴老安人尝尝。"

陈氏一听立马紧张起来，道："你是得去给裴老安人问个安了，从昭明寺回来的时候，裴老安人还特意问起过你。你回来了，于情于理都应该去跟老安人打个招呼。"

实际上郁棠很想打听一下她走后昭明寺里都发生了些什么事，可她知道母亲的性情，多问什么也不知道，与其问她姆妈，还不如问裴家的几位小姐。

陈婆子去递了帖子，郁棠则和母亲在家做了些拿手的点心。

用过晚膳，郁文回来了。他明显又喝了酒，身上有酒气不说，脸色通红，见到郁棠就摸她的头，对陈氏道："我们家阿棠是个有福之人。吴老爷说了，这是桩稳赚不赔的生意。我明天就去给裴家三老爷道谢去。"

陈氏怕他喝多了冲撞了裴府的人，一面急着挽了他，一面嗔道："明天阿棠要去裴府给老安人问安，你和阿棠结伴去。阿棠，你也看着你阿爹一点，你们一同去，一同回来。"这就是不让郁文在裴府多待的意思了。

郁棠笑着应"好"，郁文却拉着郁棠的手说起了李端："他们家犯了事，说是要卖了在杭州城的宅子，吴老爷约了我一道去看看。你说，我们要不要去看看？"

这是想把李家的宅子买下来吧！

郁棠道："你若是想去就去呗。只是不知道那宅子是几进？吴老爷的意思是一起买了分个前后院还是分个左右院？"

郁文嘿嘿地笑，道："吴老爷悄悄去看过他们家的宅子，说那边离杭州书院很近，分个左右院，正好一家两间，平时若有个什么事，还能有个照应。"

郁棠对自家能接受李家的产业乐见其成，遂笑道："你若是觉得合适，你就买下好了。"

郁文高兴得两眼发亮。

郁棠却想着，这样一来，李家就还是得回临安住了，到时候脸上肯定很不好看吧！这也算是对李家的惩罚了。她和父亲说起家里的那片山林："……要请阿兄陪我走一趟，趁着裴三老爷有空，把这件事彻底地解决了！"

郁文欣然应答，还道："要不要我也陪着一道去？你阿兄年纪轻，怕到时候招待不周，失了礼数。"

郁棠笑道："家里的产业迟早要交给阿兄的，您和大伯父得给他机会让他历练才是。"

郁文笑眯眯地点头，去跟郁博说了一声，第二天用过早膳，去了裴府。

裴宴正陪着裴老安人用早膳，听说郁氏父女过来了，裴宴小声地嘀咕了一声"怎么这个时候才过来"。老安人正吩咐小丫鬟带了郁棠去花厅坐，也没有听清楚裴宴说了些什么，不由回首问了一句："你说什么呢？"

"没说什么。"裴宴正色地道，仿佛裴老安人听错了似的。

难道是我年纪大了？裴老安人在心里怀疑，打发了裴宴，去了花厅。

因为要来见裴宴，郁棠特意打扮了一番。水绿色的素面杭绸褙子，绿油油的月华裙，双螺髻后插一排新开的茉莉花，带着淡淡的花香，在初夏的晨曦中，却美艳得如梢头就要绽放的石榴花。

这小姑娘，越长越漂亮了。裴老安人在心里暗称了一声，笑盈盈的和郁棠坐在花厅的隔扇旁。

郁棠上前行了礼，送上了从杭州城带回来的土仪。

裴老安人客气道："你们小姑娘家，难得出趟门，好好玩就是了，还给我带什么东西啊！"

郁棠笑道："上次在昭明寺，承蒙您关照，都没有好好谢过您。这次过来，除了给您问好，还想好好地向您道声谢的。"说完，起身恭敬地给裴老安人行了个大礼。

裴老安人笑呵呵地受了，待郁棠重新坐下，和她说起杭州之行的事。

裴宴的事，她已经听裴宴简短地说了说，她感兴趣的是即将赴京为官的秦炜家的女眷和殷顾两家联姻的一些事。郁棠就和她老人家细细说起了自己知道的事来。

裴老安人听得嘴角直抽抽。他这个儿子，坑起人来真是毫不手软，可他这么坑顾昶于他有什么好处呢？害人要利己才是，他这害人又不利己的，难道是老毛病又发了，闲着无聊，开始四处惹祸？

裴老安人担忧不已。

二太太和五小姐过来给老安人请安。裴老安人忙让人请了两人进来。

众人见面，少不得一阵寒阔。寒暄过后，郁棠送上了给二太太和五小姐的土仪。

二太太端庄地笑着道了谢，五小姐却欢喜地直呼"我也有"，稚声稚气的，惹得大家都笑了起来。

郁棠将带给其他几位裴小姐的土仪交给二太太，请她转交。二太太代几位裴小姐向她道谢，五小姐就拉了郁棠去自己屋里玩。

裴老安人向来喜欢宠着孩子，不仅笑着应允了，还吩咐计大娘："庄子上不是送了新鲜的莲蓬过来吗？你剥一盘莲子给两个孩子送过去。"

计大娘笑着应"是"。

这次轮到郁棠惊讶了，她道："这个时候就有莲蓬了吗？"

裴老安人笑道："是三儿弄的。也不知道他是怎么弄出来的，我们只管吃就是了。"

二太太就解释道："是三老爷弄的。"

裴宴难道真有种田的天赋不成？郁棠想着，笑了起来。

五小姐和她手挽着手出了裴老安人的院子。只是她们刚刚出门，就遇到在那里探头探脑的阿茗。

"郁小姐！"他看见郁棠眼睛一亮，小跑着过来道，"三老爷让您见过老安人之后就去他那里，他有要紧的事找您。"

应该是她们家山林的事。郁棠猜测着，只能歉意地向五小姐道别。

五小姐生怕耽搁了她的事，直催着她快去："等你闲了再进府来找我们玩。我们还想和你商量一下帮着苦庵寺卖佛香的事呢！"

郁棠不由奇道："小佟掌柜那里不顺利吗？"

"很顺利！"五小姐兴奋地道，"所以我们要好好说道说道，看能不能做得更好。"

这是受了鼓舞吧！郁棠笑着应了，和阿茗去了裴宴的书房。郁文居然不在。

裴宴见着她就抱怨："你怎么这个时候才来？和老安人都说了些什么？"

郁棠奇怪地看了裴宴一眼，道："不算迟吧！我在老安人那里停留了还没半个时辰呢！"

半个时辰还不算长？！裴宴想，女子在一起就是话多。

他道："郁老爷原本想等你来的，可他老人家说要和吴老爷一起去看李家的宅子，急着去码头。我也不好多留，就让人送他去了码头。"

郁棠没有留意裴宴对郁文的改口，而是有些好笑地摇了摇头，问裴宴："你觉得李家的宅子值得买吗？"

"看价钱吧！"裴宴不以为意地道，"横竖不值几个钱，就当让他老人家开心了。"

郁棠挺赞同裴宴的说法。

裴宴就约了郁棠下午启程前往郁棠的老家。

郁棠愕然，道："这也太快了吧？"今天下午启程，他们要到晚上才能到，岂不是要在郁家村多住一晚？

裴宴却道："这件事越早完结越好，等过了端午节，就什么也不能种了。"

郁棠被说服了。她回去邀了郁远。

郁远昨天晚上就得了信，提了几件衣裳，等郁棠那边收拾好了箱笼，一起在郁棠家里等着裴府的骡车。

两人无事，由家里的山林聊到家里的漆器铺子。郁远感叹道："多亏了这次，要不然我们家铺子也不会有机会在昭明寺亮相，更不可能一口气接了十几个订单。有了这个开头，我觉得我们家的漆器铺子肯定会越办越好的。"

这得感谢裴宴。

郁棠道："下订单的都是些什么人？"

郁远笑道："都是些当家主妇，还有些是杭州、苏州那边的大户人家，多是订的和裴老安人一样的，装佛经的匣子。"

郁棠道："慢慢来，只要我们做得好，知道的人家多了，订单也会增加的。"

兄妹俩对未来都充满了憧憬，笑意融融的，裴府的骡车过来了。

郁棠和郁远辞别了陈氏。郁远领着郁棠一面往外走，一面道："还是骡车好。我好好做生意，争取明年给家里添一辆骡车，到时候你和你嫂嫂就能带了你侄儿一起出去踏春了。"

"那阿兄到底是给我买的呢，还是给嫂嫂买的呢？"郁棠听了直笑，打趣郁远。

郁远脸通红。

结果两人出了门，却发现胡兴陪着裴宴站在裴府的骡车旁。

郁远吃了一惊，慌张地上前道："您怎么亲自过来了？怎么好劳驾您跑这一趟！快进屋喝杯茶吧！"

裴宴看了郁棠一眼，见她换了件靛蓝色的绣月白色折枝花的褙子，戴了小小的珍珠耳钉，看上去清爽利落的，暗中颔首，轻快地道："我们一道去你们老家，一起走不是很正常的吗？这有什么惊讶的？茶我就不喝了，趁着天色还早，我们快点赶路是正经。只是路上可能有点热，你们注意多喝点水。"

郁远恭敬地应了。

胡兴忙给郁棠撩了帘子。

郁远不由狐疑地看了胡兴一眼。

裴宴顿时脸色有些发黑，道："我看郁小姐用青沅用得挺顺手，这次去郁家庄，我把她也带上了。"

正说着，青沅从车厢里探出个头来，高兴地冲着郁棠喊了声"小姐"。

郁棠这段时间和她做伴，已经非常熟悉了，看到她自然也很高兴，遂没有多说，就由跟车的婆子扶着上了骡车。

裴宴就邀请郁远和他同车。郁远觉得压力很大，却又不好拒绝，只能硬着头皮上了车。

前面的马车上，郁棠和青沅叽叽喳喳地说着话。后面的马车上，裴宴没话找话地在郁远那里打听郁棠的事,却吃了个闭门羹。

裴宴摸了摸鼻子,没想到看似非常温和的郁远有着自己的底线,该说的说,不该说的无论如何也不说,这点就比很多世家的子弟强了。

郁棠有这样的堂兄,就算不能大富大贵,也不会被拖后腿,惹事闯祸。

想到这里,裴宴就些头痛地按了按太阳穴。郁远的出现虽然在他和胡兴的预料之中,但在见到郁远的一瞬间,裴宴还是有点不高兴。不过,他们也有胡兴,想支开郁远不是什么难事。裴宴心里好受了一点,和郁远说起各地的果林都有些什么特点来。

一行人晃晃悠悠地到了郁家庄。庄头早上得了信,草草用了早膳就在这里等着,此时见郁家两兄妹,忙上前请安。

郁氏兄妹也不客气,受了他们的大礼,见过家中几位老人后,开始告诉大家他们兄妹为何回来。

老族长无所谓,在他的眼里,郁家几辈人都没能想到什么法子增加山林的收益,他还没有长辈那么聪明,也就不去想这件事了。所以郁家提出来要在村子里住上几天,需要请了相熟的人带他们进山等事,对他来说都是不值得一提的小事了。

裴宴则很欣慰,他没有想到事情会进展得这样顺利。

他挑了间离郁棠最近的厢房住下,给郁家看林的和王四闻讯赶了过来。王四还好一点,和双桃定了亲,不管怎样,郁家都会照拂他一二。那个比王四早来的护林人就不一样了,他没有什么突出的才能,也不知道能不能留下来。

郁棠梦中去了李家和这些下人常打交道,知道这护林人在担心什么,委婉地告诉他家里准备在山林里再种些果树,不仅不会少人,还要再招几个人,这才把护林人安抚住了。

待郁棠等人收拾一番住下,已是掌灯时分。郁家的老族人知道了陪郁氏兄妹回来的是裴家的宗主裴宴,原本准备问候几句,留了儿子在这里陪客的,立刻就改变了主意,拉着给郁家看宅子的五叔祖一起,又加了几个菜,非要陪裴宴喝几盅才行。

裴宴也一改之前待人的倨傲和冷淡,笑着应了。

自从出了郁棠的事之后,照顾五叔祖的七叔父被赶走了,族里就派了人轮流给五叔祖洗衣做饭。这个月当值的正好是老族长的侄儿媳妇,一个十分伶俐的妇人。她闻言立刻放下手中的活计,喊了小儿子去老族长家拿酒,自己则去了郁家后花园里摘菜。

郁棠这才发现老宅的后花园变成了菜地。

郁远有些哭笑不得,郁棠却觉得这样挺好,还安慰郁远:"庄户人家过日子,当然是怎样方便怎样来。"

裴宴被郁家的几位长辈围着,站在天井里说话,见那兄妹俩说说笑笑的十分高兴，很想过去搭个话，却被郁家的老族长恭敬地请到上座去坐。

他只好耐着性子笑着坐下，又招呼郁远同桌。

郁远见年轻俊美的裴宴鹤立鸡群般站在一群须发皆白的老者中间，满脸无奈，暗暗好笑，突然间觉得裴宴也不是那么高冷了。

他忙走了过去，没管老族长的脸色，强行坐在了下首，把家中的一位族叔给挤下了主桌，还主动站起身来给裴宴端茶倒水，令裴宴长长地嘘了口气。

郁棠抿了嘴笑，回到房间和青沅她们一起用了晚膳，洗漱后正准备歇下，大厅的酒席才散场。

郁远因为是晚辈，谁让他喝酒他都没办法推辞，喝得酩酊大醉，是被身边的小厮架回房间的。倒是裴宴，身份辈分摆在那里，郁家的那些长辈不敢劝酒，他又有意躲避，倒是把郁家的几位长辈都喝得倒下了，自己却只是脸有些红。

他看着踉跄远去的郁远，想了想，招了胡兴上前，低声道："明天我们上山，你想办法让郁远留在山下。"

胡兴今天忙了一天，就在忙这些乱七八糟的事，到现在还没有吃饭。他闻言拍着胸脯笑道："您放心，事情我都安排好了，您只管去做您想做的事。"

裴宴满意地点了点头，让阿茗去敲郁棠的门："我还有些事要和郁小姐商量。"

阿茗自然是裴宴说什么就是什么。他上前去叩了郁棠的门。

胡兴装作没看见没听见似的，一溜烟地跑了。

来开门的是青沅。

她来之前就隐隐觉得裴宴对郁棠不一般，如今见了裴宴虽然惊讶，却还不至于惊讶到没办法掩饰自己的情绪。她笑盈盈地给裴宴行了个福礼，转身去通禀郁棠。

郁棠就出了屋，和裴宴站在屋廊里说话。

"你们家长辈轮番上阵，还好我机灵，倒掉了几杯酒，不然现在站都站不稳了。"裴宴一见面就和郁棠抱怨，"你大兄喝倒下了，我已经吩咐阿茶跟过去了，还准备了些醒酒丸，别半夜里不舒服——这里可连个靠谱的大夫都没有。"

郁家庄只有个能给畜生接生的兽医，有时候也给人看病。

郁棠莞尔。昏黄的灯光下，那笑容如盛开的牡丹，色不迷人人自醉。

裴宴眯了眼睛，盯着她，半晌都没有吭声。

郁棠又不是傻瓜，立刻觉察到了异样。她的心怦怦乱跳，明明知道不应该，明明知道不妥当，脚却像钉了钉子似的，挪都挪不动。

"您，您说找我有事的，"她心慌乱意，脸上火辣辣的，低声道，"您有什么事？"

裴宴回过神来，耳朵红彤彤的，不好意思地低头轻轻咳了一声，道："明天我想早点上山，你们家虽说只有一个山头，我瞧着还挺大的，怕是一两天走不完，我们早点上山，也能早点走完……"

他语无伦次，根本不知道自己在说啥。他只知道郁棠的脸红红的，垂着眼帘，像受惊的小兽，惹人怜爱，生怕声音太大，会让她受了惊吓。

"那，那就依您的。"郁棠不敢看裴宴，却觉得他看自己的视线越来越炙热，烫到她皮肤发热，本能地觉得危险，不敢多留，怕再这样下去，会发生什么让她手足无措、没有办法应对的事来。"那我先，先回房了，我会跟青沅说一声，她明天早上会叫我的……"说着，郁棠慌张地朝着裴宴行了个礼，就逃也似的回了房间，"啪"的一声关上了门。

安静的乡间夏夜，悄无人语，关门的声音如同惊雷，不仅惊醒了裴宴，还惊醒了被关在门外的青沅。

这是怎么了？她不过走了会儿神，想着明天早上给郁小姐安排什么样的早膳，她怎么就被留在了屋外，看着三老爷发呆呢？本能让青沅没来得及多想，就快步躲到了屋廊旁的石榴树后。

裴宴愣愣地站在那里，心思却像陀螺似的，转得飞快。郁小姐……感觉到了他对她的不一样吗？要不然她怎么会害羞得跑了？！肯定是感觉到了……裴宴有些雀跃，又有些担心。万一他猜错了怎么办？是不管不顾扯下这层纱，还是装作不知道的样子，继续温水煮鱼呢？裴宴苦恼地皱紧了眉头。

郁棠靠在门扇上，压抑着自己的呼吸，好一会儿才敢喘气。是她以为的那样吧？他看她的眼神分明就和平时不一样，她应该没有猜错吧！可怎么会？他可是裴府的三老爷，裴家的掌权人……见过那么多的世面，知道那么多的事……怎么会对她……她在心里不停地否定着，可心里还是冒出一根嫩芽，绕过压着它的青石板，悄悄地冒出了个细细的头。

郁棠忍不住扑到窗棂前，悄悄地朝外窥视。寂静的庭院，皎白的月光，墨绿的果树，还有站在月光下的裴宴。他长身玉立，如竹猗猗，却看不清面容。

郁棠咬着唇，背靠在了窗棂上。他到底是什么意思？为何要管她家的事？这样暧昧可不是什么好事！

她想到他俊美至无瑕的面孔，又转过身去窥视庭院中的情景。莹莹月色下，静谧院子，空无一人。郁棠愕然。他，这就走了吗？她忍不住"腾"地打开了窗棂，探头往外望。真的没有一个人！是，是她误会了吧？

郁棠此时才发现她两腿软绵绵的，像煮熟了的面条，支撑不住她的身体。果然是她想多了。郁棠扶住了窗棂，觉得有些透不过气来……

她辗转反侧，直到天色发白，被青沅叫起，这才从混乱的思绪中挣脱出来。他们原本就是两个不相干的人，是她，接触的贵人越多，心就越大，想得就越多，才会这样患得患失。

郁棠深深地吸了口气，想到今天还要和裴宴一起上山，立刻收起那些不必要的绮念，起身由青沅服侍着梳洗。

坐在梳妆台前，她才发现自己像半夜去做了贼似的，眼圈黑黑的不说，脸色也很憔悴。

她吩咐青沅:"你帮我想办法遮着点,不然没法出门见人了。"

青沅还以为郁棠这是认床,忙笑道:"我给您打点遮瑕的,保管别人看不出来。"

郁棠颔首,觉得自己像在画皮,心里实则早已满是稻草,甚为不堪……

裴宴却睡得很好。他起来的时候不仅神清气爽,而且面色红润,神采飞扬,比平时还要英俊几分,惹得来给他问安的胡兴看了又看,没能忍住地问他是不是有什么好事。

当然是好事!虽然说窈窕淑女,君子好逑,可怎比得上两情相悦,琴瑟和鸣呢!他笑容虽然不大,却非常灿烂,对胡兴道:"让你办的事你办得怎样了?"

胡兴忙把那点猜测抛到了脑后,再次保证一切都顺利:"远少爷宿醉,还在睡觉。据说叫都叫不醒。"

裴宴也懒得问那些细节,用过早膳就去了郁棠那里。

郁棠还在用早膳,裴宴决定在院子里等她。

清晨的庭院,薄雾还没有散去,墙角一丛紫蔷薇开得正好。

裴宴走过去,摘了几朵还带着露珠的蔷薇花,等郁棠用过早膳,他将花递给了青沅:"找尊琉璃瓶供起来,放到郁小姐床头。"

青沅笑着应是。

郁棠几近妒忌地盯着他容光焕发的面容,很想问他是不是吃了十全大补丸的,俊美的面孔在晨曦中闪闪发光,像重新打磨了一层釉面似的。

裴宴看见郁棠却吓了一大跳,道:"你这是怎么了?难道一夜没睡?"

你才一夜没睡呢?!郁棠心虚,又急又气,偏偏又不知道怎么怼回去,只好狠狠地瞪了他一眼。

裴宴莫名其妙。

郁棠不想和他说话,问双桃:"大少爷还没有好吗?"

有青沅在,什么事都会安排得好好的,双桃也就有点松懈。她根本没有注意郁远那边的动静。听了立刻道:"我这就去请大少爷过来。"

郁远当然不可能起得来。

裴宴就和郁棠道:"宿醉过后人很难受的,要不我们先上山,留了阿茶在这边服侍着,等他精神好点了再上山好了。"

第七十二章 失言

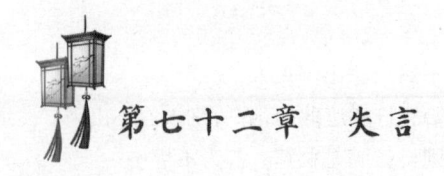

郁棠听说郁远宿醉到现在也没醒,无论如何也要去看一眼。

裴宴觉得自己有点失策,冷冷地看了胡兴一眼。

胡兴几不可见地朝着裴宴点了点头,立刻上前帮郁棠带路:"我刚才已经去看过了,郁公子昨天就喝过了醒酒汤,可能是这些日子太累了,所以躺下就起不来了。"

漆器铺子,夏天是囤货的季节,也是铺子里最忙的时候。加之郁博自从有了大孙子,对铺子的事就没有从前上心了,很多生意都交给了郁远。

郁棠点头,笑着对胡兴客气了一句"你辛苦了",急匆匆地去了郁远歇息的厢房。

三木正坐在小马扎上给煨着药的红泥小炉扇火,见了郁棠等人,立马就站了起来,道:"大小姐,胡总管让人抓了药,说等少东家醒了就给少东家端过去,是养胃的方子。"

郁棠有些意外。胡兴没等她道谢已笑道:"大小姐不必和我客气,我和大少爷也是好友,照顾他是应该的。大小姐只管放心和三老爷上山,这里有我派人看着呢!"

郁棠笑着朝他颔首,还是进去看了一眼。

满屋的酒气,郁远裹着薄被呼噜噜睡得正香呢。

郁棠用帕子捂着鼻子走了出来,这才真正放心,对胡兴笑道:"那就麻烦您了。要是他醒了之后觉得不太舒服,就让他歇一天,等我晚上回来了一起用晚膳。"

胡兴连连点头,吩咐留在这里照顾郁远的阿茶:"记得让灶上做些好克化的吃食。若是大公子有闲暇,就带着大公子在周遭转转,钓个鱼什么的,别让大公子等得心急。"

阿茶恭敬地应"是",倒惹得郁棠一阵笑:"这是我们郁氏的老家,我大兄从小就常跟着我祖父回来小住,他难道还要阿茶带路不成?"

胡兴见她展颜欢笑,悬着的心这才放下,笑道:"我这不是怕大公子无聊吗?"

郁棠嫣然。

裴宴趁机道:"你小时候也经常回老家吗?回来都做些什么?我看田庄前面的小河有好多小孩子在钓鱼,你小时候在河边钓过鱼吗?"

郁棠和裴宴并着肩,一面往外走,一面笑道:"我小时候皮得很,祖父常说我是猴儿转世,加上那时候他老人家年事已高,精力不济,倒不怎么带我回老家。

我父亲又是个见不着我就心慌的，在我记忆里，有限的几次回老家都是被父亲抱着，别说去河边钓鱼了，就没有落过地。反而是这两年，父亲让我跟着阿兄学习管理家中的庶务，我回来得比从前多了。"

郁家的老宅不过三进，两人说说笑笑的，很快就到了大门口。

村里鸡鸣犬吠，郁棠听着还挺新鲜的。

她深深地吸了口早晨清新的空气，望着停在门口的骡车，迟疑道："我们要坐车过去吗？"从郁家的老宅到他们家山林的山脚，不过一刻钟的工夫。

裴宴"嗯"了一声，道："还是坐车会方便点。"

郁家通往山林的是条土路，虽说打扫得干干净净的，可裴宴依旧嫌弃它灰尘大。

郁棠看着裴宴雪白的细布衣衫，很想让他回屋去换一件，但想到裴宴每次出场时的着装，她又把这话咽了下去。

她由青沅护着上了骡车。裴宴想了想，也跟着坐了上去。

这还是郁棠第一次和裴宴坐在一辆车里。她有些不自在地朝里挪了挪，转瞬又想到昨天晚上两人告别之时的气氛，脸火辣辣地红了起来，又朝里挪了挪。

裴宴也有些不自在。他是第一次这样和一个女孩子挤在一辆车里。也不知道郁棠会不会觉得他太娇气。南边的女孩子都觉得北方的男子有气概，就是因为北方的男子喜欢骑马，不喜欢坐轿子。他是不是应该带匹马过来的？

裴宴想着，突然闻到一缕香气。淡淡的，不吸气的时候闻不到，有点像茉莉花，又有点像玫瑰花，像是用几种香调和的，因为很淡，他觉得还算在他可以接受的范围。

他循香望去，就看见了郁棠乌黑的发顶。青丝泛着光泽，看上去既丰盈又浓密。郁小姐长着一把好头发。裴宴在心里想着，这才惊觉车厢里因为没有人说话，彼此的呼吸声好像都能听得到，气氛显得有些尴尬。这样下去大家只会越来越不自在。那可不行！裴宴想了想，说起了自己小时候的事："我大兄连韭菜和水仙都分不清楚，我阿爹觉得这样不行，在我小的时候就常抱了我去田庄里玩。我还曾经跟着他们在田里摸过泥鳅，差点被蚂蟥给叮了，把我阿爹吓了一大跳。"

这么亲昵的话题……郁棠觉得脸更红了，又忍不住想起昨天的感觉。自己应该没有猜错吧？她忍不住抬头朝裴宴望去。

裴宴正好也望着她。他看她的目光专注又认真，带着淡淡的笑意……还有明显的好感。这可不是普通男子看女子的眼神。郁棠脑子嗡的一声，两耳嗡鸣，嘴角喃喃，都不知道自己说了些什么。

裴宴却听得清楚。他听见郁棠道："难怪您那么精通农活了。"

裴宴有些哭笑不得，想反驳两句，却被郁棠含羞带怯的神情所吸引，心跳一阵阵急得厉害，张了张嘴，根本不知道说什么好。

气氛随之渐渐变得凝滞。

裴宴觉得心里像揣了只小猫似在乱挠。她肯定知道了，不然她红什么脸，害什么羞……但她没有恼羞成怒，也没有恶语相向，是不是心里也有点喜欢？！裴宴越想越觉得是这样的。他的喉咙就像有羽毛在挠，不开口就不舒服，可他一开口，却是两声轻轻的咳嗽。

裴宴愣住。他从前听人说紧张得说不出话来，还在心里很鄙视了一阵子，觉得那不是说不出话来，那是没用。现在，轮到他了……

裴宴暗暗地吸了口气，寻思着要不要顺着农活往下说的时候，骡车突然停了下来，胡兴含笑的声音隔着帘子传进了车厢："三老爷，大小姐，到山脚了。"

真是该来的时候不来，不该来的时候来！裴宴板着脸下了车。

胡兴看着一阵心惊。这才眨眼的工夫没见，两人之间不会是有了什么罅隙吧？他小心翼翼地观察郁棠。发现郁棠垂着眼帘，优雅地由青沅扶着下了骡车，落落大方的样子与平时没有什么两样。不应该啊！

胡兴大着胆子正面打量了郁棠几眼，发现郁棠的耳朵红彤彤的，像被冷风吹过似的。关键是这季节只有被热着的，哪有被冻着的！

胡兴觉得自己知道了真相，在心里嘿嘿地笑了起来，陪着裴宴见了天刚亮就等在山脚木棚的王四和看林人。

那看林人是附近的农户，只因为老实本分，才被村里的人选了推荐给郁家的，怎比得上王四走南闯北，能说会道又扎实能干？不过几句话的工夫，王四就丢开了那个护林的，开始单独回答裴宴。

有多少山林，去年的雨水怎样，今年的气候又怎样，他想了哪些办法增加山林的收益，又遇到了哪些困难，一一道来，条理清楚，语气恭顺。

裴宴暗暗点头，趁着走在上山小径的时候回首对跟在他身后的郁棠悄声道："这个王四据说已经和你的那个贴身丫头定了亲？"

郁棠看似平静，实际上自下了骡车后，精神就有些恍惚。她没有看错，也没有意会错，裴宴真的对她有些不同。可这样的不同，是从什么时候开始的呢？她怎么一点征兆也没有发现？还有，他只是心里这么觉得呢，还是有其他的打算呢？若只是心里这样觉得……她突然间就生出些许酸酸楚楚的不舒服来。她觉得他们还是以后不要再见面，也不要再接触的好。若是有其他的打算……武家小姐那样的裴家都觉得不配，她又何德何能，能进得了裴家的大门？何况他们家一直想她招婿。她更不可能丢了家业去给别人做妾室。可若是就这样再也见不到眼前的这个人……她嘴里开始发苦。

郁棠心乱如麻，由青沅搀着，不仅不知道裴宴刚才和王四几个都说了些什么，也不知道自己是怎么就跟在了裴宴的身后，怎么上了山。

她只看见裴宴凑了过来，俊美的脸庞白得发光，黝黑的眸子亮如星辰，近得她甚至能闻到他身上干净的皂角味道。

"什么?"郁棠回过神来,勉强压着心底的那些情绪,笑容有点牵强。

裴宴困惑地看了她一眼,发现她裙裾上不知道什么时候沾了泥土。可见这段路对她来说是很吃力的。难怪她没有听到自己问她什么。

裴宴骤然觉得爬山好像也不是个好主意。他迟疑道:"你要不要歇会儿?我和王四几个上去看看就行了。"

"不用,不用!"郁棠怎么好意思让他为自家的事忙着还没个人陪,她连声道,"我还从来没有去过山顶,我也想去看看。"

裴宴端详了她一会儿,发现她除了脸有点红,连汗也没有出一点,心中微安,道:"山有阴面和阳面,我们看看土壤之类的就行了,不一定要爬到山顶的。"

郁棠闻言朝着裴宴笑了笑。

胡兴一挥手,不知道从哪里冒出两个抬滑轿的。他殷勤地对郁棠和裴宴道:"要不,郁小姐坐轿子上去?"

郁棠和裴宴都有点目瞪口呆。

裴宴忽悠着郁棠上山,不过是想知道郁棠的心意,如今他已看出点眉目来了,又发现爬山这件事对郁棠而言的确是个负担,不免有些心焦。胡兴的软轿正好给了他一个台阶下,他自然推崇备至,对郁棠道:"那你就坐轿上去好了。这山路对你来说的确太艰难了些。"

郁棠怎么好一个人坐轿上山。她执意不肯。

裴宴把她拽上了轿子,压着她的肩膀强行让她坐下,吩咐两个轿夫"起轿"。

两个轿夫是胡兴找来的,肯定是听裴宴的。一用劲,把轿子抬了起来。郁棠连忙坐好。

两个轿夫抬着郁棠就往山上去。

胡兴狗腿地跑到裴宴身边,低声道:"三老爷,我还备了顶轿子。"不过,山路狭窄,裴宴若是坐轿,就不能随在轿边和郁棠说话了。这也是胡兴没有一口气放出两抬轿子的缘故。

裴宴会意,"哼"了一声,赞了句"不错",上前几步,赶到了郁棠的轿子旁。

郁棠看着跟在自己身边的裴宴,很不好意思。

裴宴也看出了几分,索性和郁棠说起了他的打算:"刚才在山脚,我发现那几株沙棘树长得还挺好的,说明这里的土质还是适合沙棘树生长。在西北,沙棘树多是用来防风沙的。这也说明你们家的山林土质不好。照我看来,多种些沙棘树也好,说不定可以改善一下你们家山林的土质。再就是那沙棘树的果子,在西北是当果子待客的,我从前吃过,虽说不怎么好吃,但卖便宜一点,普通的庄户人家应该还是愿意买的。这次上山,我们主要看看你们家这山林能不能改种些桃树。"

郁棠在心里猜测,梦中是不是因为这样,所以裴宴才在他们家的山林种了沙棘树，后来又将沙棘树果子做成蜜饯，说什么吃了能防咳润肺什么的，卖得还挺好的。

她道："就是您之前说的青州的那种桃树吗？"

裴宴点头，道："我觉得那桃树不错，八九月份结桃子，卖到京城去，肯定能行。"

如果他们家的山林也能种，那就能搭着裴家的船运往京城了。

郁棠对裴宴的本领还是挺信服的。两个人有一搭没一搭地说着各地的水果小吃，没等到山顶，郁棠已经开始咽口水。

裴宴看着她嘴角微翘，吩咐胡兴就地休息一会儿，让阿茗打开背着的竹篓，拿了洗好的樱桃、李子给郁棠解渴。

郁棠惊喜地低呼。

胡兴就拉着青沉要去给两人烧水沏茶。

青沉这下总算是看明白了。她朝着胡兴使眼色。

胡兴只当看不懂，亲自拿了马扎服侍裴宴和郁棠坐了，又去指使小厮们干活。

青沉低头洗着茶盅，眼睛却忍不住往郁棠和裴宴那边飘。只见裴宴面带笑容地和郁棠说了几句话，就把郁棠逗得哈哈大笑起来。清脆的声音远远传开，婉转得像百灵鸟，听着就让人觉得快活。

青沉想，如果她是裴宴，郁小姐这样时时都让人觉得高兴的人，她也会喜欢吧，只是不知道裴老安人会怎么想？

郁棠却把刚才的担忧暂时甩到了脑后，她听裴宴讲着他跟着裴老安人在田庄里收租的事："我觉得既然已经不准备把租子要回来了，不如一把火把借条烧了，这样大家也可以重新开始，免得为了祖祖辈辈欠下来的欠条生出绝望之心，破罐子破摔。我阿爹却说，这样一来，大家都会指望着我们家烧欠条，升米恩，斗米仇。若是他们真有心上进，就出来帮我们家跑船，拿命搏个出人头地。因而年成不好的时候，我们家也几乎没有逃农。反而是我们家船运，从来都不缺跑船的，一直以来生意都不错。"

她这才知道裴家居然还有船队。郁棠觉得，裴宴好像在渐渐给她交底一样，她也离裴宴越来越近了。他应该是那个意思吧？

郁棠睺了裴宴一眼，忍不住试探裴宴："难怪陶家和你们家那么好了。可宁波离临安更近，裴家为何要舍近求远？"

裴宴笑道："这也是家中祖宗得来的教训。前朝我们裴家也家资丰厚，可战事一出，首当其冲的就是我们裴家。家中的老祖宗们就定下了不把产业放在同一个地方的规矩。"而且裴家若是在临安待不下去了，可以随时迁居到其他地方去。

郁棠隐隐有点明白为何梦中李家那样咄咄逼人，也没能伤了裴家的元气。裴家比他们看到的厚重多了。这样的裴家，她有可能嫁进去吗？梦中的遭遇让郁棠觉得，好的感情，应该让她变得更好，而不是用自己的委屈去换取。郁棠又看了裴宴一眼。不愧是世家子弟，几代的血缘才能养出这样的相貌来吧！她在心里感慨着。

裴宴却觉得气氛正好，他略略思考了一会儿，就有些直白地道："你们郁家是世代都生活在临安吗？"

郁棠笑着点头，也说起了郁家的家史："到我高祖那里才渐渐在族人中出了头，置办起产业，起了现在的郁家祖宅。我曾祖父学了漆器的手艺，在临安城买了铺子。"

裴宴就道："若是让你去其他的地方，过另一种生活，你愿意吗？"

什么意思？！郁棠直觉这个回答很重要。她心如重鼓，一下一下震得厉害。可她看着裴宴认真的眼神，还是按照自己的心意，坦诚地道："我也不知道。"

裴宴对这样的回答有些失望。可他不想放弃，继续道："为什么？"

郁棠垂了眼帘，道："我觉得到哪里生活都可以，重要的是陪在我身边的人。"

裴宴愕然，随后忍不住无声地笑了起来。

"我舍不得我姆妈，我阿爹，"郁棠依旧垂着眼帘，没看见裴宴的异样，"还有我大伯父一家。要是身边有他们，去哪里都可以啊！"

裴宴屏住了呼吸，道："我不是说让你离开家里的人，而是指你身边的人和你从前认识的人都不一样。你可能要重新认识、重新适应，别人不了解，还会误解你之类的。"

是她以为的那个意思？！

郁棠有点想尖叫。裴宴怎么会……问她这些……

她强忍着心中的巨浪，尽量让自己的声音显得和平时一样的平淡，笑道："您去外面做官，不也要认识新朋友，适应京城的气候吗？"

姑娘家嫁了人不也一样是重新开始吗？谁又能一嫁过去就能赢得大家的喜欢？有些人就是没有缘分，一辈子都得不到夫家的喜欢，难道因为这样就不活了吗？还不是得想办法让自己好过一些。郁棠想着，目光就落在了裴宴的身上。

裴宴却腾的一下站了起来，神色有些激动地来来回回走了几步，这才重新坐下，正襟危坐，神色严肃地问郁棠："你愿意陪着我母亲吗？"

郁棠骇然，下巴都快要掉下来了。她知道裴宴胆子大，还有些离经叛道，可她做梦也没有想到，他的胆子居然这样大。他竟然问她……等等……他说得这样含糊不清的，万一她误会了呢？岂不是闹了个天大的笑话！

郁棠也不禁挺直了背，正色地道："您这是什么意思？"

裴宴的呼吸显得有些沉重，但他还是郑重地道："若是你愿意，我想把你的名字写到我们家的族谱上，写到我的名字旁边。"

郁棠愣住，心中的小人却手舞足蹈地转着圈圈。她的眼眶不由自主地泛起了水光。

裴宴见她一副似笑非笑，似哭非哭的模样，吓了一大跳。这是答应了，还是觉得他太孟浪，欺负人呢？裴宴额头冒汗，催道："你觉得怎么样？"或者是因为太紧张，他的声音比平时还要冷峻生硬。

郁棠澎湃的心情顿时像被泼了盆冷水，人也冷静下来。她不禁问："为什么？"

裴宴没明白："什么？"

和裴宴自相识到现在的那些画面一帧帧在郁棠的脑海里闪过。她道："为什么是我？"

裴宴应该从来没有想过这个问题，他被问得哑口无言，最后还有些恼羞成怒，道："这有什么好问的，哪有那么多为什么？我觉得你挺好就是了。"

话虽如此，他也开始反省自己为什么会想娶郁棠。是因为她漂亮吗？漂亮的他见得多了，却也没有想要娶回家。是因为她聪明吗？可更多的时候是做傻事。或者，是因为她在长辈面前还算乖巧懂事？可在他面前却半点都看不出来。想到这里，裴宴还有些不满地轻"哼"了一声。

郁棠这才发现自己好像从半空中落到了地上，心里终于踏实了。她怕听到裴宴回答是因为她长得漂亮。为什么会这样？郁棠审视自己。她想到了梦中自己的那些糟心事。或许，在她的心里，她觉得梦中的遭遇与她的相貌有很大的关系。

郁棠沉默了。

裴宴的手心出了汗。他觉得他很紧张，这个时候他应该哄郁棠两句，说不定郁棠就答应了，但这样的想法又让他觉得非常别扭，纠结的结果就是他不悦地瞪了郁棠一眼，很不高兴地道："你还有什么要问的？我觉得我们合适就行。人生苦短，譬如朝露。要是还不能按着自己的心愿过日子，还有什么意思？你若是没有其他要问的，我就当你答应了。你且在家里等几天，我准备好了东西就去你家里提亲。"

不是，她根本还没有答应好不好？可她要反对吗？郁棠心里的小人立刻摇了摇头。她低下头，一时间不知道该怎么回答。

裴宴是多聪明多有眼色的一个人，立刻就感觉到了她的犹豫。然后他做了一件在若干年后都不愿意提起，也不知道怎么解释的事——他拔腿就走掉了。

一面跑，他还一面道："这件事就这样说定了。我和胡兴先去前面看看，你在这里歇会儿。"

那边胡兴虽然不知道发生了什么事，但他主要的任务就是服侍裴宴。裴宴走，他当然要跟着。阿茗几个更不要说了。呼啦啦走了一半人，留下郁棠和青沅、双桃几个，面面相觑。

以至于接下来他们几个去了什么地方，裴宴和胡兴商量了些什么事，郁棠都左耳朵进右耳朵出的，压根就没有听进去。直到裴宴最后做了决定："山下和北边全都种沙棘树，南边种桃树。然后引两条渠过来。今年夏天先动工挖一条出来，到了冬天农闲的时候再挖一条。"

郁棠这个不懂农事的人都知道，两条渠，这得费多大的劲啊。但在这种事上她不好反驳裴宴——在郁棠眼里，裴宴是行家。

"要不，先修一条？"她试着劝裴宴道，"看看情况如何再修另一条？"

裴宴自然是不愿意。胡兴却有自己的考量。这么大的工程量，肯定是要借助临安周边百姓的力量，就算是裴家愿意出钱，可若是落下个好大喜功的名声也不是件好事。

他不仅顺着郁棠说话，还朝着裴宴使着眼色，道："我倒觉得郁小姐说的有道理。万一州里有徭役下来，倒不好与府衙相争。"

郁棠觉得还是胡兴说话高明，忙笑道："何况修渠不是件小事，人工、材料都要事先准备。人工好说，材料却要四处问问，很多地方夏季都是枯水季节，也不知道好不好运。"

裴宴并不觉得这是个什么大工程，他在意的是胡兴朝他使的眼色。通过这几天看胡兴办事，他对胡兴的能力又有了新的认识。让这人办点正经事他可能有所欠缺，可在察言观色、卑躬屈膝这一点上，裴家的几个总管也好，管事也好，没有一个比得上他的。把他安排在后院，还真挺适合他的。

裴宴没有做决断，而是岔开了话题，说起种桃树的事："胡兴，青州那边你很熟，树种的事就交给你。这两天尽快安排下去。若是需要去趟青州，你跟阿满说，让阿满给你安排。还有陈大娘那边，也要打声招呼。至于你在府里的事，暂时就交给阿满，由阿满分派下去。"

这就是让他顶着总管的名头却干着管事的事了。

胡兴有点蒙，但他不敢反驳裴宴的话，连忙躬身应"是"，态度不知道有多好。

裴宴就看了他一眼，然后继续和他说着话，却朝不远处的杂树林里走去。

要不怎么说胡兴是个人精呢？他立马跟了上去。

裴宴这才压低了声音问他："你刚才看我做什么？"

胡兴弯着腰忙道："我瞧着郁小姐不是十分愿意的样子，想着有些事您要不听听郁小姐的。我瞧着从前老太爷和老安人的时候，老太爷从来不在明面上反驳老安人的，何况郁小姐身边都是您的人。"

他爹的确在外人面前从来不曾反驳他姆妈的话。这句话取悦了裴宴。他声音轻快地道："行！你回去之后拿个具体的章程给郁小姐看，夏天先修一条渠，冬天再修一条。"

胡兴如遭雷击。他不过是觉得，修渠这么大的事，得花多少银子啊，要是让老安人知道他眼睁睁地看着，还这样随着三老爷乱来，恐怕老安人得撕了他，这才绞尽脑汁想了个理由。谁知道三老爷居然当真了！也就是说，在三老爷心里，郁小姐是能和老安人相提并论的人！这……这哪里是要纳妾的样子，这分明是要娶妻啊！郁小姐……裴家的当家主母，裴府的宗妇！

胡兴被砸得有点晕乎乎的，都不记得自己是怎么跟着裴宴和郁棠下的山。但等到他到了山脚，看到王四和郁家的护林人都殷勤地守在那里，这才觉察到了不对。三老爷不敢去跟郁小姐说，就把说服郁小姐一口气修两条渠的事丢给了他！他难道就生了三头六臂不成？三老爷都干不成的事，他就能干成？他在郁小姐面前难道还能比三老爷更有面子？

胡兴欲哭无泪，望着沉默不语、一前一后往郁家老宅去的裴宴和郁棠，心情十分复杂。

而郁棠的心情也十分复杂。不管是梦中还是梦醒，她从来没有想过要嫁入豪门。梦中是造化弄人，现实却是却之不恭。何况老话说得好，齐大非偶。拒绝裴宴吗？她又说不出口。且不仅是说不出口的事，她心里还隐隐十分抗拒。该怎么办？

她心里七上八下的，也没有个主张。郁棠真心希望时间就停留在这一刻，让她永远不需要面对之后的选择。

她婉拒了族中女性长辈的宴请，草草地用过晚膳，就把自己关在了屋里。

怎么办？这个时候，她非常希望有个人能帮自己拿拿主意。姆妈肯定是不行的。她若是知道肯定会吓一跳的，说不定还会立刻就拿了主意，拒绝或是同意裴家的亲事。她阿爹当然就更不合适了。大堂兄？大堂嫂？大伯母……大伯父？郁棠越想越觉得心烦。如果徐小姐在这里就好了。可她若是在这里，多半也会闹得尽人皆知吧！

郁棠苦恼地捂了脸，突然间想到了马秀娘。要不，去跟马秀娘说说？瞧瞧马秀娘嫁到章家后过的日子，就知道她是个会过日子的人。会过日子的人，通常都通透伶俐。跟马秀娘说，还能暂时瞒了家里人。裴宴这个人，说得出来就做得出来。真等到他骤然去提亲，家里一定会炸锅的。

郁棠叹气，想来想去，觉得只有马秀娘合适。这么一来，她顿时恨不得插了翅膀飞去见到马秀娘，立马就把这件事给定下来，在郁家老宅多待一息工夫，就如坐针毡一刻钟。

她好不容易熬到了天亮，起身就吩咐双桃要回临安城去。

双桃吓得说话都不利索了，道："出，出了什么事？"她昨天悄悄和王四说了会儿话，今天约好陪郁棠和裴宴上山的。

郁棠心里有事，哪里注意得到双桃的异样。她来来回回走着，焦虑地道："没什么事，我突然想起桩事来，要回去一趟。"那到底是有事还是没事呢？

若是从前，双桃就问了。可这段时间她和裴府的仆妇们接触得多，学了很多规矩，见郁棠这个时候烦着，知道不是问话的好机会，道："小姐，那我去吩咐裴家的骡车准备送您回城好了！"随后又请她示下："那裴三老爷那里怎么办？"

裴宴是来帮他们郁家的，她们要丢下裴三老爷在这里忙着，还是也请了裴三老爷回城?"

郁棠想起裴宴在山上跟她说的那些话,面红耳赤,又有些恼羞成怒,想着那人只管搅浑了一池秋水自个儿却好吃好喝的,拒绝了郁家长辈陪席,竟然和五祖叔在村子里闲逛到很晚才回来。她在隔壁都能听到五祖叔送他回来时两人欢畅的笑声,只有她在那里吃不香睡不着。她心里就恨恨的,咬着牙道:"让他一个人在这里好了,我们回城去。"

双桃本能地觉得郁棠说话的语气有些不对劲,但她还惦记着要去和王四说一声,就没有细想,应了一声就往外走。只是她没走两步就被郁棠叫住了,道:"你去村里找人借驾牛车,我们悄悄地回城。"让他找不到人,看他急不急。

双桃愕然。

郁棠已道:"快去!这件事不要告诉任何人。若是有人问起,你就说我昨天累着了,今天要歇息半天。"半天的工夫,足够她回城了。

双桃心中困惑重重,但更听从郁棠的话。她果真就照着郁棠的意思,不声不响地借了牛车,和郁棠回了临安城。

郁棠直奔章家。

马秀娘家的晴丫头已经快两岁了,走起路来稳稳当当的,又正是眼活手快的年龄,看着什么都要揪一揪,放在嘴里尝一尝,一会儿不看着就不知道钻到哪里去了。

郁棠到的时候马秀娘正一手抱着女儿,一手指着晒在院子里的花花草草指使着喜鹊:"好生收起来,端午节的时候也好做了香囊送人。"

她转头看见郁棠,高兴的笑容都要满溢出来了,把晴儿交给了喜鹊就上前抱了抱郁棠,道:"你怎么来了?也不提前说一声。喜鹊,快,去街上买些樱桃李子来,用井水湃了给阿棠解解渴。"又吩咐一个新买的小丫鬟:"打了水服侍阿棠洗把脸,你这是从哪里来,怎么风尘仆仆的?"

郁棠向来稀罕白白胖胖长得像年画的晴儿,闻言倒不好抱她了,笑着对马秀娘道:"我这不是有些日子没过来了吗?来你们家串个门。"说完,才意识到自己连个点心都没有带上门。

马秀娘也看出点门道来,想着郁棠多半是有事找自己,塞了个拨浪鼓到晴儿手里,就拉着郁棠进了内室。

"你这是出了什么事吗?"马秀娘亲手给郁棠倒了杯茶,坐到了她的身边,关心地道,"有什么我可以帮忙的,你只管说,千万别和我客气,我们可是好姐妹!"

郁棠捂着手中的茶盏,不冷不热的茶水一如马秀娘的为人,真诚而又透着暖意。

她嘴角微翕,想把来时在路上反复想了千百遍的话告诉马秀娘,可事到临头,望着马秀娘担忧的神色,她一时间居然不知道说什么了。

郁棠欲言又止。

马秀娘心里"咯噔"一声，直觉郁棠遇到大事了。那她就更应该沉得住气，不能乱了阵脚吓着郁棠了。

她就状似很随意地笑了笑，和她说起端午节的事："我相公前两天在私塾里听说，今年新上任的知府要举办龙舟赛，由裴家出彩头，到时候你要和我一起去看龙舟赛吗？"

裴家出钱吗？从前郁棠若是听到关于裴家的事只会当成是轶事随意听一听，可现在，裴家好像猛地就和她有了不同寻常的联系，让她听了脸红，声音都不由得低了几分，道："我，我还不知道，要看我姆妈让不让我去。"

马秀娘暗暗惊讶。这样的机会难得有，何况她们又不是那些豪门大户人家的女孩子，拿规矩当饭吃。当然，也不是说她们就没有规矩，只不过相比规矩而言，更重视吃饭罢了。

这些念头在她脑海里一闪而过，她突然想到了一种可能，忍不住替郁棠欢喜起来，笑吟吟地道："不会是郁婶婶给你说了门亲事，端午节的时候你要在家里绣嫁衣吧？"

"啊！"这下子轮到郁棠惊讶了，但惊讶之余，她不由佩服马秀娘厉害。虽说没有猜中，但……她刚才还真这么想了想。万一裴宴要是端午节之前跑去家里提亲，不管婚事成不成，她姆妈肯定都不会再让她参加裴家资助的这些活动了。

"还真被我猜中了！"马秀娘惊呼，笑意从她的眼底溢了出来，"快，快跟我说说到底是怎么一回事？谁给你做的媒？是哪家的小子？人你见过了没有？长得好不好看？是你出阁还是对方入赘？"

她哐哐当当就是一通问。郁棠羞得都快抬不起头来了。

马秀娘见状不由感慨："没想到一眨眼的工夫你也要成亲了！"

郁棠的脸像火烧一般。

别人的婚事是八字还没有一撇，她这是还不知道八字能不能写。要是让马秀娘误会就麻烦了。她心中一急，原本那些不好意思说的话一下子像竹筒倒豆子似的，全给倒了出来："不是，不是普通的亲事。是裴家，裴家三老爷，前两天陪着我回了趟老家……"

郁棠磕磕巴巴地把事情的经过告诉了马秀娘。

马秀娘难掩自己的震惊，腾的一下站了起来，睁大了眼睛，语无伦次地对着郁棠道："我没有听错吧？裴三老爷，是我们知道的那个裴三老爷吧？他居然当着你的面问你愿不愿把自己的名字写在他们家的族谱上？你，你没有夸张吧？那可是裴府的当家老爷啊！"

郁棠平时也不是那种说大话的人！可让她相信裴宴要娶郁棠，她连做梦……不，就算不是做梦，她也想不到。马秀娘想着，立刻扑回到郁棠的身边坐下，小心地求证道："阿棠，裴三老爷是说要娶你吗？请了媒人做媒，拿了他的生庚八字的帖子去你们家提亲吗？"

难道还能有其他的方法吗？

郁棠一时没听懂，有些不解。

马秀娘就狠狠拧了她一把，道："你看你平时看着挺精明的，怎么遇到大事就犯了糊涂。他到底说的是提亲还是抬人？你当时怎么也没有问一声。"

她当时慌里慌张的，哪儿好意思细问。不过，马姐姐这是什么意思？提亲还是抬人？郁棠恍然大悟。马姐姐这是问她裴宴是要娶她为妻还是要纳她为妾吧？

郁棠想也没有多想地，道："我又不是那没人当家作主的，他怎么可以抬我进门？"

马秀娘就用一种"你可真糊涂"的眼神看着她。

郁棠立刻不服气起来，她道："我们家虽然不如裴家，可我们家也不是那见着富贵就迈不动腿的人家。何况他也不是这样的人，既然提出来了，肯定是要结秦晋之好的。"

马秀娘不好评价，但听了郁棠的话她脸一热，不好意思地朝着郁棠笑了笑，道："你心里明白就好。"

她虽然不知道郁棠为何有这么大的把握，但她相信郁棠不是那没有分寸的人，既然郁棠这么说了，那裴宴十之八九是想娶郁棠为妻的。

马秀娘心念飞快地转着，人已凑到郁棠的身边，悄声道："那你来找我，就是为了这件事吗？"

她声音里含着几分带着善意的促狭，让郁棠的脸一下子红得仿佛能滴血，声若蚊蚋地"嗯"了一声。

马秀娘得了准信，一下子激动起来。

她喷笑着推了郁棠一把，道："这么好的事，你还犹豫什么？怕裴老安人不同意？裴家是我们这里有头有脸的人家，若是裴老安人不同意，裴三老爷肯定不会来提亲的，不然他们裴家自家人和自家人起了争执，还不得成为临安城里茶余饭后的'点心'？不管是裴三老爷还是裴老安人，都不会让这种事情发生的。你只管放心好了，裴三老爷敢去你们家提亲，裴家肯定就不会有什么流言蜚语传出来。"

话说到这里，她长长地叹了口气，半是调侃半是欣赏地道："真没有想到，我身边的姐妹居然有机会嫁到裴家去，成了裴家的当家太太。这可真是世事无常，皆有可能啊！"

郁棠不禁道："我，我还没有答应呢！"

实际上她心里清楚，除非她这两天亲自去拒绝裴宴，以裴宴的性格，肯定已开始安排去她家提亲的事了。

马秀娘听着张大嘴巴，随后露出不可思议的表情低声嚷道："那可是裴家，是裴家的三老爷，你还有什么不满意的？你还敢翘尾巴，敢不嫁。你就不怕这么好的婚事被你给折腾没了？"

郁棠低着头，没有吭声。她还真怕把这门亲事给折腾没了。可不是因为裴府。是因为裴宴。裴宴……长得可真好！她第一次见到裴宴的时候就有点挪不开眼睛。就是性格有点糟，但又在她能够忍受的范围内。她不想把裴宴让给别人！

马秀娘不免猜测："难道你是怕你嫁到裴家之后不适应？"她自从知道裴宴想娶郁棠之后就有点兴奋，觉得这门亲事太好了，生怕郁棠一时没有想通给拒绝了，她开始劝郁棠："你想想，你就算是不嫁到裴家去，嫁给任何一个人，也都是去了个陌生的人家，也需要讨婆婆和小姑的欢喜。裴家至少没有小姑，你的日子就比有小姑的人家好过多了。当然，这也是我胡说八道，别说裴三老爷没有姐妹，就算是有姐妹，裴府的小姐们向来修养好，多半不会像那些小门小户的似的，不甘心家里的事由嫂嫂说了算，怎么着也要折腾出点事来才好。说不定人家裴家的人比一般的人家更好，裴家的内眷可都是见过了世面的，眼界多半也比旁人高。

"所以我说你嫁给谁家都是一样。在裴家会遇到的事在别人家也会遇到。

"你要是嫁到别人家去，姑爷对你如何你还不知道。裴家在这点上就比别人家要强。这门亲事可是裴三老爷自己看中的，他要是不维护你，岂不是在打自己的脸？"

郁棠哭笑不得。这些道理她都懂。她担心的是……裴宴又不了解她，娶了她会不会后悔。但裴宴也说了，他觉得他们合适，而不是因为她长得漂亮。或许，是她太担心了。郁棠悄声地把自己的担心告诉了马秀娘。

马秀娘恨不得拿个棒子把她的脑袋敲开，有些怒其不争地道："我看你就是太闲了！你原来的虎气去了哪里？他敢娶，你还不敢嫁不成？怕他后悔，你让他不后悔不就行了。谁过日子能把前景都看得清清楚楚的？难道林氏嫁到李家的时候就知道李家会因为草菅人命而家道中落？裴老安人在嫁给裴老太爷的时候就知道裴老太爷会走在她前面？我们总不能因为看不清前路就不好好地活着了！我只问你一件事，你现在想不想嫁给裴三老爷？"

郁棠如听晨钟暮鼓。是啊！谁又知道以后会发生什么事？她梦中嫁到李家的时候，会想到李家对郁家心怀不轨吗？会想到李端这个大伯兄会对她这个守寡弟媳心存恶念吗？会想到她居然能隐忍五六年，为给家人报仇从李家逃出来吗？她不知道！可她依旧靠着自己从泥沼里爬了出来。她既然梦中都能做到，没有道理现实中还不如梦中，成了个没有主意，没有意志的软弱无能之辈啊！

"马姐姐，你真是我的好姐姐！"郁棠拉住了马秀娘的手，因为打定了主意，有了勇气而熠熠生辉的双眸让她如蒙尘的明珠散尽尘埃般，变得神采飞扬，光彩夺目，分外漂亮。

第七十三章　脸红

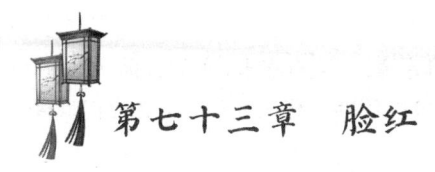

马秀娘看了不由抿着嘴笑了笑，拿手点了郁棠的额头道："我看你啊，准是一早就拿定了主意，到我这里来找我絮叨，也不过是想更坚定自己的决心罢了。"

郁棠微愣。

马秀娘就道："你想想看，若是你心里真的觉得这门亲事不妥，还会来找我说东说西吗？你肯定是闭口不言，回到家里不再出门，只等这场风波过去。怎么会这样烦躁不安，还跑来问我。"

郁棠想想，觉得马秀娘的话还真的有几分道理。也许在她的心底，还真就是这么想的。郁棠不好意思地嘿嘿笑了两声，如释重负，这才感觉到肚子饿得慌。

马秀娘见状娇嗔地瞪了她一眼，道："还没有用膳吧？你且坐会儿，我这就去让厨房给你做点好吃的。"

郁棠连声道谢。

马秀娘趁着饭菜还没有上桌，好奇地问起她和裴宴的事来："你们是怎么说上话的？我看裴三老爷那个人冷得很，他平时对你不会也是如此吧？"

郁棠也想有个人能一起说说裴宴，就把自己怎么和裴宴认识的告诉了马秀娘，还替裴宴辩解道："他这个人就是看着有点冷淡，实际上对人很好的，温柔又体贴，还很聪明。"

她想到裴宴在山上问她的那些话，脸上不由透着几分红，眼眉间也带了几分羞涩："我不知道别人是怎样的，可他先问我愿不愿意，再去家里提亲，我心里就特别高兴。觉得他很看重我，就不想放弃。"说完，又觉得自己的言辞太大胆，补充道："也许是我的错觉。可我不想找个事事都要我顺从他的人……"

马秀娘听了"啧啧"了几声，调侃郁棠道："还温柔体贴，说得好像我没有见过裴家三老爷似的！我看你这是情人眼里出西施，他做什么都好。"

郁棠羞红了脸。她毕竟还是尚未出阁的姑娘家。

马秀娘点到为止，不再打趣她，而是正色地道："你知道自己要什么就好。以后若是遇到了什么抱怨的事，就想想你今天说的话，肯定就能柳暗花明的。"

郁棠连连点头。在章家用过膳，又和马秀娘说了会话儿，这才和双桃回了郁家。

陈氏正和陈婆子晒着端午节做草药香囊用的草药，见郁棠突然一个人回来了，吓了一大跳，丢下陈婆子就急步走了过来，道："你怎么这个时候回来了？山林的事处理得怎样了？你阿兄呢？是和你一道回来的，先回了你大伯父家，还是留在了老家?"

郁棠这才惊觉自己做错了事。她忙安抚母亲道:"我有点事,所以提前回来了。阿兄还在老家陪着裴三老爷呢!山林的事也挺顺利的,裴三老爷准备让我们家种些青州的桃子,看能不能增加些收益。"

陈氏听了更急了,道:"你有什么事要一个人提前回来?"

郁棠急中生智,忙道:"是裴三老爷准备给我们铺子里再画几个图样,我想到章公子,就提前回来了,看看章公子那边有什么打算。这不马上就要六月六了吗?若是我们能做些新图案的漆器,家里的生意肯定会比去年好。"

做剔红漆,暴晒是一道老天爷赏饭吃的工艺。若是夏季的时候太阳好,做出来的漆器就好;若是夏季太阳不好,就不可能做出好的漆器。这个道理陈氏也知道。她素来相信女儿,况且郁棠也说得在理,就没有怀疑,忙迎了女儿进门,喊着陈婆子去给郁棠盛些绿豆汤来。

郁棠见母亲不再怀疑,松了口气,心里却很是愧疚。她只顾着自己的事,匆匆忙忙地赶了回来,却忘记了去看一眼前天宿醉的大堂兄。大堂兄若是知道她不见了,肯定会很急的。她只好亡羊补牢,悄悄地吩咐双桃去给郁远送个信,还怕双桃不愿意,道:"你正好和王四说说话。看看他有什么打算,我也好提前帮你准备好了。"

像是成亲之后就住在郁家铺子后面的后罩房里,还是在外面租个房子?他有多少积蓄?成亲要添些什么东西?郁棠手里的钱财虽然不多,但负担他们成亲的费用还是负担得起的。

双桃红着脸,一溜烟地跑了。

郁棠这才感觉到疲劳,好好地补了个觉。

那边裴宴一大早起来就准备去堵郁棠,一起用个早膳,谁知道等他收拾好出门,郁棠却不见了。他当下心里有点慌张,随后发现双桃也跟着不见了,他这才心中微定,急着让青沅去找人。

青沅人没有找到,却看见在床上躺了一天的郁远脚步发虚,脸色煞白地走了过来,他问裴宴:"您怎么在这里?我阿妹呢?"

裴宴当然不敢说郁棠可能被自己吓跑了,只能帮郁棠掩饰行踪,道:"一大早就没有看见人,可能是出去散步了。我让人去找了。"

郁远也没有起疑,问起裴宴昨天上山的情景。

裴宴趁机把郁远带到了自己住的地方,让小厮摆了早膳,和郁远说起了自己的打算。

郁远觉得裴宴的主意很好,不住地点头,仔细地问着青州的桃子什么时候种,什么时候收,比起别家的桃子味道或是形状上有什么不同……

等到两人说完了昨天的事,用好了早膳,青沅面色有些怪异地走了进来,在裴宴耳边说了几句话。

裴宴挑了挑眉，强忍着才没有笑出声来。这小丫头，枉他平时还觉得她胆子挺大的，结果呢，听到他求亲，居然被吓跑了。这样也好。她要是留在这里，他肯定心猿意马，什么正事也干不成。让她回去冷静两天也好。

裴宴就帮着郁棠找了个借口，说是她有事回了临安城，有郁远留在这里就行了。

郁远暗暗称奇，他觉得郁棠不是那种遇到个什么事就会把郁家的事丢在旁边去忙的人，但什么都有例外，他也不能肯定。他只好压下心头的困惑笑着应"是"，陪着裴宴去了山上。

两个人在郁家的老宅又待了两三天，终于决定好种什么了，裴宴留下了胡兴和郁远继续交接树种树苗的事，自己则回了临安城。

来参加昭明寺浴佛节的人多数都已经回去了，宋家四太太却依旧在裴家做客，还常常陪了裴老安人礼佛。

裴宴回来的时候，宋四太太正在向裴老安人推荐自己娘家的一个侄女："那也是个乖巧听话的。之前我没有想到，如今想起来，越想越觉得和遐光合适。要是您也觉得好，我让她陪我过来住几天，您好亲眼看看。"

随着裴老太爷孝期将尽，来给裴宴说亲的人都要踏破门槛了。从前裴老安人很肯定要给裴宴娶个怎样的媳妇，可自从长子暴病而亡，幼子致仕回乡继承家业之后，裴老安人反而不知道给幼子找门怎样的媳妇更好了。但有一点她从来没有变过，那就是这个媳妇一定要裴宴自己喜欢，不然太委屈她的小儿子了。

裴宴来给裴老安人请安，裴老安人正好摆脱了宋四太太的说亲，先去见了幼子。

裴宴没准备和母亲兜圈，给母亲行过礼之后，就坐在了母亲的下首，端起小丫鬟们送的茶水喝了一口，道："我这几天帮郁家去看那个山林了，没想到胡兴还挺有用的。我寻思着让他专门管着后院好了，我再从几个管事里找一个接手他的事，让他能一心一意地听候您的差遣。"

裴老安人并不知道裴宴这几天是在忙郁家山林的事，她听了很是诧异，道："郁家怎么了？还要你亲自出面？"

裴宴耳朵有些发烧。他经历的事虽多，但这种事还是第一次，难免有些不好意思。他轻轻地咳了两声，这才道："郁小姐不是一直为家里的那片山林担心吗？我就去帮着看了看。"

但他是那种随便帮人看看的人吗？裴老安人狐疑地望着儿子。宋家不知道明里暗里求了她这个儿子多少次，也没见她这个儿子去帮宋家出个主意。

裴宴在母亲的注目下有些不自在地又轻轻咳了两声。

电光石火中，裴老安人突然明白过来。她惊讶得无以复加，指着裴宴的手有些颤抖地道："你，你这是……看上了郁小姐？"

裴宴第一次觉得自己像被扒了衣裳似的被看了个透，但他还是点了点头，道：

"我觉得郁小姐很好。"

裴老安人也觉得郁棠不错，可真的做她的媳妇……她还是觉得能有更好的选择。她沉吟道："你，你跟郁家提了没有？"

裴宴笑着道："我当然要先告诉您啊，这件事不是得您帮我出面张罗吗？"

裴老安人望着自己这个风神俊逸又从小就叛逆不听话的儿子，不知道该欣慰还是感慨。

裴宴却没打算让裴老安人有机会和他讨论这件事，他直接把这件事丢给了裴老安人，还道："这样家里也太平了，免得一个、两个的都来给我说亲，说的也都是些不知道从哪里冒出来的人。万一和谁家扯上什么关系，我们家到时候就算是想保持中立都不成。"

裴老安人可不相信儿子的说法。她怀疑地望着裴宴，道："你是那种怕事的人吗？我怎么觉得你还有点唯恐天下不乱呢！"

裴宴理直气壮地道："姆妈，您误会我了。谁有太平日子不想过？这不是求而不得，只好应战吗？我觉得郁小姐很好，知根知底，家世清白，人事简单，为人机敏，既忍得住又不怕挑担子。"最后还道："像我们这样的人家，家宅平平安安才是最要紧的。您看我大兄，您再看我二兄。"说得裴老安人半晌都不知道怎么回答。

裴宴套路完裴老安人，扬长而去，却还觉得不保险。他叫了青沅过来悄悄地吩咐她："听说宋四太太一直陪着母亲，你有空的时候不妨给宋四太太身边的人递个音，就说我回来了，老安人正和我商量着我的婚事。"

那些想和裴家联姻的人家肯定很着急，总会有人让裴老安人心生反感的。

青沅会意，宋四太太很快就得到了消息。她往裴老安人那里就走得更勤了。

裴老安人看着她那张过分殷勤的脸，不住地在心里摇头：宋四太太出阁之前，也是父母的掌上明珠，清清净净的大姑娘，嫁到了宋家，做了宗妇，反而成了这样一副模样。

她忍不住道："遐光以后掌管家业，不可能再做官了，只怕会让你们娘家的人失望。"

宋四太太磨了裴老安人这些日子，终于等到裴老安人开口，而且还是语带善意的，她不免有些激动，说起话来也就少了平时的小心翼翼："瞧您说的，就凭三叔的本事，就算是不做官，那也是跺跺脚就能让江南抖三抖的人物，何况家里还有二叔和大少爷呢。您啊，就等着享福好了。"

难道就没有人看中他们家遐光这个人的！裴宴的话在裴老安人的心里开始发酵。也许，遐光才是看得最清楚的那个人。裴老安人叹息，想起郁棠那不笑时温婉、笑时激泷的一张脸，好歹让人看着心里舒服。

她叫了幺儿过来，道："过了中秋节就下聘吧！"

裴宴没想到事情会进展得这样顺利，他没能抑制住自己的喜悦，眉眼都透着笑意，给裴老安人深深地行了个揖礼，讨好地道："我和阿棠以后肯定会好好孝顺您的。"

这媳妇还不知道在哪里，就护上了！裴老安人啼笑皆非，故意嗔道："难道我不同意这门亲事，你就敢不孝顺我了？"

要说裴宴想讨好哪个人，就不可能让人不喜欢。

他笑嘻嘻地坐到了裴老安人的身边，顺手拿了一个美人槌给裴老安人捶着肩膀，道："没有同意这门亲事我肯定也会孝顺您啊！您喜欢谁我就会娶谁的，这点您放心。不过有时候想起来会觉得您偏心——大哥娶的是他喜欢的，二哥成亲之前也相看过好几次，到了我这里，为何就不能自己当家作主了？何况我不像大哥，看人没什么眼光；也不像二哥，没什么主意。我要是看中的人您要是觉得不放心，我心里得多难受啊！"丝毫不提他喜欢郁棠这件事。

裴老安人被儿子一路带偏，还觉得儿子的话很有道理。从他小的时候开始他们老两口就让他自己选屋里服侍的丫鬟小厮，若是到了他成亲的时候却反被怀疑看人不准，就算给他瞧中的是门好亲事，他别别扭扭的，估计也能变成一对怨偶。

儿子难得这样在她身边撒娇，裴老安人心里是很高兴的，对儿子越发宽和，越发心疼儿子，也就越发觉得儿子不容易了。她轻轻地拍了拍儿子的手，笑道："姆妈知道了。以后啊，你就和郁小姐好好过日子，早点给我添个大胖孙子才好。"

说到这里，她突然想起裴彤的婚事来，忙叫了陈大娘进来，道："那边大公子的婚期定下来了没有？"幺儿的婚事既然有了眉目，总不能让侄儿在叔父前面成亲吧？

陈大娘不由目带怯意地看了裴宴一眼，道："大太太那边还没有个具体的章程。听说是顾家那边的陪嫁单子还没有送过来。"

裴老安人听了直皱眉，道："顾家那边出了什么事？"

陈大娘见裴宴一副事不关己的模样，知道裴宴没有把裴彤的婚事放在心上，胆子也就大了起来，道："顾家那边说，原本给顾小姐准备的家具因那年顾家走水，烧了一些，又因全是上好的黄花梨做的，一时也难以补全。后来顾家觉得有六十四抬的嫁妆也可以了，就没再添补。如今顾小姐嫁的是我们府上的大少爷，六十四抬肯定是不行的，所以要赶着打家具，嫁妆单子不知道怎么写好。"

顾曦曾经和李端定过亲，在顾家的人眼里，六十四抬的嫁妆足够了。裴老安人这么一想，就觉得还是郁棠好，至少没这么多糟心事。但这件事也提醒了她，她打发了陈大娘，悄声和裴宴道："我看郁家肯定也没有准备这么多的嫁妆，和郁家的婚事，我们最好早点透个底。"郁家之前还准备招女婿，就算是准备了六十四抬嫁妆，做做样子就行了，未必真有那么多的陪嫁。她总不能让侄儿媳妇给比下去吧！

裴宴还真没有仔细想过这件事，他觉得郁棠能嫁给他就行了，至于其他的，成了他的妻子，他还能少了她的不成。

他脑子转得快，听着裴老安人的话，就想着给郁棠弄点体己银子，闻言做出副憷然不知的样子，道："那怎么办？要不，我们把她的嫁妆包了？可我又没有姐姐妹妹的，您也没有给女儿攒陪嫁，黄花梨又不好找，我们有些为难吧！"

裴老安人看着儿子苦笑，道："读那么多书有什么用，遇到这些内宅的事，一个个就都成了傻瓜。"不过，傻瓜也有傻瓜的好处，至少不会出些让人烦心的主意，干些让人烦心的事。

"这件事就包在我身上好了！"裴老安人道，"你只管把你和裴彤成亲的日子定下来，最好是一前一后。若是实在来不及，隔几天也成。反正是热热闹闹地办一场。"

裴家这几年不太顺利，也算是给裴家冲冲喜了。

裴宴连连点头，出了裴老安人的门却急了起来。若他和裴彤成亲的日子相隔不远，郁棠的嫁妆他还真得过问才行。总不能让郁棠一辈子被人非议吧！裴宴想想就觉得不得劲。

他觉得胡兴在这方面有长才，把他喊到自己的书房里商量。

胡兴听说裴老安人这边松了口，顿时对裴宴佩服无比。瞧瞧，这才是干大事的人，想要什么就能得到什么。不管是女子、家业，还是仕途。若说从前他对裴宴还是因为尊卑名分不得不为，自此以后就被碾压得心甘情愿了。

"要不，您先去郁家摸摸底？"涉及未来主母的颜面，胡兴决定还是让裴宴自己去更好，"这样我们才知道郁家那边有什么来不及置办的。"他还甩锅道，"这女子和男子不同，她们在婆家的时候争娘家的气，在娘家的时候争婆家的气。陪嫁这种事，还是越少人知道越好。"

裴宴听懂了。他正好有几天没有看见郁棠了，还可以拿这个做借口去见见那个死丫头。居然把他一个人丢在了郁家的老宅，等会儿见着她的时候看他怎么收拾她。

裴宴回屋去换了件衣裳，带着阿茗去了郁家。

郁文正在家里和吴老爷商量着怎么入股江潮生意的事。

"听说下月初七船就能停靠在宁波码头了。我们也能扬眉吐气，好好地过个端午节了。"吴老爷感慨道，"惠礼，还是你有福气啊！我这两年跟着你，赚了不少的钱。承蒙你看得起，这次又邀我一道入股江潮的船行，我觉得我遇到了贵人，要发财了。"

郁文呵呵笑，道："这话应该我说才对。要不是吴老哥，我怎么可能买了李家的永业田，又怎么可能想着去和江潮做生意？"

两个人互相吹捧了一阵子，决定这次依旧联手做生意，就是裴宴那里，他们得去一趟才是，一来要问问这股怎么入，二来也要去谢谢裴宴，给了他们这个机会。

这时候两人听说裴宴过来了，喜出望外，倒屣相迎。

裴宴想着以后郁文就是自己的老丈人了，怎么也不敢拿乔，客客气气地和郁文、吴老爷行了礼，由两人陪着去了书房。

双桃来上了茶，摆了点心，就退了下去。郁文拉着他就说起苏州城的生意。

裴宴别说见郁棠一面了，就是和双桃都没有说上话。他这才发现自己打错了主意。要见郁棠，还是得私底下相约。

裴宴就有些坐不住了，想走。郁文和吴老爷却觉得机会难得，拉着他不让走，吴老爷干脆一路小跑着回家，把他们家后院梧桐树下埋的给女儿出阁用的女儿红起了两坛出来，抱着坛子重新返回了郁家。

他不但走不了，还被郁文和吴老爷灌了一坛子女儿红，差点就倒在了郁家。

裴宴很是郁闷，倚在自家水榭的罗汉床上喝着醒酒汤的时候问胡兴："老安人那边有什么动静？"

他姆妈可有不少好东西。有钱也买不到。能给郁棠一两件，就足够她长脸了。但郁棠似乎不像他这样满意这门亲事，要不然怎么能知道他在她家喝酒，也不找个借口来看看他，还凭由他被郁文灌酒。裴宴有点不高兴了。

胡兴也悄悄盯着裴老安人，听着笑道："老安人这两天在清理自己的库房呢！"

裴宴微微颔首，并没有特别高兴。

胡兴眼珠子骨碌碌直转，猜测道："您去郁家，没有看见郁小姐？"

裴宴不悦。

胡兴知道自己这是猜对了，立马道："郁家也是有规矩的人家。您没有和郁家联姻的打算还好，您既然决定和郁家联姻了，郁家肯定不会让郁小姐见您了。您且放宽心，等过些日子，两家正式下了聘，郁小姐就不会有意回避您了。"

裴宴当场石化。他……他好像还没有和郁家的人提起联姻的事……郁家还不知道这件事……

裴宴额头冒出细细的汗，神色却半点不见慌张，心里寻思着找谁去说亲比较好。这个人必须和郁文私交很好，又能和裴家说得上话。可惜郁家和裴家地位悬殊，裴宴在脑子里过了一遍也没有找到个合适的。就在他寻思着要不要去求求裴老安人的时候，他突然想到今天在郁家陪他喝酒的吴老爷。这不是一个现成的人选吗？

裴宴盼咐胡兴："你去给青竹巷的吴老爷送张帖子，说二老爷请他来家里喝酒。"

胡兴应声而去。

裴宴就去了裴宣那里。

裴宣正拿着个小喷壶在给他养的几盆兰花清理叶子。见弟弟过来了，也没有放下手中的小喷壶，而是扬了扬下颌说了一声"坐"，然后问他："你喝什么茶？

我这边有新送来的碧螺春,还有信阳的毛尖。"

两人都是在临安长大的,却都不怎么喝西湖龙井。裴宣更爱碧螺春和信阳的毛尖,裴宴更喜欢福建的岩茶和祁门的红茶。裴宴又不是来找哥哥喝茶的,但他也不是委屈自己的人,吩咐裴宣的小厮给自己泡壶祁门的红茶。

因不是裴宣常喝的茶,那小厮找了半天才找到装祁门红茶的罐子,还被阿茗抱怨了一通:"你既然记得不清楚了,就跟我说一声,我跑回去拿也比你快。"也得亏二老爷和二太太都是绵软的性子,要是在他们三老爷屋里,一早就被调到外面去扫院子去了。

裴宣就和裴宴说起了自己起复的事:"我给恩师写了封信过去,他老人家倒是很赞同我谋个京中的职务。但你也知道,四叔祖父那边的三堂兄最近也有意进京为官,我又不知道你那边的安排,寻思着等你把杭州那边的事忙完了,我们两兄弟得好好坐下来说说话,你倒先找来了。那中午就在这里用午膳好了,我让人做你最喜欢吃的萝卜酱丁包。"

裴望的第三个儿子叫裴峰,和裴宣差不多的年纪,在保定府做了好几年知府了,按理,应该调到京城为官了。但裴宣和裴峰是族兄弟,裴宣怕裴家会因此引起其他家族的注意。

裴宴向来不太赞同家族所谓的"韬光养晦"的做法。

人走过就会有痕迹,裴家又想富贵,又怕没有权力做靠山,惹人垂涎而引来灭门之灾,怎么可能真正淡出世人的眼帘?最好的办法当然是入世。

而且谁还真的能千秋万代不成?该败落的时候就败落,该新生的时候就新生,这才是真正的为人之道。

他闻言道:"阿兄不必顾忌这些。就是峰堂兄那里,我也让人带了信过去,让他去找周子衿。周子衿这些日子会在京城,让他想办法帮峰堂兄谋个好点的位置。我们家凭什么要处处忍让,处处小心?这样的日子过久了,人都会颓废的。你看下一代的子弟,除了裴禅和裴泊,还有谁能让人多看一眼?"

裴宣没有吭声,觉得弟弟说得很对,更觉得父亲临终前下决心把裴家交给裴宴再正确不过了。

他亲自给弟弟沏茶。

裴宴刚才那么高调地训了哥哥一顿,此时要低下头来求裴宣,还有点不好意思。

兄弟俩沉默不语地喝了两盅茶,裴宴终于鼓起了勇气,道:"阿兄,我有件事要请你帮忙!"

可能是几乎不怎么求人,他的语气颇为生硬,但以裴宣对弟弟的了解,还是知道他这是有很要紧的事和他说。

裴宣心头一凛。他这个弟弟,聪明有谋略不说,还心高气傲,等闲是不会求谁的,哪怕是他一母同胞的兄弟。

他不由正襟危坐,肃然地道:"你说!"

裴宴就更不自在了。他低头连着喝了两口茶,这才慢悠悠地道:"是这样的。前些日子姆妈不是在昭明寺主持了个讲经会吗?宋家、武家的人都来了,整天不是拉着姆妈就是拉我说我的婚事,宋家的四太太干脆就住在家里到现在还没有走。我寻思着这也不是个事,准备就娶个临安的姑娘为妻。正巧前几天我在杭州办事,青竹巷郁秀才家的女儿陪着殷明远的未婚妻去了杭州。我们碰了几次面,我觉得那姑娘不错,就跟姆妈说了说。姆妈也觉得挺好。现在就缺个去跟郁家提这件事的人。我就来求阿兄了。"

裴宣听得目瞪口呆。他阿弟什么时候是个这么老实胆小的人了?宋、武等人家来提亲他就屈服了吗?那当年怼得张、黎两家下不了台的人是谁?

裴宣不由仔细地打量着自己的弟弟。

他这才发现裴宴的耳朵有点红。哈哈!裴宣在心里大笑。说什么逼婚,他阿弟是看上了人家郁秀才家的闺女吧!还说什么姆妈同意了,说不定姆妈已经被他气得躺在床上了。自从他大兄娶了杨氏,他姆妈最厌烦的就是私相授受了,不棒打鸳鸯就是好的,还同意了?

裴宣还是第一次看到裴宴这样的扭捏,他觉得非常有趣,玩心顿起:"你放心好了,这件事包在我的身上了。我这就去和姆妈商量去,你且等我的消息。"

到时候看姆妈怎么收拾他!裴宣迫不及待地要去见裴老安人。

裴宴见哥哥拍着胸脯向他保证,哪里会想到裴宣心里根本不是这么想的。他很是感激不说,还觉得自己对二哥的事不够上心,赧然地道:"那就劳阿兄费心了。"还帮着裴宣出主意:"郁秀才和住在他们家隔壁的吴老爷私交非常好,你若是去郁家,不妨拉了吴老爷和你一起做个伴。"

这是用什么办法都想好了!

裴宣立刻答应了,转身见到裴老安人却道:"姆妈,阿弟这些日子都在忙些什么?他怎么让我去帮他提亲,说是要娶青竹巷郁秀才家的女儿,姆妈知道这件事吗?郁家我们没什么交情,我们要不要提前打听打听郁家到底是个怎样的情景啊!"

谁知道裴老安人听了并没有出现他以为的修罗场,只是淡淡地瞥了他一眼,道:"你阿弟请了你去做媒人?那你就去打听打听好了。"

裴宣摸着脑袋,不知道说什么好了。

裴老安人知道自己的这个儿子,看着老实本分,顽皮起来比不懂事的孩子还要让人头痛。

"这可是你阿弟的事,"裴老安人催着裴宣,"你一个做兄长的,可得把他的事办好了,免得让人笑话我们裴家。"

裴宣呆住了。他姆妈原来真的知道这件事,而且答应了老三的婚事!没有像老大似的在卧室外面跪半夜，也没有被油鞭子抽得躺在床上起不来，老三是怎么做到的？为什么他总是想做什么就能做到？！

裴宣不无忌妒地想，老太太就是偏心！

他垂头丧气地出了裴老安人的院子，按照裴宴的吩咐等着吴老爷上门和他"喝茶"。

郁棠知道裴宴来了家里之后的确有意地回避了他。也没有做什么出格的事，一直在自己屋里做着头花，准备过七夕的时候当成礼物送给家里的亲戚朋友，以至于放心不下的马秀娘来探望她的时候，发现她居然心平气和的，和去见她的那天不可同日而语，像变了个人似的，让她不禁怀疑自己是不是听错了。

"你没有和我姆妈说什么吧！"郁棠有些不放心地问马秀娘。

马秀娘瞪了她一眼，道："我是那种没有分寸的人吗？"万一裴宴还没有摆平家里的人她就嚷了出去，若是有什么流言蜚语传出来，郁棠以后怎么做人！

郁棠就挑了挑眉，笑道："我可不帮他说话。他若是连这些都要我出面，可见也没有什么诚意。"这就是不管裴宴，由着他去折腾，这门亲事能成就成，不成也不强求的意思了！

马秀娘轻轻捏了捏郁棠的脸庞，道："你可别口是心非了，是谁在我面前提心吊胆的？"

郁棠红着脸认了，可依旧不准备帮裴宴说话："他不能连开口说这件事的勇气都没有吧？那可不是我应该做的事。"

那倒是。马秀娘连连点头，到底还是觉得郁棠不会遇到比这更好的亲事了，有些担心无风起浪，就算是从郁家回去了，也让喜鹊盯着郁家的动静。

可一连几天，郁家都没有什么动静。就在她犹豫着要不要再来郁家看看的时候，郁文已经炸了锅。

他横眉怒目地盯着吴老爷,道："你说什么？裴家三老爷想娶我们家的姑娘？！他什么年纪？我们家姑娘什么年纪？不行！这是绝对不行的！"

吴老爷被他那斩钉截铁的语气弄得一个激灵，道："裴家三老爷不过是少年成名，和你们家姑娘也就差个六七岁的年龄。这不挺好的吗？姑娘不用跟着姑爷受苦了，一去就是进士孺人，还有比这更好的吗？"

"那也不行！"郁文只要一想到裴宴对他们家这么好是别有目的的，甚至家里的这些原本他以为是自己赚的钱也都是人家施舍的，他就恨不得跑到裴宴面前，把从前吃了喝了的银子一起砸到裴宴的脸上去，"我们家姑娘又不是嫁不出去，何况我们家是要留着姑娘招赘的。"

吴老爷听了直跳脚，指着郁文的鼻子道："我看你是被糨糊糊了心！你把女儿留在家里做什么？不就是心疼女儿，怕她嫁到别人家，没有嫡亲的兄弟撑腰，被人欺负吗？她现在能嫁到这么好的人家去，你还有什么不满意的？"

郁文觉得哪里都不满意。年龄太大，长得太好，身份太高，族人太多。

吴老爷只好拿出杀手锏，道："人家裴家二老爷可说了，您只有这一个女儿，以后嫁到了裴家，裴三老爷是您的半子，以后您家里的事，就是他的事。若是阿远一肩挑两头，将来继续您香火的那个孩子，裴三老爷肯定帮着照顾、教养，不坠你们郁家的清誉。"

郁文闭着眼睛，拒绝和吴老爷说话。那有什么用？他信奉的可是三清道祖，只信今生，不修来世的。他只管他这辈子，只管看着阿棠的孩子长大，他闭了眼，什么都不知道，还管那么多做什么。

吴老爷是真心觉得这门亲事好，犹如天上掉馅饼似的。裴家二老爷找他去说这件事的时候，他一开始还以为自己听错了。等知道是真的的时候，他激动得把茶水都打翻了，还拍着胸向裴家二老爷保证过，让裴家二老爷只管去看几个好日子，郁家这边，等他的好消息就行了。他在回来的路上甚至都想好了郁棠出阁的时候他要送什么添箱了。谁知道郁文这脑子却像进了水似的，突然怎么说都说不通了。

吴老爷在那里苦口婆心地劝了半天，茶都喝了两杯下去了。郁文还是不松口。他只好道："你到底哪里不满意？说出来大家也能有商有量的，就算是以后你们家姑娘再找女婿，我们也知道你要找怎么样的啊！你不能这样不说话啊！"

郁文睁开一只眼，瞥了吴老爷一眼，冷冷地道："哪儿哪儿我都不满意。再说了，我们家姑娘年纪还小，我还准备多留两年，这门亲事就算了。我们高攀不起。"

他的一席话把吴老爷说恼了，他急躁地道："你这不是无理取闹吗？你什么时候变成了这样的人——因为觉得高攀了裴家，所以干脆不管不顾的，连裴三老爷这样的女婿你也拒绝……"

郁文听着暴跳如雷，道："别人稀罕他裴家，我可不稀罕。难道以后我女儿受了委屈，我连出面给她讲理都不行吗？这样的女婿我不要。"

吴老爷气得也有些失了方寸，嚷着："你这就是穷人的气大，说来说去，还不是觉得自己不如裴家，在裴三老爷面前说不起话来……"

听说吴老爷过来了，亲自端了碟果子过来的陈氏在门外突然听了这么一句，吓了一大跳，忙走了进去，笑着和稀泥："这是怎么了？虽说天气越来越热，人的脾气也越来越急躁，可两位老爷可是难得的知己，有什么事不能好好商量，有什么话不能好好说的。来，吃几个果子。这是我刚刚让阿苕去集市买的，新鲜着呢，你们瞧，这蒂都是绿色的。"

郁文气得转过身去。吴老爷的脸色也很难看。

陈氏不由小心翼翼地笑道："我刚才要是没有听错，两位老爷在说裴府的三老爷吧？他这个人虽然看着冷冰冰的，待人却十分宽厚和善，和我们家也算是有几分交情了。这是出了什么事？要不要去找裴三老爷说说。"

郁文觉得自己之前的心都被狗吃了，闻言气得胸脯一起一伏的，说不出话来。

倒是吴老爷，灵机一动，抬头就长叹了口气，苦笑着喊了声"弟妹"，说了自己的来意。

郁文拦都没能拦住。

陈氏听得捂着胸口，半响都没有作出反应，可一回过神来，她就立刻冲到吴老爷的面前，两眼含泪地道："您说的可是真的？裴家，真的请了您做冰人，为裴三老爷说亲？"

"这种事能开玩笑吗？"吴老爷不敢说裴家已经去选黄道吉日了，而是道，"人家裴家上上下下都还在等着你们家的回音呢！"

"好，好，好！"陈氏抹着眼角，哽咽地对吴老爷道，"我同意了！我们家姑娘的婚事，就拜托您了。回头我让我们家姑娘亲手给你们家太太做两双鞋袜。"

郁文听了横眉怒目，冲着陈氏就道："这件事我不同意……"

平素柔柔弱弱，视郁文为天的陈氏却骤然间像变了一个人似的，伸手就把郁文推到了旁边，看也没看郁文一眼，朝着吴老爷笑起了一朵花："虽说儿女的婚事是父母之命，可女儿家的事，毕竟还是做母亲的知道得更多。我们家老爷一心一意准备给我们家姑娘招女婿，一时拐不过弯来也是有的。您别听他的，这件事就这样定了。"说着，她高声喊了陈婆子进来，"你快去街上让酒楼给送桌席面过来，再去请了大老爷和大少爷过来，说家里有喜事，请他们过来陪着吴老爷喝上几盅。"

郁文气得大喊一声"我看谁敢乱来"，陈氏却三步并作两步，上前就抱了郁文的胳膊，一面把人往外拖，一面抱歉地对吴老爷道："家里也没有个能主事的人，您先坐会儿，我们家大老爷和大少爷马上就过来了。我先服侍我们家老爷去换件衣服，再来陪吴老爷吃酒。"

吴老爷的目的达到了，心里比六月天喝了冰镇的绿豆水还要畅快，自然是支持陈氏当家作主的，对郁文的行径也就视而不见了。

他笑盈盈地对陈氏道："弟妹去忙，我不打紧。这又不是旁的其他地方，我不会和弟妹客气的。"

陈氏笑着，死命拽着郁文出了书房。

郁文因陈氏体弱，不敢出力甩她，只得任由她胡来，直到出了书房，在院子的葡萄架下，他这才挣脱了陈氏，恨恨地道："别以为我会答应。告诉你，我决不会同意把阿棠嫁进裴家的！"

陈氏冷冷地道："随便你。反正我同意。大伯等会儿来了，肯定也会同意。"言下之意，你一个人闹有什么用。

郁文气得嘴角直哆嗦，半天才愤然地道："你就是势利，被富贵迷花了眼。"

陈氏和他多年的夫妻，哪里不知道他那点小心思。听着又生气又好笑，道："是我势利还是你偏拗？"

郁文嘴角翕动，正要反驳，却见陈氏抿着嘴一笑，道："我和老爷半辈子夫妻，还有谁比我更知道老爷的？我知道您担心什么，可裴三老爷不管是从相貌还是学识上都是难得的金龟婿。您不愿意，我愿意。您就看在我的分儿上，别和我对着来行不行？"

"不行！"郁文不满地道，"这件事就算是你答应了，我也不会答应的。"

陈氏觉得应该暂时让丈夫冷静冷静，丢下郁文去了厨房，亲自安排了茶酒。

郁博和郁远得了信，喘着气赶了过来。得知了郁棠的婚事，两人都喜出望外，知道郁文不同意之后，郁博看也没有看郁文一眼，直接拉了吴老爷道："他糊涂了，您别理他。郁家我当家，您有什么事就直接跟我说好了。"

把郁文气得，独自一个人坐在厅堂的门口谁也不理。

郁博问陈氏："你大嫂那里派了人去说了吗？让她带着孩子过来大家一起吃个饭。这可是件喜事啊！"

裴家的三老爷，天边明月般的人，平时可望而不可即，马上就要做他们家的姑爷了，这可真是件做梦都让人想不到的事啊。

他笑道："阿棠的嫁妆准备得怎样了？这件事你得和你大嫂好好合计合计。该买的就买，不要吝啬。裴家肯定不会争我们这些，可我们该给孩子做面子的还是得做。要是银子不够，你尽管来找我。"

陈氏感激地给郁博行了个福礼。

郁文突然冷笑了一声，幽幽地道："这人还没有嫁呢，家底就要被掏空了，这么虚荣，有必要吗？"

郁博气得脖子都红了，闷声道："你不用管，阿棠的嫁妆有我呢！"

吴老爷觉得这个时候他也应该挺身而出，他气极而笑，道："我只听说别人家买田买地，想办法让子女出人头地的。没有听说子女要出人头地了，还有人心疼钱不愿意出力的，不就是陪嫁吗？他不出，我出。我就当多养了个女儿。"

郁文阴阳怪气地看了吴老爷一眼，道："怕就怕你当多养了个女儿，别人家不愿意多一个岳父！"

吴老爷被噎得不知道说什么好。

郁博瞪了郁文一眼，转头就笑盈盈地请了吴老爷上座，并道："他得了失心疯，您别理他。裴家是什么意思？是让您来问问我们家同意不同意，还是商量着什么时候过庚帖？"

吴老爷见说起了正事，也收敛了脾气，道："裴家当然是来问你们家同意不同意。可我想，这么好的事，怎么能不同意呢？我就在裴家人面前拍了胸。"

郁博忙道："多谢您帮忙，不然这门亲事还不知道起什么波折呢！"

"这是我应该的。"吴老爷客气地道，"你们家姑娘也算是我看着长大的，她嫁个好人家，我们也跟着高兴。"

两人互相吹捧着，郁文一刻也听不下去了，他觉得他应该去见见女儿。女儿还不知道她要被嫁到裴家去了。他女儿可不是那种肤浅的人。裴宴就算是长得再好看，嫁人还是要看性格。就裴宴那冷冰冰的样子，谁能和他过得好？女儿肯定不愿意嫁到裴家去。他只要说服了女儿，这门亲事谁答应也没有用。

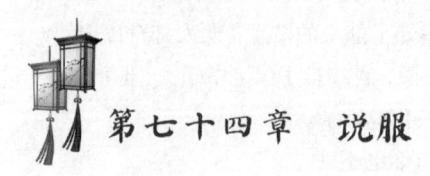

第七十四章　说服

郁文走进郁棠的房间时，郁棠正和双桃把一部分做好的绢花码放在纸匣子里。郁文见着就不由笑了起来，道："你这几天都在做这些啊！"说着，还走过去拿起一朵做了一半的绢花仔细地瞧了瞧："做得还挺像的。"

郁棠抿了嘴笑，亲自去给父亲倒了杯茶，道："我听说吴老爷过来了。他走了吗？您找我是不是有什么事？"

郁文来的时候气冲冲，想得挺简单的，等见到了女儿，一时又觉得有些不好意思，不知道怎么开口好。

郁棠见了，就打发了双桃，又亲自去洗了盘果子放在父亲的面前，然后坐在了父亲身边，慢慢地继续做着绢花，给父亲时间开口说话。

这么一折腾，郁文心里果然自在了一些，斟酌着道："阿棠，你年纪也不小了，你自己的婚事，你可有什么打算？"

郁棠的第一个反应就是怀疑吴老爷这次过来是给她说亲的。她想也没想地道："我要嫁个我自己喜欢的。"心里居然也涌起些许的不安来。这个裴宴，平时看着挺稳当的，怎么这么关键的时候反而没谱了呢？他不是说会马上来家里求亲的吗？到现在都没有个影儿。心里是这么想的，理智又告诉她，裴老太爷的孝期还没有过，也许他准备一脱孝就来提亲的，等裴老太爷的孝期过了才会有媒人上门，这也是很正常的，她不应该在心里责怪他。

可郁棠毕竟心急了起来。她没能忍住地道："吴老爷来我们家，是想给我说亲吗？是什么样的人家？都说了些什么？姆妈呢？她怎么没有过来？"一般这种事情就算是父亲先知道，也会是母亲来和女儿说。

郁棠倒没有多想，她和父亲的关系向来比一般的父女更亲昵，父亲来说也是有可能的。只是她现在比较抗拒这种事，不知不觉地就拿了陈氏做借口来拖延。

她就伸长脖子朝着门外望了望。

郁文被问得一愣，觉察到了自己的不妥之处。

他支支吾吾了好一会儿，这才道："你姆妈在前面待客，我没什么事，就想问问你。我只有你这么一个女儿，当然是希望你事事处处都顺心如意。虽说儿女的亲事都是父母的意思，可我也想你自个儿能满意，能过得好。"

郁文的话说得含糊，但郁棠立刻就意识到，在她的婚事上父母之间有了分歧。母亲是赞同的，父亲居然是反对的那一个。

她不禁道："阿爹，出了什么事？姆妈怎么会在前面待客？是不是您和姆妈……"

她说到这里，眸光盈盈地望向父亲，认真中透露着几分担忧。

郁文的心顿时一软，想着这么好的姑娘，自己捧在手心里长大的，怎么能让她嫁到裴家去，看裴家人的眼色，被裴家的人使唤呢？他顿时勇气倍增，要保护女儿不被人欺负，肃然地道："阿棠，我准备把你留在家里招女婿。你觉得如何？"

是招女婿还是出阁，这在郁棠已是老生常谈了，可郁文从来没有这样地肯定过。郁棠心急如焚，只想知道发生了什么事。

郁文却已拿定了主意，朝着郁棠挥挥手，起身说了句"你好好在家就是了，外面的事，有我给你做主呢"，就快步离开了郁棠的房间。

郁棠追了过去。郁文却让她回屋去："我和你姆妈还有些话要说，你待在屋里就行了。"

郁棠不好坚持，等郁文走了，她立刻招了双桃过来："你去打听一下前面发生了什么事。"

双桃自去见了王四，不仅更了解了王四的为人，还和王四商定了成亲的细节，心里正高兴着，干什么事都劲头十足的。闻言立马笑着脆声应了声"是"，一溜烟地跑了。

郁棠焦急地在屋里等着。

郁文一副破釜沉舟的模样阴着个脸进了大厅，发现吴老爷已经不在了，王氏和抱着孩子的相氏不知道啥时候过来了，和郁博、郁远一起，欢声笑语地围着陈氏正在说郁棠的婚事。

"从小就长得白白胖胖的，一双眼睛像两颗水晶，圆溜溜的，不知道有多机灵。我就想，这孩子是个有福的。这不，给我猜中了，我们家阿棠啊，竟然能嫁给裴家的三老爷。那可是进士老爷啊！长得又那么漂亮，整个临安城找不出第二个。"王氏在那里感慨。

相氏真心替郁棠高兴，自然更要顺着婆婆说话了："可不是！我之前在富阳的时候都听说过裴家。有钱倒是其次的，主要人家家风好啊！就没有纳妾养外室的，子弟又上进，不时有人考个秀才中个举人什么的，我们家阿棠可真是歇到梧桐树上去了。"

"我也没有想到。"陈氏笑道,"我寻思着她是不是得了老安人的青睐。上次在昭明寺的时候我就感觉到了,裴老安人好像特别喜欢我们家阿棠似的,就是我也跟着沾了光,不仅和裴老安人她们坐在一起,阿棠中暑的时候,裴老安人还亲自过问,让身边体己的婆子送了人参做药丸。这么一想,我们家阿棠嫁过去了,至少婆婆是喜欢的。这日子就好过了。"

郁文听着气得差点摔倒,闯进去就道:"我郁文的女儿哪点比别人差,要去巴结裴老安人?这门亲事我不同意……"

众人一惊,鸦雀无声。

郁文看着,心里好受了一些。

谁知道平时对郁文这个弟弟尊重有加的郁博却脸一沉,上前几步就把他拨到了一边,像没有听见他说了些什么似的,径直对陈氏道:"裴老安人喜不喜欢阿棠都是次要的,要紧的是裴三老爷那边,他肯定是喜欢阿棠的,不然裴二老爷也不会亲自出面说这件事了。我看啊,我们这边得好好准备准备才是。等到裴家的媒人上门,也不能太寒酸了。"他说着,四处张望了几下,又道:"来的人也不会去旁的地方,我们也不能做得太明显了。这院子和客厅要扫个尘,然后天井里的花草也要修整修整。要是实在不知道怎么好,就到城外去请个花匠上门,给家里添置些花木。再就是长案上的花瓶,太平常普通了些,我记得二弟书房里有些珍藏的,到时候都拿出来,看看有没有合适的。要是没有,就去买些回来……"

他事无巨细地吩咐着,郁远连连点头,还道:"这件事就交给我吧!姚三前几天回来了,约了我一起喝酒。他这几年的生意越发做得好了,常常给杭州城里的一些大户人家送货,见多识广的,我让他帮着出出主意。"

相氏一面颠着孩子,一面急急地叮嘱他:"出主意可以,你别麻子混豆子的,什么事都倒给他听了。裴三老爷还没有出孝,媒人也没有上门,别八字还没有一撇,我们这边却闹得尽人皆知了。让裴家的人知道了,会觉得我们家当家的人不沉稳,没有个成大事的样儿。以后阿棠嫁到裴家了,会被人看不起。"

王氏觉得相氏颠孩子的手法太重,上前接过相氏手中的孩子,道:"阿远媳妇说得对。若是要整理院子,得趁早。这样花木长起来,看着就像是家里的东西,免得让别人看出是新种的,显得我们家没底蕴似的。"

陈氏连连点头不说,还把陈婆子叫了过来,道:"你都记好了,要是我忘了,你记得提醒我一声。"

陈婆子原本是不知道发生了什么事的,郁文和吴老爷吵起来,家里的人就都知道这件事了。她比陈氏想得更简单,觉得他们家小姐简直是撞大运了,郁家以后就发达了,就是他们这些做家仆的以后走出去,那也是人人都要羡慕的了,她比陈氏还要高兴。

她脸上笑成了朵花,忙不迭地应了不说,还道:"大太太,太太,那小姐那边,要不要再添几件新冬衣？临安城有名的裁缝就那几个，现在要是不约，怕到时候来不及了。我要是没有记错，裴家老太爷九月中旬就要出服了。"出了服，这门亲事就要大张旗鼓了。

陈氏连声道："你要是不说，我还忘了这事……"

"不用！"旁边的王氏却出声打断了陈氏的话，道，"阿棠的衣裳，到杭州城去做。她以后是要和宋家、钱家那样的人家打交道的，衣裳不要多，但要件件都能拿得出手。临安的裁缝再好，也比不上杭州裁缝。"

郁博拍板："这件事就这样决定了。做衣裳的事，就交给你和阿远媳妇了。阿远媳妇年轻，她知道现在都流行些什么款式。银子呢，就先从我铺子里支，记个账，以后知道花了多少钱。"

"多谢她大伯父了！"陈氏没有打肿脸充胖子，而且这种事也充不了胖子。

她感激地给郁博福了福。没有人理会郁文的愤怒。

郁文气得一步就站到了客厅的太师椅上，冲着兄长、大嫂喊道："这门亲事我不同意，我不同意！"

这还只是议个亲，他们家为了将就裴家，就一副要掏空家底的样子。这要真的和裴家成了亲家，难道他们家就不过日子了，逢年过节都这样绞尽脑汁地给阿棠做面子？

郁文嚷道："吴兄呢？他去做什么去了？他去回裴家音讯了吗？"他问着，立马跳下太师椅，拔腿就朝外追去。他们家可是读书人家，要讲信用的。他可以反对这门亲事，却不能让吴老爷去回了裴家的人之后再反对这门亲事。出尔反尔，那他们郁家成了什么人家？

郁博和郁文毕竟是一母同胞的兄弟，郁文想什么，郁博十之八九也已猜到几分。见郁文要去追赶吴老爷，他冲着门外守着的阿苕就是一声大喝："快给我拦着惠礼！"

这可真是神仙打架，小鬼遭殃。阿苕拦也不是，不拦也不是，就在这犹豫间，郁文已跑出了天井。

郁博顾不得什么，拔腿就追了出去。可他追到大门口的时候，郁远却从他身后追了上来，超过他赶上郁文，一把拽住了叔父的胳膊。

郁博松了一口气的同时也气得不行，冲着阿苕和三木就是一通吼："要你们都有什么用？遇事连个轻重缓急都不知道！快，把二老爷给我架回去。要是走漏了什么风声，我要你们两个好看。"

两人不敢多想，冲上前去就帮着郁远把郁文拖回了家。路过的不免要停下来好奇地打量两眼。

郁博忙朝着众人抱拳行礼："不好意思，不好意思。我阿弟喝醉了。"

被架了回来的郁文眼睛瞪得圆圆的，刚嚷了半句"我什么"，就被赶过来的陈氏拿帕子捂了嘴，把剩下的半句"喝醉了酒"给塞在了嗓子眼里。

郁文气得发抖。

陈氏歉意地笑着小声给他赔不是："老爷，阿棠的婚事我们都觉得好，您有什么觉得不痛快的，都冲我来好了。您要打要骂，我都认了。此时只能得罪您了，您看在我们夫妻一场的份儿上，就原谅我这一回好了。以后有什么事，我都听你的。"

完成了郁棠的婚事，以后他们还能有什么事比这更重要的！

郁文恨不得拿把刀把妻子的脑袋劈开看看，中了裴家什么降头！

陈氏却求助似的朝郁博望去——她总不能一直这样捂着郁文的嘴，这对郁文也太不敬了。

郁博也知道。他想了想，对郁远道："陪着你叔父在你叔父的书房喝几杯茶，等吴老爷来了，你再陪着你叔父一道出来，和吴老爷喝几盅酒。"

等到吴老爷回来，郁棠的婚事也就定下来了，他反抗还有什么用？

郁文挣扎起来。陈氏被甩到了一旁，跌跌撞撞的，差点摔倒。

王氏看着眼睛珠子一转，立刻上前去扶了陈氏，高声道："弟妹，弟妹，你这是怎么了？没有扭着脚吧？阿远媳妇，快，快去请个大夫来。你婶婶向来身体就弱，还是这两年，吃了杨御医的药，这才养得好了一点。可千万别又犯了。"

郁文听着立刻就安静下来，有些犹豫地喊了一声陈氏的闺名。

陈氏忙朝丈夫摇了摇头，道："我没事。你没有伤着我。"话虽如此，郁文还是挣脱了郁远等人的挟制，上前打量着陈氏的身体。

陈氏心里顿时很不好受，哽咽道："老爷，您就相信我们一回吧！我们都觉得裴家是良配。我知道您担心什么，可若是除了身份、地位和家世，我们家阿棠配得上裴三老爷吧？就咱家现在这样的情况下，裴家都请了媒人上门求娶我们家阿棠，可见我们家阿棠要比那些比她出身更好的姑娘更值得裴家人看重，这可是我们家阿棠自己的福气，我们不能因为家底不丰富，就断了阿棠的前程！"

郁文听着，愤然的精神一下子颓了。

陈氏见自己的话有效，忙上前帮他顺了顺气，说话的语气就更轻柔了："裴家三老爷除了出身，您再看他的人品、相貌、学识、修养，哪一样不是顶尖的。我们家阿棠跟了这样的人一起生活，看到的人，遇到的事都不一样了。这可是我们再多的宠爱都给不了她的。至于说她能不能在裴家立得住，我们就算是把她留在了家里，招个女婿上门，她要是镇不住上门的女婿，说不定比出嫁过得更不顺心。再说了，我们的姑娘我们自己知道，你平时让她读了书、识了字，再让她像那些乡野村妇似的和那些不讲道理的争，她未必能争得赢，还不如让她嫁去裴家。我相信以她的聪明，她肯定能站得住脚的。

"你就是不相信我们家姑娘有这个能力，你也要相信你自己。你自己教出来的姑娘，不会比别人差的！"

郁文看着神色紧张地堵在大门口的郁远，看着全家人期盼的目光，有种大势已去，风萧萧兮易水寒的悲凉。说来说去，反正他们就是要促成这门亲事。算算时间，吴老爷应该已经到了裴家。若是吴老爷和裴家约在外面的酒楼茶馆见面，此时已经开始商量说亲的细节……他就是反对，也晚了。郁文耷拉着肩膀，但还是不甘心地喊了一句"这门亲事反正我不同意"。

在场的众人却都听出了他的妥协，俱神色松懈下来，彼此互相交换了一个眼神，纷纷上前去安抚郁文。

"你别这样，你是阿棠的父亲，你要是不同意，这门亲事肯定是不行的。"王氏道。

郁文闭着眼睛，心想，我不是说了我不同意吗？可你们谁听我说句话了？我不也被同意了吗？

郁博则温声道："你年纪虽比我小，但你书读得比我多。家里的事，我也多是听你的。但在这件事上，你不能这么固执。你有时候也要听听我们的想法。"

郁文不想说话，心想，有时候正确的是少数人，在这件事上，他就是那个知道什么是正确的少数人。

郁远也大着胆子劝自己的叔父："叔父，我知道阿棠出阁，您心里不舒服，我以后肯定会像孝顺我爹一样孝顺您的。"说着，还拉了拉相氏，道："我们会孝敬您的。"

相氏连连点头，真心实意地喊了声"叔父"。

郁文不想和这些小辈计较，反正都是群鼠目寸光之辈，他和他们能说得清楚吗？郁文想死的心都有了。

而郁棠这边，前面闹出这么大的动静，她就是不想知道也知道了，何况她还专程派了双桃去打听。她很快就知道发生了什么事。

郁棠想了想，问双桃："那我阿爹现在在做什么？"

双桃两眼发亮，觉得像看了一场大戏似的，她还是这戏中的一个人。

"老爷把自己关在书房里，谁也不见。"她道，"大老爷和少东家坐在书房屋檐下喝茶呢！"

这是在监督她爹吗？郁棠心里的小人抹了抹汗。

她吩咐双桃："我们去厨房，做些雪花糕给我阿爹端过去。"

这是要讨好老爷吧？双桃颔首，陪着郁棠去了厨房。

磨米粉，和江米，烧水，蒸糕。她在灶上婆子的帮助下很快就做了一笼雪花糕出来。

知道她动静的陈氏和王氏也赶了过来。陈氏还有些小心翼翼地问女儿："你这是要做什么呢？"

郁棠想，父亲之所以不赞同这门亲事，不过是不放心，她若是能让父亲放心，父亲肯定就不会反对这门亲事了。她也就没打算瞒着家里的人，道："我听说阿爹生气了，想做了点心去哄阿爹高兴呢！"

陈氏和王氏不由得面面相觑，过了一会儿才由王氏率先道："裴家的事，你都知道了？"

郁棠落落大方地点头，笑道："之前裴三老爷问过我，我觉得裴三老爷也不错，就没有拒绝。"

至于婚事成不成，就得看裴三老爷有没有诚意了。

陈氏和王氏俱是一惊，陈氏更是忍不住狠狠地拍了拍郁棠的肩膀，道："你这孩子，怎么也不跟家里人说说？"说着，就要拉了郁棠去旁边仔细地询问是怎么和裴宴认识的，裴宴又是怎么想到来家里提亲的……总而言之，就是想知道郁棠有没使什么不好的手段，和裴宴私下里有了情愫。

郁棠哭笑不得，但也知道她这话说出去，大家多半会怀疑她和裴宴有私情。她干脆把和裴宴怎么认识的告诉了两位长辈。当然，有些不方便说的她就含糊其词地没有说了。陈氏和王氏悬着的心这才放下来。

郁棠就道："姆妈和大伯母放心，阿爹那里，我去劝劝他。要是他实在是不同意，那我和裴家的婚事，就先缓一缓好了。"

低头娶媳妇，抬头嫁姑娘。裴宴想娶她，就得把这件事解决了。

陈氏和王氏不免有些担忧，怕得罪了裴家，这么好的一门亲事告吹了。

郁棠抿了嘴笑，道："难怪阿爹有顾忌，大家在裴家面前都太小心了，其实大可不必如此。裴家想和我们家联姻，不管怎么样他们家都会和我们家联姻的；不想和我们家联姻，我们家就是做得再好，他们家都不会和我们家联姻的。您看宋家，再看武家，哪户人家不比我们家有底气。"

还真是这样。陈氏和王氏齐齐点头。

正好蒸笼上的雪花糕也熟了，郁棠亲自切了三盘，一盘给陈氏和王氏，一盘给了郁博和郁远，另一盘则由她端着，去了郁文的书房。

郁文沉着个脸，盘坐在禅椅上，双目呆滞，一副神游太虚的模样，郁棠推门的"吱呀"声都没令他多看一眼。

郁棠只好笑着把糕点先放在了郁文手边的小几上，这才语带娇嗔地喊了声"阿爹"。

郁文慌忙回神，暗中却把郁博甚至陈氏等人都骂了个狗血淋头。他们这是要做什么？自己说不动他了，就怂恿着女儿来说服他吗？大人的事，怎么能牵扯到小孩子的身上。何况郁棠知道个什么？还不是被她相信的母亲和伯母哄得团团转！

郁文忙坐直了身体，对郁棠道："你来做什么？是你母亲让你来的吗？"

郁棠没有回答，而是笑眯眯地道："我给阿爹做了些雪花糕，您尝尝，是我做的好吃，还是姆妈做的好吃？"

糕点还没有入口，郁文已宠溺地笑道："当然是我们家阿棠做的好吃。你姆妈，手艺十年如一日。你年纪轻，知道变通，上次做的雪花酥里就加了杏仁和橄榄，别具风味，吴老爷吃了都夸好吃呢！"

郁棠笑盈盈地给郁文沏了壶上好的西湖龙井。

郁文一块糕点已经入了肚，再喝上女儿沏的热茶，甜甜的味道被绿茶微微有些苦涩的味道冲淡了，只留满口的茶味。

他微微点头，道："阿棠，裴家的事是我和你姆妈的事，你不必管，但你也尽管放心好了，我不会让你吃亏的。"

郁棠见父亲主动提起这件事，心中微定，笑道："阿爹，大家都觉得这门亲事挺好的，您为何觉得不好？"说完，没等郁文开口，又道："我知道阿爹您肯定是有原因的，那您能不能告诉我？再由我去说服姆妈，这样您也免得和姆妈吵嘴，姆妈也免得生气，您看这样好不好？"

郁文闻言不免有些心动。他和陈氏成亲这么多年，还没有像今天这样置过气，他的心里实际上是很难受的。

郁文想了想，道："我是觉得人生苦短，不必那么辛苦。不说别的，就拿你的嫁妆来说，若是你只嫁了个平常的人家，我们家轻轻松松地就能把你的嫁妆置办整齐了，可嫁到裴家，什么东西都要比从前好了。以后你要是受了委屈，我也不好去上门责问，我想想就觉得这门亲事没什么意思。"

郁棠抿了嘴笑，道："那裴三老爷您觉得有没有什么不好的地方？"

郁文沉吟道："要说不好……也就是对人太冷淡了……"

他在他面前摆不出岳父的架子来。他就郁棠这一个女儿，也只能有一个女婿，要是不能在女婿面前摆摆岳父的谱，那他这女儿岂不是白白便宜了别人家，他想想心里就觉得不舒服。

郁棠道："您有没有想过亲自去问裴宴，这些事他准备以后怎么办？"

郁文愣住。

郁棠笑道："阿爹，坐在这里想再多也没有用。与其这样猜来猜去的伤脑筋，我觉得还不如找了裴三老爷过来问个清楚。他如果觉得我们家要求太多，这门亲事再议就是。您觉得我说的可有道理？"

是啊！做生意还坐地起价，落地还钱呢，他这可是嫁女儿，怎么能这样糊里糊涂地就把女儿给嫁了呢？这可比那些生意重要多了！郁文就拍了一下大腿，道："我怎么没有想到？你说的对，我这就让人去给裴三老爷带个信，让他来见我。他要是还是从前那副态度，这门亲事立刻就作罢。"

郁棠连连点头，道："让阿苕去送信，他跟着您进出过裴家好几次，守门的应该认识他。"

郁文觉得有道理，立刻喊了阿苕进来，让他拿着自己的名帖去叫裴宴过来。

阿茗战战兢兢地应了，飞奔出了书房。

郁文又担心道："要是他不来呢？"

郁棠立马斩钉截铁地道："那我们家就不和他们家联姻。"

"说得对！"郁文大声赞同，心情舒畅。

郁棠莞尔。

郁文就和她啰里啰唆地抱怨起吴老爷来，说吴老爷不顺着自己应对，倒为裴家说话之类的。郁棠安静地听着，不时附和父亲两句，让郁文觉得心里舒坦了不少。

在外面等着消息的陈氏知道郁文要叫了裴宴过来问话，手心里捏了把冷汗，和王氏嘀嘀咕咕了半天，才找了个借口把郁棠叫出了书房，问郁棠道："你怎么能给你阿爹出了个这么不靠谱的主意？万一裴三老爷恼了，不愿意和我们家联姻了怎么办？裴三老爷那个人脾气不怎么好，你又不是不知道，他又不是只对你阿爹一个人，你们有什么好计较的？"

或者是她的婚事真的太困难了，难得找到了一个人品、学识都是上佳的，陈氏和王氏都把这件事看得非常重要。

郁棠只好笑着安抚她们："我这还没能嫁到裴家去呢，若是裴三老爷连这点体面也不愿意给我，您还能指望他以后有多敬重我啊！"

王氏和陈氏无话可说。

郁棠就朝着旁边的相氏使眼色，推搡着让两人去厅堂里喝茶："等会儿裴家三老爷过来了，还不知道要和阿爹说多长的时间。天气这么热，你俩还是在屋里坐着凉快！"

陈氏和王氏还是眉头紧锁，但到底还是照着郁棠的意思去了厅堂里闲坐。

两人不免要说说和裴家的婚事，可一个郁文反对，一个郁棠没心没肺，陈氏和王氏觉得这两人都不是说话的人，干脆撇开郁棠，拉着相氏悄悄地说起了体己话。

郁棠只好回了自己屋里。只是没等她做完半朵绢花，双桃就神色有些古怪地走了进来，小声对她道："小姐，阿茗过来了，说三老爷现在要见您，就在我们家后门。"

郁棠很是意外。让他过来就过来好了，怎么先去了她家的后门？郁棠寻思着裴宴是不是有什么事要和她说，忙换了件衣裳，由双桃陪着去了后门。

太阳直直地晒在头顶，就算郁棠家后门种了两株合抱粗的老槐树，可没有风的巷子还是很热。

裴宴拿着把素白竹柄川扇挡在头顶，穿着薄薄的白色细沙直裰，白色丝绦束腰，看上去清爽凉快。可他见到郁棠就道："你怎么才出来？热死人了！"

郁棠见他面白无汗，半点也看不出热着了的样子，不由道："要不我让双桃去拿把蒲扇给你扇扇风？"

裴宴道："算了！正事要紧。郁老爷喊我来是为什么，你知道吗？"

郁棠听了在心里想：算你有心，知道见我阿爹之前先来见我打听消息。她和颜悦色地道："应该是有什么话要问你。"

裴宴不解地道："有什么话不是应该跟媒人说吗？怎么突然要亲自问我？那些定亲下聘的事我也不懂。要不，我回去叫个懂这些的再来？"最后一句，他用一种商量的口吻问郁棠。

郁棠抿了嘴笑，道："应该不是那些。"又觉得一时也说不清楚，索性道："你去见过我阿爹就是了，他问你什么你答什么好了。"

"那怎么行！"裴宴坚决反对，"这种事答错了是很致命的。"还抱怨郁棠："你怎么一点也不上心？"

郁棠看了裴宴一眼。难道他实际上很紧张？！

她心中一软，眉眼间顿时流露出几分柔情来，语带安慰地道："我阿爹觉得齐大非偶，多半是想问问你为什么要娶我。"

裴宴冷着脸点了点头，郁棠却明显地感觉到他好像松了口气似的。

她正想再透露几句给他听，谁知道裴宴已道："不就是自卑吗？好了，我知道怎么应付你爹了！"

郁棠顿时横眉怒对，很想伸手打人，道："有你这么说话的吗？"

"我怎么了？"裴宴看着吓了一大跳，退后几步道，"你这是什么表情，一副要吃了我的样子？你平时可不是这样的，我又哪里惹着你了？"

郁棠气得直跺脚，一句多的话都不想跟眼前这个人说。

"那就好好地回我阿爹的话好了。答得好了，这门亲事兴许能成；答得不好，我们俩就算是有缘无分了！"她丢下几句话，转身进了家门，"啪"的一声把裴宴关在了门外。

裴宴脸色大变，气得来来回回走了好几个回合，额头上的汗也冒了出来。

"你看看，这都是什么事？"他义愤填膺地对跟他过来的胡兴道，"她居然敢甩脸给我看。"

胡兴恨不得有道地缝钻进去，他硬着头皮劝道："郁老爷毕竟是郁小姐的父亲，她肯定不愿意听别人非议郁老爷……"

裴宴皱眉，道："我什么时候非议郁老爷了？"

胡兴寻思他可能是真不知道，轻声提醒道："您不应该说郁老爷'自卑'的……"

裴宴没有吭声。

胡兴见状继续道："您说的当然对。不过，那毕竟是郁小姐的父亲，您这样说是有点伤人！"

裴宴站在那里半晌没有动，垂着眼帘，也不知道在想什么。

胡兴小心翼翼地问："那我们要去见郁老爷吗？"

"当然要去见。"裴宴抬起头来，道，"我们为什么不去见郁老爷？"

既然郁棠不喜欢他这样说郁老爷，他以后注意就是了。

胡兴忙笑着做了个"请"的手势，道："那我们就先去郁家登门拜访好了。"

裴宴轻轻颔首，由胡兴领着去了郁家的大门口。

郁棠心情有些烦躁。这个裴宴，一点也不顾忌，等会儿见到她阿爹，也不知道会不会和他阿爹针尖对麦芒地吵起来。要是真的发生了那样的场面，她该怎么办呢？

郁棠为难地锁紧了眉头，叫了双桃，绕道去了郁文书房的后院。

书房窗扇大开，可以清楚地看见书房里的情景。裴宴和郁文一右一左地对坐在书案两旁，郁文正等着吩咐阿茗去沏壶上好的西湖龙井过来，他还对裴宴道："这还是我们家姑娘去杭州的时候给我带回来的。"

裴宴当然知道。他不仅知道，这茶叶还是青沅帮着选的，最好的明前龙井，贡品。只是他不喜欢喝西湖龙井，但他也不是委屈自己的人。如果是平时，他可能就直接说出来了。可刚才他见过郁棠了，答应过郁棠要有分寸的，这话就不能像他往常那样说了。

他笑道："看茶汤就知道是好茶。不过，我更喜欢岩茶。您喜欢喝什么茶？岩茶最好的是秋茶，我在福建那边有朋友家里是种茶的，到时候我弄点上好的岩茶送给您尝尝，您看喜欢不喜欢。"他还道："我二哥最喜欢的是碧螺春和毛尖，家里每年都会买些上好的碧螺春和毛尖。我今天来得急，也没能给您带一点儿。等会儿我回去的时候，差他们给您送点过来，您也可以尝尝。这品茶像喝酒似的，每样都试试才有意思。"

靠在后墙窗棂上听墙根的郁棠冒出一身的汗来。这个裴宴，到底会不会说话？一个茶而已，喜欢喝就多喝点，不喜欢喝就少喝点，干吗非要强调自己喜欢喝什么茶？又不是上门女婿，以后天天要和岳丈生活在一起，有些事不讲明白了不好。

郁棠生怕父亲生气，踮了脚悄悄往里张望，却忘了因为天气炎热，书房有穿堂风吹过，她身上那淡淡的雅香别人有可能闻不到，但对于裴宴这个鼻子特别灵的人却立刻就闻到了。

他侧了侧身，果然就看到了郁棠乌黑的头顶。

她在这干吗？担心自己把郁文得罪了，令他们的婚事平生波折吗？那她也太小瞧他了。裴宴在心里冷哧了一声，却不知道为什么，心里半点不反感，还觉得喜滋滋的。难道是自己人叫不动，鬼叫飞跑？裴宴怀疑着人生。

郁文却喜上眉梢。好茶可遇不可求，有时候有钱也买不到。裴宴说得郁文十分心动。

他笑道："好啊！那我就等着尝尝你的好茶。"话音还没有落，他就陷入了深深的自责中。说好了把裴宴叫来他给脸色看的，自己怎么刚一见面就被裴宴给牵着鼻子走？不行！这样下去他还怎么给闺女撑腰！

郁文立刻板了脸,有些不自在地轻轻咳了一声,这才道:"我这次叫你来,是有几件事想问问你。"

裴宴正襟危坐,肃然地道了声"您说"。

郁文就道:"你也知道,我们家就一个姑娘,怕她受了委屈,原本是想留在家里的。你要娶我们家的姑娘,回头却让她受了委屈,我们家是不依的。我就想问你,如果我们家姑娘在你们家不适应,你准备怎么办?"

能怎么办?当然是努力适应啊!裴宴有点蒙。

他知道郁家看重郁棠,不然也不会让她读书写字,他见过郁棠之后猜着郁文找他应该是要他保证以后要对郁棠好,还可能会在聘礼或是陪嫁上做些要求——比如说,裴家的聘礼送过来之后重新写进陪嫁的单子里,或者是约定陪嫁随着郁棠走,就是郁棠的子女也不能随便染指之类的。他没有想到郁文会问这个。

好在他之前考虑和郁棠的婚姻时就仔细地想过这个问题,闻言他也就愣了几息的工夫,然后真诚地道:"这得看郁小姐的意思了。"

不管是坐在书房里的郁文还是站在书房外的郁棠,都很意外,都支了耳朵听不说,郁文还追问道:"这话怎么说?"

裴宴道:"这上牙齿还有和下牙齿打架的时候,郁小姐是个聪明人,若是遇到个什么事就先打了退堂鼓,小事也会成大事。可只要郁小姐有心,我肯定是要站在她这一边的。若是她有错,那也应该是我们两人私底下商量着办,不能让外人看了笑话去了。"

至于其他的,他一句都没有说。有些事,有些人,说得再好也没有用。只有相处了,发生了才知道。他有心学费质文,可郁棠却不能像费夫人那样。

郁文听着,一颗悬着的心这才彻底地放了下来。世人重承诺,何况像裴宴这样的人。只要他能做到他的承诺,郁文就觉得郁棠这门亲事不会差太多。

他不由语重心长地道:"阿棠和你生活的地方不一样,刚开始的时候她肯定有很多不懂的地方,你要耐心地教教她才是。所以我把丑话说在前头,你要对她没有了这分耐心,你们也不必强扭在一起。我们郁家再穷,也不差阿棠的一口饭吃。"

真到了那一天,孩子是不可能要回来的。最好的,也就是能带个姑娘回来养几年,等到正式说亲出阁,还是得送回去,而且还不能让人知道。郁文深深地叹了口气。

裴宴想到来之前郁棠那像晚娘的面孔,干脆主动地给郁文续了杯茶,道:"世叔,阿棠不比任何人差,你就算是不相信自己也要相信我的眼光。我不会看错人的!"

这句话郁文喜欢听。

郁棠之前被裴宴弄得满心郁气也随着这句话烟消云散了。她笑眯眯地继续听着墙根。

郁文感慨地点了点头。

裴宴就趁机向郁文请教定亲的事："照我家里的意思，先交换庚帖，等到孝期满了，就正式地把日子定下来，赶在十月初一之前成亲。这样，我侄儿裴彤也能在年前完婚。您看这样行不行？或者您觉得怎么办好，我回去跟我二兄和母亲商量，再拿个章程给您过目？"态度非常端正，恭谦。

郁文觉得裴宴这个态度才是对待老丈人的态度，想着之前他和裴宴不过是乡亲，裴宴在他面前自然也就是另一个行事做派，突然觉得裴宴也挺难的，同辈变成了晚辈，裴宴还能在他面前低头，也算是拿出了诚意了。

他觉得自己也应该拿出诚意来，遂道："这样的安排挺好。你年纪不小了，后面还有晚辈，早点成亲我们家也没什么意见。就是成亲的日子要好好瞧瞧，我寻思着要不要请了昭明寺的住持师父帮着看个日子？"

裴宴很上道，觉得这就和他拍他老师张大人的马屁一样，想通了就好了。

"那我等会儿就去趟昭明寺，请慧空大师帮着看几个日子由着您选。"他立刻道，"您看还有没有什么其他要注意的。我不太懂这些，还指望着您帮着指点一二。"

郁文在临安也算是小有名气的读书人，加上性格随和宽厚，人缘很好，常被人请去做知宾先生，对婚丧嫁娶的一套非常熟悉。

他既然决定放裴宴一马，自然不会过多地要求，道："就这些，没有其他的要求了。"

裴宴暗暗嘘了口长气，觉得还是继续巩固一下得之不易的好印象更保险，索性道："那您看送聘礼的时候有没有什么其他的要求？"

郁文道："没有！"他又不是贪图裴家的聘礼，他准备不管裴家送多少聘礼过来，他都当成嫁妆再给女儿带过去。

裴宴想到顾昶和殷家定亲时的情况，道："那好。等除了服，我亲自去山里打一对大雁好了。"

定亲当然要送大雁，但现在大雁难寻，未必能弄得到大雁。裴宴这样有心，郁文更满意了，两人就七七八八地闲聊开来，气氛还挺好的。

郁棠抿了嘴笑，想着这家伙虽然常常语出惊人，可关键的时候却挺靠谱的，是个能托付的人。她也就不在这里站着喂小虫子了，带着双桃去了前面的厅堂。

正巧碰到吴老爷从和裴宣见面的地方回来，热得满头大汗，咕嘟咕嘟地喝着茶。

他看见郁棠眼前一亮，随后眼睛笑成了一道缝，喜洋洋地道："姑娘，可得恭喜你了，以后回娘家记得到你吴伯父家里看你吴伯母一眼。"

她之前，为了郁棠的婚事可算是操碎了心，三天两头地拉着陈氏说着适合的人家。

郁棠落落大方地给吴老爷行礼，道了谢。

吴老爷呵呵地笑，觉得一身的疲惫都没了，转了头对陈氏道："裴二老爷选了黄道吉日就会派人来拿姑娘的庚帖了,供到庙里看看合不合适。若是不合适,还要寻思着请人来做个解。这些日子你们就要把姑娘的陪嫁准备出来了。这些事又琐碎又磨人,我让我们家那个也过来帮忙。要是缺了什么,就去我们家的库房里寻,以后有机会了,再还给我们家就是了。"

陈氏连声婉拒。

吴老爷却道:"姑娘家不小了,裴家三老爷就更是等不得了。我寻思着这门亲事要是定下来了,裴家会很快来要人,你们也要有时间置办出阁的小东西才行。在这件事上,你们就不要和我客气了,等到我们家以后缺什么,你们也得像我似的爽爽利利地开了库房才行。"说来说去,还是顾及郁家没钱。

陈氏也想给女儿一个体面的婚事,没再一味地拒绝,而是笑道:"那就等我和我们家老爷先商量商量。"

吴老爷犯不着上赶着,笑着应了,问道:"怎么没有看见惠礼?他不会是还在生气吧?我等会儿也没有什么事,再去劝劝他好了。"

陈氏笑容尴尬,支支吾吾的,不知道说什么了。还是王氏更直爽,道:"我们家小叔正和裴家三老爷在书房里说话呢!"

"和裴家三老爷?"吴老爷目瞪口呆。

陈氏就把郁文叫了裴宴过来说话的事告诉了吴老爷。

吴老爷想到裴宴那张冷漠的脸,心里直突突,站起来就往书房去:"我去看看,顺带着也向惠礼讨杯茶喝!"

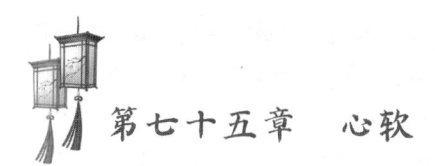

第七十五章　心软

陈氏觉得有些不合适,拦着吴老爷道:"您这是有什么急事吗?裴三老爷进去一会儿了,我估算着差不多也应该快说完了,您要不要再喝杯茶,等一会儿……"

吴老爷急急地打断了陈氏的话,跳着脚道:"我哪里是真要去讨惠礼一杯茶?我这不是怕这两个人吵起来吗?"

陈氏一听急了起来,王氏直接催他:"那您快去!那您快去看看!"

吴老爷"唉"了一声,三步并作两步就离开了厅堂。

郁棠看着哭笑不得,道:"裴三老爷再大的脾气,也不可能和我阿爹吵起来啊!"何况她刚才还听墙根来着,裴宴的态度说不上殷勤,但也不至于像刚上门的毛脚女婿愣头青。

陈氏就嗔道:"你知道什么?你阿爹那脾气啊,看顺眼了,那是千好万好,看不顺眼,那是没有一样好的。当年那个鲁秀才,不就是这样入了你阿爹的眼,你阿爹对他那是言听计从,家里没钱了借钱都要帮着鲁秀才渡过难关的呀。怕就怕你阿爹对裴三老爷先入为主!"

她说着,急得不得了。

郁棠安慰了母亲几句,不仅没能消除陈氏的担忧,反而被陈氏念叨:"是你了解你阿爹,还是我了解你阿爹?裴三老爷是个讲道理的人,可你阿爹不是啊!"

什么时候她阿爹变成了个不讲道理的人?!郁棠望着眼前一心一意为裴宴担心的母亲,不知道说什么好。

好在没过多久吴老爷就陪着裴宴从后院走了出来。

陈氏等人忙跑到窗棂前看。

吴老爷满脸笑容,对裴宴恭敬又不失亲昵。裴宴呢,也一改从前的冷漠,和吴老爷说说笑笑的,两人之间气氛融洽,相处友好。

"这是怎么一回事?"陈氏和王氏面面相觑,"阿棠她爹呢?"

吴老爷笑着把裴宴送出了门,还在门口站了会儿,等裴宴走远了这才折回来。

陈氏和王氏几个立刻就簇拥上去,七嘴八舌地道:"这是怎么了?"

"我们家老爷呢?他怎么没有送客?"

郁棠踮了脚在旁边听,却被不知道什么时候悄悄溜了进来的阿苕拉了拉衣角,低声道:"大小姐,裴三老爷说,他在我们家后院等您,不见不散!"

她脸一红。阿苕已经跑得不见踪影。

郁棠犹豫着是矜持些等会儿再去,还是立刻就去问个清楚明白,就听见吴老爷感慨道:"人家裴家不愧是耕读世家,瞧那涵养,瞧那品格,那真是万里挑一的!要不我怎么会极力促成这门亲事呢?你们家姑娘,可掉进福窝子里了。"说着,他就开始噼里啪啦地说起裴宴和郁文见面的事:"……惠礼可是一点也没有客气,提了不少的要求,人家裴三老爷那真是眉头都没有皱一下,全都答应下来不说,还姿态很低,完全把惠礼当长辈看待,说话非常恭敬……偏偏惠礼还摆岳父谱摆上瘾了,人家裴三老爷走的时候他坐在那里大爷似的挥了挥手……我瞧着不太好,就帮他送客了。"

陈氏和王氏听了都在那里骂郁文:"看把他张狂的!怎么也不看看姑娘的面子!就是寻常的女婿也不能这样对待,人家裴三老爷还是进士老爷呢!"

吴老爷道:"谁说不是!"话虽这样说,可语气里却掩饰不住羡慕。

陈氏和王氏见了心里美美的。相氏甚至用胳膊拐了郁棠一下,含笑道:"这下你放心了吧!"

郁棠小声嘀咕道:"我又没有担心过。"

相氏不相信。

郁棠则觉得裴宴表现得不错,决定表扬表扬裴宴。

她去见裴宴的时候就用帕子包了一小包樱桃,见到裴宴就递了过去,还道:"给!你的奖励。"

裴宴不明所以地接了过去,一面看是什么东西,一面道:"什么'奖励'?我有什么值得你奖励的?"

郁棠笑道:"奖励你在我阿爹面前没有乱说话。"

裴宴见是一包樱桃,并不怎么稀罕,但想到这还是郁棠第一次送他东西,他又觉得挺不错的,顺手就收了下来,递给了旁边服侍的阿茗,这才对郁棠道:"我这不是看在你的面子上吗?你不是让我对你父亲尊敬点吗?"

郁棠笑盈盈的,在夏日的阳光下像朵盛开的花似的:"所以奖励你啊!"

"奖励我什么?奖励我听你的话?"裴宴不满地道。

郁棠抿了嘴笑,觉得裴宴这么想也不错,以后若是还这么"听话",她就继续奖励他。

裴宴有点生气,觉得郁棠对自己的这个态度不大好——有点像他对待自己养的小狗,听话了就给点吃的,不听话了就关在门外。他顿时面如锅底。

郁棠却觉得这样的裴宴太不解风情了。可……挺有意思的。她忍不住又笑了起来。

裴宴看着她一双黑白分明的眼睛弯弯的像轮明月似的,一时间又心软得厉害,觉得她高兴就行了,有些事就暂时不和她计较了。不是有句话叫"堂前教子,枕边教妻"吗?郁棠还不是他妻子呢,等她成了他的妻子,他再慢慢教她好了。裴宴的心也跟着飞扬起来,神色自然也就变得和蔼可亲。

郁棠在心里暗暗骂了声"狗脾气",想着他这性格,估计这辈子就得这样哄着了。她的声音不禁柔和下来,道:"今天多谢你。我知道你平时性格淡漠,都是为了我,才会对我阿爹这样好的。我也不知道你喜不喜欢吃樱桃,但我们家现在有的最好吃的果子就是樱桃了。要不,你告诉我你喜欢吃什么?我下次再买给你吃。或者是你要什么其他的奖励?我下次再给你准备。"

她嘴唇红润,一张一合,声音清脆悦耳,让人想起唱歌的百灵,婉转的黄莺,可爱得不行!裴宴不由咽了口口水,道:"那你下次唱首歌我听?"

郁棠目瞪口呆。唱歌啊,那不是伶人的事吗?裴宴让她做伶人的事吗?

郁棠有片刻的不自在,但她很快就释然。裴宴若是要羞辱她,就不会三书六礼地娶她为妻了,他这样,也许真的只是想听她唱个歌而已,就像她还小,记忆还在懵懵懂懂的年纪时,依稀见过她爹帮她娘画眉,好像后来还曾无意间碰见过她阿爹亲她姆妈。这也许就是私底下夫妻之间不同的喜好。想到这些,她脑海里印象中的父母突然变成了她和裴宴……她立刻面红耳赤,不敢多看裴宴一眼。

而裴宴呢，话音一落就觉得自己说错了话。郁棠可是他要明媒正娶回家的人，他怎么能说出这么轻佻的话来呢？他暗暗后悔，再看郁棠，脸已经红得仿佛在滴血似的。裴宴心里就有点慌。他该怎么办？道歉还是……道歉？！

裴宴嘴角微翕，正不知道怎么开口，耳边却传来郁棠弱弱的声音："好！"

"什么？！"裴宴睁大了眼睛。

郁棠鼓足勇气抬起头来，大眼睛明亮地望着裴宴，高声又说了声"好"，道："等我下次见你，就唱给你听。"说完，实在是难以抑制住心底的羞涩，一转身跑了。

裴宴望着郁棠的背影，半晌才回过神来，明白郁棠都说了些什么。他的嘴角忍不住高高地翘了起来，心里像喝了蜜一样甜。难怪别人都要娶老婆，娶老婆真的挺不错的，这样无理的要求都被同意了。那下次再见面的时候，就可以听郁棠唱歌了。他要不要吹个笛子或是箫，或者弹琵琶还是琴？好像笛子和琵琶更合适，毕竟是闺房之乐，用不着那么严肃。

裴宴想着，直到自己高一脚低一脚地进了裴府的大门，这才想起自己要说的话还没有跟郁棠说。他不由皱眉，看在别人眼里不知道有多冷峻，以至于下人们在私下里议论他今天不知道为什么不高兴。

裴老安人自然很快就得到了消息，她想了想，把儿子叫了过去，直言不讳地问他："你今天去郁家了？听说是郁老爷把你叫去的！"

裴宴眉头锁得更深了，觉得家里聒噪的人有点多，胡兴这个大总管做得有点不称职。

"是啊！"他很随意地端了手边的茶盅喝了一口，朝着母亲点了点头。

裴老安人道："他们家说了什么吗？"

"没有！"裴宴非常反感别人打探他的事，也就不太愿意回答这样的问题，"您怎么问起这件事来？"

裴老安人叹道："我看你从郁家回来不怎么高兴，所以问你。"

裴宴眉头锁成个"川"字，奇道："我不高兴？"

裴老安人看着，一下子抚额笑了起来，道："行了！我知道了。你回去吧！我不再问你这些了。"

她怎么就听信了那些下人的胡言乱语呢？在他们的心里，裴宴什么时候高兴过！

裴宴却没有走，但也没有继续说这件事，而是道："姆妈，我有件事要和您商量。"

裴老安人笑道："你说！"

裴宴迟疑了一会儿，道："这件事我还没有决定。"实际上是还没有和郁棠说："我就是这么一想。"万一郁棠不同意，也有个退路："郁小姐对我们家里的事一知半解的，我想在她嫁进来之前，您帮我指点指点她，也免得她嫁进来了不熟悉我们家的一些行事做派。"

裴老安人听着，神色就变得有些冷峻起来。她沉默了好一会儿，这才道："谁家的姑娘出阁之前对夫家很了解的？不都是嫁过去了之后自己慢慢摸索？"

这媳妇还不知道在哪里，儿子已经在一心一意地为她打算了。本以为自己的这个小儿子冷心冷肺的，会和他的两个哥哥不一样，结果呢？不仅一模一样，还变本加厉，生怕她受了委屈，要提前给她"上课"。

天底下哪有这样的道理？裴老安人端起手边的茶盅，冷冷地喝了一口，觉得这茶苦涩苦涩的，不是个滋味，不禁对旁边服侍的陈大娘皱着眉道："这是谁沏的茶？虽说是天气越来越热，可也没有喝冷茶的道理。快去让人换了。"

陈大娘忙接过了茶盅，飞快地用手指试探了一下，发现茶的温度正好，知道裴老安人这是因为裴宴的话不高兴了。她忙看了裴宴一眼，也不知道裴宴有没有知道她的意思，这才低头笑着应是，退下去重新沏茶。

裴宴不用陈大娘提醒他，已经知道母亲不高兴了。

照理说，他娘不是那种不讲道理、小气的人，可这次却偏偏做了件小心眼的事。他猜测着，这多半是他两个哥哥留下来的阴影，特别是大哥，当年为了大嫂，和母亲置了多少闲气。他当时曾经发誓，以后娶了媳妇决不再让母亲担心的，没想到轮到他这里的时候，还是让母亲心中不快了。

他就蹲在了母亲的面前，双手扶着母亲的膝盖，仰望着母亲，低声道："郁氏出身寻常，我又是个好强的，不想别人看我笑话。这件事，除了母亲，我不想让别人知道；除了母亲，也无人可托。还请您帮帮我。"

裴宴从小就是个漂亮的孩子，像金童似的，两三岁的年纪，还没有桌子高，老太爷在书案后教训他，他就会稚言稚语地反驳老太爷的话了，那歪着头说话的模样，极为可爱。当时老太爷就笑着对她说，瞧这伶牙俐齿的，以后也不知道会祸害谁家的闺女。后来他年纪渐长，出去就有女孩子逗他，不是兜一兜新鲜果子，就是兜一兜糖回来。老太爷怕他恃靓行凶，对他管得越发严格。他也听话，从来不去拈花惹草，看到他大哥气她，还知道给她顺气，铁青着脸说要给她出气……

眨眼工夫，孩子长大了，要娶妻生子了，可在母亲的面前，还是这副小孩子样，越来越英俊，却依旧要母亲庇护。裴老安人的眼睛一下子泛起了水光。她轻轻地抚着儿子乌黑顺滑的青丝，温声笑道："好！姆妈帮你。我们家三儿向来样样都比旁人拔尖，找的媳妇肯定也比旁人的好。"

裴宴看着松了口气。他是真不想让母亲伤心，更不想让母亲和郁棠之间有罅隙。让母亲指点郁棠的事，也是他今天去见了郁文之后想到的。不过，他好像很早就开始让郁棠陪伴母亲，难道在他心里，很早就有了这样的担忧？

这些念头在他心底一闪而过，很快被他丢在了脑后。他一跃而起，笑着抱住了母亲，撒娇般地喊了声"姆妈"。

这么高兴啊！不知道是因为她答应了他的请求，还是因为她愿意帮他未来的媳妇？这些念头在裴老安人心底一闪而过，也很快被她压在了心底，她笑道："让我帮你未来的媳妇早点熟悉家里的情况，你是有什么打算？"

裴宴从来不做没有把握的事，他既然有了这样的主意，肯定就有实施的方案。但他无疑是最聪明的那种人，立刻感受到了母亲的不快，索性反主为客，把这件事的主动权交给了母亲。

"我就是刚才这么一想，"他道，"具体要怎么办，我心里还没有个章程。何况这件事还得先看您同不同意呢。"

他说完，朝着母亲有些不好意思地笑了笑，又道："姆妈，内宅里的事没有比您更熟悉的了，您觉得这件事怎么办好？"说着，他还颇为孩子气地补充道："反正不能让像宋家、武家这样的人家挑出什么错来！"

这孩子！裴老安人的心软了下来，她嗔笑道："看你这好胜的样子，也不知道像了谁，我和你爹可都不是这样的人。"

她怎么会让宋家或是武家看她儿子的笑话呢？裴老安人想了想，对儿子道："这件事你别管了，交给我好了！"

裴宴高兴地"嗯"了一声，也不问裴老安人有什么打算，就这样有些欢喜地走了。

裴老安人不禁摇头，和重新倒了茶回来的陈大娘道："你说他心大吧，他知道给郁氏撑腰；你说他心细吧，他就这样把郁氏丢给了我，走了！"

没有比陈大娘更明白裴老安人心结的人了。她笑盈盈将茶递给了裴老安人，一面笑盈盈地给裴老安人揉着肩膀，一面声音轻柔地道："三老爷怎么可能是个毛躁的人呢？您看他接手裴家之后，哪一件哪一桩不是安排得好好的？他这样，不是因为相信您吗？相信您会帮他，相信您会安排好，相信您有自己的成算。说起来，三老爷这才是真正和您最亲。有什么话都敢说，有什么事都敢让您帮着办！"

言下之意，相比大老爷当年偏听偏信，只要一涉及大太太的事就不管巨细都要问个清楚；相比二老爷的不闻不问，却也从来不提任何要求，三老爷这样才是真正的亲近。

裴老安人明白陈大娘的意思，思忖着点了点头。

很快，裴宴就得到了消息。他不由为自己的机智捏了把冷汗。这婆媳之间的相处，可真是门技艺，他偶尔客串一下还成，让他天天这样，他可受不了。这种事，只能交给郁棠由她自己去想办法。但愿她有这个本事能兜得住他姆妈。郁棠还没有嫁过来，他已经开始头痛了。

相比裴家的波谲云诡，郁家却显得颇为平静。

郁博亲自去安排了席面，叫上了郁远，准备好好感谢吴老爷一番。

郁文被陈氏拉去更衣，陈氏忍不住低声抱怨郁文："你也别太过分了！人家裴三老爷把你当长辈，你就应该有个长辈的样子，端坐在那里不动，却让吴老爷帮你送客,这是什么做派?你也不怕裴三老爷私底下笑话我们家?"

"他敢!"郁文粗着脖子道,"谁家的岳父不是这样对待女婿的,他难道不是我未来的女婿?我让别人替我送送他怎么了?"

"老顽固!"陈氏说不动他,气得直骂。

郁文扬长而去,到了宴请吴老爷的大厅却立刻换了张笑脸,和吴老爷说起江潮那船货:"也不知道能不能顺利地到,若是姑娘的婚期定在了九月底,来不来得及置办嫁妆。"这就是要把那海上贸易得来的利益都给姑娘做陪嫁的意思了。

吴老爷觉得郁文不愧是读过书的,有担当,有气魄,不同意是不同意,但同意了这门亲事,却能下决心给姑娘做面子,是个值得深交的人。他竖了大拇指,道:"你要是不放心,我们不如走一趟宁波好了。"

两人嘀嘀咕咕商量起郁棠的陪嫁来。郁棠倒觉得大可不必如此。

她是什么样人家的姑娘,就算有再多的陪嫁,别人也知道,犯不着踮着脚做长子。她劝母亲和为她忙着的大伯母:"和街坊邻居们嫁姑娘时一样就行了,别人家只会夸我们家本分。"

陈氏和王氏根本不听,郁棠有意让相氏和马秀娘帮忙劝一劝,谁知道裴老安人身边的陈大娘突然拜访,十分客气地对陈氏和王氏道:"天气热了,老安人要带几位小姐去别院避暑。去年郁小姐也跟着一道去了,今年老安人还想请郁小姐一道,不知道两位太太的意思如何?"

未来的婆婆相邀,虽然不知道是凶是吉,可郁家能拒绝吗?

陈氏和王氏连忙恭敬地应了,但却开始担心起来,猜测着裴老安人是什么意思。

郁棠不忍看两位长辈忧心,索性让双桃私底下去见了计大娘。

计大娘已经知道裴郁两家的事,对待双桃自然比从前又热情了几分。她笑着告诉双桃不必担心,裴老安人真的只是请郁棠一起去避暑,而且还承诺,若是郁棠有什么事,她肯定立刻就差人来告诉郁家的人。

陈氏和王氏得了这样的回信,心中微定,忙前忙后地帮着郁棠收拾衣饰,按着和裴家说定的时间,把郁棠送到了裴府。

郁棠心情很平静。她和裴宴有很大的差距,这个差距不是靠陪嫁或是其他就能弥补。她唯一能做的,就是嫁到裴家之后好好地和裴宴经营自己的婚姻,让别人慢慢地认识到她的好。

考虑这些的时候,她不禁俏皮地想,实际上别人不认识她的好也没有关系,裴宴觉得她好,裴老安人觉得她好就行了。

梦中她在李家的时候,想讨好这个讨好那个,结果谁都不买账。等到她和李家站到对立面,谁也不讨好了,众人觉得她不好惹,都不愿意惹她,不愿意得罪她,反而对她客客气气的。她和善时没有做到的事,板着脸反而做到了。

郁棠像从前一样笑着去给裴老安人问了安。

裴老安人看上去也和平时没有什么两样，问了问她家中长辈的身体，问了问她这些日子都在做什么，就端了茶，让她去找裴家的几位小姐玩去："她们听说你今年和去年一样要和我们一起上山，很高兴，一直问你什么时候来呢！"

郁棠仿佛不知道裴家即将和郁家联姻似的，落落大方地向裴老安人道了谢，随着计大娘退了下去。

陈大娘则亲自送了她出门，折回来的时候对着裴老安人夸郁棠："年纪轻轻却这么沉得住气，有点像您年轻的时候。"

裴老安人冷哼了一声，道："你这是收了遐光的好处吧？"看着挺冷淡的，却并不是真正生气的样子。

陈大娘知道自己这话说对了，忙做出一副喊冤的样子："您这么说我，我可不答应！我虽说是向着三老爷的，那也是因为三老爷对您最好！"

裴老安人的嘴角不由得就翘起来，温声吩咐陈大娘："上次来服侍她的人叫什么来着？柳絮还是柳梢的？你安排一下，这次依旧去服侍她。"

郁家的家世毕竟摆在那里，不可能送很多陪房过来，就算是送了过来，也比不得从小就在他们家长大的这些丫鬟婆子熟知世家的规矩。要是那几个丫鬟机灵，等郁棠嫁过来了，就调到裴宴屋里去当差。

陈大娘明白，想起计大娘的托付，道："计大娘身边有个叫累枝的，我瞧着挺不错的，要不，把这个累枝也派到郁小姐身边去当差？单靠柳絮几个，怕是撑不住。"

柳絮也是十五六岁的年纪了，这个时候还在客房做个三等丫鬟，可见能力有限。

裴老安人是很信任陈大娘的，闻言道："你安排就是了。"然后说起了去别院避暑的一些琐事。

至于郁棠，随着计大娘去了给她安顿的客房，又遇到了柳絮几个。因还在老太爷的孝期，裴宴求娶郁棠的事除了裴老安人身边几个体己的，再就是裴二老爷裴宣、二太太几个知道，连大太太那边都还不知道音信，更不要说家里的其他人了。柳絮几个对郁棠依旧如从前一样，彼此间说说笑笑的，手脚麻利地帮着双桃收拾了郁棠的行李。郁棠重新换了件衣服，就带着双桃去了五小姐那边。

计大娘见这边收拾停当了，去给裴老安人回话。

裴老安人立刻问她："怎么样？"显然是等了很久。

计大娘是裴老安人身边的人，也算是半个知情人，自然知道裴老安人问的是谁。她含笑道："还和从前一样。"说着，拿了个小荷包出来，打开荷包给裴老安人看："您瞧，和去年一样。"

裴老安人一看，是对五钱的万事如意的银锞子。

裴老安人悬着的一颗心这才落下来，忍不住向她们倾诉道："我既担心她张狂，更怕她畏缩。这样挺好，至少成了一半。"

计大娘知道裴老安人最喜欢裴三老爷的，忙道："您应该相信我们三老爷的眼光，他选的人，不会有错的。"

裴老安人笑眯眯地点头，赏了陈大娘和计大娘各一袋子金豆子。

陈大娘和计大娘就在旁边凑趣："哎哟，我们老安人急着要喝媳妇茶，连我们这些旁边服侍的也跟着沾了光。"

"娘要喝谁的媳妇茶？"门外突然传来大太太温柔的声音。

这个人是怎么进来的？外面当值的都是死人吗？还有"娘"这个称呼……嫁到裴家都快二十年了，还不改口，非要喊她"娘"，她听着就觉得难受。裴老安人脸色有点难看。

陈大娘忙去撩了帘子，嘴里还笑道："大太太来了！快请进来，老安人正念叨着您呢，说今年天气特别热，老安人马上要去山上避暑了。宗房就您一个人留在府里，大少爷的婚事，就只能有劳您多操劳了。"

裴老安人听着翻了个白眼。

这个时候郁棠也到了五小姐的住处，她刚进院子，就听到五小姐的厢房传来一阵欢快的笑声。

她脸上顿时也带了几分笑，问来迎她的阿珊："怎么这么热闹？几位裴小姐都在吗？"

阿珊笑着点头，道："除了几位裴小姐，杨家的大小姐也过来了。"还怕她不知道，道："就是二姑爷家的继妹，从京城回来，奉了家中长辈之命，特意来给二小姐送些土仪。二小姐领着她过来给二太太请安。"

郁棠颔首，由阿珊领着进了五小姐的厢房。

众人见了她，均是眼睛一亮。今天的郁棠，比她们记忆中更漂亮了。

湖绿色的素面褙子，白色的南珠耳钉，戴了很朴素秀气的茉莉花，却红颜乌发，一双原本就黑白分明的眼睛像浸在水银里的宝石，顾盼之间熠熠生辉，如同打磨透了的金刚钻石，散发着璀璨的光芒。

五小姐第一个喊了起来："阿棠姐姐，你吃什么了，或者是抹了什么？怎么一下子气色变得这么好看？你一定要告诉我们，不可以藏私。"

郁棠愕然，怀疑地摸了摸自己的脸，道："我这段时间和平时一样，什么也没有做啊！抹的香膏还是你们上次推荐的，我和徐小姐去杭州城的时候遇到有卖的，我们都买了一点。难道是因为那些香膏？"

四小姐就嫉妒地道："我们也抹的是那些香膏，为何郁姐姐用了就这样好？郁姐姐，不行，你得请客！要不是我们推荐给你，你哪里会用这么好的香膏，你要请我们吃东西！"

郁棠爽朗地笑，道："好，你要吃什么，我请客！"

裴府的小姐们自幼身边就跟着一大堆丫鬟婆子，吃食上讲究且养生，哪里会让她们随便乱吃？等到她们出阁，又嫁的是门当户对的人家，有些东西，她们怕是一辈子也没有见过，能要的吃食实际上是很有限的。

四小姐眼睛珠子转了半天，也没有想出来让郁棠请她吃什么，却又不甘心就这样放弃一个玩乐的机会，拉了旁边一个圆脸的陌生女子道："杨姐姐，你有没有什么好主意？"

郁棠猜着这小姑娘就是杨家的大小姐了，笑着朝她点头。

杨小姐也是个活泼的性子，见了立马向郁棠自报家门。

三小姐就瞪了四小姐一眼，觉得她们应该在郁棠进门的时候就把杨大小姐介绍给郁棠的，让客人自我介绍，太失礼了。四小姐不好意思地吐了吐舌头。

郁棠倒没在意这些，和杨大小姐序了齿，她比杨大小姐大两岁，做了姐姐。

杨大小姐就提议："要不，等到了别院再说。我听说别院里有小河，我们可以去钓鱼，我们烤鱼吃！"

郁棠没有想到杨大小姐也跟她们一起上山。

三小姐就悄悄地对她道："杨大小姐要借了我们家别院相亲，对方是我祖母那边的一位表兄。"

这就是亲上加亲了。不过，江南数得上的世家只有那么几户，彼此之间不管怎样都能联上姻，关系还挺复杂。

她莞尔，二小姐红着脸请郁棠在她身边坐下，说起了苦庵寺的事："杨大小姐知道了觉得特别好，也想出把力。我说这件事是你主导的，要问问你才行。"

杨大小姐听二小姐提到她，就冲着郁棠笑了笑。

做善事，当然是越多人参加越好。郁棠自然是欢迎的。

杨大小姐向郁棠道了谢，二小姐感叹道："可惜这次顾姐姐不能随着我们一起上山了。"

大家又议论起顾曦来。

"没想到顾姐姐会嫁到我们家来，可见顾姐姐和我们家挺有缘的。"

"大伯母说不去避暑的别院，十之八九是要留在家里准备顾姐姐和彤堂兄的婚事，那顾姐姐是不是很快就会嫁到我们家来了？"

"我听说大伯母想要在杭州买个宅子给彤堂兄，不知道大伯母会不会把自己在杭州的那个宅子送给彤堂兄？"

大家七嘴八舌的，郁棠笑着只在旁边听着。倒是坐在她对面的杨大小姐，神色微动，几次欲言又止。

郁棠想到这位杨大小姐据说从小是随着父母在京城长大的，她猜测杨大小姐若不是认识大太太娘家那位和裴彤青梅竹马的侄女，就是知道裴彤差点娶了那位杨小姐的事。

她去给二太太请过安之后，和杨大小姐、裴家的其他几位小姐一起，留在了五小姐屋里用了晚膳，这才回了自己的住处。

没想到她住的地方灯火通明的，青沅正指使着柳絮几个更换着厅堂的陈设。

"那尊花觚是从什么地方翻出来的？十几年的旧图样，立刻去换件去年新添的。还有这坐垫，没看见红里都偏紫吗？拿了我库房的锁匙去找一套猩红的过来……"

柳絮几个紧张得大气都不敢透。见郁棠回来了，齐齐松了口气，求助般地喊了声"郁小姐"。

郁棠猜着青沅可能是奉了裴宴之命过来的，只有这个家伙，是一点委屈也不肯受的。她无意大费周章，可也不能辜负了青沅的好意。

郁棠两边和稀泥："客房这边待客是有惯例的，你就是想让她们给我开个后门，她们也巧妇难为无米之炊，没有东西可用。我呢，想着只住一个晚上，也就没有管这些。倒让你们帮着着急了。"

青沅虽然不知道裴宴和郁棠即将定亲，但她从裴宴对郁棠的态度知道裴宴对郁棠非常上心，这就足够她知道自己应该用什么态度对待郁棠了。

她笑着恭敬地给郁棠行了个福礼，道："是三老爷听说家里还有女客，怕您这边要待客，所以才让我来给您布置厢房的。"

郁棠抚额。

这个府里发生的事，特别是后宅，若是裴老安人想知道，她就能立刻知道。所以裴宴派了青沅去跟郁棠收拾房间，还开了自己的私库让青沅随便挑选什物的事，青沅还没有从郁棠住的厢房出来，裴老安人就知道了。

她哈哈大笑，对陈大娘道："你看这孩子，要对谁好起来，就掏心掏肺的。"话说到最后，笑容渐敛，变成了唏嘘。作为母亲，她最怕自己孩子的深情被辜负。

陈大娘忙安慰她："这不，郁小姐进了府，您正好可以在旁边观察观察。"

裴老安人点头，不由觉得因大儿媳妇到来而生出的郁闷之气都消散得差不多了。

第二天，裴府的几十辆骡车浩浩荡荡地上了天目山。

沿途行人见了不免驻足议论："今年裴家的女眷怎么这么早就上了山，不在城里过端午节吗？这个时候上山还有点冷吧！"

"这是裴家的管事要操心的事，与你何干？"

"说起来，我有些日子没有看见阿满大总管了，你们知道他去做什么了吗？"

"裴家那么多生意，人家是大总管，随便去哪里看看，来回都要大半个月，你没看见人不是很正常的吗？"

郁棠坐着裴家的骡车，到了别院。

管事们已提前两三天到了，住宿的地方早已收拾好了。和去年不同，今年郁棠住在了裴老安人的隔壁，二太太后面的院子。

杨大小姐知道不免有些奇怪,问身边的嬷嬷:"郁小姐真的只是裴家的一个晚辈吗?"可住得却比裴家的二小姐、五小姐离裴老安人还近。

那嬷嬷仔细地想了想,肯定地道:"真的只是裴家的一个晚辈。可能是因为这郁小姐行事颇有些章法,得了裴老安人的青睐,所以裴老安人才会对郁小姐另眼相待。若是小姐觉得不放心,我再去查查好了。"

杨大小姐摇头,笑道:"那倒不用。我们只是来她们家做客的,过两天就走,犯不着横生枝节。我还要赶回京城,徐姐姐定了九月二十八的日子出阁,我得去送她一程。"

那嬷嬷不再说什么,派了人去打听裴老安人那边是什么安排,他们家小姐也好准备衣饰,去裴老安人面前凑个热闹。

郁棠心里却明镜似的,觉得自己能有这样的待遇多半是因为她即将要和裴宴说亲了。她趁着丫鬟在布置屋里的陈设时在院子里转了转。

这个院子和她去年来时住的院子差不多大小,不过景致更明丽,小小庭院除了有花架花墙,还有两株合抱粗的榕树,枝叶繁茂,根茎虬结,从地里冒出来,有些能荡秋千,有些却能像凳子似的坐人。

郁棠围着那两株植在一处的老榕树转了一圈,发现了一个可容人的树洞,不由得童心大起,寻思要进去看看,是不是真的能藏人。谁知道她正准备进洞,就听见耳边传来裴宴那熟悉的声音:"你这是要做什么呢?就不怕小虫子钻进衣裳里去了?"

她吓了一大跳,循声望去,就看见裴宴穿了件月白色素面直裰,面带好奇地站在离她不远的另一株榕树下。

郁棠心中一喜,道:"你怎么来了?"

裴宴见她看到自己眼睛都亮了起来,声音里也透着欢快,心情也跟着飞扬起来,道:"我来看看你适不适应。"他说着,走了过来,突然朝她伸出手去。

郁棠心里顿时怦怦乱跳,还下意识地偏了偏头,声音带着几分警惕地道:"你要干什么?"

裴宴脸一沉,伸手从她头顶取下两片树叶,摊了手给她看道:"你以为我要干吗?"

郁棠呵呵地笑,忙道:"您什么时候过来的?用了午膳没有?我们出门晚,车上还备了茶点,我吃了好几块茯苓糕,也不知道是谁做的,又软又糯,很好吃,比我们家做的好像还好吃一点。"

裴宴对郁棠怀疑他的用心有点生气,但看着郁棠这样笑嘻嘻地讨好他,他心里的一点点火气又很快地散去。

他道:"我虽比你们晚点出门,不过我骑马过来的,和你们差不多时候到。我已经吩咐下去了,再过一个时辰就用膳,然后大家各自回房间里歇了,晚上就各在各院子里用餐，愿意吃什么吃什么，想什么时候吃就什么时候吃，这样大家都能舒服自在一点。不过从明天开始，就一日三餐定时了，最好别吃宵夜，晚上吃多了容易积食，年纪大了，还容易生出很多的毛病来。"

裴宴给她讲了一堆养生的知识，说来说去，就是少吃多动，她听得都要犯困了，只好趁着个空当打断了裴宴，道："我听说骑马挺累的，你要不要去我屋里喝个茶？我这次带了些岩茶过来，肯定没有你收藏的好。不过，我做了点心，是那种微微有点甜又不腻口的味道，我猜你应该会喜欢。"

把他的喜好还摸得挺熟的。裴宴满意地在心里点头，并没有意识到郁棠打断了他的话，反而考虑到她和二太太住得近，二哥回去之后肯定会跟二太太说起他和郁棠的事。他要是去郁棠那里被他二嫂看见了，怕他二嫂会对郁棠有什么不好的看法，他决定还是暂时别去拜访郁棠了。

"我把青沅带过来了。"他道，"你等会儿把点心让她带过去就行了。"话说到这里，他叮嘱郁棠："我二嫂陪我母亲过来住几天就会下山。我二哥要准备起复的事了，有些打点应酬的东西还得我二嫂亲自准备才行，你到时候多照看点我那个小侄女。这样于你也有好处。"

郁棠明白了他的用意，感激地望着他"嗯"了一声，不免猜测起这次裴老安人请她上山的用意来。

裴宴望着她波光粼粼的双眼，觉得自己仿佛望进了一汪秋水中。

真是漂亮！他在心里感慨着，就有点恍神，语气迟缓地道："也不是其他什么意思，你早点熟悉了解我们家里的人和事，以后就能轻松点。我们家说大也不是很大，说小也不是很小，主要是那些姻亲很多，又错综复杂的……"

郁棠也不是那不知道好歹的人，看过徐小姐点评那些世家就知道厉害了。

"我知道了。"她朝着他甜甜地笑，道，"我肯定不会让你失望的。"说完，还顽皮地冲着裴宴眨了眨眼睛。那模样，像个小孩子似的俏皮。

这都不是主要的。主要是郁棠不仅没有恼他自作主张，还非常高兴地接受了他的安排。裴宴非常高兴。他看中的小姑娘果然与众不同。裴宴忍不住上前抱了抱郁棠。

郁棠被吓着了。她全身僵直，脑筋都不转了，一片空白，直到裴宴放开她，她才感觉到四肢渐渐有了力气，脸上火辣辣的，后知后觉地回想起裴宴抱着她时他身上淡淡的味道，他身上月白色细布那柔软的感觉……她甚至不敢抬头看裴宴一眼。

裴宴看着郁棠的样子，这才惊觉自己失礼。他脸上红彤彤的，尴尬地觉得自己应该说些什么，又不知道该说什么，支支吾吾了半天，听到外面传来一阵轻松的脚步声，还有青沅小心翼翼的声音："郁小姐，郁小姐，您在这里吗？三老爷特意差了我过来看看。"

郁棠抬头。

裴宴更觉得尴尬了，他又做了一件事后他很久都不能理解的事。裴宴低声说了句"那我先走了"，拔腿从另外一边跑了。

郁棠目瞪口呆。

青沅出现在她的眼前。

"郁小姐！"青沅明显地松了一口气，面露欢欣地道，"可找到您了，老安人那边派了人来传话，说一个小时之后用膳。我瞧着山下刚送了新鲜的鲫鱼过来，让她们给您炖了碗汤，您先垫垫肚子，歇一会儿，免得等会儿没有精神。"

郁棠笑着向她道了谢，脑海里却抑制不住浮现出裴宴有些狼狈的身影。她没能忍住，大笑起来。

青沅不明所以，满脸懵然。

郁棠笑得更厉害了。

喝了点热汤，休息了半个时辰，郁棠感觉自己又神采奕奕了。她梳洗打扮了一番，去了裴老安人那里。

二太太早已在那边服侍了，见着郁棠不由上下打量她。湖绿色的素面褙子，镶了圈细细的银红色牙边，素雅中透着几分活泼，皮肤白得像在发光，偏偏面颊带着淡淡的红润，像朵盛开的芙蓉花，鲜活恣意得令人要心生妒忌。难怪三叔一头扎进去就出不来了。

作为她婆婆的裴老安人可能会不满意裴宴娶了这样一个媳妇，可作为妯娌，她却很高兴。不说别的，郁棠至少不会像大太太那样非要压着她不可，不然当初她相公也不会想尽了办法才找了个机会让她跟着他去了任上了。

她笑吟吟地上前，亲亲热热地挽了郁棠的胳膊，道："饿不饿？这个时候说是午膳晚了点，说是晚膳又早了点，不过好歹先陪着老安人用一点。你那院子里有小厨房，晚上回去的时候你再让丫鬟婆子给你熬点粥什么的当宵夜好了。"又想着郁棠出身不显，怕她身边的人胆子小，不敢烧火，又道："要不你也别麻烦了，你晚点去我那里，和我们家阿丹一块儿用一点。"

第七十六章　账目

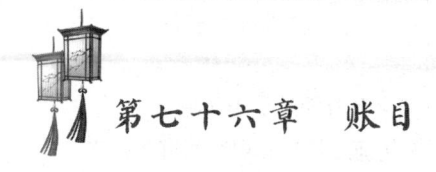

如果郁棠不是要嫁裴宴，也就是和她女儿一块儿玩的小伙伴。二太太这么一想，对郁棠的态度就越发软和了。

郁棠能感觉到二太太对她的善意，她笑吟吟地向二太太道了谢，和二太太肩并着肩进了厅堂。

裴老安人见两人一个端庄秀丽，一个明媚鲜妍，如两朵花似的，眼睛都笑弯了，朝着两人笑眯眯地招手："来，过来我这边坐。"

两人笑着给裴老安人请了安，坐在了裴老安人的下首，裴老安人就问郁棠："山上有点冷，你带了披风没有？要是冷了，记得作声，别硬挺着，要是生病了就不好了。"

郁棠恭敬地道："带了披风，还带了夹衫。"又笑着看了看二太太："我要是要什么，就去找二太太。"

二太太笑着朝她点头。裴老安人则满意地颔首。

几个人正说着话，裴二小姐带着杨大小姐和几个妹妹过来了。屋里响起了欢声笑语。

陈大娘忙指使着丫鬟婆子上茶。众人在裴老安人屋里用了晚膳，又移到了西稍间喝茶。

裴老安人就道："我知道你们都不喜欢有长辈在身边看着，我带你们来呢，也是想你们高高兴兴地玩几天。"说着，叹着气笑道："等你们出了阁，做了主持中馈的主母就知道，这样的日子有多难得了。我呢，也不拘着你们，你们自己玩自己的。我呢，也玩我自己的。就是有一样，不能去后山玩水，天太冷，浸了冷水可不是闹着玩的；何况姑娘家的，也不能受了寒气，于以后不好。"

四小姐听着喜上眉梢，朝着五小姐使着眼神，却和众姐妹们一起恭顺地应着"是"。

裴老安人看着好笑，特意点了四小姐的名字，并道："你要是顽皮，我就把你送下山，交给你祖母管教。"

四小姐顿时泄了气。杨大小姐等俱抿了嘴笑。

等从裴老安人那里回来，已到了夕阳西下的时候，郁棠打着哈欠，先去睡了一觉。谁知道这一觉睡得沉，等她睁开眼睛，已是翌日的清晨，朝阳透过雪白的高丽纸晒了进来，照得屋里亮堂堂的。

青沅早已经到了，还带了青萍和青莲过来。一个帮着青沅在准备早膳，一个正和双桃等着服侍郁棠梳洗。

青莲和青萍不管怎么说也是裴宴的丫鬟，郁棠笑着朝她们道了谢。

两个丫鬟不知道是不是得了谁的吩咐，若说从前是敬重，现在就有些拘谨了。

郁棠也没有多说什么，还是和平常一样对待就是了，青萍和青莲这才渐渐随意起来。

只是她去给裴老安人问安的时候，被裴老安人留了下来，说是要打叶子牌，三缺一。

郁棠并不擅长也不是很喜欢打叶子牌，闻言不由指着自己惊讶地问陈大娘："我吗？"

陈大娘笑道："正是小姐。"

众人诧异不已。

此时正是春末夏初之时，天气渐热，大家都换上了夏衫。别院里绿树成荫，走在林间，清风徐徐，凉爽而舒适。裴老安人不允许女孩子们玩水，裴二小姐就约了大家去后山采花。

几位小姐听了不禁都面露同情，却生怕自己也被老安人抓了壮丁，同情归同情，却一个比一个跑得快。

郁棠笑着直摇头，跟着陈大娘去了裴老安人的牌室。只有杨大小姐心生困惑，悄悄地问四小姐："裴老安人为何单单留了郁小姐？郁小姐很会打叶子牌吗？"

四小姐惦记着后山那片野紫荆，一面快步朝前走，一面不以为意地道："可能是因为郁姐姐在我们这里面年纪最大吧，老安人怕我们不耐烦。"

就算是不耐烦，也不敢丢了牌就跑吧？打牌与年纪有什么关系？何况她看不出郁小姐有多喜欢打牌的样子。杨大小姐挠了挠头。

郁棠则在计大娘的指点下，专心致志地学着打叶子牌。

裴老安人明显是有心要教她，牌打得很慢不说，还不时指点郁棠几句为什么要这么出牌。好在郁棠学什么都挺快的，不过半个时辰，她已经摸得着些门路了，打起牌来有模有样，也能偶尔胡上一把了。

"看样子你算术应该还不错。"裴老安人满意地道，"你可会打算盘？"

"会！"郁棠笑道，"我祖父是做生意的，我小的时候他老人家闲着无事的时候，曾经教我打过算盘。后来我母亲身体不太好，精力不济，有时候就会叫了我去帮着算账。"

裴老安人就更满意了，道："正好府上端午节的年礼都送出去了，你明天早点过来，帮着二太太把家里端午节礼的账目算一算，我们心里也好有个数。"

郁棠心中一跳，隐隐有个想法，可她看了看裴老安人，又看了看二太太，却都没有在两个人的脸上发现什么异样。

难道是她猜错了？！郁棠在心里纠结着，面上却不显，笑着应了下来。

接着裴老安人就跟她说起家里哪些人喜欢打叶子牌，都是些什么品行。裴家的长辈们在郁棠的心里从名字变成了一个个有血有肉的人。她的困惑越发重了，就寻思着是不是找裴宴问问。

裴宴回到自己的住处，却是辗转反侧半夜才睡着，第二天一大早又天还没有亮就起来了。他黑着个眼圈，回了临安城。

裴宴怕自己忍不住会去找郁棠。

他从来不知道原来拥抱的感觉这么好，真如书上所说的软香暖玉般，柔柔的，像棉花，又像云彩，使劲怕坏了，不使劲又怕抱不住。他怎么就那么没有出息地跑了呢？如果下次再遇到这样的情景，他就应该落落大方地再多抱一会儿。反正阿棠很快就是他妻子了，他抱一抱也没有什么。

这么一想，他就突然觉得自己的婚期应该早一点才好。

不是有句话说"有钱没钱，娶个媳妇好过年"吗？他爹直到死之前都惦记着他的婚事，今年他带个媳妇回去给他老人家上坟、敬香，他老人家肯定很欢喜。

裴宴回到了城里，处理了一些家中庶务，心里立刻像长了荒草似的，痒痒的，在家里坐也不是，站也不是的，就想上山看看。

他觉得这样不是个事儿。得想个办法到别院去小住些日子才是。他姆妈正在教郁棠怎么管家，郁棠初初接触，一时被灌这么多信息肯定一个头两个大，说不定正需要他指点迷津呢！

裴宴越想越觉得有道理。在家里想了几天，最终还是决定去别院看看。

没想到临出门的时候，他被大太太堵在了门口。

"他三叔父，"大太太客气地对裴宴道，"我们和顾家商量了几个日子，想让您帮着看看，您看有空没有。"

他大嫂什么时候需要听他的意见了，十之八九是来向他要银子的。若是平时，他可能会推了自己母亲，但现在，裴彤的婚期也关系到他的婚期，他没有拒绝，让阿茗收下了单子，道："我正好要上山，给母亲看过之后再回复嫂嫂好了。"

大太太听了笑道："那就请三叔和母亲早点定下来好了，顾家那边也要办喜事。顾家的大少爷顾朝阳和殷家宗房的小姐，也就是殷明远的嫡亲堂妹定了亲，做哥哥的总不能在妹妹后面成亲吧！"

这门亲事细说起来和裴宴有很大的关系。裴宴暗中撇了撇嘴，神色间却一派冷峻，道："我尽快答复大嫂。"

大太太满意地走了。

裴宴强忍着心中的雀跃，觉得大太太有时候行事也能让人顺眼的。

裴宴很快上了山，将大太太写的几个婚期给裴老安人看。

裴老安人这几天已经把家里的姻亲全捋了一遍给郁棠听，有些关系复杂的，还专程照着裴宴之前的做法画了个图。裴老安人再说起谁家的谁谁谁，郁棠也能听得懂了。

她看着大太太送过来的婚期全都集中在来年五月，面色不善地冷哼了几声，道："我觉得他只要不在你之前，他想怎么折腾就怎么折腾去好了。我儿子都还没有成亲呢，没空管孙子。我也不是那种非要抱重孙的老太太。"

只要不耽搁裴宴自己的婚事，他才懒得管这些。可老安人的不满让他想起一件事，他道："姆妈，我听说大嫂想着您位于西湖边的那座河房，有这回事吗？"

裴宴既然做了裴家的宗主，多的是人巴结讨好他，他就是不问，有些事也会有人传到他耳朵里去，况且这件事她并没有打算瞒下来。

裴老安人听了道："她说她们杨家的根基在北方，她不了解南边的事，没想到这边买个位置好一点的宅子都这么难，无意间知道那河房是我的陪嫁，问能不能由她出双倍的银子，让我把那河房卖给她。"说到这里，老安人目露狡黠："我说，我这陪嫁是母亲留给我的，我准备着留给女儿的，谁知道我这福气，只生了三个儿子没有女儿，我就准备把这河房给孙女做陪嫁的。"

裴宴一愣，随即无奈地摇头。长房是不可能有孙女了，二房有五小姐，他还没有成亲，也有可能生女儿。老安人说的这话，真可谓是扎心了。

念头一闪而过，裴宴就不动声色地四处张望几眼。没有看见郁棠。不知道是因他来她回避了，还是她本就不在这里。

这么一想，裴宴就没有了说话的兴致。

他那位大嫂，不管他们家怎么对她，她都会觉得不公平，像受了很大的委屈，这已经不是财物可以解决的事了。何况他们家的财物再多，也不能全给了长房，他和他二哥也是一母同胞的，父母怎么可能为了长子不顾其他两个儿子的死活呢？杨氏自诩聪明，却连这个道理也看不明白。

裴宴撇了撇嘴，随意地附和了裴老安人几句，就要起身告辞。

裴老安人看着好笑，道："你去抱厦看看好了，郁小姐在那边帮着我算账呢。她要是有什么不懂的，你给指点一二好了。"

止不住的欢喜就从裴宴眼底涌现出来。

"多谢姆妈！"他也不要脸皮了，笑嘻嘻地给裴老安人行礼，快步去了抱厦。

裴老安人呵呵笑着摇头，想着她看到小儿子这样鲜活的样子，还是在他十岁之前，现在倒好了，越活越像个小孩子了。不过，也不可否认，他是真的很高兴。这就好！

裴老安人就转了头和在她身边服侍的陈大娘道："没想到郁氏的算术还真的挺不错。我瞧着以后可以告诉她学点勾股之术。"这是裴老安人做姑娘时的爱好。

陈大娘听着就头痛，觉得像天书似的。郁小姐算术是真的很厉害，那些数字看一看就能在心里算出来，可会算术的人未必就能学得会裴老安人的那个什么勾

110

股之术。想到这里，陈大娘就有点同情郁小姐。

郁小姐若是真的被裴老安人拉着学这些，如果学得好，那肯定会成为裴老安人的心头肉，以后在裴家的地位不言而喻。如果学不会……那还不如不出这个头呢！但这些话不是她一个做下人的能说的。

陈大娘笑着应"是"。

郁棠却正为手中的一堆账册发愁。

算账是最简单的，加加减减，不用打算盘她也能算明白。但账册不同于算账，那些五文钱一个的鸡蛋，十五文一把的干菜，她真不知道怎么办才好。

郁棠正在那里抓着脑袋，裴宴进来了。她立刻像抓住了救星似的，连忙站起身来迎上前去，身后的椅子被她绊得一阵响她也没顾得上，两眼发光地望着裴宴道："你怎么来了？"

裴宴含笑望着郁棠，心里一阵欢欣。小丫头还是惦记着他的，他不应该因为自己尴尬就把她给丢在这里。要不然他还能再抱抱她……应该是可以的吧？裴宴想起那曾经萦绕在他鼻尖的淡雅香气……还有软软的身体……越想就越觉得挺好的。他的表情和声音都不由自主地柔和了几分，道："你这两天还好吧？"

在郁棠的想象中，像裴府这样的大家族，肯定有很多不可说的地方。她实在不知道哪里是坑，她可不想人还没有嫁进来，就先掉坑里了。但郁棠也无意帮裴宴隐瞒，这又不是她造成的，当然是谁惹的祸谁去承担。

"不好！"郁棠说着，拉着裴宴的衣袖把裴宴按坐在了书案前的太师椅上，指了上面的账册道，"你帮我看看这账册有什么问题。"

这是没有办法，向他求助了吗？

裴宴依旧眉眼带笑，顺从地坐了下来，一面翻着账册，一面心不在焉地道："你怎么看起账册来了？姆妈这两天都让你干了些什么？你都做完了吗？二嫂没有帮你？"

郁棠想到欢欢喜喜地在后山采桑葚的裴家几位小姐和杨大小姐，再想想自己这两天做的那些事，声音里不由就带了几分撒娇似的抱怨："老安人先是让我陪着她老人家打叶子牌，给我说了很多裴家还有裴家姻亲的轶事，后来又让我帮着陈大娘把端午节礼的账算出来。然后你就看到了，"她指了桌上的一堆账册："今天来给老安人请安，老安人又把我留了下来，把去年别院的账册都搬了过来，让我给做张盘存表。"她无意识地嘟了嘟嘴："二太太也想帮我来着，可二老爷那边派人送了信过来，让二太太把前几年陶家送的那套酒具找出来，说是要送人。二太太赶回了裴府，我就是想找个人问问，也不知道问谁好。"

她烦的时候不无苦恼地想，说不定这是裴老安人考验她的。可她真心不想经历这样的考验。

裴宴却觉得自己来得正是时候，他温柔地望着郁棠，轻声地道："好，我帮你看看!"

他的声音原来是很冷峻的,可这一句话却说得十分轻柔,听在郁棠的耳中甚至带着几分缱绻,让她心尖像被羽毛撩了撩似的,痒痒的。她甚至深深地吸了两口气,这才能正常地呼吸。

偏偏裴宴还朝她笑了笑,那笑容,像夏日的阳光似的,灿烂明亮得让人睁不开眼睛,硬生生地让她半晌都没有回过神来。

等她回过神来的时候,裴宴已经飞快地翻了半本账册了。

郁棠怀疑地看着裴宴。难道他就没有发现这账册有问题吗?

念头闪过,郁棠张大了嘴。她的确不应该指望裴宴。裴宴是谁?衣来伸手饭来张口的,哪里知道鸡蛋多少钱一个,干菜多少钱一把,他怎么可能发现这账目上的问题呢?那她要不要告诉他呢?郁棠心里有气。觉得还是应该让裴宴知道。给不给这些采买的人赚钱的机会是一件事,但他知不知道这其中的猫腻又是另外一件事。

郁棠索性站到了他身边,指了他翻开的账册其中一栏道:"三老爷,您看看这个!水梨十个,二百二十文,差不多二十二文一个了,还只是用来做菜时调口的。我要是没有记错,好一点的水梨才十五文一个,还是咳嗽的时候用来炖川贝用的。调口的梨子根本不用买这么好的,最多也就六七文一个。"

裴宴非常意外,他望着郁棠:"你在家里常做这些事吗?"

他表情严肃,让郁棠直觉这件事很重要。她忙道:"当然。我六七岁的时候就帮着家里的陈婆子算账,市面上的物价我差不多都很清楚。"

裴宴"嗯"了一声,脸色显得更差了,道:"家里大了,什么人都有。你以后也不可能事必躬亲。所以你看这些账目的时候,若是差别不大,就睁只眼闭只眼好了。若是差别颇大,挑出几项点一点就行了。最重要的是谁占着这些位置。那你有没有发现,我们家的账目都是外院的管事做,然后涉及内院的账目拿到内院来审核的?"

郁棠不知道要说什么,茫然地点了点头。

裴宴继续道:"所以这些账目上的手脚是瞒不过人的,你要知道的是,这些账目是谁做的?谁负责采买?负责采买的又是谁的人?这些账目到底是因为不知道价格上了当,还是有其他不好明着写在账册上的账目摊在了这些明细上……"

郁棠听听就很烦,她道:"可我不想这么麻烦。因为最后审核这些账目的是我,若是出了事,我得负责任。我不想为别人的事负责。"

裴宴愣住,随后却笑了起来,道:"那你准备怎么办?"

或许是他的笑容太过宽和,或者是他的态度带着连他自己都不知道的宠溺和纵容,郁棠受了鼓励,胆子也变得大了起来,道:"所以我才求助于你啊!"

裴宴挑了挑眉,在心里猜测着郁棠这是要撂挑子不干了还是要他帮着在裴老安人面前说话,或者是让他帮着把这些七弯八拐唬弄人的仆妇教训一顿,就听郁棠道:"你帮我想办法弄清楚老安人要做什么好了!"

这就更让裴宴意外了。

郁棠干脆道:"若是裴老安人只是想让我帮她老人家算算账,我就照着这个账册算着总和是对的就行了。若是老安人想借我的手教训谁,还请你帮帮我,想个办法把这件事推给二太太,要是实在不行,推给大太太也行啊!"反正大太太和裴宴不和,背个锅也就不算什么了。

裴宴哈哈大笑,觉得郁棠可真有意思,不禁道:"要是我不来,你准备怎么办?"

郁棠想了想,道:"我准备就当不知道,把这账看看就算了——我又不管这些,不知道市价也是正常。然后再找机会跟你提一声。"免得裴宴被人当傻瓜。

裴宴感觉到她未尽之言,眉宇间更柔和了。他道:"你这是怕我上当吗?"

算是吧。郁棠犹豫着要不要承认。

裴宴却突然转移了话题,笑道:"那你就按自己的想法办好了。"

难道她的眼界太小?!她是受不了被人这样蒙骗的。

可对裴宴来说,水至清则无鱼,这就是裴家对那些忠心的世仆的宽待。郁棠有点气闷。

裴宴却不依不饶地问她:"如果是你当家,你会怎么做?"

她被问得心躁,也就对他没有什么好言语,耿直地道:"如果是我当家,这账目自然是要推翻重做的。市面上卖多少钱就是多少钱,有不方便做账的,单立一个项目好了。这样不清不楚的,查账的人云里雾里看不清楚不说,时间长了,采买的人也说不清楚了。那查账还有什么意义?"

裴宴望着郁棠,双眸熠熠生辉,轻轻地笑了一声。等到他家阿棠当家,就要照着阿棠的规矩来了,裴家,肯定又有一次大震荡。至于现在,还是依旧照着他姆妈之前定下来的规定来吧!

他站起身来,把郁棠重新按坐在了太师椅上,道:"那就别折腾了,你算算这账目有没有错。若是没有错的,就这样交了好了。"

郁棠气呼呼的,觉得这样下去不行,但这毕竟是裴家的家事,她也不好多加指责,最好还是听裴宴的话,算算账面上的数字好了。

裴宴却像看清了她的想法似的,温声道:"你听我的准没错!至于你担心的,老安人是什么用意,你也不用太放在心上——听得懂就做,听不懂,那有什么办法?"

他说完,还摊了摊手,特别无奈,可郁棠看了却莫名地觉得特别踏实,特别安心。她不由抿了嘴笑。

裴宴没能忍住,伸手摸了摸她顺滑的青丝,想着,你暂且先忍忍,等嫁过来,就可以你说什么就是什么了。

他还是第一次这样明显地表现出对郁棠的喜欢，郁棠有点害羞，但更多的却是高兴。她干脆就当作没有看见他做了什么，拿了算盘过来，开始算账。

黑漆漆的算盘珠子，雪白纤细的手指，黑白分明，让那普通杂木制的算盘更显粗糙，如玉琢般的手指更显细腻，加之郁棠动作娴熟，那些冰冷的算盘珠子在她手指下如被驯服的小孩子，噼里啪啦，带着音律般的节奏舞动，就这样在旁边看着都让人觉得赏心悦目。

裴宴是越看越喜欢，忍不住就站在那里看了半天。等到青沅端了果子过来，裴宴才回过神来，接过青沅手中的果盘，怕打扰郁棠似的低声道了句"我来就好"。

青沅不敢抬头，轻手轻脚地走了出去。

不一会儿，郁棠就把整本的账目都算了出来。

裴宴笑着问她："怎样？"

郁棠站了起来，活动了一下手腕，道："账房里出来的账册，若还是有错，那你们家的账房都得换了。"

裴宴微笑着点头，端了果盘给郁棠："尝尝，家里田庄种的。"

郁棠仔细看看，一堆樱桃李子里居然还有几颗金灿灿的枇杷。

她欣喜地拿了颗枇杷，边剥边问裴宴："您怎么过来了？是不是有什么事？"

裴宴犹豫了一会儿，最后决定讲真话——说谎太麻烦了，他还得不停地为这个谎话圆谎。

"我来看看你在干什么。"他坐到郁棠的身边，和郁棠一起剥着枇杷，道，"你这几天怎么样？这些账册什么时候能看完？要我帮忙吗？"

郁棠看着手中剥好的枇杷，寻思着要不要客气客气先给裴宴尝尝，抬头看见他正垂着眼睑认真地剥着枇杷，侧面帅气又俊逸，又有些不好意思，自己小口地吃了口枇杷，和裴宴说起这两天在别院发生的事来。

裴宴见郁棠的样子，好像很喜欢吃枇杷似的，就让青沅拿了个小碟子进来，把剥好的枇杷全放到了小碟子里递到了郁棠的手边。

郁棠颇有些不自在，又觉得能让裴宴干活的机会太难得了，思忖了好一会儿，还是笑着向裴宴道了谢，在和裴宴说话的空当吃了几颗裴宴剥的枇杷。

一时间抱厦里低声细语却气氛温馨。青沅等人在外面悄悄地笑。

裴老安人听说了，也悄悄地笑，还吩咐陈大娘："给他们送点绿豆汤去，偷偷地送过去，别让人看见了，免得郁氏害羞，在我面前不自在。"

这就有点偏心了。刚刚收的绿豆，市面上还没有开始卖，二太太那里都还没有呢，就开始给郁小姐煮了。陈大娘眉眼含笑地应是，下去煮绿豆汤去了。

可惜裴老安人的绿豆汤还没有送过去，裴四小姐和裴五小姐抓着把野花兴冲冲地跑进抱厦，打破了裴宴和郁棠的相处。

"三、三叔父！"两个小姑娘目瞪口呆地望着并肩而坐的郁棠和裴宴，满脸无措。

裴宴皱着眉，一时间不知道该责怪两个小姑娘太鲁莽还是该责怪门外当差的丫鬟不称职，脸色很是难看。

郁棠的脸却红成一片，站了起来，满脸慌张地心虚道："我，我们在看账……"然后很快镇定下来，掩饰般地先发制人道："你们怎么过来了？不是说要去后山采野菜吗？怎么拿了一把野花？这是什么花？可有什么讲究？"又指了旁边的绣墩："天气这么热，坐下来喝杯茶吧！我这边有上好的胎菊，还有明前的西湖龙井，你们喝什么？"

喝什么她们也不敢和她们的三叔父裴宴坐在一起喝啊！四小姐在心里嘀咕着，朝着郁棠使眼色，示意她把裴宴弄走。

裴宴不用她说也想走。这两个小丫头都是只长个子不长心的，她们既然来了，他想和郁棠说会儿体己话也是不可能的，更没有气氛了。他干脆站了起来，道："那我先走了。你这边的账目既然不急着交，那就别急着整理，每天对一点，到时限对完就是了。"

郁棠当然也不好留他，垂着头送了裴宴出门。

两个小姑娘见了喜出望外不说，等裴宴一走，就立刻亲亲切切地上前一左一右地抱了郁棠的胳膊，拉着她往抱厦外面的小花园去，嘴里还道："郁姐姐，我们有急事找你。"

郁棠不好扫了两个小姑娘的兴头，只好笑着随两人去了小花园香樟树下的藤椅坐下，让柳絮去倒了茶，问她们："是什么急事，让你们两个巴巴地来找我？"

五小姐还有些腼腆，四小姐却像只百灵鸟似的围着郁棠就叽叽喳喳地讲开了："郁姐姐，你知不知道，顾姐姐的哥哥，就是顾朝阳顾大人要娶徐姐姐家的小姑子殷小姐为妻了？"

这已经是旧闻了。当然，这也是相对郁棠而言。说起来，这件事郁棠也算曾经亲自参与过。她去给殷家布置过新宅。

"知道啊！"郁棠笑吟吟地把自己知道的告诉了四小姐和五小姐。

两个小姑娘听得眼睛发光，一个道："那郁姐姐知不知道顾家吵起来了？"

一个道："不关顾姐姐的事哦！是顾家的大老爷和顾姐姐的父亲顾家二老爷吵起来了！"

这件事郁棠还真没听说过。她有些惊讶。

四小姐就抢在五小姐之前道："我们是听杨大小姐说的，她是听她的一个表姐说的。她这个表姐，嫁到了沈家旁支，妯娌是顾家长房的姑娘。"

江南世家，果然盘根错节，论起来全是亲戚。郁棠支了耳朵听。

四小姐道："说是顾大人和殷家定了亲，却和殷家约定，殷小姐的陪嫁由殷小姐自己掌管，若是以后殷小姐没有孩子或者是走在了顾大人之前，殷小姐的陪嫁得还回殷家。顾家的人一听就炸了，特别是顾家二爷，直接找到了顾家大老爷那里，不顾颜面地就吵了起来。"

　　这件事郁棠是知道的，她当初知道的时候也觉得有点过分，可这也只是相比顾家的门第而言有些过分。江南这边嫁女都喜欢厚嫁，比这更过分的约定也不少。

　　她觉得这也是一个愿打一个愿挨的事，因而有些息事宁人地道："想必殷家有殷家的顾忌，他们家姑娘陪嫁丰厚是出了名的。"江南曾经出过为了贪图女方陪嫁把女方谋害了的事。

　　五小姐连连摆手，道："不是，不是。郁姐姐，你不知道，顾姐姐的阿爹，就是顾家的二老爷，就把顾姐姐姆妈的陪嫁给贪了。这件事，顾家的人都知道，只是怕丢脸，瞒着外面的人罢了。顾大人怕他阿爹故伎重施，丢脸丢到京城去，才和殷家有了这样的约定，顾家大老爷才亲自出面给顾大人说亲的。可如今顾家二老爷这么一闹，这件事就像纸包不住火似的，闹得大家都知道了。"

　　"顾家又被推到风口浪尖被人议论了。"五小姐同情地道，"顾姐姐知道了，还不知道会怎么伤心呢。特别是大伯母，顶顶要面子的一个人，也不知道会不会嫌弃顾小姐。"

　　"应该不会的。"四小姐道，"大堂兄是讲道理的人，就算大伯母有什么不好听的言辞，大堂兄会护着顾姐姐的。顾姐姐最多也就是左耳朵进，右耳朵出地听几句闲话罢了。何况顾姐姐一时也不会嫁过来，就算是大伯母要说什么，也没个说处去啊！"

　　五小姐道："我就是有点可怜顾姐姐。她摊上个那样的继母，如今又曝出殷家嫁妆的事，虽说不是她的错，可总归是被人指指点点的，让人难受。"

　　"谁说不是？"四小姐附和道，"所以要我说，这件事得告诉大堂兄才是。让大堂兄派个人去递个话什么的，也好安抚安抚顾姐姐。可惜顾姐姐就要嫁到我们家来了，不然可以请她到别院来住些日子，也能散散心。"

　　五小姐咯咯直笑，拍着手道："这次四姐姐可算是说错话了。若是顾姐姐不是要嫁到我们家，就不会遇到大伯母了，不遇到大伯母，也就不需要大堂兄去安慰了。这次你得服个输吧？快把你镜台上供的那尊弥勒佛送给我才是。"

　　"你看你就是想我的东西。"四小姐道，话题立刻不知道歪到哪里去了，"你就看我什么东西都好。"

　　郁棠坐在那里笑盈盈地听着她们斗嘴，心里头却嘀咕，这件事不会是裴宴让人传出去的吧？

　　这事当然不是裴宴传出去的。他虽然挖了坑给顾昶跳，但顾昶跳了，他也就不再关注了。这件事实际上是顾曦传出去的。

　　因为父亲贪了母亲的陪嫁，她从小就被族中的长辈们议论，她早就受够了。这次，为了她的陪嫁，她父亲甚至要起无赖来。她早就不指望自己的父亲了，当然也就没有特别伤心，可等到她哥哥和殷家的婚事敲定，她父亲因为恼怒哥哥驳了他的面子，居然想故伎重施，借着她哥哥和殷家的婚事，想挪用殷家的陪嫁来给她做面子。等发现她哥哥和殷家的约定之后，在屋里破口大骂他们死去的姆妈……

虽说这样做的结果是伤敌一千，自损八百，可她心里痛快，居然觉得就算是有什么后果，她也愿意承担。倒是她身边的丫鬟荷香非常担心，道："万一要是姑爷家……"

顾曦撇了撇嘴，道："你以为裴家是李家那种暴发户？裴家是讲颜面的，就算是我德行有损被退了亲，他们那种人家也会瞒得死死的，不会在外人面前说我一个不是的。"

这不就是君子欺之以方吗？荷香目瞪口呆。

顾曦抿了嘴笑，道："所以说，嫁什么样的人家，一定要睁大了眼睛。"

荷香低头没有说话。

郁棠这边，好不容易送走了裴家的两位小姐，又对了两本账册，就到了掌灯时分。

双桃心疼她，和青沅一起给她炖了人参母鸡汤。

郁棠喝着汤，杨大小姐和裴二小姐过来了，还给她带了些京城的点心。郁棠自然要请她们喝汤。两人有些意外，但也应下了，郁棠这才知道，原来杨大小姐她们明天要去不远处的苦庵寺玩，约了她一起去。

她有些为难地看了眼书案上堆得老高的账册，只能婉言拒绝了。

两人倒没有勉强，和郁棠闲聊了几句苦庵寺的佛香，就起身告辞了。

郁棠觉得两人好像不仅仅是为了邀她去苦庵寺而来的，否则下午裴四小姐和裴五小姐过来的时候就会问她。

她不由问青沅："能知道她们是来做什么的吗？"

青沅笑盈盈地应了，不一会儿就打听到了消息："明天杨大小姐要相看人家，定在了苦庵寺。怕是想请小姐一道去，人多些，这件事也就不那么打眼了。"

郁棠就感兴趣地问起杨小姐要嫁的那人来。

青沅不愧是裴宴屋里的丫鬟，知道走一步看两步，把郁棠有可能问的问题全都打听清楚了，这样郁棠问起来，她也就不会答不上来了。这可能是就是普通的丫鬟和一等丫鬟的区别了。

"姓严，说是个秀才，但家底非常殷实。"青沅徐徐地道，"和毅老安人那边原本是出了五服的，因中了秀才，可能是想在仕途上有所建树，就想着法子攀了毅老安人的关系，和毅老安人娘家走动得十分亲密。这次杨家之所以答应了严家的婚事，也是看在毅老太爷的面子上。杨家就把这次相看托付给了毅老安人。毅老安人不太喜欢做媒，听说我们老安人过来，就又托付给了我们老安人。这才有了苦庵寺的相看。"

郁棠直点头。

青沉就笑着提醒她:"若是明天一切都顺利,杨大小姐再过两天就会起程返京了。您看要不要带点东西给徐小姐?"

郁棠没想到杨大小姐和徐小姐关系很好。

青沉却笑道:"杨大小姐和徐小姐只能算是认识。不过,杨家以后和我们裴家也算是姻亲了,姻亲之间帮个忙什么的,我想杨大小姐肯定非常愿意。"

郁棠也有点想徐小姐了,她兴奋地和青沉商量起送什么给徐小姐好。

杨大小姐和裴二小姐出了郁棠的院子,不由得回望了那红漆如意的大门一眼,这才笑道:"没想到郁小姐院子里的厨子手艺这么好,那鸡汤熬得又浓又鲜,喝得我差点咬了舌头。还有端上来的果子,拼了个喜上眉梢的图样不说,还特别甜。这是郁小姐带来的人做的,还是你们家的人做的。"

裴家的别院很大,好几个客居的院子都是带着小厨房的。

杨大小姐的院子也带,需要灶上的婆子却要跟裴家的管事说一声。但这样一来,少不得要上上下下打点一番。她只在这里住几天,虽说杨家也不差这个银子,只是她不想那么打眼。

裴二小姐刚才也注意到了,只是她和郁棠的关系一般,并不太了解郁棠的事,杨大小姐又是杨公子的继妹,且关系不是特别好,她怕自己对杨小姐太好了会惹得杨公子不快,因而回答得有些敷衍:"应该是她自己带来的人吧!这样的手艺,就是在我们家里,也是服侍几位当家主母的人,就是我们屋里也没有这样的人。"

杨大小姐有些不太相信。

她既然来裴府做客,就不会全无准备。郁棠她也打听过。郁家不是有这样能力的人家。第二天在苦庵寺里闲逛着等人的杨大小姐再次说起这件事,并邀请裴家的几位小姐:"我们回去了再去郁小姐那里讨碗鸡汤喝吧!"

四小姐听着拍手称好,并不解地问五小姐:"伯祖母怎么想到让郁姐姐帮她去看账册,弄得郁姐姐都不怎么能和我们一起玩?"

五小姐胡乱猜道:"应该是郁姐姐的算术好。她们家不是做生意的吗?做生意的好像都挺会算术的。"

四小姐听着直点头。

三小姐看着哭笑不得,拉了四小姐和五小姐的手,道:"你们别乱说了,今天的太阳可真大,我们去前面的凉亭歇歇脚好了。"

四小姐和五小姐被转移了注意力,笑嘻嘻地跑了。

杨大小姐却若有所思。

今天的太阳的确有点晒人。郁棠坐在屋里,青沉专门叫了两个小丫鬟帮她打扇,她打一阵算盘背心就要出点汗,非常不舒服。

她干脆站了起来,推开窗户吹了吹风。

裴宴走了进来。他穿了件月白色素面的细布道袍,通身只在头上簪了根翠竹簪子,面白无汗,看着就让人觉得清爽。等走近了,身上更是有淡淡不知名的雅香,给人洁净无垢之感。怎么有人能这样干净呢?

郁棠不无妒忌地想着,就见裴宴举了举手中提着的个竹篓,道:"要不要一起去钓鱼?"

"啊?!"郁棠睁大了眼睛。前两天裴老安人还让她们不要接近河水,怕她们不知道深浅掉到河里。

裴宴就在她耳边低低地笑,诱惑着她:"别怕,我会泅水!"那低沉的声音,仿佛带着钩子,钩动着她的心弦。

郁棠好一会儿才反应过来他说了些什么,有些犹豫地道:"能行吗?"

"有什么不能行的?"裴宴朝着她狡黠地笑,"这些账册你看了一大半了。"

郁棠望着外面的大太阳,突然想起一件事来,忙道:"这还没有到端午节就已经这么热了,今年夏天会不会格外热,会有旱情什么的?"

梦中的这个时候,她刚嫁到李家,林氏突然翻脸,她各种不适应,每天忙着应对李家的人事,对外界的事关注也就很少。她依稀记得有县州大旱,很多人到临安来逃荒。裴家有很多的地,说不定哪些田庄就会遭殃。

裴宴闻言笑了起来,道:"没想到你还会观天色。不错,今年紫宿星西迁,主火,西边应该有防灾。我会让田庄的庄头注意的。"

郁棠一个字都没有听懂,尴尬地道:"我就是随口说说而已。"

"可见你直觉还挺灵的。"裴宴继续夸她,把竹篓塞到了她的手里,道,"拿着,等会儿就看你的了。"

郁棠只在小时候跟着郁文出去的时候远远见过几次别人钓鱼,再就是在那些书画中,她看那竹篓还挺新,散发着青竹的香味,不禁抱在了怀里,道:"为什么要看我的?我们要用这竹篓抓鱼吗?我不会啊!"

她也不愿意。那些画上画的拿竹篓的,都是打着赤脚站在小溪里的。画里和现实可是两个样子。画里的小溪是清澈干净的,现实中的小溪会有很多她不认识的水草或是小鱼小虫,她自幼就怕这些东西。

裴宴看着她就像说"我不干"的面孔,觉得特别有意思,哈哈大笑起来,不知道从哪里变出了顶竹笠,盖在了她的头上,道:"我负责钓鱼,你负责提鱼,这算公平吧?我们能有多少鱼,就看你能提多少回来了!"

但她不想提鱼。鱼又腥又黏的。他不是挺讲干净的吗?怎么这个时候不讲了?郁棠委委屈屈地缀在裴宴的身后,绞尽脑汁地想着脱身之法。

但直到他们沿着绿树如荫的甬道到了一座小河边的凉亭她也没有想到脱身之计,裴宴心里却快笑翻了。

他向来觉得郁棠有趣,不像一般的女孩子一样脸谱化,可真正和她接触了,才发现这个小姑娘比他知道的还要有趣。就这敢怒不敢言,鼓着个包子似的脸却眼睛溜溜直转的小模样,足够他笑上半年了。

"就这里吧!"他佯做出副板着脸的样子,风轻云淡地道,"这里蚊虫多一点,鱼肯定也很多!"

然后他就看见郁棠悄悄地瞪了他一眼,害怕般地摸了摸自己的手臂。

真的很有意思!裴宴吩咐跟出来的阿茗:"把蚯蚓拿出来,挂到钩上。"

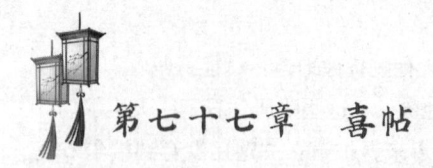

第七十七章 喜帖

蚯蚓?!那种黑褐色不停蠕动的小虫子吗?!郁棠觉得鸡皮疙瘩都起来了,人悄悄地后退了两步,声音里也带了几分颤抖地道:"蚯蚓?为什么要挂蚯蚓?鱼不是吃糠的吗?"

裴宴就很鄙视地看了郁棠一眼,道:"谁告诉你鱼是吃糠的?吃糠的那是猪。"

是这样的吗?郁棠不太清楚,自然也就不敢反驳,但她还是受不了挂蚯蚓之类的。

她又不想暴露自己的害怕,索性装作不经意般地连着又退后了几步,坐在了凉亭旁的美人椅上,远远地道:"这河里有鱼吗?都有些什么鱼?"说完,打量了一下四周的景色,看到不远处好像有几株枫树,她忙指了那几株树道:"那是枫树吗?到了秋天,这边的景色岂不是很漂亮?霜叶红于二月花,冬天的时候有人来这边观景吗?"

裴宴看着她极力掩饰自己害怕转移着话题,觉得她夯夯的,像被人逮住了要洗澡的小猫似的,又可爱又可怜,就有点舍不得继续逗她了,站起身来拍拍衣襟,走到了她的身边,顺着她的目光望了过去,认出是他小时候种的几株枫树,不由笑了起来,道:"那的确是几株枫树。是我小的时候,第一次和阿爹去五台山凤林寺时路上看见的,我觉得非常稀罕,就让人给讨了几株回来。那个时候我姆妈正在修院子,师傅不知道种哪里好,我阿爹就把这几株树种到别院来了。"

还有这种事!郁棠大感兴趣,跑了过去。

裴宴也就笑着跟了过去,问她:"你怎么认出这是枫树?一般的人认不出来。"

郁棠有些得意地道:"我家中只有我这一个孩子,我阿爹又是喜欢孩子的,从小就把我顶在脖上，又怕别人说，就把我打扮成男孩子，常带了我去参加他的那些诗会什么的。可他一参加起这些诗会就会忘了我，任由我跟着那些小厮到处跑，我因此不仅认识很多的树，还认识很多的花。"说到这里，她想起一件事来："我看你院子里没有什么花、树，你不喜欢花吗？"

"那倒不是。"裴宴摸了摸鼻子，想了一会儿才低声道，"阿爹去世的时候，正值夏季，姹紫嫣红，开得热闹，仿佛不知道人间悲喜似的，看得我心烦，才让人把花全都摘了。"

花木无情，原本就不知道人间悲喜啊！因为父亲去世就不喜姹紫嫣红，没想到裴宴居然这样多情。难道他正是应了那句"看似无情人最有情"的话？郁棠想着，再看裴宴英俊却因为带着几分冷漠而更让人心动的面孔，心里突然就软得一塌糊涂。

"说不定是因为你更喜欢树。"郁棠甚至忍不住为他找起借口来，"你看你住的地方，再看你选的凉亭，都是林木葱茏之地。"

老一辈的人曾经说过，喜欢山的人重德，喜欢水的人多情。那裴宴是个怎样的人呢？郁棠看他的目光就不禁透露着几分痴。

裴宴自然能感觉得到。能得到一个像郁棠这样的美女直白的欣赏目光原本就很难得了，更何况是自己的心中之人。裴宴体会到了飘飘然的感觉。就像他第一次被父亲夸文章写得好，第一次参加殿试，第一次穿上官袍……难怪别人要把金榜题名时和洞房花烛夜相提并论。

他忍不住挑着眉笑了笑，道："你以后就知道了。"

郁棠看着心怦怦怦跳得厉害。不笑的人一旦笑起来，整个人就像被点亮了似的，真心让人受不了。她忘记了回答裴宴的话，跟着傻傻地笑。

这丫头，一点也不知道收敛。裴宴嘴角含笑，眉目含情，不知道自己笑得有多温柔，心里却想着还好他单独带了郁棠来钓鱼，不然郁棠这个样子被人看到了，人家肯定会猜出他们之间有情愫。他又暗自庆幸自己临时决定让郁棠提前跟着他母亲学学管家的本事，让他们有了相处的时光。

裴宴和郁棠两个就这样一立一坐地在凉亭边，默默无语却安心地相伴着，要不是阿茗挂好了蚯蚓来喊裴宴，两人可能还会继续静谧下去。

阿茗的喊声打破了两人的宁静不说，还把郁棠带回了之前的糟糕情绪。

她皱了皱眉。

裴宴则好笑地看了她一眼，走到湖前的小马扎上坐了，朝着她招手："你也来钓钓鱼。"

郁棠这才发现，不知道什么时候凉亭靠湖那边的台阶上已摆了两个马扎，之前她抱着的竹篓被用绳子系着，漂浮在湖中。几个面生的小厮垂目恭立在旁边服侍着，她既没有看见蚯蚓，也没有看见其他的诱饵。

她走到湖边伸长了脖子看。湖面上什么都没有。怎么钓鱼?

郁棠正在心里嘀咕着,就看见一个小厮拿起根钓鱼竿往湖里一抛,然后把钓鱼竿递给了坐在马扎上的裴宴。裴宴接过了钓鱼竿,两眼盯着湖面的白色鱼漂,注意着动向。

这,就是钓鱼了?郁棠看了眼裴宴雪白的衣衫,觉得自己应该是猜对了。

她又伸长着脖子四处看了看,发现有两个小厮正凑在一起往鱼钩上挂着什么。果然,这就是裴宴所谓的钓鱼了。她太高估裴宴了。郁棠心中的小人捂着脸,觉得裴宴再一次让她"大长见识"了。

偏偏裴宴还一无所知,喊她:"快坐下来。我让人熏了蚊虫的,太阳正当头,也晒不到你。你钓两条鱼就会觉得有意思了。"

恐怕她永远没有办法体会钓鱼的意思。郁棠暗暗嘀咕着,坐在了她脚边的小马扎上。

有小厮抛了钓鱼竿,阿茗跑过去接了,再递给郁棠。

郁棠入手后发现这钓鱼竿还挺沉的,她举了一会儿就觉得有点累了,换了个姿势。

裴宴好像长了后眼睛似的,吩咐旁边一个小厮:"你帮郁小姐拿一拿。"

那小厮立刻跑了过来,帮郁棠拿了钓鱼竿。

郁棠两手空空的,没有事干了。她试着和裴宴聊天:"你经常钓鱼吗?"

谁知道裴宴冲着她"嘘"了一声,示意她别出声,悄声道:"小心把鱼吓跑了。"

然后又认真去盯着湖面了。那他们来干什么?就这样枯坐着?郁棠双肘撑膝、两手托腮,觉得钓鱼真是太无聊了。但她阿爹和友人出来钓鱼的时候说说笑笑,热热闹闹,挺有意思的啊!可能只是跟着裴宴钓鱼才会这么无聊!

郁棠撇了撇嘴角,下决心下次再也不跟裴宴出来钓鱼了,就发现帮她拿着钓鱼竿的小厮猛地向她走了两步。

她吓了一大跳。身子向后仰,差点跌倒……接着看见那小厮难掩兴奋地挂了钓鱼竿……一条尺长的大鱼浮出水面……

"不错,不错!"旁边的裴宴站了起来,赞着郁棠,"没想到你一下竿就钓了条鱼。"

立刻就有小厮跑了过来,手里捧着她之前带过来的那个竹篓。鱼被装在竹篓里,重新放进了湖里。小厮们继续装了鱼饵,甩了钓鱼竿,帮她拿着钓鱼竿……

这就是裴宴的钓鱼。好吧!她就不应该对裴宴这个爱干净爱到过分的人抱什么期待。这下子郁棠能安安心心地坐在那里"钓鱼"了。

郁棠发现这周边的风景的确非常好。

坐在这里望去,湖光山色,尽收眼底。

但郁棠还是忍不住找裴宴聊天:"你秋天来这边做什么?秋天应该不是钓鱼

的好季节吧！"她阿爹通常都是夏天去钓鱼。

她想到裴宴书房里那些插在青花瓷大缸里的画轴，道："你喜欢画画吗？会在这凉亭里画画吗？"又想到他为自家漆器铺子里画的那些花卉："我听人说画花一定要观花赏花，才知道什么花什么时候开，才能画出各种姿态的花。你的花画得那么好，是不是也会对着花观察很长的时间？"

叽叽喳喳，虽然声音悦耳动听，可也像一百只黄鹂在耳边叫。裴宴有些气闷。

还从来没有人像郁棠这样把他的话不放在心上的。他说了让她别说话，会把鱼吵走，她也就安静了一会儿……裴宴转过头去，看见了郁棠因为好奇而显得比平时更亮的眼睛，所有的话一下子都被堵在了喉咙口。

郁棠还问他："我知道这边有个暖房，你住的地方有暖房吗？"

裴宴忍了忍，最后还是道："有一个，比这边的要小。裴府最大的暖房在老安人院子后面，我曾祖母特别喜欢养花，那个暖房好像在此之前就有了，是到了我曾祖母那会儿扩建的。后来我母亲嫁过来之后，因为我外祖父喜欢养花，带了很多珍奇的品种过来，又扩建了一次。你之前在杭州住的那个院子也有个暖房，是我外祖父建的。外祖父身体不好的时候怕这些花木没人照顾，被人忽略了，又移了一大部分到我们家的暖房。你要是有空，可以去看看。仅兰花，那暖房就有不下六百个品种。你要是喜欢，到时候可以移栽一些到我们院子的暖房去。"

什么"我们的院子"！郁棠脸都红了，眼睛也不敢看裴宴。

裴宴一头雾水，过了一会儿才反应过来。可他反应过来了，却只觉得甜蜜。好像说成亲的事也很有意思。至少现在比钓鱼有意思。

他坐直了身子，盯着平静无波的湖面，道："阿棠，你喜欢我现在住的院子吗？要不要换个院子住？要不我和姆妈说说，端午节的时候看龙舟，我们回府里住几天，你到处走走，看喜欢哪个院子，我们到时候就搬到那个院子里去住。"

郁棠听了脸上火辣辣的，心里却甜滋滋的，声音像浓得化不开的糖："谁去你家选院子？我要回家过端午节！"

裴宴看着她雪白皮肤一点点地染上红晕，如在一张素白的纸上涂上了颜色，而这个涂色的人还是他，刹那间心动，犹如喝了杯高粱酒般醺醺然。

他心中说不出来的高兴，忍不住凑在她耳边道："就在我们家过端午节！我陪你去看赛龙舟。"

凑这么近做什么？郁棠又闻到了裴宴身上那股淡淡的仿若檀香般的味道。她的脸更红了，磕磕巴巴地道："那，那得我姆妈同意才行！"也就是说，郁棠是同意的。

裴宴心满意得。郁棠肯定也很喜欢他，不然不会这样回答他了。

"你放心，这件事包在我身上了。"他像只开屏的孔雀，睥视天下般地向她拍胸保证，"你就想着端午节的时候要穿什么好了。"说到这里，他想起件事来，道:"我过两天就让银楼的人过来给你打首饰。"

那她成什么人啦?"我不要!"郁棠想也没有多想地就拒绝了裴宴,"我有新首饰,也做了新衣裳。"

肯定没有他找来的师傅手艺好呀。裴宴还想坚持,郁棠已站了起来,走到了旁边的大树下,用手扇着脸,道:"天气太热了!"也不知道是因为脸红还是因为太阳大。

不管是什么原因,裴宴都有些不高兴地看了阿茗一眼,觉得阿茗这孩子还是不够灵敏,在书房里服侍当然是最好不过的,但带出来就不怎么方便了。胡兴倒是个好的,可当他和郁棠在一起的时候,又不太喜欢带着胡兴。

是得重新再添个小厮了。裴宴想着,就看见给郁棠甩钓鱼竿的那个小厮不知道从哪里拿出把蒲扇,站在台阶上大力地帮他们扇着风。

他赞赏地看了那小厮一眼,记住了他的样子,接过了那小厮手里的蒲扇,一面给郁棠扇着风,一面道:"那你端午节还有没有什么其他想去的地方?赛龙舟估计要到申正时分才能赛出胜负,开了赛之后我就可以陪着你出去走走了。那天茗溪堂的人很少,你想不想去歇歇?等到取彩的时候我们再过去看谁会得胜也不迟。"

茗溪堂是由裴家捐赠的一座水榭,就在茗溪河边,占地十来亩,仿了杭州的书院而建,是临安本地学子最喜欢聚集之地。每到初一、十五,很多人在那里游玩。郁棠小的时候也常随郁文过去玩,待过了七岁的生辰,就再也没去过了。茗溪堂空旷宽广的敞厅,高大茂密的树林,潺潺流淌的小溪,都给她留下了深刻的印象。

郁棠有些意动。

裴宴就怂恿着她:"大家都喜欢在茗溪堂的敞厅玩,实际上茗溪堂后面还有个别院,里面花木扶疏不说,还有个藏书阁,藏书阁旁边有座凉亭。我没有出仕之前,偶尔有杭州来的朋友,我都会领了他们去那里逛逛,还可以在那儿烤肉吃。我们到时候就在那儿用午膳好了。你觉得如何?"

郁棠很是向往。

裴宴就做了决定:"那就定了。到时候我派了青沅陪着你一起过去。"还得想办法清个场,免得有人看见了,于郁棠的名声不好。这件事就交给胡兴去办好了。可那天端午节,他姆妈身边肯定也要有人服侍。那就派个管事去好了。

然后裴宴突然发现,郁棠身边没什么人可用。但他母亲既然答应帮着郁棠提前熟悉裴府的事,这种小事肯定不会忽略。他脑子转得飞快,无意间开始试探郁棠都喜欢些什么。郁棠对裴宴没有什么戒心,加之她的确很喜欢和裴宴聊天,两人不知不觉地就说了很多,都忘记了钓鱼的事。

苦庵寺里,准备留在寺里吃了晚膳再回别院的裴老安人听说裴宴带着郁棠去钓鱼了,张大了嘴半天都没有合上,问陈大娘:"我没有听错吧?他那性子,还知道带着郁氏去钓鱼？"

"是真的！"陈大娘眉眼间都是喜色，道，"不仅去钓了鱼，两个人还有说不完的话，就站在凉亭边的台阶上，太阳都晒脸上了也没挪个地方。"

裴老安人笑了起来，想起裴宴小的时候，她和裴老太爷带着这孩子去昭明寺里吃素。她和老太爷说话说的时间长了一点，他都满脸不耐烦，嚷着下回出门别再带着他了。没想到这才几天，就轮到他和未来的妻子说话都拉不断线了。她家幺儿，真的长大了。

裴老安人就问陈大娘："他们在什么地方用晚膳呢？"

陈大娘笑道："可能会在郁小姐那边用晚膳，来回话的人说三老爷灶上的婆子都凑在一起打马吊，郁小姐那边灶上的婆子已经开始做点心了。"

裴老安人见幺儿的晚膳有了着落也就不愁了，扶着陈大娘的手就站了起来，道："走，我们去苦庵寺的灶上看看去。她们住持师父吹牛说她们庵堂的梅干菜炊饼做得最香，外面卖的都比不上，我们去尝尝，到时候也给三老爷他们带点回去。"

陈大娘笑着应"是"，虚扶着裴老安人去了苦庵寺的厨房。

郁棠这边却在犯愁。他们……才钓了两条鱼。一条是刚开始她钓的那条尺长的青鱼，还有一条是裴宴"钓"的一条筷子长的鲫鱼。而裴宴还在孝期呢！

郁棠和他商量："要不，今天就算了，我们改天再来钓鱼。这两条鱼，煎也不好，做汤也不好。"

真要想做菜，什么样的鱼都行。裴宴看出了郁棠的心思，让小厮们把两条鱼都放了，还道："就当是放生了！"

郁棠暗暗嘘了口气。

裴宴微微地笑。他原本就没准备带回去，所谓的"吃鱼"也不过是想让郁棠以为他要她抱鱼篓子，逗逗她。但她能时时刻刻把他的事放在心上，他更高兴，遂道："你也不用管我。我们家不是那么死板的人家。三年的素，我们这些人受得了，年纪大的和小孩子就不行了，平时也会吃些蛋羹什么的。你现在又没正式到我们家来，想吃什么就吃什么好了，不必顾忌。"

可以裴宴的性格，裴老太爷去世的时候他连鲜艳的花都受不了，孝期肯定会严格要求自己遵守孝期的各种礼仪的吧？郁棠点头，却并没有放肆，而是趁着裴宴回屋去更衣的工夫，去了趟灶上，安排了桌素席。

裴宴吃饭的时候没有说什么，但吃过了饭，派人给她送了个和田玉的把件过来。

洁白细腻的籽料，鹅蛋大小，只在挂首的地方利用黄色的皮料雕了个惟妙惟肖的侧卧着的小鹿，非常难得，郁棠也很喜欢。

裴老安人听说后也叹了口气，对陈大娘道："他喜欢上郁氏也是有原因的。瞧瞧这心细的，又能在他面前有说有笑的，他怎么能不心动？"

陈大娘生怕裴老安人对郁棠生出什么不满之心来，她们这边近身服侍的也不好取舍，平白多出许多事来，闻言忙道："这也是郁小姐的福气，和三老爷投了缘！"

裴老安人没说什么，梳洗一番后歇下了。

倒是郁棠，新得了那个把件，躺在被子里还把玩了半天才睡觉。

翌日醒来，她就寻思着送点什么给裴宴道个谢，三小姐、四小姐和五小姐联袂而来，说是要和她一起去给裴老安人问安。

郁棠想到昨天杨大小姐去苦庵寺的目的，知道她们来找自己绝不是仅仅为了去给裴老安人问安，不禁笑了半天，道："你们是想和我说杨大小姐和严公子的事吧？"

"对啊，对啊！"四小姐最活泼，也是最先跳出来的那个，她朝着郁棠挤着眼睛，道，"郁姐姐，你猜猜看，昨天出了什么事？"

一般这种婚事，若是对方的外貌没有太明显缺憾，双方都会同意的。四小姐这么一问，倒让郁棠有些摸不清头脑了。

她好奇地道："出了什么事？"

裴家的三位小姐互相交换了一个眼神，齐齐对郁棠道："郁姐姐，你要先猜猜，猜不出来了，我们再告诉您。"

郁棠哄孩子玩，没动脑筋，胡乱说了好几个理由，都不出所料地被三位裴小姐给否认了，最后居然是三小姐忍不住了，对郁棠道："这门亲事肯定成不了。"

"那你们快告诉我出了什么事。"郁棠就做出一副惊讶的样子，催着她们快说。

三小姐叹气，道："严公子的模样，长得太丑了。"

没有别的什么事就好。郁棠松了口气。

谁知道她这口气松早了，五小姐在旁边补充道："然后来陪严公子相看的是严公子的一个表弟，也不知严公子存着什么样的心思，他带来的那个表弟长得貌若潘安。杨大小姐见了脸直接就黑了，说严家一定是故意的，想让她来退亲。"

三小姐道："二姐姐昨天一夜都没有回房，在安慰杨大小姐。杨大小姐现在也很为难，不退亲吧，严家或者说是严公子显然不想和杨家结亲，退亲吧，又正中了严公子的计策，杨大小姐又不甘心。"

"严家这事做得太不地道了。"四小姐愤然地道，"不愿意就不去求娶嘛，既然求娶，怎么能做出这样的事来！"

不管裴家的人怎样义愤填膺，这都是杨家和严家的事，杨大小姐第二天就收拾行李回了京城。

郁棠让她帮着给徐小姐带些土仪过去，杨大小姐满口答应了。裴宴却觉得不太好，道："我过几天会派人去给殷明远送贺礼，你的东西就随我走好了。杨家的事很复杂，徐小姐未必喜欢和杨大小姐交好。"

她不清楚这些世家之间的旧怨，自然最好是听裴宴的。裴宴和她去了后山那边的花圃，一面给她介绍家里的那些花树，一面和她说起杨家的事："……在京中只能算是个小吏，只好让自己的妻女多和那些世代官宦的人家交往。严家和他们家差不多，但我听说严家的那个孩子挺会读书的，怕是不愿意这么早定下来，想再求娶一门更好的亲事。"

这样说来，她找杨大小姐去给徐小姐送东西的确不太妥当。

裴宴笑眯眯地望着她，道："你以后有什么事都要先和我商量才是。"

他看她的目光看似深邃，却又带着几分炙热，让郁棠不由脸红，低低地应了一声"是"。

杨大小姐知道后不免遗憾，也不知出于什么心思，走的时候居然对郁棠道："实际上我和大太太娘家的三小姐关系挺好的，当初裴家大少爷和杨家的三小姐，好得如同蜜里调油，我们都羡慕得不得了。没想到，杨家三小姐去世没多久，裴府的大少爷就和顾家小姐定了亲。可见这男子……"她说着，还摇了摇头。

郁棠当然是要维护裴家的，闻言笑道："杨大小姐慎言！杨家三小姐已经去世了，她和裴府的大少爷是表兄妹，自幼一块儿长大，关系肯定很好，可照你这么一说，好像他们私下有什么交情似的。于裴府大少爷的名声不好不说，于杨家三小姐也不太好。你既然说杨家三小姐从前和你的关系很好，你就更不应该相信这些不靠谱的话才是。"

杨大小姐弄了个面红耳赤，赶紧上了马车走了。

裴家的几位小姐围上前来，纷纷问她杨大小姐走的时候都和她说了些什么。

郁棠笑道："也没说什么，就是问了问我和徐小姐的事。"

徐家在当朝也是数一数二的人家，大小姐想讨好徐小姐也很正常。几位裴小姐没再多问，拉了郁棠问："你那个账什么时候才能整理完啊？我们想在端午节的时候一起烤肉，还想你和我们一起呢！"

郁棠汗颜。她这几天只顾着和裴宴玩了，账目还有一大堆不说，把几位裴小姐也丢在了脑后。而且她还已经和裴宴约好了……到时候怎么办？郁棠觉得头痛，决定把这件事丢给裴宴。反正他主意多，端午节的时候撇下别人去苕溪堂玩也是他提议的。谁提议的谁负责。郁棠想到这些就忍不住抿了嘴笑。

裴四小姐奇道："郁姐姐你笑什么？笑得好甜！"

"没什么，没什么！"郁棠莫名觉得心虚，还是有点舍不得让裴宴一个人去面对，道，"我也不知道我的那些账目什么时候才能弄完，只能到时候看情况再约了。"

四小姐就叹了口气。

裴老安人让人拿了几个炊饼过来，说是苦庵寺做的，她尝着觉得好吃，就让人学了回来。

裴五小姐欢呼："那天就觉得好吃，没好意思多要，今天托郁姐姐的福，又有得吃了。"

四小姐不甘落后，跑过去和五小姐坐在了一起。

三小姐看了郁棠一眼，第一次没有跟着四小姐和五小姐起哄。只有二小姐，还是副心事重重的样子，并没有太注意郁棠这边的情景。

她和郁棠几个一起用了早膳，然后去给裴老安人问安。

在裴老安人那里，她们遇到刚刚从临安城过来的二太太。五小姐撒着娇扑到了母亲的怀里。

二太太笑着揉了揉女儿的青丝，和郁棠打了个招呼，继续和裴老安人说着话："顾家那边已经送了请帖过来，婚期定在了九月二十六。说是成了亲，也好早点随着顾大人去京城旅居。"

裴老太爷九月初十除服，裴家的女眷正好可以去参加顾昶的婚礼。不知道顾昶的婚期是凑巧还有意安排的？但那个时候，二太太和二老爷一家也要急着去京城了。加之大太太孀居，裴宴的婚事要正式下聘，哪些人去参加顾昶的婚事，就成了需要裴老安人定夺的事了。

裴家的几个小姐听了你看看我，我看看你，打着眉眼官司。

裴老安人则接过二太太手中的喜帖看了好一会儿，这才把喜帖递给陈大娘，道："这件事我先和遐光商量了之后再做决定吧！"主要是还牵扯到裴宴的婚事。

二太太听着不动声色地睃了郁棠一眼，笑盈盈地应了"是"，回自己的院子里更衣去了，留了几个小姑娘在这里陪着老安人说话。

几个人叽叽喳喳了一阵子，郁棠惦记着她的那些账册，提前起身告辞。裴老安人也没有留她，让几位裴小姐陪着她打叶子牌。

到了下午，几位裴小姐在陪着裴老安人听女先生说书，裴宴则跑到抱厦去陪郁棠算账。两个人不免说起端午节的事。

裴宴有些不高兴地板着脸骂了几位裴小姐"胡闹"之后，果如郁棠想的那样，把这件事大包大揽了过去，让郁棠不用再操心端午节的事。

这样过了几天，郁棠把账册过了一遍，裴老安人叫她去问话，问她从这些账册里都看出了些什么。

郁棠当然不敢说这账册上的金额和市面上的不一样，她只拣了自己能说的说："没有发现什么做错的地方，只是觉得府上过年的年节礼一年比一年多。"

裴老安人听了直点头，满眼希冀地问她："你有没有兴趣跟我学学计算之术？"

那是什么？郁棠有些茫然。裴老安人就向她解释了半天。

郁棠听得迷迷糊糊的，但裴老安人觉得她有这个天赋，又一副兴致勃勃的样子，她想着就当是她孝敬裴老安人，陪着裴老安人玩好了，区别只是在于裴老安人的爱好与其他人不一样罢了。

"我就怕自己学不好！"郁棠谦虚道。

"没事。"裴老安人很大方地道，"又不急于一时。"

郁棠见她老人家非常高兴的样子，觉得自己这个决定做得还挺正确的。

可裴宴知道后却脸色大变，在常和她见面的凉亭里来来回回地踱着步子道："我姆妈很痴迷这个。从前还怕我阿爹反对，不敢明着在家演数，后来发现我阿爹根本不在乎，胆子就越来越大了，有段时间家里的事都不怎么管了。我二兄有一次由我姆妈亲自带着，却因此而掉到湖里去了，我姆妈这才改了改脾气。"

这要是让她起了劲，他以后恐怕见郁棠一面都难。

裴宴忙道："我姆妈肯定会先拿本书给你看看的，你拿到了书，一定要告诉我。我会想办法让姆妈不再烦你了。"

"这样有些不好吧！"郁棠道，"老安人年纪大了，也没有什么其他的事，我就当陪她玩好了。"

裴宴不知道该怎么跟郁棠说才好，焦虑地道："在这件事上你得听我的。你记得收到她送给你的书就跟我说一声。"

这是小事，郁棠满口答应下来。

裴老安人后来真的给她送了一本书来，叫什么《九章算术》，让她先看看，不懂的再问。

郁棠翻了翻，感觉好像挺简单的。

她跟裴宴说了。裴宴不仅没有被安慰到，反而更焦虑了。

他正寻思着怎么和裴老安人说这件事，端午节快到了，裴老安人想留了郁棠到别院过端午节，特意请了陈氏上山，和她商量这件事。

陈氏舍不得让女儿在裴家过端午节。裴老安人当然能理解，索性邀请了郁氏一家都来别院过端午节。

陈氏想着虽然马上两家要联姻了，可此时却名不正言不顺的，委婉地拒绝了。不过，陈氏怕裴老安人因此对郁棠不喜，邀了裴老安人下山："那天苕溪会举办龙舟赛，您也去看看热闹呗！"

裴老安人对这些不感兴趣，偏偏裴宴在旁边怂恿："当天去当天回来，几个小丫头难得出趟门，您就当是带她们去见见世面好了。"

老人家心疼晚辈，想了想就答应了。

陈氏从裴老安人那里出来就去了郁棠那里。

快半个月没见，她拉着郁棠的手上上下下地打量着，瞧着郁棠白里透红的脸蛋，比在家里的时候更好看了，笑容满面的，问起郁棠在别院的日子："老安人叫你来做什么？我看你住的院子，就在裴老安人旁边，宽敞不说，离老安人还挺近的，看样子老安人更看重你了，你在这里可不能顽皮，要好好地孝顺老安人。"

郁棠有些不好意思，把裴老安人让她来别院的用意告诉了母亲，并道："我在这里虽然都挺好的，就是想您和阿爹。端午节，我们肯定要一家人一起过了。"

至于裴宴那里，他不是胸有成竹吗？她就什么也别管好了。

陈氏喜出望外，忙问起郁棠平时都做了些什么，裴老安人又都说了些什么。郁棠一一回答。

陈氏越听越高兴，拉着郁棠的手感慨道："那就好，那就好。你可要好好跟老安人学啊！别人想像你这样还不能呢！"

她就有些后悔拒绝了裴老安人。裴老安人一心一意为郁棠打算，说不定留郁棠在裴家过端午节，也是有用意的。

裴宴却觉得陈氏拒绝得甚好。

郁棠待在裴家，这个那个的都想约了她出去，他想和郁棠单独出去不免要想很多的办法。郁棠回了娘家就不同了，只要得了陈氏和郁文的同意就行了。

他反而劝裴老安人："这又不是一时的事，让她今年好好地在郁家过几个节气好了。"等到明年，就要在裴家过节了。

裴老安人听出儿子的未尽之言，呵呵地笑，到了下山回裴府过端午节的那天，赐了郁棠很多节礼和药材。裴府的人直接回了裴家，郁棠则回了青竹巷。

陈氏早就做好很多吃食等着女儿回来，见到郁棠之后就一把抱住了女儿不愿意撒手了，还是郁文在旁边看不下去了，啧啧地道："又不是见不到了，用得着这样吗？"

"我想女儿还错了吗？"陈氏小声嘀咕着，白了丈夫一眼，拉了郁棠回到她的内室说话，"你回来，裴老安人没有不高兴吧？"

"没有！"郁棠好言好语地安慰了陈氏良久，陈氏这才放下心来，欢欢喜喜地等郁棠更衣之后，陪着她用了膳，然后一起去给王氏问好。

王氏正守在睡熟了的孙子旁边做针线，知道她们来后放下手中的活计迎了出去。

郁棠恭敬地给王氏行了礼，王氏笑眯眯地拉着郁棠的手上上下下地打量了她半晌，见她面色红润，一双眼睛亮晶晶的，炯炯有神，不由笑道："你姆妈说裴老安人叫你去是想教你些管家的本事。我和你姆妈怕你做不好，还在家里絮叨了半天，现在看到你的模样，我可算是放下心来了。可见我们家阿棠和裴家还是有缘分的。"

最后一句，她是对陈氏说的。

陈氏抿了嘴笑。

郁棠问起相氏，知道她去铺子里给郁远送饭去了，就和陈氏进屋看了小侄子，又说了会儿话，相氏回来了。

王氏就留了郁棠母女在家里吃饭，还让家里的小厮去给在铺子里的郁博和郁远报信，让他们早点回来吃饭。

郁棠也有些日子没见到相氏，姑嫂两个就在院子里坐着说了半天的话。等太阳偏西，郁博和郁远回来了，家里又是一番热闹。

等到郁文过来,兄弟俩少不得要说说过端午节的事,郁远就悄悄地拽了郁棠的衣袖,兄妹站在屋檐下说着体己话。

"昨天铺子里接了个大单子,"他朝郁棠眨着眼睛,"是杭州的一家笔墨铺子,订一千个装墨锭的小匣子,要求雕了步步高升之类的图样。阿爹高兴得不得了,可我让姚三去打听了一下,说是裴家当铺的佟二掌柜介绍过来的。要不,你再让三老爷给我们画几个图样呗!这样的订单我们可是第一次接,要是做得好,以后就可以帮那些笔墨铺子做活了。"

有钱人才读得起书,所以笔墨铺子的东西都卖得贵。而要雕红漆这样的匣子做装饰的,那就是很高档的文房四宝了。这样的匣子,不仅做工要好,图样也要雅致。并不是所有的漆器铺子都能做的。这单生意若是郁家能拿下,会打开笔墨铺子的路子,郁家的漆器铺子不管是从口碑还是生意上都会上一个新台阶。说不定哪天还会成为贡品。

可郁棠看着大堂兄那揶揄的目光,忍不住面色一红,嗔道:"那也是我们家能做这样的匣子啊!"

郁远嘿嘿地笑。

可郁家漆器铺子的本事郁棠是知道的,见郁远这样没心没肺的,她又有点担心起来,不由道:"阿兄,一千个匣子,我们家做得及吗?要不,我还是去请裴三老爷帮我们家画几个图样吧?他这个人,眼光可高了,他若是愿意题名,画出来的东西肯定好。"

郁远确实是有这样的心思,可妹妹毕竟还没有嫁过去,裴三老爷愿意吗?

郁棠没想这么多,道:"我去试试好了。"万一他要是不答应,她就磨到他答应为止。谁让他建议他们家的铺子以花卉为特色的。这可真是应了谁出的主意谁奔波。裴宴知道了肯定会抱怨的。可他就是抱怨,也很有意思……郁棠想着,都有点迫不及待地想到裴宴了。

裴宴也有些不习惯。前些日子住在别院的时候,他每天早上把手头的事忙完了就和郁棠一起用午膳,随后会一起到处逛逛,或去观花,或去看鸟,有时候天气太热,坐在树荫下说些家长里短的日子也过得很快。如今郁棠回家去了,他好像一下子没什么事做了。

用过午膳,裴宴寻思着要不要找个借口去见见郁棠,谁知道他还没有动,郁棠先来找他了。

他心中一喜,面上却不显,让阿茗带了她到书房里说话,转头却吩咐青沅:"给郁小姐拿些果子来,她喜欢吃甜的,你管那甜的挑。"

青沅笑着应"是",洗了果子端过来时,郁棠已和裴宴坐在屋檐下的竹椅上说着话了。

"你觉得用什么图样好?"郁棠道,"我拿了几个家里收集的图样,你帮着看看呗！"

裴宴在心里撇嘴。也不知道是拿了这个做借口，还是真有事来找他？但不管是前者还是后者，裴宴都神色冷淡地接过了郁棠手中的图样，随意看了看，就全都丢到了旁边。

郁棠很是意外，道："都不行吗？"

"几百年的老样子了。"裴宴毫不掩饰自己的鄙视，道，"我小的时候见到的就是这种图样了。"说到这里，他灵机一动。甭管郁棠来找他是为什么，他能利用这件事不就得了。

"这样吧，"他站了起来，道，"我来给你画几个图样，你拿回去和你阿兄商量一下，看用哪种比较好。你来磨墨。"

磨墨吗？！郁棠不敢相信自己听到的。

可裴宴已经大步往书房里去了。郁棠只好跟上，确认道："阿茗呢？他刚才还在这里呢。"怎么就轮到她磨墨了？

裴宴猛地驻足转身，跟在他身后的郁棠差点撞在他的身上。

"你可以在家里多待几天吗？"裴宴问。

郁棠过了一会儿才反应过来，裴宴这是让她抓紧时间。她还有什么话可说？挽了衣袖，乖乖地站在大书案前给裴宴磨墨。

跑了趟厨房给郁棠端点心的阿茗被青沉拦在了书房外，点心也被青沉接了过去。

郁棠只给郁文磨过墨，可裴宴用的墨锭又沉又涩，郁棠磨了一会儿就觉得手腕有些酸，偏偏裴宴去拿了一盒子颜料过来，要画工笔，还向她解释："我仔细研究过你们家的剔红漆，全靠着深深浅浅的红色来勾勒，我用工笔，你们知道哪些地方要浅，哪些地方要深，比较好打样。"

郁棠还能说什么。

结果那些颜料比墨还不容易磨开。

郁棠忍不住小声嘟囔："你用的都是些什么墨锭？什么颜料？为什么都这么难磨开？不会是劣质品吧？"

裴宴竖眉，道："我用的全是上贡的松香墨，颜料里也是加了各种宝石的，要不然颜色怎么会这么漂亮，还经久不褪？"

脾气这么差！

郁棠不满地反驳："我又没见过，怎么知道这都是些什么？不好磨是真的。"

"是你不会磨吧！"裴宴冷冷地道，"除了你，我可没听别人说不好磨。"

那是因为那些人都是你身边的小厮，谁敢说这样的话。

郁棠觉得裴宴没有点自觉性，不愿意干了，叫了青沉进来，问阿茗回来了没有，她要和阿茗换班。

青沅见裴宴的脸都要黑了,哪里敢交代阿茗的行踪,忙端了点心进来,笑道:"要不小姐歇会儿吧?"

郁棠立刻要求歇会儿。

裴宴没有办法,只好看她坐在旁边喝茶、吃点心,自己开始磨颜料。

郁棠偷懒就偷得更理直气壮了。

待裴宴画好一张图样,天边已经泛起了晚霞。

裴宴把图样交给郁棠,叮嘱她:"你记得明天再过来。"

郁棠看那图样,是根梅花枝上歇着只喜鹊。那梅花疏淡傲骨,喜鹊活泼俏皮,栩栩如生,跃然纸上,让人看了爱不释手。郁棠决定把这画收藏起来。她笑盈盈地道谢,拿着画走了。

裴宴看着大画案上残留的画具,突然觉得被孤零零地丢在那里,有点可怜。

郁远没有想到郁棠能真的求来裴宴的画样,他被裴宴的画技再次惊艳到,犹豫道:"这样行吗?不是说只用花卉吗?"

郁棠指了那枝梅花,迟疑道:"这不是有花吗?"她之前完全忘了这件事。想到裴宴的叮嘱,忙道:"他让我明天再去,估计还有图样给我们吧!"

郁远不再多问,仔细地琢磨着裴宴的画,道:"三老爷说让我们按着他画的深浅打版,我得和师傅商量一下,也不知道能不能做得出来。"

郁棠也有些担心,郁远连夜去了铺子。

第二天早上,郁棠也很早去了裴家。

裴府侧门的仆妇对郁棠的拜访已经见怪不怪了,见到青沅来就放了郁棠进门。

裴宴道:"我给你块出入的对牌吧!"

郁棠觉得不用这么麻烦,等她能嫁过来再说,不然,她可能永远也用不上裴家的对牌了。

这次裴宴没让郁棠给他磨墨了,改让郁棠给他打扇。

郁棠已经放弃和他说道理了,乖乖拿了把川扇在他身后给他打扇。

第七十八章　重合

青沅端着冰镇过的绿豆汤进来的时候,看到这场景就有点想笑——裴宴伏案画画,郁棠拿着把川扇在给裴宴扇风,郁棠的身后呢,又有两个小厮在帮他们俩扇风。

三老爷这是非要折腾郁小姐吧？

青沉不敢多说什么，请了他们两人喝绿豆汤就轻手轻脚地退了下去。

郁棠则瘫坐在太师椅上，揉着自己的手腕。

裴宴看了鄙视道："你怎么连打扇都打不好？"

郁棠毫不犹豫地说："要不，我们换换？"

裴宴看了眼画了一半的石榴花，挑了挑眉，把郁棠说的话原封不动地还给了郁棠："要不，我们换换？"

郁棠才不怕他呢，挽了衣袖就道："换就换！"

谁怕谁？她画不好了，还不是他裴宴去救场。这笨蛋，以为难得住她！

裴宴还真怕她把自己画好一半的画给毁了，忙拦了她："行了，行了，别皮了。也不用你给我打扇了，站在旁边给我递递画笔好了。"还在那里道："你说你，能干什么啊！"

敢情这还是她的错了？郁棠坐在椅子上不愿意动，道："我要歇会儿！"

裴宴也不是真的要她做什么，就是想着他在这里给郁家劳心劳力的，郁棠怎么也得陪着他才心里舒服。遂也不勉强她，只要她在书房就行。他很快画好了两幅画，一幅石榴，一幅牡丹，还道："这两幅都行，你们做几个样品出来，让胡家的人挑。他们家是做宣纸起家的，除了苏浙，在两湖、两广和晋中、京城都有分店，生意做得很大。若是你们家能拿下这订单，以后就不愁生意了。"

郁棠就在那里吃着水果看着裴宴继续画第三幅图样，还天马行空地和他闲聊："你说，我们家添点新业务怎么样？做剔红漆的簪子？我觉得女孩子的东西都很好卖。像卖胭脂水粉的，还有卖头花的。"

裴宴毫不客气地打击她："是挺好。不过，你算过成本没有？"

郁棠想到了她家的那片山林，立刻泄了气，不由恨恨地道："为什么你种沙棘果卖蜜饯就能赚钱，我就不能？"

"因为我认识的人比你多啊！"裴宴权当是赞扬了，不以为然地道，"我能卖出货的地方就多啊！像你这样，眼睛最多也就盯着杭州，当然不行啦。"

郁棠就刺激他："行啊！那我们家把铺子开到京城去好了。那里的机会肯定更多。可这得银子啊！京城里的铺子多贵啊，谁不想去京城做生意啊！"

裴宴就像看傻瓜似的回头看了郁棠一眼，道："人吴老爷家银子不少，怎么没想着去京城开铺子？"

那是因为在京城开铺子还得有后台。

郁棠恼羞成怒，道："你这个人怎么回事？说什么你都要回我两句，你就不能说句好啊？你这样，以后谁会和你聊天啊！"

怎么没有人和他聊天？大家都挺想从他嘴里套出点话来的。只是裴宴看着郁棠那样子像真的有点生气了，识时务地没继续说下去，而是生硬地拐了个弯，问郁棠："等会儿你想吃什么？我让厨房帮你做！"

中午郁棠是在这里用的午膳，他想继续留了她在这里用晚膳。

郁棠有些不好意思地道："我，我就不在这里用晚膳了。大兄让我回去的时候先落铺子，他们想今天就把你昨天给的画打个版出来。"

她觉得裴宴帮她家忙不说，还好吃好喝地招待她，她这样吃干抹净就走，有点对不住裴宴。

裴宴倒没有想这么多，还有点顾忌这样留着郁棠被人说闲话，也就没有太过坚持，只在走的时候叮嘱她："你明天也早点过来，趁着我这两天得闲，我多给你们家画几个图样。"

郁棠哪敢不应。

裴宴晚上就去陪了裴老安人用晚膳，还和母亲说了说端午节的安排。

裴老安人现在基本上不怎么管这些事了，裴宴怎么安排都说好。只是待送走了裴宴，她立刻拉了陈大娘问："今天郁小姐又进府了？"

陈大娘满脸是笑地应"是"，道："那边的路上，当值的都是我们院里的人，不会有人嚼舌根的。"

裴老安人满意地点了点头，道："两个人都干什么了？"

"三老爷好像在教郁小姐画画。"陈大娘有些不确定地道，"您也是知道的，三老爷最讨厌有人窥视他院里的事了，我们的人也不敢靠得太近。"

裴老安人不以为意地挥了挥手，笑道："没想到遐光还有这样的兴致。"

陈大娘忙在旁边捧场道："谁说不是？可见三老爷和郁小姐是真的有缘。"

裴老安人点了点头，问起了大太太那边的事："大少爷的婚事她准备怎么办？还在那里和杨家的人商量吗？我听说顾家那边送了陪嫁的单子过来，都陪嫁了些什么？"

陈大娘闻言在心里叹了口气，觉得大太太和顾家联姻有点失策，道："那边陪嫁是六十四抬，压箱银子三千两，再陪嫁五十亩的桑田和杭州城里的两间铺子。"

若是郁棠在这里就会发现，顾曦的陪嫁比梦中多了两间铺子。

就这样，陈大娘还解释道："据说那两间铺子是顾大老爷自己的私产。"

如今顾昶有出息了，这个人情自然由顾昶来还。

裴老安人点了点头，不置可否。陈大娘有点担心郁棠，迟疑道："郁小姐那边……"

裴老安人道："她以后是要做妯娌的，肯定不能就这样嫁进来。不过，杨氏的脾气你是知道的，现在还犯不着让她知道这些。等顾家的陪嫁单子定下来了再说。"

陈大娘道："您的意思是？"

裴老安人道:"顾小姐的嫁妆在江南也算是不错的了,可若是和我们这样的人家相比,也就保了个本。殷小姐若是会做人,就不会让自己的小姑子这样嫁进来。我们且走着瞧好了。"

也就是说,要通过这件事看看顾昶对顾曦的态度和殷小姐为人处世的能力。

陈大娘笑着应"是",不再说这件事。

郁棠则连着两天都待在裴家,直到端午节的前一天,他们约好了第二天一起去看赛龙舟,没办法继续一起画画了。

"等上了山,我再给你画几幅。"裴宴用过午膳,就准备送郁棠回去。

郁棠颇为意外,想着他应该是明天有很多的事,听话地拿了他早上画的画,准备回去了。

谁知道裴宴却让她等会儿,他要先去换身衣服,一副要和她一起出门的样子。

郁棠有点傻眼。

裴宴无奈地道:"你不是说你去铺子里看了吗?他们打出来的版若不尽如人意,我在这里埋头苦画有什么用,还得你们家做得出来啊!我今天随你一道去看看。"

等过了端午节,他还要继续把郁棠忽悠上山,继续和郁棠一起避暑,他可不想因为郁家这摊子生意再下山了。

郁棠哪里知道裴宴打的什么主意,感激地望着他,恨不得亲手给他端茶倒水。

裴宴傲气地冷哼:"你别在我让你给我打扇的时候直呼手酸就行了!"

郁棠脸一红,说出来的话却理直气壮:"我这不是没做过吗?等我回家练习练习就好了。"

练习?找谁练习?郁父或是郁母吗?这两人他还勉强能接受,可是郁远呢?裴宴不悦地看了郁棠一眼,道:"到时候再说吧!天气这么热,你别把自己给累得中了暑,到时候又要我从杭州给你请大夫来,那得多麻烦啊!"

郁棠觉得自己可能会被裴宴气得中暑。

她愤愤然地在轿厅的门口等裴宴,可心里想起裴宴那做了一点点小事就不可一世的样子,又觉得特别骄纵,特别有意思,特别可爱……甚至让她只要一想起来就想笑。

郁棠不禁抿了嘴笑。

裴宴出来不见郁棠,吓出了一身汗,知道她先到了轿厅这边,便急急地赶了过来,结果却看见她躲在旁边直笑,像偷吃了鱼的小猫似的。他又急又气,想斥责郁棠一顿,又觉得她这个样子挺有意思,若是因为他的斥责被吓着了好像也不太好。

这一犹豫,郁棠就看见了裴宴。她笑容灿烂地朝着裴宴笑。明丽的脸庞,比夏日的阳光还要耀眼。裴宴觉得心仿佛停止了跳动。他把手放在胸口,想着:算了,大人不记小人过,更何况唯小人与女子难养也。

两人一道去了郁家的漆器铺子。

因快过端午节了，明天又有赛龙舟，街上的人很多，主要还是些买吃食的，郁家的漆器铺子看的人多，买的人少。

裴宴一进去就吸引了所有人的目光。

他蹙了蹙眉，快步进了后面的小院。郁远忙迎了出来。

裴宴飞快地看了戴着帷帽跟在他身后的郁棠一眼，沉声道："进屋再说。"

郁远见他脸色有些不好，心中一凛，忙将两人带到了后面接待贵客的厢房。

郁棠摘了帷帽，松了口气。天气还是太热了。

从江西聘来的那家师傅是拖家带口全都过来了，两个女儿就做了丫鬟的事，忙给他们端了茶过来。

裴宴的脸色也没见好，问郁远："郁小姐平时就这么过来？"

郁远一时没明白他是什么意思。还是那师傅的女儿机敏，忙道："平时大小姐过来的时候都是走的后门，那边没什么人，等会儿公子也可以和大小姐一道从后门出去。今天街上的人是太多了点。"

裴宴赞赏地看了这小姑娘一眼，还问："你叫什么名字？"

像郁家漆器师傅家这样的女儿家，一般都是嫁个门当户对的手艺人，然后继续在这个圈子里打转，能够跳出这个圈子的人很少。

女孩子听到裴宴问她，顿时欣喜若狂。若是能得了裴家人的青睐，就算以后嫁个手艺人，也能想办法去裴家当差，或是借了裴家的东风自己开个铺子，最不济，也能在铺子里有几分薄面，日子会好过很多。

"小人叫兰花，"小姑娘答着，拉了身边有些木讷的姐姐，道，"这是我姐姐，叫梅花。"

裴宴点了点头，没再说什么，叫了郁家的打版师傅过来，问起打版的事来。

打版的师傅三十几岁，是郁家从江西聘过来的，五短身材，畏畏缩缩的，可说起打版的事却双目炯炯有神，很是自信，可以得得出来，他对自己的手艺很有信心："我们照着少东家拿来的画打的版，可剔红漆和其他的漆器手艺又不同，阴即是阳，阳即是阴，要一层层地雕。"

也就是说，打版不重要，重要的是师傅的手艺。

裴宴就问他："那你觉得一千个匣子，你需要多少时间？"

师傅相当慎重地道："我要是一个人做的话，大约需要四五个月，可等过了夏天，天气转凉，漆干得就没有现在这么快了，怕是四五个月都算是好的。我带着徒弟一起呢，大约可以节省一个月。"

裴宴要去看他做一件漆器。师傅有些犹豫。

裴宴冷笑道："你们东家都不怕，你怕什么？"

那师傅也是很机敏了，忙道："有些人沾不得漆，闻了那味儿都会脸上肿起来。

我是怕您万一有哪里不舒服，那我可是万死难辞其咎了。"

裴宴站了起来，神色冷峻："你在前面带路。"

那师傅不敢多说，忙走在了前面。

裴宴却一把拽住了要跟在他身后的郁棠："你留在这里，帮我剥点莲子米，用冰镇起来，等会儿我回来了好吃。"

郁棠两眼发亮，好喜欢他的口是心非，眉眼都带着笑地道："我从小在漆器铺子里长大的，要是沾不得漆，早就不来了。你放心好了。倒是你，要小心点，若是不舒服，千万不能逞能。"

裴宴颔首，想了想，让郁远去给郁棠找块帕子捂住鼻子："那味儿实在难闻，你也别大意。"

郁棠知道裴宴是好心，顺从地用帕子捂了鼻子，这才和裴宴一起去了后面的作坊。

郁远看着裴宴和郁棠的样子，笑得眼睛都眯成了一道缝。

师傅就给裴宴演示了一下剔红漆的工艺过程。

裴宴没有说什么，和郁棠出了作坊，然后要送郁棠回家："这件事我仔细想想，等想好了再告诉你们。明天苕溪堂那边有赛龙舟，大家早点歇了，明天也好有精神好好游玩一番。"

郁远原本只想让郁棠给他出出主意，也没想郁棠到作坊里来的，听裴宴这么一说，自然是连声称好，催了郁棠快点回去。

郁棠很信赖裴宴，裴宴既然说一时没有什么好主意，她也就把这件事丢到了脑后，想着以裴宴的聪明，他肯定能想出好办法来，遂也没有坚持，和裴宴一起从后门出了铺子。

裴宴就和她商量："我看今天给我们倒茶的两个小丫头不错，要是她们愿意，你可以把她们带在身边，比外面买回来的好。她们的父兄都帮你们家做事，她们要是跟在你身边服侍，她们家估计也不会回江西了。"

郁棠在裴宴问两个小丫头名字的时候就有所猜测，现在裴宴开了口，她就更肯定了，笑道："我回去问问。"

裴宴满意地"嗯"了一声，送郁棠往青竹巷去。只是他们走到路口的时候，发现路口有家客栈门前里三层外三层地围满了人。双桃不由多看了几眼，对郁棠道："小姐，有外地来投亲的被客栈赶了出来。"

临安的客栈，大多是裴家开的。裴宴闻言不由皱眉，吩咐阿茗："你去看看。"

阿茗跑了过去。

郁棠有些担心。她怕裴家的名声受损。

"要不，我们在这里等一会儿。"郁棠道，"我也不急着这时候就赶回去。"

若是有裴宴亲自出面安抚，不管是谁的错，这件事都会很快过去。

裴宴还有些迟疑，郁棠却当机立断道："原本就是些小事，就更不能因小失大了。你还是去看看吧？我在这里等你。"

他也不过是想和郁棠多待些时候，听着思忖了片刻，就让人守在郁棠的轿前，自己去了客栈。

郁棠支了耳朵听。

不一会儿，客栈那边的声音就停了下来，又等了大约一盏茶的工夫，裴宴折了回来，道："是从山东去福建投亲的，走错了路，走到了临安。母亲病了，是痨病，掌柜让他们去城外裴家的一个田庄里住几天。那家人怕被赶出来，不愿意走，就在客栈门口嚷了起来。我让人把他们带去了田庄。"

裴宴不是冷情的人，既然把人带去了田庄，肯定会想办法帮他们治病的。

郁棠把这件事抛到了脑后，回到家里就开始翻箱倒柜地找衣裳和首饰，准备明天悄悄地和裴宴去苕溪堂玩。

陈氏从前总是病着，这两年虽好了些，郁文也不怎么让她出门，更不要说像端午节这么热的天气了。今年郁文和吴老爷订得早，抢到了苕溪河边酒楼的雅间，准备带陈氏出去游玩。陈氏也用心准备着自己的衣饰，没太多的精力管郁棠。等到了酒楼，又遇见了卫家的人，大家说说笑笑的，很热闹，以至于郁棠溜走的时候，只有卫小川发现了，还跟了过去。

"你跟着我做什么？"郁棠踮着脚，见观景台上的裴宴已不见了踪影，生怕他等着自己被太阳晒着了，有些焦急地问卫小川，"我约了人去玩，你可别把我给卖了。"

"怎么会！"卫小川眼睛珠子直转，看着就让人没办法相信，"我也想去玩，姐姐带上我呗！"

郁棠比他更狡猾，喊了吴家的几位没满十岁的表小姐过来，抓了一把零钱给她们，笑盈盈地吩咐她们："你们等会儿要是要买零嘴，就让这位哥哥给你们跑腿。"

立刻就有吴家的表小姐抱了卫小川的大腿，嚷着要吃瓜子。

卫小川气得脸都红了，道："雅间里没有瓜子吗？为何还要到外面去买？"

小丫头答得理直气壮："雅间的瓜子和家里的一样，外面的有裹了糖的瓜子，我们要吃裹了糖的瓜子。"还威胁卫小川："哥哥要是不帮我们买，我们就去跟卫太太说，说你们不理我们。"

卫小川直跺脚，要找郁棠，郁棠已不见了踪影，一眼望去，全是攒动的人头。

他点着小丫头的额头，道："要是郁姐姐出了什么事，我看你们怎么交代？"

小丫头圆圆的脸，雪白的皮肤，像过年时年画上画的小童。她"哼"了一声，道："才不会呢！郁姐姐身边跟了三木，还跟了双桃，才不会丢呢！"

卫小川只能伸长了脖子张望，猜着郁棠要去见谁。

郁棠半天才挤出人群，到了和裴宴约好的大树下。

青沅已经在那里等了。见到郁棠，她松了口气，急急迎上前来，请她上了辆骡车，还道："三老爷说，人多口杂，还怕遇到拍花党，坐车安全一些。"主是还是看到的人少一些。

郁棠没有异议，上了车。

只是她从人群里挤出来，一身的薄汗，由青沅服侍着擦了擦汗，又打开车窗透风，却在抬眼间无意看到有辆骡车和她们擦身而过。

郁棠的心怦怦乱跳，有些透不过气来。

她抓住了青沅的手，急急地道："你快派人去看看，和我们错身而过的那辆骡车上，好像坐着彭家的十一爷。"

青沅以前听到过彭十一在昭明寺的讲经会上把郁棠给吓昏了的事。她忙去报了裴宴。

裴宴的心里却觉得彭十一会伤害郁棠。他神色一紧，骑着马就赶了过来。

还好大家都去看赛龙舟了，裴宴的马一路通行无阻飞奔而来，不过一盏茶的工夫就和郁棠碰了面。

"你可看清楚了？"没来得及体会见面的喜悦，却先担忧起来，裴宴神色凝重地问，"是彭十一吗？"

"好像是他！"不过匆匆一眼，郁棠也不敢肯定了，她道，"李家的案子是还没有结束吗？"若真是他，那他来做什么呢？

裴宴倒没有想那么多，立刻吩咐身边的小厮跟了过去，然后才对郁棠道："这件事你别管了，我会想办法弄清楚的。"随即觉得郁棠太危险了。如果彭十一像郁棠梦中那样是冲着郁棠来的呢？

裴宴立刻道："阿棠，改天我再带你去苕溪堂。你现在去我母亲那里。她身边人多，又有我母亲护着，你不会有事的。我这就去碰碰彭十一。"

郁棠自己知道自己的事，她觉得自己现在不一定会有什么危险，心里并不十分慌张。可见裴宴要去会彭十一，想到赵振他们都不在临安，她心里就有点发慌了，拉着裴宴的衣袖不让他走："我们以静制动吧，他不来找我们，我们就不要去找他。"

裴宴可不是个肯坐着被动挨打的人。他不主动撩别人都是好的了。

闻言他立刻挑了挑眉，想说"我正愁没有借口找彭十一的麻烦，他现在既然送上门来了，我怎么能当没有看见"之类的话，转头却发现郁棠的脸色有些发白。

他不由得有片刻的犹豫。收拾彭十一的机会很多，但因为此时的坚持却让郁棠担心……有点得不偿失啊！裴宴立刻就改了主意。

他笑道："既然你这么说，我就放过他一次。但他要是没有眼色地来惹你，你可不能再心软了。"

郁棠连连点头，觉得现实没有梦中的那些恩怨，且她父母兄长都健在，彭十一就算是想伤害她，也没有梦中那么容易。

裴宴却不放心让郁棠离开他的视线，也没有了去苕溪堂游玩的兴致。他和郁棠商量："要不，我这就送你去和母亲做伴？"还道："她那里的人是多了一点，可人多有人多的好处，裴府的护卫也多在那边守着。彭十一就算是想做点什么，也没有很好的机会。"一副要把她托付给谁的样子。

郁棠怕他去找彭十一，道："要不，你和我一道陪着老安人看赛龙舟吧？临安城里略有些头脸的人都会去给老安人问好吧！那么多人，我有点不自在。"

平时怎么没看见她不自在呢？她这是怕自己去找彭十一，遇到危险吧？

裴宴感念着郁棠的好，索性道："我得去查查他怎么来了临安城。彭家在这边可没有什么生意，朝廷上也没有议论撤销泉州市舶司的事，我实在想不通他来这里做什么。"

如果换成是她，她也会不安吧？

郁棠就没再阻止裴宴，而是温声叮嘱他："那你一定要小心。他是瓦罐，你是美玉，犯不着和他那种人硬碰硬的。"

裴宴颔首，把阿茗留下来服侍郁棠。

郁棠不愿意，低声道："你，你别让我担心。"那温声嘱咐，婉转低吟，千转百回，说不出来的柔情蜜意。

裴宴听得一愣，随后就像渴了之后喝了一杯温温的蜂蜜水似的，甜到了心里，又不像白霜糖那样太齁。

他不禁露出笑容来，也低低地回了声"好"，这才朝着青沉挥了挥手，道："我陪你们先去见过老安人。"

青沉不敢怠慢，忙上了骡车，指使着随车的婆子跟上。

一行人走在熙熙攘攘的大街上，因是裴家的骡车，又有裴宴在车边护行，旁人都以为是裴老安人的骡车，纷纷主动给他们让道，他们很快就到了位于苕溪河边的观景台旁。

裴老安人在临安德高望重，看过了开赛的龙舟赛，太阳升了起来，就从观景台上下来，在观景台后面临时搭起的棚子里休息。裴家的几位老安人陪在裴老安人身边说着笑话，逗着裴老安人开心。

陈大娘进来禀说裴宴送了郁棠过来时，裴老安人非常意外，强忍着没有露出异样的表情，悄声问陈大娘："出了什么事？"

"不知道。"陈大娘亦悄声回着裴老安人，"只说是有点事，让您等会儿带了郁小姐回府。郁家那边，他会亲自去说的。还让郁小姐今天晚上就睡在您那里，说等他回来了，自然会向您解释的。"

裴家在临安城也算是一手遮天了，裴老安人猜着是不是两个人私下里会面，被郁家的人发现，还笑着道："让他放心，我一定帮他把人看住了。让他早点回来，好跟我解释解释。"

陈大娘也笑，行了个福礼，就去请了郁棠进来。

能陪在裴老安人身边的也就只有那几个人，郁棠虽不十分熟悉，但也都见过几面，大家行了礼。裴老安人为了堵住众人的嘴，就对郁棠道："派人去请了你几次，好容易过来了。今天就跟着我回裴府去，帮我抄几页佛经。"

郁棠自然不好拒绝，笑盈盈地说"好"，派了双桃去给陈氏报信。

裴家的几位小姐却觉得很好，笑嘻嘻和她说着话，倒也挺热闹的。

等到太阳偏西，最后两队争头彩的时候，郁棠才在裴老安人的要求下虚扶着她老人家去了观景台。

新任的知府姓乌，没有带女眷上任，过来给裴老安人问了声好，等着裴宴过来，就开始击鼓鸣锣，由最终胜出的两队争了头彩，赏了银子，说了一大堆教化百姓的话，众人这才散了。

裴宴还要去和乌知府吃饭，郁棠则被裴老安人带回了裴府，可直到她辞了几位裴小姐，洗漱后在裴老安人的暖阁歇下，裴宴都没有过来。

她辗转反侧没有睡好。

第二天早上强打起精神去给裴老安人问好，却发现裴宴不知道什么时候过来了，正陪着裴老安人喝茶。

见到郁棠，裴宴笑了笑，招呼了一声"来了"，就吩咐裴老安人身边的丫鬟"上膳"。

郁棠满腹的话不能问，沉着气和裴宴、裴老安人用了早膳，送裴老安人去了小佛堂念经，她这才有空和裴宴说上体己话。

"查到彭十一来临安做什么了吗？"她急急地问，"你有没有和彭十一对上？他是一个人来的还是带了人来的？"生怕他受到了伤害的样子。

裴宴心满意足地暗暗点头，面上却不显，道："我直接去问的他，他告诉我，说是有朋友托他送封家信过来。我没和他多说什么，他应该知道我的态度，所以也没有瞒着，去了板桥镇一户姓高的人家，坐了不到一盏茶的工夫就走了。我事后也去查了查，那户姓高的人家有个养子在外面跟着别人当伙计，估计人挺机灵的，今年年初升了大掌柜，带了信过来，让家里的人去南昌玩些日子……"

板桥镇，姓高！应该就是她梦中的嫂子了。郁棠想到梦中发生的那些事心里就有些不舒服。

裴宴还以为她是担心彭十一，道："他已经离开临安城了……"

只是他一句话还没有说完，阿茗就跟了进来，在他耳边说了几句。裴宴脸色一变。

郁棠心里发紧，忙道："出了什么事？"

裴宴看了郁棠一眼，沉默了一会儿，道："彭十一去找了之前帮你办过事的曲家兄弟！"

郁棠皱眉。之前曲家兄弟有意投靠徐小姐，被徐小姐婉拒了，她就没再关注这件事。彭十一找他们是为什么呢？想在临安安置一个钉子？他明知道裴宴防备着他，他应该没有这么傻才是。

裴宴比她更明白开门见山的威力和效果，他也没空和曲氏兄弟这样的人周旋，见郁棠不安，他道："水往低处流，人往高处走，你也别想那么多，曲氏兄弟要做什么，让人叫他们过来问问就行了。倒是你这边，我派了人去跟未来的岳山大人说了，彭十一来了临安城，怕他生出什么事端来，你不回去了，直接跟着我母亲去别院。未来的岳山大人已经答应了，等会儿让双桃回去给你收拾些东西带上山好了。"

最好不带，这样他就有借口给郁棠做衣裳打首饰了。郁棠对彭十一找曲氏兄弟的事还有些存疑。难道梦中的时候曲氏兄弟就在帮彭十一做事？那她的一些所作所为岂不是彭十一和李端都知道？郁棠想想就头痛，也不去想这些事了，收拾好了东西，准备和裴老安人上山。

裴宴过来告诉她，说彭十一去见曲氏兄弟，是想收拢曲氏兄弟，让曲氏兄弟替他办事。

郁棠忧心道："那，这件事怎么办？"

"釜底抽薪就是了。"裴宴非常轻松地道，"我问曲氏兄弟愿不愿帮我做事。曲氏兄弟答应了。"

等郁棠嫁过来，他就把曲氏兄弟安排到郁棠身边，这样，郁棠也就有人可用了。

这倒是个好主意。郁棠笑盈盈地道："万一彭十一知道了，会不会继续诱惑曲氏兄弟帮他做事？"

在她的心里，只有世仆，因全家的性命身家都联系在一起，才会做事多思量，不会随意背叛。像曲氏兄弟这样，原本就有点枭雄做派的人，未必会愿意卖身裴家。

裴宴呵呵地笑，道："跟着我，总比跟着徐家好吧！"徐家在京城，他们要卖身徐家，就要背井离乡。

"何况我许了他们兄弟一个管事职务。"裴宴轻描淡写地道，"我这也算是礼贤下士了，他们有什么不满意的？"

郁棠想了想，觉得还真像裴宴说的那样，临安城不知道有多少帮闲想投靠裴家，帮裴家做事呢！

这件事就算告一段落了吧！郁棠把这件事抛到了一旁，陪着裴老安人和裴小姐们上了山。没几天，裴家陆陆续续有亲眷上山去探望裴老安人，顺便在别院里住上两天。别院顿时喧嚣起来。

裴宴却没有放过彭十一。

彭十一见过高家的人后，高家的人就把自己的那个女儿送去了江西，说是跟着哥哥比较容易嫁个好人家。彭十一除了联系过曲氏兄弟之外，还联系了其他几个帮闲，有人跟着他去了福建，也有人留了下来。至于京城，江西巡抚的争夺落下帷幕，陶安在众多人的推波助澜之下，很勉强地升了江西巡抚。而彭屿，被张英和其他几位老臣压着，没能动弹，估计还得在都察院里待上几年。就是李家，李意的官司也告一段落，李意被判了流放西北，但李家不死心，还想继续申诉，向林家借银子。林家口头答应了，却迟迟没有送银子过去，估计这事就黄了，李意的流放也就成了铁板钉钉的事了。

山中岁月悠长，又有裴宴不时在眼前晃，不知不觉间，到了中元节。裴老安人和陈大娘准备着祭祖的事。

位于临安城西郊的三清观观主清远道长亲自来请裴老安人去参加他们观里举行的"中元斋醮"。

裴老安人欣然应允了不说，还轻声细语地向郁棠解释："我们裴家在临安城里是出外做官的人比较多的人家，大家不免以我们马首是瞻，我们就得谨言慎行，庙里的香会要参加，道观的醮场也要参加。"又问她："三清观你去过没有？他们的斋菜比昭明寺的还好吃，你这次不妨随我去见识一番。"

郁棠这段时间得了裴老安人的很多指点，自然是笑着应诺。

裴宴显然更喜欢去道观，不仅怂恿着郁棠去尝尝三清观的斋菜，还怂恿着她在三清观住一夜："他们那边种了好几株昙花，正是开花的时节，我们去撞撞运气。"

话虽这么说，他却早早就安排了人去三清观，让三清观务必想办法让他们能看到昙花开花。

郁棠这段时间没事的时候跟着裴宴去了几趟暖房，对各地稀罕的花卉都有了点了解，闻言笑着问他："是琼花吗？就是开在琼州的那种白花？"

裴宴笑道："和琼花还不一样。昙花比琼花要稀罕得多。"他就拿了张宣纸画了琼花和昙花，告诉她两者之间的区别。

两人正说得高兴，阿茗雀跃地跑了进来，满脸欢喜地喊着"三老爷"，道："赵师傅他们回来了。"

赵振随着裴柒他们去了京城，这个时候回来……郁棠心中一喜。至少裴宴身边有人用了。她朝裴宴望去。

裴宴也很高兴的样子，笑着道："快让他们进来吧！"

阿茗欢欣地出去了。

郁棠准备回避，却被裴宴挽留，道："也不是什么外人，你也认个脸熟。"

这就是把她当最亲近的人了！郁棠有些脸红，但还是尽量让自己大方一些，站在那里和裴宴一起等着赵振他们。

不一会儿，赵振和裴柒就风尘仆仆地走了进来。见郁棠在这里，两人都露出惊讶的表情，但很快就收敛心神，给裴宴行了礼。

裴宴也没有避着郁棠，直接道："你们一路上辛苦了。若是事情不着急，就先下去换衣裳，梳洗一番，好生歇歇再跟我说你们去京城的情况也不迟。"

赵振没有吭声。

裴柒道："张老太爷把裴伍和舒先生留在了京城，让我们先回来了。"说着，就从怀里掏了两封信出来递给了裴宴，继续道："这是张老太爷和舒先生给您的信。张老太爷说，让您除了服就尽快去趟京城，周状元在京城等您。"

裴宴没有急着看信，而是道："张家的事处置得怎么样了？"

裴柒道："我们都听周状元的，只是帮着张家做了些粗活。账房和礼房的事，是舒先生在帮忙。"

裴宴点了点头，裴柒和赵振就退了下去。裴宴这才坐到了书案后的太师椅上开始看信。

郁棠觉得自己在这里不太好。裴宴却笑道："这家里有什么是需要避着你的？"

郁棠被说得面红耳赤，心里却甜蜜蜜的。她亲自给裴宴斟了茶。

裴宴一目十行地看完了两封信，摘了要紧的告诉郁棠："张家的事影响深远，朝堂上恩师要重新布局，估计是想让子衿兄入仕。子衿逍遥惯了，心情肯定很郁闷。恩师也知道有些勉强他，想我去帮帮他。至于舒青那里，把陶安入主江西的前因后果都详细地跟我说了一遍，有些人得去谢，有些人要记得，算是给了我一个交代吧！他留在那里，也是因为子衿兄身边暂时无人可用，他帮着做段时间的幕僚。"却没有交代自己会不会去京城。

裴宴想了想，道："二哥去比我合适。"可裴宣却没有裴宴受张英的信任。

裴宴道："这也是没有办法的事。我既然掌管了裴家，就得以裴家为主。"

郁棠担忧地问："那二老爷起复，没有张老大人的支持，是不是比较麻烦？"

裴宴微微地笑，道："我二兄也有我二兄的恩师和门道，不过他为人低调，有个强势的大兄，又有个任性的幺弟，平时忍让的时候多些罢了。"也就是说，没有张英，裴宣也有本事自己起复。

郁棠不太相信，道："如果有张老大人帮着周旋，应该会更容易吧！"

"也未必！"裴宴道，"现在朝廷局势非常复杂，有时候和像恩师这样师生满天下的大佬走得近也未必是件好事。反而是像二兄的恩师，老老实实地在翰林院做了个掌院院士，真的帮起二兄来，未必比我的恩师力量小。"只要裴家最后没站错位就行了。

郁棠只好再次叮嘱裴宴："皇二子毕竟是占了长，皇三子那里，还是少搅和的好。"

裴宴又想起郁棠做梦的事，也就联想到了彭十一。

他奇道："也不知道他要那高氏兄妹做什么？那姓高的掌柜，辞了东家去了大同。他支持个掌柜做什么？"

大同那边，有关市。除了马匹生意，还有皮货生意。但不管是福建还是两广，都不是马匹和皮货最主要的经销地。

郁棠迟疑道:"彭家会不会想插手其他的生意?"

裴宴既没有把他们太放在心上,也没有轻视,道:"再让人盯一段时间吧,船到桥头自然直。"

郁棠使劲地想着梦中的事,也没能从梦中的事里找出点线索来。

到了中元节那天,她先是回家祭了祖,然后陪着裴老安人去了三清观。

他们准备在三清观住一晚。

半夜,青沉把她叫醒,她和裴宴去看了三清观的昙花。

果然与琼花不一样。

琼花花大如盘,外面有一圈小花围着,中间星星点点,是更小的花。昙花则只有一朵,如碗口大,洁白如玉,有点像睡莲。

或者是看过了裴宴养的睡莲,郁棠觉得昙花没有想象中那样惊艳,但也很好看。

裴宴问她:"要不要搬两盆回去养养?"

"不用了!"郁棠摇头,她更喜欢裴宴养的睡莲,花在水中,底下还养上两尾活泼的金鱼,动静适宜,让人看着有种生机盎然的鲜活。

"那养两盆琼花?"裴宴问着她,两人并肩走出了供养昙花的花圃。

琼花比较容易养,郁棠觉得可行。

裴宴就和她商量起今年暖房都要种些什么:"梅花肯定是要多养些,还有金钱橘、佛手。春节的时候用来清供。"想得可真远。

裴宴不以为然,道:"我们今年第一年成亲,家里十之八九会请春客,到时候来客肯定多,家里不好好布置布置怎么行?"

两人说说笑笑的,又在三清观转了一圈才各自回房。

可没想到翌日一大早醒来,郁家派了阿苕来接郁棠回去,还道:"有要紧事,过两天再继续去山上陪老安人。"

不仅裴宴,就是裴老安人都吓了一大跳,亲自叫了阿苕去问话。

阿苕也不知道,只说是昨天晚上郁文突然安排的,郁文还在家里等着郁棠回去呢。

裴老安人第一个念头就是怀疑陈氏的身体是不是有恙。这要是陈氏有个三长两短的,郁棠再守个三年孝,两家的婚事可怎么办?

她立刻叫了陈大娘:"你陪着郁小姐一块回去,有什么事立刻就来报我,别让郁家自作主张。"

裴老安人现在最怕的是郁家请不到好的大夫。

陈大娘是裴老安人的心腹,知道裴老安人担心的是什么,立刻道:"我这就带几个小厮一道过去。"有事也好叫了人来报信。

裴老安人点头,道:"你把胡兴也带上,他和杨御医、王御医都熟。"杭州也就这两个御医不错了。

陈大娘应诺,一面让人去请胡兴,一面往郁棠那边去,帮着郁棠指使身边的丫鬟小厮收拾东西,还安抚郁棠:"回去住两天而已。要是一时不能上山,我再派人把您惯用的东西送回去就是了。不用带那么多的东西回去。"

这也节省时间,能早点走。

郁棠心里也有点急,听了陈大娘的建议,只带了平时用的东西就出了门。

结果在大门口见到了裴宴。

他拉着马站在骡车旁,沉声道:"你别急,我陪着你一道回去。家里我也派护院提前赶过去了,等会儿我们就知道出了什么事了。"

郁棠心中大定,由裴宴亲自扶着上了骡车。陈大娘看着直叹气。这门亲事只怕是无论如何也不可能断了。也在心里祈盼着郁家没什么事,不然裴老安人得多失望啊!

结果正如裴宴所料,他们在临安城城门口遇到了裴家派去的护卫。那护卫道:"三老爷,郁老爷没说是什么事,不过,郁老爷也说了,是好事,让您和小姐别着急,慢慢走,不着急。"

众人这才松了口气。

郁棠不免在心里抱怨,要她回去就回去,也不把话说清楚,她刚才可一直捏着把汗呢!

等他们回到郁家才知道,原来是江潮回来了,还带了满船的香料、金子和珠宝回来。

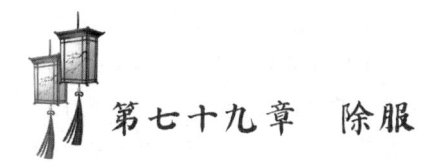

第七十九章　除服

可这与她有什么关系呢?

郁棠目瞪口呆,道:"阿爹,你就不能把话说清楚了?一大早的,也没个交代的,就把我往回叫,把我吓得!"她说着,拍了拍胸。

郁文嘿嘿地笑,看了冷着脸站在旁边的裴宴一眼。

裴宴从前可以在郁文面前装聋作哑,现在可不好这样了。他只好朝着郁文行礼,道了句"那我先去天井里坐一会儿,尝尝你珍藏的碧螺春好了",然后出了厅堂。

郁文自在起来,立刻指了指郁棠,压低了声音道:"你傻啊!怎么把裴遐光给带回来了。江潮那一船应该分给我们家的东西，我是准备全给你做陪嫁的。"

现在郁棠把裴宴给带回来了，暴露了家里的钱财不说，他原本还打算悄悄地给郁棠准备一份丰富的压箱钱做体己银子的，这下子也瞒不住了。

郁文不由得教训郁棠："你就长个心眼吧！裴家肯定不会要你的银子，可你总有不想让裴遐光知道的开销吧，你也不能事事处处都让他知道啊！"

郁棠觉得裴宴吸引她的除了长得好看，还有一点就是足够尊重她的为人。若是裴宴连这都容忍不了，他们就算是做了夫妻，也是对相敬如宾的夫妇，那还有什么意思？但她不愿意为这种事和父母争辩。说得再多，也不如做得好更让他们放心。她就笑着调侃父亲："那你有多少私房钱，我姆妈可知道？"

郁文一愣，随后颇有些自豪地挺了挺胸，道："我还用得着藏私房钱吗？家里的钱都是我的。"

郁棠就抿起了嘴冲着父亲直笑。

郁文唯有叹气，道："你既然对裴遐光这样有信心，那就随你好了。"

他骨子里有种"千金散尽还复来"的豪爽，觉得要是因为陪嫁看清楚了裴宴是个怎样的人，也不算晚，不吃亏。

郁棠就抱着父亲的胳膊撒着娇："我知道你是关心我，你放心好了，三老爷不是那样的人。你就是不相信我的眼光，也要相信裴家的家风啊！"

郁文果然没有之前紧张了。

郁棠就问起这次跑船的事来："江老爷那边都还平安吗？有没有出什么事？这次带回的货怎么处置？是托了那些杂货铺子卖了吗？下次出海你们还合伙吗？三老爷之前说的事您和江老爷说了吗？"

林林总总的，有很多的疑问。

郁文也没有瞒着郁棠，告诉她："按着之前出资的比例，船上的货各自分了，各自处置。我和吴老爷商量了，我们这一份，就要些贵重的珠宝，给你做陪嫁。其他的就折成银子，全交给吴老爷处置。这样一来，你的嫁妆就可以准备起来了。还好吴老爷帮了大忙，让吴太太过来给你姆妈搭把手。我留你几天，就是想让你和你姆妈把陪嫁的单子确定下来。临安没有的，就去杭州城买；杭州没有，就去泉州买——江老爷在宁波那边守着船上的货，一时还走不开身。我和吴老爷商量过了，我们去趟宁波，顺便把裴遐光的意思也透露给江潮，看看他是什么意思。"

这样的安排很稳妥了。

郁棠道："那我就留下来好了。"总不好把嫁妆什么的，全都丢给她姆妈忙活。

郁文从陈氏那里知道裴老安人在教郁棠怎么管家，他心里是很感激的，自然也就十分支持。闻言他连连摆手，道："既然裴老安人没有让你回来，你就暂时先别回来，把裴老安人那边的事处理完了再说。她老人家是经过事的人，该做什么，不该做什么，心里肯定有成算，你听她老人家的就是了。何况准备嫁妆这种事，原本就不应该是你操心的事。"

要不怎么有"父母之命，媒妁之言"的说法呢？

郁棠微微颔首。

郁文就去请了裴宴进来喝茶，把自己的打算告诉了裴宴。

裴宴猜着郁家肯定会想尽一切办法帮郁棠置办嫁妆的，却没有想到郁文把全部的东西都给了郁棠，他顿时觉得肩头有了副担子，恭敬地对郁文道："您把郁小姐当掌上珠、心尖肉，我定不会辜负您的一片爱女之心。以后您这边的事就是我的事，郁小姐的嗣兄弟也好，嗣侄孙也好，我都会帮着他们读书识字，照顾他们前程仕途的。"

郁文见裴宴能体会到自己的用意，非常高兴，让陈氏去外面叫了桌席面，要请裴宴喝酒。

裴宴不好拒绝，却被郁棠拦了："九月才除服呢！"

郁文自责不已，改叫了素席，以茶代酒，留裴宴用了一顿午膳，裴宴这才回去。只是他一进府就被裴老安人叫了去。

"说是好事，让我别担心。"老人家问道，"是什么好事？"到底还是不放心。

裴宴不想让郁棠成为靶子，把裴老安人身边服侍的人打发了，才把郁文的用意告诉了裴老安人。

裴老安人愕然，幽幽地看了裴宴一眼，道："你这孩子，也是个有福气的。郁氏虽然出身一般，却没有拖你的后腿。你以后，的确是要对郁氏好一点，对郁家的人好一点。"

裴老安人当年和郁棠的处境有点像。她是兄长早逝，郁棠是独生女。两人都是无依无靠地嫁到裴家，把家里大部分的财产都带了过来，而且钱老太爷去的时候，把手中的钱财都留给了外孙。裴老安人相信，等到郁文驾鹤西去的时候，若是手中还有钱财，肯定也会留给外孙的。

她就吩咐陈大娘："你去把我前些日子写的那个单子拿过来。"

陈大娘去拿了单子。

裴老安人却把她也打发下去了，亲自去磨了墨，在单子上加了天津卫那边的十几个铺面，这才把单子给了裴宴，道："原来是准备给郁氏做面子的，如今她家里虽然也给她准备了，可有些东西，不是钱能买得到的。还是给了你，你抽个空给郁氏好了。"

裴宴早就猜到裴老安人为了自己的面子，也不可能让郁棠就这样进门的，可他没有想到裴老安人会把天津卫的那十几个铺面给郁棠。要知道，这可是裴老安人自己母亲，也就是裴宴的外祖母的陪嫁。那十几个铺子可是在天津卫最繁华的街上，每年的收益十分可观。

裴宴不由跪在了母亲的面前，喊了声"姆妈"，道："这铺子您还是留着吧！

若是真的心疼郁氏，每年补贴她些体己银子就是了。她那一份，我会给她准备好的。"

他和郁棠以后是夫妻，就算是给了郁棠做陪嫁，那也是左手出右手进的事，不像裴老安人，手中的财物应该是由他们三兄弟平分的。

裴老安人见儿子孝顺，欣慰地笑了笑，示意裴宴快站起来，并道："这些事我心里都有数。你呢，受了委屈，我和你阿爹只能在钱财上贴补你一些。你大嫂那里，一直以来都不稀罕我，想必也不会稀罕我的东西，我就不讨她厌了。你二嫂那里，我也不会亏待她的。你放心拿着就是了。不过，郁氏嫁过来，肯定有很多双眼睛盯着，为了少些麻烦，我给的东西你也别往外说了。若是真的心疼我，以后多孝敬我一些就是了。"说到这里，她苦笑着叹了口气："我也没有想到，我临老了，居然会跟着幺儿子过日子。"照理，她应该跟着大儿子的。

裴宴听着心如刀绞，对大太太和裴彤、裴绯两个侄儿就更没什么好印象了。

他索性与裴老安人商量："大嫂想回娘家，就让她回娘家好了。远香近臭，等到裴彤和裴绯长大了，知道裴家对他们来说意味着什么，自然也就知道该怎么选择了。说不定到那个时候，大嫂后悔也来不及呢！"

裴老安人听得心惊胆跳的，忙道："遐光，你可是答应你阿爹的，不参与到皇家事务中去，你不能食言！"

"我不会食言的！"裴宴向母亲保证，"可我也有把握能压制得住裴彤和裴绯。你要相信我的本事。"

"可多一事不如少一事！"裴老安人最信任的还是自己的丈夫，相信裴老太爷临终前对她的叮嘱。

"我知道的。"裴宴再三向裴老安人保证，陪着母亲怀念了一会儿裴老太爷，这才安抚好了母亲，服侍母亲去了佛堂抄经，然后出了裴老安人的院子。

郁棠在家里待了三天，把自己的陪嫁单子拟好了。这期间，还和奉了裴老安人之命来给她送冰的陈大娘说了说，参考了一下大太太的陪嫁，这才定下来的。

待定下来，她才知道准备嫁妆有多琐碎。连扫床的扫帚都要成双配对地准备。郁棠逃也似的回了裴家避暑的别院。

郁文则和吴老爷去了宁波，走的时候吴老爷还对郁棠道："我们去看看有没有西洋玩意儿，到时候给你带些西洋的玩意儿当陪嫁，临安城里肯定都没见过。"那才出风头！

郁棠不以为意，郁文却觉得很好，嘀嘀咕咕地和吴老爷说了半天。

等到了七月底，秋风起，天气开始转凉，郁棠他们开始打包行李，准备下山了。

这个时候，李端陪着母亲林氏，悄悄地回了临安城。

李意最终还是被判了流放。李竣不愿意回临安，林氏还惦记着重振家业，得让李端继续科举。李竣就陪着李意去了流放的甘肃，李端则和林氏回到老家处理家中一些还没有卖的产业，准备搬去杭州城久居。

李家宗房毕竟管着李家事务，得给全族人做表率。虽说和李端家分了宗，但这个时候越发不能落井下石惹人非议，知道李端陪着林氏回了乡，宗主带着长子亲自去了趟李家。

　　因没了李家众人帮着照看，李端家的仆妇中别有用心的早就卷着李家的财物跑了，留下来的，都是忠心耿耿的世仆。可这样的人毕竟是少数，往日精美华丽的亭台楼阁如今都落满了灰尘，显现出一派颓废景象。

　　李家宗主站在院子里不由轻轻地叹了一口气。一个家族要兴旺发达需要几代人的努力，败落却只要眨眼的工夫。

　　他问李端："可有什么需要我们帮忙的？"

　　李端哪还有脸请宗房帮忙，况且当年宗房和他们家分宗分得蹊跷，他一直怀疑这其中有人在挑事，只是他后来惦记着京城的事，没有机会去查证。但这个时候，他就更不好查证了——他们家已经败落了，若是证实是自己族里的人，难保不会打草惊蛇，惹得那些原本就对他们家不怀好意的人趁火打劫，让他们家陷入更困苦的处境。若是外面的人，猜来猜去，不过是那几家。就算是他们家鼎盛的时候对那几家都避而敬之，何况现在他们家连自保都困难。

　　正如他父亲所说的，现在不是清算的时候，只有他发奋读书，重振家业了，这些账才能好好地算一算。

　　李端就恭敬地给宗房大老爷行了个礼，低声道："家里的事我暂时都能应付得了，若是有了难处，再去求您。您能这个时候来看看我们，我们已经感激不尽了。"

　　毕竟是举人老爷，说不定哪天就发了家。

　　宗房大老爷安慰了李端几句，拿了一封银子给李端："是我私人的一点小意思，你且收下，待以后有了，再还我不迟。"

　　李端的确是囊中羞涩，又认定李家宗房当初肯定做了对不起自家的事，客气几句，也就收下了。李家宗房的大老爷就带着儿子告辞了。

　　林氏由丫鬟扶着从厅堂里走了出来，道："家里值钱的都被人盗了出去，还有些老祖宗留下来救命的，我已经取出来收拾好了。"

　　黄昏的夕阳照在她的脸上，让她眼角眉梢的皱纹更明显了。与离开临安时相比，老了不止十岁，站姿也不再笔挺了。

　　李端就有些心疼地上前扶了林氏，温声道："姆妈，这些都不用你操心，我来就好。您今天晚上好生歇一晚，明天天一亮我们就走。"不会让更多的临安人知道他们回来过。

　　林氏却是一刻钟也不想多待，道："我们连夜就走，在船上过夜。家里的这些都安排好了吧？该丢的就丢，别舍不得，钱财都是身外物，有命自然还能赚回来。"她的神色却比从前更冷峻。

　　李端点头，道："都托付给李四了。我们家出事，他还让人带了二十两银子给我们家。"

李四是他们李家的一个族人，庶出的，分出去之后机缘巧合之下做了牙人，李家一些典当买卖都找他。

林氏点头，恨恨地道："你舅舅也真狠心，当初不知道得了我们家多少好，这次看着我们家倒霉，却隔岸观火。你以后若是发达了，千万不要和他们来往了。"

李端犹豫了片刻，点头应"好"，却引来林氏的不满："我说的话你到底听进去了没有？我不是和你说气话，而是这样的人家原本就不应该来往，更何况是你舅舅家。有好处的时候就靠过来了，遇事的时候就跑得远远的。我要是发现你再和他们来往，小心我不认你这个儿子。"

"知道了。"李端答着，心里却有些不安。当初，他可是拿了彭家一大笔银子，还给彭家办了些见不得光的事……不过，他们隐居杭州城，杭州又是江南几大姓世居的地方，姓彭的肯定不敢乱来。

李端同意了林氏的决定："那我们就连夜走。"

林氏点头。

母子俩把该带的东西都打包搬上了骡车，趁着临安城还没有宵禁，悄悄往苕溪码头去。

不过，去苕溪码头的时候会经过青竹巷。静谧的小巷，家家户户粉白色的墙头都露出青翠的竹子。李端不由多望了两眼。就看见两顶青帷轿子停在了青竹巷的后巷，轿帘打开，裴宴和郁棠一前一后地出了轿子。

李端手中一紧，趴在了车窗上。只见裴宴拉了郁棠的手，不知道对郁棠说了几句什么话，郁棠已是满脸娇羞，低下了头。裴宴犹不满足似的，还轻轻地顺了顺郁棠纹丝不乱的鬓角。

郁棠不仅没有恼怒，还抬起头来似娇似嗔地瞪了裴宴一眼。

李端跌坐在骡车里。

林氏关心地问："怎么了？"

李端摇头，半晌都没有吭声。

裴宴和郁棠……很多他不解的事突然间都豁然开朗起来。他打了个寒战。难怪人说青竹蛇儿口，黄蜂尾后针，最毒却是妇人心。她这是要为卫家的那个小子报仇吗？李端心里乱糟糟的，回忆着和郁棠相识之后发生的事，不知道哪件事做错了，也不知道哪里出了错，以至于弄成了今天这样的场面。他若是后悔，来得及吗？又应该从什么时候开始改正呢？李端连这个都不知道。

林氏看他突然脸色煞白，压根就不相信他的话，而是想了想，吩咐赶车的车夫："回转头去，我倒要看看，是什么事让你这么失魂落魄？"

最后一句话，问的是李端。

李端忙道："没什么，我只是想起了一件事。您别这样大费周折了，我们还是快点出城，快点回杭州城吧！我们走了这么长的时候，杭州城那边也有一大堆事等着我们呢，我们犯不着在临安城耽搁时间。"

可赶车的是林氏的心腹，林氏疾言厉色，他怎么敢不听？

然后林氏看到裴宴送郁棠上了轿子，裴宴还捏了捏郁棠的手，等郁棠的轿子消失在了青竹巷的后巷，裴宴这才坐着轿子离开了青竹巷。

"贱人！"林氏咬牙切齿地道，"难怪你阿爹会入狱！我要杀了她！"

李端没有吱声。

林氏面容狰狞地拧着李端的胳膊，低低怒吼："你听到没有？我要那个贱人死！你听到没有！"

李端吃疼，却不动声色，低低地应了声"好"。

李家的骡车晃晃悠悠地到了苕溪码头。李端扶着林氏，上了雇来的船。

裴宴这边立刻就得了消息。

"还是回了杭州城？"他放下手中的笔，问裴柒，"不是说杭州城的物业都卖了吗？他们住在哪里？是谁给他们帮的忙？"

"是沈先生。"裴柒皱着眉道，"沈先生以自己的名义在小河御街不远处给李家租了个两间的河房。"

裴宴冷笑，接过小厮递过来的帕子擦了擦手，道："也就是说，沈善言还指望着李端读书当官重振家业呢。他最近是不是有点闲？你去叫了胡兴过来。"让胡兴找点事给他做，他就没空管闲事了。

裴柒应声而去，裴宴也没有了写计划书的兴趣。

这个夏天，他在临安的时候，除了处理裴家的庶务，就是在郁家的铺子里蹲点了，不仅把剔红漆的工艺弄了个明白，还帮着郁家改善了很多不合适的地方，不仅让郁家顺利地做出了新的模具，还准备把这些写成一本册子以供郁家的人参考。郁家有了这本书，就可以吸引一些附近有手艺的人来投靠，这样，郁家的作坊生产能力会得到大幅度的提高，就能接更多的订单了。

他推开窗户，静静地吸了几口气，觉得自己得去郁棠面前邀个功了，不然这小丫头肯定把他给忘到脑后去了。

她都回去两天了，却没给自己带个信来。看来他们的婚事还是提早点好了。顾昶是九月二十六，他们定在十月初六好了。祭了祖就出嫁。他们家还可以过个好年，多好！裴宴越想越觉得不错，索性自己去翻了皇历。

只是他皇历没看几页，胡兴来了。

裴宴把身边服侍的打发走了，和胡兴筹划着李家的事："新来的乌知府是四川人，应该和沈大人没什么交情，但你也要去查一查。最近新桥镇不是出了一起媳妇杀婆母的案子吗？沈大人是当世大儒，又是县学的教谕，也应该担负起教化百姓的责任才是。县学里的事倒可以放一放。至于李家那边，街坊邻居难道不在乎和一个贪官的儿子做邻里吗？还有李家在临安的宅子，那么大，又是落难时分，这风水不怎么好啊，应该不太好卖吧？"

胡兴会意，笑眯眯地应声而去。

裴宴把没有写完的册子拿出来重新看了一遍，没有发现什么不对的地方，回房更衣梳洗，去了裴老安人那里。

裴老安人刚刚回府，正听管事禀着中秋节礼的事。

裴宴道："怎么没把郁小姐留下来帮您？"

裴老安人就哭笑不得地拿着手中的册子拍打了儿子几下，道："见过偏心的，可没见过你这样偏心的。端午节的节礼是我手把手教的她，难道她还不会不成？"

裴宴厚着脸皮道："中秋节不正好给她练练手吗？到了春节的时候您就不用管这些事了，只管和毅婶婶她们嗑瓜子、说闲话，多悠闲自在啊！"

这话里可有话啊！

裴老安人那也不是普通的女子，闻言立刻警觉地坐直了身子，道："你这话是什么意思？哦！敢情这是人还没有过门，就先惦记着我手里的管家权了！"

裴宴原来没想这么多，不过是心里总惦记着郁棠，希望想见到她的时候就立刻能见到罢了，听母亲这么一说，他也警觉起来。要是有人以为郁棠想争这管家的权力……当然，她若嫁了他，这权力本就应该是她的，可他不能让别人误会她是冲着这个来的。

裴宴嘻嘻地笑，给母亲捶着肩膀，道："只有您把管家权当个香饽饽，我才不稀罕呢！这不是家里的事多，二嫂却要忙京城里的事，我想让您清闲清闲吗！"

裴老安人对幺儿的话一句也不相信，不过，她觉得幺儿也没有说谎，他的确是不太稀罕家中的管事权。可能还是想和郁氏腻歪在一起吧！

裴老安人就白了儿子一眼，道："人家过了这个中秋节，以后不管是端午中秋还是春节都得在我们家了，你还有什么不满意的？"

"真的吗？"裴宴惊喜道，"那您是想娶个媳妇好过年，把我们的婚期定在春节前吗？"

兜了半天的圈子，原来在这里等着她呢！

裴老安人哭笑不得，拿着账册又狠狠地拍打了裴宴好几下，这才道："那你说说看，哪天是好日子？我就顺了你的意，让你哪天娶媳妇。"

裴宴可不相信他姆妈是个这么好说话的人，可他心里的确痒痒的，脑子飞快地转了转，还是道："我觉得十月就不错。等把我的婚事定下来了，我可能还得去趟京城。您也知道，我恩师家里出了事，子衿兄已经被恩师留在了京城，于情于理我都应该去一趟，安慰他老人家一下，给子衿兄出出主意什么的。"

他很想去吊唁张绍。想当初，他在京城的时候，张绍对他很是照顾。如果不是遇着他还在守孝，又有裴老太爷的临终遗言，他早就去了，不会来求裴老安人了。

裴老安人一时拿不准裴宴是想进京还是想成亲。原本她是觉得要让郁棠嫁得体面一点，最好是明年开春成亲，但现在听儿子这么一说，她又有点想让郁棠拴拴裴宴的心，觉得早点成亲也好。

"那我让你二兄去跟吴老爷说说。"她沉吟道，"你早点成亲，我也能早点放心。你的几个侄儿也能早点开始谈婚论嫁。"

裴绯的婚事也要开始准备了。

裴宴达到了目的，笑着陪裴老安人说了半天的话。

裴宣得了消息，也觉得这样挺好。裴宴他们是管不住了，看能不能用温柔乡绊着他了。

他去跟吴老爷商量。

吴老爷去了宁波还没有回来，等到吴老爷从宁波回来，已经过了中秋节。

他立刻去见裴宣，听说裴宣是为了郁棠的婚事找他，他击掌称好不说，还对裴宣道："嫁妆的事你们不用担心，我们这边都准备得七七八八的了。就算是一时有疏忽的，这不还有满月周岁吗？郁家决不会短了郁小姐的。"

别人不知道，裴宣却知道，郁家投了苏州江潮的海船，江潮平平安安把船带了回来，郁家肯定发了一大笔财。他笑着把之前和裴老安人商量的几个日子写给了吴老爷，让吴老爷带给郁家，由郁家选个日子。

吴老爷非常高兴。

裴宣索性把关于郁棠的陪嫁也挑明了："郁家只用给郁小姐准备些日常用的，这田庄、铺子，一半由遐光那边出，一半由老安人出，让他们家放心，不会亏待了郁小姐的。"

吴老爷非常意外，随后心里不免生出几分感慨，给郁文回话的时候道："到底是世代耕读之家，二老爷说这话的时候，半点不勉强，这样的涵养，这样的心胸，我还是第一次见到。你们家阿棠真的是找了个好人家。让她好好地去人家家里过，以后就算是老安人分了什么东西给二老爷这一房，那也是一碗水端平，万万不可生出什么心事来。"

郁文也没有想到。日常用的花银子就能买到，可陪嫁的田庄和铺子却不是有钱就能买得到的。他也很是感慨，回去和陈氏说了。

陈氏却另有担心，道："不会别人一看就是裴家给的吧，那还不如不要呢！"

郁文把单子给陈氏看，道："要不怎么吴老爷赞赏有加呢，你看这单子！田庄在湖州那边，铺子在天津卫，别人看了，只会觉得是我们家在附近买不到田庄和铺子，舍近求远，想办法给姑娘做面子，不会想到这些是裴家给的。"

陈氏连连点头，对裴老安人感激不尽，对裴宴这个女婿怎么想怎么好，连声道："将心比心，我以后也会把裴老安人当长辈孝敬的。"

虽说她和裴老安人因为联姻成了一辈人，可裴老安人比她年长，对郁棠又这么好,她不介意事事处处都以裴老安人为尊。

郁文在这方面没有多想,和陈氏商量着郁棠的婚事:"为了避免别人家以为我们阿棠的陪嫁不合理,我准备把我们家在苏州发了财的事宣扬出去。"

陈氏非常赞同。

没几天,临安城里的人都知道郁家和吴家发大财了。一时间来给郁棠说亲的人简直要踏破门槛。

裴宴却趁着这个机会给郁棠送了个丫鬟过来,说是给郁棠做陪嫁的丫鬟。

那丫鬟叫杏儿,比郁棠小上两岁,却长得桃眼杏腮的,十分漂亮不说,还带着几分天真烂漫,看着就让人喜欢。

陈氏大为紧张,悄悄地和陈婆子道:"不会是三老爷自己挑中的通房吧?"

等成了亲,郁棠总有不方便的时候,这个时候就需要通房丫鬟了。有能力的人家,为了拿捏住后院,通常都会带两个漂亮的丫鬟做陪嫁,让姑爷选其为通房丫鬟。当然,也有姑爷不待见的,偏偏不从陪嫁丫鬟里选,在自己从前服侍的人里选的。

郁家人口简单,陈氏之前根本就没有想过这种事。这下子不免有些慌神。

陈婆子心里跟着一紧,也想到这件事,却只能安抚陈氏:"应该不会吧!若真是这样,三老爷也算有心了,把这丫鬟送到了小姐这边来。"

两人惴惴不安地带着那丫鬟去见郁棠。郁棠看见那丫鬟却是一喜,她欢喜地指了杏儿:"你,你是……"她不记得之前这个女孩子叫什么了,只知道她进了李府之后叫白杏。

杏儿有些不解地屈膝给郁棠行了礼,介绍自己道:"多亏三老爷救了我们。"

郁棠细细问下来才知道,原来她就是那个因为投亲染病被客栈要求搬走的那户人家的姑娘。

梦中,白杏是翻过年才去到的李家。这期间她并不知道白杏当年都发生了些什么事。郁棠很是唏嘘,她把两人留了下来,还问她们:"你原来叫什么名字?"

白杏有些不好意思地道:"叫招弟。"

郁棠一愣,随后哈哈地笑了起来,道:"杏儿这名字是谁给你取的?"

白杏别开了脸,小声道:"是我自己。"惹得郁棠又是一阵笑。

陈氏和陈婆子也跟着笑了起来,悬着的心也放到了肚子里。

郁棠笑道:"行,你以后就叫杏儿了。"

杏儿欢喜地给郁棠磕头,行了大礼,留在了郁家。

陈氏慢慢地觉察到裴宴为何把杏儿送给郁棠做陪嫁丫鬟了。

这小丫头看着整天笑嘻嘻的,做起事来却十分用心,手脚麻利不说,记性还特别好。你随口报了个数字,她几天以后都能记得。郁家帮郁棠整理嫁妆的时候,什么东西放到哪里了,是谁放的,她都记得一清二楚,帮了很大的忙。

陈氏这回彻底地放下了心，看裴宴越发觉得顺眼了，就是裴宴来找郁棠玩，她也是睁只眼闭只眼的，不去管他们了。

九月初十，裴家给裴老太爷举行了除服礼。

众人祭祀了裴家先祖和裴老太爷之后，由毅老太爷主持，裴家宗房的人都脱下了麻衣，重新换上了颜色素雅的秋衫。

毅老太爷叹了口气，由裴宴和裴宣扶着，往宗房的厅堂去。

路上，他问裴宴："你的婚事定下来了没有？若是定下来了，还是早点成亲的好，你二兄也好早点启程去京城。"

他也很关心裴宴的婚事，还曾起过给裴宴做媒的心思，不过被裴老安人委婉地拒绝了，知道裴老安人这边有了人选。

裴宴大方地说了和郁家的婚事。

毅老太爷颇为惊讶，但仔细想想，也许裴老安人更看中女子的品行，他们裴家再和什么豪门世家联姻，也不过是锦上添花而已。

等知道婚期定在了十月初六，他又被惊讶了一次。

"也好。"毅老太爷转眼释怀，笑道，"我们家是要好好地办场婚事了。"还问裴宴："这个时候就应该请客了吧？请帖开始写了没有，要是没有，我来帮你写。"

毅老太爷是江南有名的书法大家，他亲自写的请帖，有些人家是会拿来收藏的。这也算是给裴宴的婚事增彩了。裴宴和裴宣两兄弟连声道谢。

裴毅既然知道了裴宴即将迎娶郁家小姐的事，裴家其他几房也就都知道了。

出于对裴老安人的信任，大家虽然有些意外裴宴的婚事这么快就定下来了，却也没有觉得太过惊讶。毅老太爷和毅老安人说起来的时候，毅老安人还笑眯眯地调侃裴老安人："她就是喜欢漂亮的姑娘、小子。你看她娶的那两个儿媳妇，哪个不是百里挑一的相貌？"

毅老太爷呵呵地笑，没和妻子议论宗房的事，而是去了书房，开始练字，务必要让裴宴的婚帖为大家争相称好。

毅老安人笑着摇头，找望老安人议论裴宴的婚事去了。

不过，裴大太太听到这个消息，已经是第二天了。她一个人愣愣地坐了半天，心里有些不是滋味。

从前，大家都觉得她高攀了，看她左也不是，右也不是。但裴宥始终站在她这边，对她温柔又体贴，让她心中得意不已。可没想到，如今她孀居避世，裴宴比裴宥更出格，娶了个不管出身还是家世样样都不如她的女子。

真是青出于蓝而胜于蓝啊！裴大太太冷笑。以后大家说起裴家的媳妇，恐怕第一个提到的就是这位郁氏了。能打破这么多的层级嫁到裴家来，还做了裴家的宗妇，不知道有多少女子心里羡慕、佩服和忌妒！

她喊了自己的贴心嬷嬷，道："二太太什么时候启程去京城，你可打听清楚了？"

那嬷嬷低了头，小声道："二太太参加完了三老爷的婚事再走，二老爷却是明天一早就走。"

这是要抬举二太太，让她当全福人啦！大太太又冷笑了一声，道："二房和三房的交情倒好。"

嬷嬷没敢搭话。

大太太又道："让两位少爷来我这里一趟。"

嬷嬷如蒙大赦，忙去请了裴彤和裴绯进来。

大太太就叮嘱自己的两个儿子："你二叔父马上要启程去京里了，走之前肯定会找你们说话。你们两个要听你二叔父的话。"

两人齐齐应"是"，可他们等了一天，也没有等到裴宣来叫他们，直到第二天清早，裴宣要走了，才拍了拍来给他送行的裴彤和裴绯，在心底暗暗叹了口气，让他们好好孝敬大太太，好好听裴宴的话，期待早日听到裴彤中举的消息。

裴彤倒没什么，裴绯却恨得咬牙切齿，觉得裴宣肯定是受了裴宴的影响，欺负他们大房失去了宗房的地位又没有了父亲，在兄长凌厉的目光下勉强地低了头，给裴宣行了个礼。

裴宣觉得有些对不起弟弟，道："原本应该留下来等你成了亲再走的，可恩师招得急……"

裴宴挥了挥手，打断了兄长的话，道："阿兄不必担心我，二嫂不是留下来了吗？你只管去忙你自己的。该争的，也不要放弃。宗房可只有你一个出仕了，等下一辈的能独当一面，还不知道要多久呢！"

裴宣明白阿弟的意思。裴家虽然有人在做官，可若是宗房不如旁支，宗房不免没有了威严，又怎么能号令其他房头呢？这是件很危险的事。

裴宣笑了笑没有说话，却紧紧地握了握阿弟的手，然后转身摸了摸儿子的头，叮嘱了女儿要好好孝顺母亲之类的话，朝着二太太微微颔首，上了船。

裴家的人站在码头上看着裴宣的船渐渐远去。

裴宣的儿子裴红轻轻地抽泣起来。

二太太搂了儿子，含着泪笑道："傻孩子，过几个月我们就能见到你阿爹了，你哭什么哭？"

裴老安人已经委婉地告诉过她，等裴宣起复之后，就让他们依旧跟从前一样，跟着裴宣去任上。就这一点，二太太在心里就对婆婆感激涕零，一辈子都不会忘记。

五小姐是跟着二太太长大的，读书写字也是二太太教的，在感情上没有弟弟那么依赖父亲，她更好奇郁棠怎么就成了她三婶。

她眼睛珠子直转，看了看裴宴，又看了看裴彤，最后决定去跟裴二小姐和三小姐八卦这件事。

裴二小姐和三小姐知道这件事的时候惊得下巴都差点掉下来了。三小姐后知后觉地道:"难怪伯祖母不愿意让郁姐姐跟我们一起玩,原来是相中了郁姐姐给三叔父做媳妇。"

尺高的账册堆满了大书案,她现在想起来还记忆犹新。

二小姐却苦恼彼此身份的转变,想想自己以后要叫郁棠为"婶婶",心里觉得很别扭。不仅如此,她还替顾曦别扭,道:"我们还好,陆陆续续都要嫁出去了,顾姐姐可怎么是好,这辈子都要被郁小姐压着,顾姐姐比郁小姐还大。"

说这话的时候,正好四小姐也得了信来找她们堂姐妹八卦,闻言立刻接了一句:"辈分和年纪又没有关系,多的是幺房出长辈的例子。不过,郁姐姐怎么会得了伯祖母的青睐,之前我怎么一点也没有看出来?"

姐妹三个凑在一起嘀咕了半天,等来了五小姐。

五小姐猜测道:"难道是因为苦庵寺的事?我记得当时祖母就非常赞赏,还让小佟掌柜帮着我们办这件事呢!"

"那是什么时候的事?"三小姐愕然,"不会是那个时候伯祖母心里就有了主意吧?"

"伯祖母可不是一般的女子,"四小姐道,"要是伯祖母那个时候就有了这样的心思,我们肯定看不出来了!"

几个人叽叽喳喳,像关了一屋子麻雀似的。顾曦很快也知道了。她不是从裴家得到的消息,而是从她的乳母那里知道郁家在杭州城大事地给郁棠置办陪嫁。

"说是要嫁到裴家去,嫁给裴家的宗主三老爷。"她乳母焦急地道,"大家私下里都议论开了,小姐,您是不是派个人去裴家问一声?"

若郁小姐真的成了顾曦的婶婶,顾曦以后遇到郁小姐都要行晚辈之礼,想想就让顾曦的乳母觉得不甘心。

顾曦骇然,半晌才回过神来,一面派了人去裴家问,一面安慰自己的乳母:"市井里说什么的都有,这还没有证实,您倒先慌了神。等裴家那边来了消息再说。"

乳母忧心忡忡,却不好再说这件事,说起郁棠的陪嫁来:"仅四季的衣裳就买了一百多匹布,加上鞋袜、被褥、帷帐,把杭州城几家绸缎铺子都快搬空了。不过,他们家出来置办嫁妆的人还挺精明的,点的都是今年新织的布匹,那几家绸缎铺子想把往年的花色卖给他们家都不成。杭州城里的人都在说,明年的春衫面料怕是要涨价了。"

冬天是做春衫的时候。

顾曦不相信。

乳母道:"我之前也不相信,可听人说,郁家之前很低调,投了海上贸易也没有吭声,要不是这次郁小姐要嫁的是裴三老爷,也不会这样大张旗鼓地给郁小姐置办嫁妆了。"

顾曦冷静地道："就算这样，郁家做海上生意应该也是这几年的事，也不可能这样给女儿置办嫁妆啊！"

在裴家别院的时候，郁棠分明还颇为寒酸的。

乳母道："我也这么说。可人家说了，这次郁家可是把家底都拿出来了。毕竟嫁姑娘只有这一次，以后就是有再多的银子那也与郁小姐无关了。"

顾曦有些走神。因为她陪嫁的事，她阿兄已经不和她阿爹说话了。她阿爹为了惩罚她阿兄，就以"孝道"的名义，天天叫了她阿兄去问话、责骂。还好她看着情况不对，悄悄地去搬了她大伯做救兵。就这样，她继母还三天两头地为长房给她做面子赠陪嫁阴阳怪气地在家里指桑骂槐。

这样想想，郁棠虽不如她出身好，却比她更幸福。顾曦眼睛微湿。

顾昶知道裴家和郁家联姻的消息却苦涩地笑了笑。裴宴，果然如他所料般大胆，娶了郁小姐做妻子。也只有他这种天之骄子，才会做出这样的事吧？顾昶脑海里浮现出郁棠娇艳的面孔。他立刻把这面孔压在了心底。

他一生最恨他阿爹这样的人，他马上要成亲了，就应该一心一意地对待新妇才是。若是他有二心，和阿爹又有什么区别呢？

顾氏兄妹各有心思，寓居杭州城的林氏却是暴跳如雷。

自从李意下狱，家里就没一件事顺利的。

不过是在市井间巷租了间宅子暂住，也不知道谁把他们家的底细传了出去，刚刚在他家做了几天工的烧火婆子就不愿意给他们家做工了，闹着要辞工。李端想加些钱，她却咽不下这口气，直接把人辞了。结果再来上工的人，一个不如一个，这个更是把他们家的米偷了回去，被她逮到了还不承认。

林氏气得几乎说不出话来，偏偏那婆子还在那里顶嘴："看你也是做过官太太的，怎么这么小气？不过是抓了你们家的一把米，怎么就不依不饶的？既然舍不得，请什么人啊！自己灶上烧去呗！"

林氏恨不得撕了她的嘴，还是李端回来，拦住了林氏，加了十文钱，打发了那烧火的婆子。

"真是倒霉起来，喝凉水也会塞牙。"林氏在那里抱怨，李端却没有说话。

他隐隐觉得是有人在针对他们家。他不想猜是裴宴做的，可除了裴宴，又没有人有这样的能力和手段了。李端就寻思着要不要见裴宴一面。有些话，还是说开了好。该求饶就求饶，该道歉就道歉，他就不相信，裴宴只有那么一点点大的胸怀。

第八十章　出阁

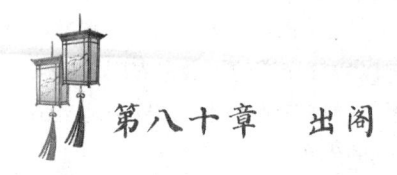

裴宴当然不会只有那么一点点的胸襟。他这段时间忙着改进郁家漆器铺子的工艺。

过完中秋节之后，他立刻约郁远在离郁家漆器铺子不远的裴家茶楼见面，把自己整理好的册子给了郁远，并亲手给郁远倒了杯茶，道："你仔细看看能不能用得上。要是能行，以后就可以解决徒弟不足和手艺外泄的事了。不过，什么事都不能以偏概全，我这法子也不见得就一定保险，但可以先用着。以后遇到事了再慢慢改进。"

郁远受宠若惊，忙欠了欠身，向裴宴道了谢，接过了他的小册子，仔细地看了一遍。等看完了，就只剩下火辣辣的脸了。他当了郁家漆器铺子二十几年的少东家，却不如裴宴这个外人仅仅两个月的观察。裴宴把所有的工艺都分解出来，分别由一个熟练的徒弟带几个学徒，这样一来，不仅提高了效率，有效地保证品质，还能降低徒弟学到手艺被挖走的风险。

"多谢三老爷！"郁远敬佩地给裴宴倒了杯茶。

裴宴皱了皱眉，道："我虽然年纪比你大，但娶了阿棠，就是你妹夫了。你不必和我这样客气。"

可"妹夫"这个称谓，郁远看着裴宴那张冷漠又完美无缺的面孔，实在是叫不出口。

好在裴宴也没有勉强他，而是继续说着刚才的话题："这个法子当然也有坏处。我看你们请的师傅都是一家齐上阵，就算每个徒弟精通一样，若是几个徒弟交情好，一起走，结果还是一样。我倒是觉得，你若是真想把作坊做起来，最最要紧的是要重新制订一份奖罚制度，让他们觉得做得好了，就有钱拿；做得不好，就没钱拿。他们觉得在你们家做工安心踏实了，自然就不太想走了。"这件事他就不好插手了。

郁远却已对裴宴佩服得五体投地了，裴宴说什么他就是什么，根本不会仔细地去想，闻言忙道："我读书少，还是您帮着我们拿个主意吧！"

但郁家的事也不能总是依靠他啊！授之以鱼不如授之以渔。裴宴看出郁远的拘谨，想了想，道："要不，你去问问裴满？自他掌管了裴家之后，就对家中的仆妇重新制订了一些规矩，你可以参考一下。"

郁远觉得这样也好，总比面对裴宴好。面对着裴宴，他不懂的也不好意思多问。

裴宴就道："那我等会儿跟裴满说一声。"

郁远连声道谢，叫了茶博士进来，要请裴宴尝尝这茶楼最有名的茶点什锦酥。

裴宴原本不想吃的，想着郁远是他大舅兄，以后打交道的机会多着呢。郁棠家的嗣子肯定得出自他们家了，有必要和郁远增进增进感情才是，遂安心地坐了下来，等着茶博士给他们上点心，还随口问起郁远的生意来。

郁远除了管着郁家的漆器铺子，私底下还参股了姚三的杂货铺子。他随口就说起姚三最近买了张盐引，想试着做盐生意，在找他入股的事。

裴宴听着心中一动，想到了彭十一找的那个高掌柜。他道："我们这边有很多人做盐引生意吗？"

郁远点头，笑道："不过，大家都是几家合起来买一张盐引。这生意虽然赚钱，可要是没有门路，拿到九边人家按着规矩给你实打实地兑换，也就是赚个辛苦钱。姚三敢做这门生意，是因为他有个朋友，认识大同那边的一个总兵。那个总兵，是海宁人。"

裴宴对武官那边不太熟悉，何况是大同的一个总兵。

但他愿意帮郁远的忙，道："你也别折腾了，我先帮你问问那个总兵叫什么，看谁和他有交情，你再决定要不要入股。"

如果确实是这样的，他们的生意就稳赚不赔了。这真是意外的收获。郁远大喜，以茶代酒，敬了裴宴一杯。

裴宴想到高掌柜的事，索性托了郁远，把高家的事告诉了郁远，让他帮着留心一下："看看这个人在大同做什么。"他现在怀疑这个高掌柜在做盐引生意。只是不知道是彭十一自己的生意还是彭家生意经里布的一个局。

郁远应下了。

两人又七七八八地说了半天闲话，喝了两壶茶，这才散。

郁远自此对裴宴赞不绝口，说裴宴敬重郁家，不因为自己两榜进士出身就看不起郁家。

郁棠听了抿嘴直笑。这家伙，关键的时候总能装模作样的，就凭他在她家人面前的表现，郁棠觉得自己嫁过去之后，得好好对待裴宴才是。

临安城的宅子卖不出去，李端在临安城里住着也不安生，何况李意那边还等着银子打点路上的差役。过完了中秋节，李端亲自回了趟临安城，他这才知道，裴宴和郁棠定了亲。

李端站在自家颓败的院子里，半晌都没有回过神来。

那么漂亮的一个姑娘家，像朵花似的，就不应该长在寻常的人家，开在寻常的庭院里。他只是没有想到，她能嫁进这样一座坚固的城堡里去。再想到顾曦，也嫁到裴家去了。好像和他有关系的两个姑娘都花落裴家了。李端心里酸溜溜的。

他派人去裴家投了帖子。裴宴不在家，据说去了苏州。至于去苏州做什么，裴家的人当然不会告诉他，他也没有打听出来。

李端就在临安多停留了两天。这一停留，他等到了专程来临安找他的彭十一。

彭十一也没有别的意思，只想让他把之前"借"给李端的五千两银子还给他。

李端听着气得发抖，可彭家依旧家大业大，他人在屋檐下，不能不低头。

"你也知道我们家是怎么个情况，我们哪里还能还彭家那五千两银子？"他沉声道，特意强调了"彭家"两个字，"要不，彭兄等我把家中这幢祖宅卖了再说？"

裴家打了招呼，李家这宅子还能卖得出去吗？

彭十一在心里冷笑，道："要不，你就作价二千两银子，卖给我好了。"

他准备把这宅子买下来送给裴宴，算是求裴宴放他一马。

李端怒火噌噌直蹿，却不敢发脾气，道："这价也太低了些。"

他们家的宅子，开价四千两，他准备卖三千五百两。

从前这一千五百两银子的差价他当然不会放在心里，但在京城为他父亲奔走的日子却让他明白，有时候一文银子也会难倒英雄汉，更不要说一千五百两银子，能让他们过上好几年的富裕日子。

李端也不想显得太软弱，让彭十一得寸进尺，颇带几分威胁地道："裴家素来乐善好施，实在不行，我准备把这宅子卖给裴家。到时候也能多还些钱给你。"

彭十一不想激怒李端，引起裴家的注意，引来不必要的麻烦。他冷着张脸道："也好。那我就等你们家卖了宅子再说。"

李端让身边的小厮送的彭十一，自己站在院子里动也没动。

跟着李端过来的忠仆忍不住道："大少爷，您就这样让他走了？那五千两银子，可是他们给老爷的孝敬！"只是这孝敬与当初彭家请李家帮着拿回那幅《松溪钓隐图》有关。所以彭十一也不敢真的和他翻脸吧？

李端望着彭十一的背影，目光森冷，道："他要是把我逼急了，我就去找裴宴，把他向我要银子的事告诉彭家的宗主。"

他直觉彭家没这么小气，给出去的银子还会往回要。传出去了，彭家还能指望谁给他们帮忙？

忠仆连连点头。

李端觉得他不见见裴宴是不行了，悄悄地在苕溪码头蹲了几天，终于等到了裴宴。但裴宴这次坐了一桅的小船，直接从苕溪码头进了裴府。

李端又递了张帖子。裴宴见了他。

他干脆也不要脸了，直接求助，请裴宴买了他们家的宅子。

裴宴有意补偿李家宗房，花三千两银子把李家的老宅买了下来。

李端感激不尽，状似无意地感慨道："说起来，种种误会都是从郁家的那幅《松溪钓隐图》引起的。要不是受了彭家之托，我家也不会去打郁家那幅画的主意了；要不是打那幅画的主意，也不会牵连卫家二公子丢了性命；要不是卫家二公子丢了性命，郁小姐也不会念念不忘，非要置我们家于死地了。现在我们家也算是报应吧！"

裴宴端着茶盏的手顿了顿，把"卫家二公子"几个字在心里念了好几遍。

李端还怕裴宴不明白似的，解释道："郁小姐原本和卫家的二公子有婚约，还相看过了。可正式下聘之前，卫家二公子去世了。因为这个，郁太太和卫太太还结拜了姐妹，郁远娶了卫太太的外甥女，两家继续做了亲家。"

这件事裴宴从前也听说过，却没有多想。但听李端这么一说，感觉又不一样了，好像郁棠还惦记着那位卫家的二公子似的。

裴宴明明知道李端的话不怀好意，他听了还是胸口像被捅了一刀似的，汩汩流着血不说，还痛得让他有些说不出话来。

他笑着端茶送了客，回到书房就气得来来回回走了几趟依旧不能让心情平静下来，干脆砸了几个茶盅，才把这怒火压在了心底。

在外面等着给裴宴禀事的裴柒听见里面的动静，不由缩了缩肩膀。

裴宴当然也有发脾气的时候，可裴宴是自小被裴老太爷当成得意的儿子养大的，加之他还有点冷心冷肺的，七八岁起就知道喜怒不形于色了。像这样震怒到毫不掩饰的地步，裴柒仔细地想了想，上一次好像还是裴老太爷去世的时候。

他不敢进去，怕被迁怒，就站在台阶上揪着旁边西府海棠的叶子。

青沅走过，睁大了眼睛。

裴柒忙向她做了个嘘声的动作，指了指书房。

青沅会意，轻手轻脚地走了过去。

书房里响起裴宴焦虑的声音："裴柒呢？怎么还没有回来？他去帮什么？"

裴柒忙丢开叶子应了一声，小心翼翼地进了厅堂。

裴宴好像已经控制住了自己的情绪，冷静地道："郁家铺子那边怎么样了？"

前几天郁远来裴府和裴满说了半天的话，回去之后写了个章程给裴宴。裴宴觉得还不错，派了裴柒过去看看事情现在办得怎么样了。

裴柒忙道："郁少东家和作坊里的师傅重新签了契书，看那些师傅的样子，都挺高兴的。还有的问郁少东家能不能介绍家里的亲戚过来做活，郁少东家都答应了。还说，等郁小姐出了阁，他准备去趟苏州和宁波，看能不能从那边接点生意。"

裴宴点头，问起了江潮："那边可有什么动静？"

裴柒道："他的船队顺利回航，轰动了苏州城。自他从宁波回苏州之后，就家家户户宴请，他这几天忙着四处吃酒。就是宋家，也派了个管事约他见了一面，说是下次江潮若是再出海，他们家也要算一份。江潮只说若是他出海，肯定算宋家一份。其他的，倒没有听说。"

如果不出海，那也就没有宋家的份儿了。裴宴下了那么大的一个诱饵，他就不相信江潮会不上钩。何况还有郁文和吴老爷推波助澜。

裴宴笑了笑，道："走，我们去见见郁小姐。"

不是去见郁老爷吗？裴柒愕然，又忙收起面上情绪，急急地跟裴宴出了门。

郁棠正在家里清点认亲时要送的鞋袜，马秀娘在旁边给她帮忙，女儿章慧则被陈氏抱去看郁文养在书房里的金鱼了。

马秀娘笑道："裴家的人可真多，还好你这记性好，要是我，早就糊了。"

这得感谢裴老安人。不，应该说感谢裴宴。

要不是他让自己提前跟着裴老安人学习管家，她哪有可能记得住裴家的这些三姑六舅？

她笑道："还好能趁着这次机会把裴家的人认个面熟，也算是件好事。"

马秀娘就笑，道："这鞋袜是谁帮着做的，针脚真好。"

郁棠侧耳听了听，见外面没有动静，这才低声地笑道："是三老爷让人送来的。听说是在江西的一家绣坊里订的。"

马秀娘大吃一惊，随后也低声笑了起来，还朝着郁棠挤了挤眼睛，道："看来他还挺细心的。"

郁棠叹气，道："有时候像孩子，一阵风一阵雨的。心情好的时候呢，体贴细致得让你都不知道说什么好；心情不好的时候，别说体贴细致了，就是说话都不耐烦。"

马秀娘哈哈地笑，道："看来你们还有得磨合。"

郁棠笑眯眯地点头，道："磨合我是不指望了。他那性子，连老太爷在的时候都不低头，何况是现在。"

马秀娘看着打趣道："看你的样子也不恼啊！"

"还真是不恼！"郁棠莞尔，有句话没好意思说。裴宴长相实在是太出色，就算是他发脾气，她看着也觉得赏心悦目，没办法真正恼怒他。

马秀娘就道："他怎么想到在江西的绣坊里订鞋袜？绣活可是我们苏杭最好，他这是怕有人知道吗？"

"不是！"郁棠笑道："就是有人去江西，从江西那边回来比去杭州那边订更快一些。"

这又是件不好告诉马秀娘的事。裴家在江西那边又买了一大块地，管事去那边签契约的时候，裴宴交代他去办的。临安还没几个人知道裴家在江西买了田庄的，郁棠觉得这件事不应该从她嘴里说出去。

两人说说笑笑的，对照着单子把鞋袜都分装好了，正准备去书房看看被陈氏抱走的章慧，抬头却看见阿苕探头朝里张望。

郁棠笑着打趣："你这是干什么呢？还有什么话不能说给章太太听的。"

阿苕不好意思地笑了笑，撩了帘子走了进来，道："是三老爷过来了，在我们家后门呢！"

这就是悄悄来见郁棠了。马秀娘捂着嘴直笑，道："还真不能当着我说。"

郁棠闹了个大红脸。

马秀娘就道："好了，你继续在这里分鞋袜吧，我得去看看慧儿有没有吵闹你姆妈。"

这就是要为郁棠保密，还大开方便之门的意思了。

郁棠红着脸道了谢，去了后院。

裴宴闭着眼睛，靠在他们家后院的墙上。明亮的日光照在他的脸上，英俊得让人不忍挪开眼睛。

郁棠静静地欣赏了一会儿，这才笑着走了过去，轻声道："你找我什么事？"

裴宴睁开了眼睛。郁棠出来的时候他就知道了，可他就是不想睁开眼睛，他有点害怕看见郁棠的脸，或者是说，怕看到郁棠平静无波的眼睛。

他不由得仔细地端详郁棠。白皙的面孔，乌黑的头发，熠熠生辉，明亮如星子的眼睛，直直地望着他，黝黑的眸子里，有着盈盈的笑意。

"到底什么事啊？"郁棠问着，被裴宴盯得有点不好意思，薄薄的红润从她的脖子一直蔓延到脸上、耳朵，甚至是目光中。

裴宴突兀地笑了一声。他怎么就被李端影响了呢？就算郁棠心里曾经有过那位卫家二公子那又怎么样？她现在看到的人是他，眼里装的也是他，而且，他有信心，让郁棠在以后的日子再也不会怀念他，再也不会想起他。

裴宴突然就把郁棠抱在了怀里。这个人是他的，必须是他的，只能是他的。他也会让她心甘情愿地待在他的身边。男子汉大丈夫，若是连这点自信都没有，娶什么老婆？

裴宴心情激荡，情不自禁地轻轻吻了吻郁棠的头顶。

郁棠脑子里"轰"的一声，被炸得找不到东南西北了。

不知道过了几息的工夫还是过了几刻钟的工夫，郁棠才回过神来。可回过神来的郁棠，最先感受到的却是裴宴带着淡淡檀香味道却让人感觉温馨的怀抱暖暖地包围着她，让她心慌意乱却又涌现出一种隐秘的快乐。

这，就是裴宴的怀抱吗？

郁棠感觉到脸上火辣辣的，身体却僵硬得骨头都是疼的。既不想离开，又知道这样不合礼仪。她该怎么办？

郁棠正在犹豫不决，就像突然抱住了她似的，裴宴又突然地放开了她。

她一脸蒙，就看见裴宴板着个脸，很严肃地对她道："你放心，我以后会好好对你的。你也好好跟着我过日子就是了。"

郁棠杏目圆瞪，根本不知道发生了什么事。裴宴已大步离开，一边走，还一边道："漆器铺子里的事你也不要担心，我派裴柒在那里盯着，有什么他会立刻来禀我，我会亲自帮大兄盯着的。"

这都是什么跟什么啊？郁棠摸不清头脑，跟着追了几步。裴宴却越走越快，很快就离开了她家的后巷。

郁棠站在原地，仔细地回忆着裴宴见到她之后的一举一动，压抑不住地在无人的巷子里低声地笑了起来。

裴宴，这是来向她表决心吗？还有刚才她追上去的时候，看见他耳朵红红的，是不好意思吗？她下次要是再见到他，得好好观察观察才是。要是他害羞的时候耳朵会红，那她以后是不是能通过这些小细节更准确地知道他的情绪呢？

郁棠慢慢地往回走，并没有因为这次突然事件影响到她待嫁的喜悦，反而因为裴宴不时私下来见她更感甜蜜。

只是等她回到家，看见马秀娘和陈氏眼底的揶揄，脸红得仿佛要滴血。

而回到家的裴宴，仔细地反省了一下自从他遇到郁棠之后的所作所为。觉得自己并没有做错什么的裴宴终于安心了很多，也有空去琢磨李端说这些话的用意了。

他在书房里冷哼。既然敢挑衅他，就要有那个本事承担挑衅他的后果。

他叫来了裴柒，道："郁家铺子那边的事由我亲自盯着。你呢，先去趟李家宗房，说李端到处叫嚷着卖老宅，我看不下去了，把他们家老宅买下来了，准备送还给他们家，让他们家派个人过来把地契过户。再去趟杭州城，见见佟二掌柜，让他帮你把李端从杭州城挤走，但又不能让他随便在其他地方落脚。"

最好就是一直颠沛流离，没心思读书。两年之后春闱，他就算是参加也只是凑人数，这样就最好了。

裴柒没有裴伍稳重，因而特别喜欢做这种"欺负"人的事。他心领神会，两眼发亮地连声应诺，小跑着出了裴家，去给李家的宗房带话。

裴宴这才觉得心情舒畅了。

当李端租房的房东告诉他，房子要收回的时候，李端就开始有点后悔在裴宴面前告状了。

他去找沈善言。

没想到沈善言正在收拾行囊，说是准备去京城，周子衿来信，想让他帮着去当幕僚。他也没有瞒着李端，直言道："临安的新任知府对我有成见，我不愿意待在临安看他的眼色，可回杭州，和你师母也是日夜争吵。我想了想，觉得说不定去了京城会好一点，就当是我去远游了。"

李端暂且没有提租房的事，帮着沈善言收拾笔墨纸砚，状似随意地道："听说裴家二老爷回京城去了，不知道他这次会谋个什么差事？"

沈善言没有多想，道："如今裴遐光不出仕了，张绍又逝世了，张家有很多东西需要重新布局，这对裴二老爷反而是件好事，说不定张家会把他也算进去。何况他恩师也不是吃素的，肯定会想办法给他安排的。"

李端妒忌的心在滴血，说起了自己遇到了困难。沈善言非常意外，仔细想想却也是意料之中的事。

就在去年，桐乡那边因为县令贪墨，死了人，大家正义愤填膺之时，不能接受李家的事，也在情理之中。

他没能像李端设定的那样联想到裴家的人，而是愣了愣之后，就颇有些语重心长地告诫李端："你看，有些事是有底线的，是一定不能做的。"这就有点指责李意的意思了。

李端想到还不知道有多少人会这样在背后议论他们家，议论他父亲，心里就觉得有些烦，可当着沈善言，这个唯一愿意在他遇到困苦的时候还亲自为他奔走的人面前，他又觉得自己应该恭敬一些才是，遂面带悔色地低头应了一声"是"。

沈善言无意多说，点了点李端就放过了他，道："既然他们家不愿意租房子给你们，那你们就重新换一家好了。我有个方外之交在永福寺做住持，你要是不嫌弃，去永福寺借住一段时间如何？等过两年，这些事过去了，也就好了。"

李端准备两年之后下场，现在要紧的是找个清静点的地方读书。永福寺虽然清苦，但好在清静。他忙向沈善言道谢。

沈善言在心底暗暗摇头，留他用了午膳，拿了自己的名帖给他，这才送他出了门。

李端顺利地住进了永福寺。林氏自然很多抱怨，想买个宅子，李端只好劝她："父亲到了流放之地还需要银子打点，两年之后我还要上京，现在能省一点是一点，等我金榜题名就好了。"

可你能一次就考中进士吗？

林氏的话到了嘴边还是咽了下去，指使着身边的婆子帮忙挂帐子，打扫房间。

只是人想得到什么，通常都难以得到。

林氏搬到永福寺后就时不时地去佛堂上香，盼着佛祖能保佑他们家事事平安，不免就会遇到些喜欢说话的香客。

这天，她又去上香，就听到了郁棠和裴宴的婚事："也算是临安城里头一份了。据说嫁妆不是在杭州城里置办的就是在苏州置办的。还有一座自鸣钟，就是那种可以自己报时辰的钟表。就是整个苏州城，也是头一份。"

旁边听的人惊呼，道："那郁家是什么人家？姑娘嫁到了裴家不说，还能陪座自鸣钟？不会也是哪户不出世的江南世家吧？"

"只说父亲是个秀才。"传话的人也不太清楚，但看得出来，对郁、裴两家的婚事颇有兴趣，道，"但也有些家底，加上视女如珠，又嫁到裴家，不想女儿受了委屈，就舍了家底帮女儿置办了嫁妆。"

众人就"啧啧"称赞，还道："找什么样的人家都是次要的，重要的是得不得父母喜爱和重视。你看顾家嫁女儿，不就闹出许多的笑话来。要我说，我要是有儿子,宁愿娶了郁家的女儿也不愿意娶顾家的女儿。"

有人附和道:"谁说不是?成亲是结两姓之好,要是娶回来的媳妇娘家根本不愿意相帮,就算是再显赫有什么用?还不如娶个家里一般,但有事了愿意帮着出头的呢。"

大部分人都点头赞同,林氏顿时怒火中烧,忍不住冷"哼"道:"那郁家是什么好人家?不过是个穷秀才罢了。自鸣钟,我看是谣传吧!就算不是谣传,那也应该是裴家为了给儿媳妇做面子,左手出右手进的吧?"

那些女香客看她的目光就像见了个疯子似的,最先说这话的妇人甚至拉了身边的伴道:"我们也走了吧!我亲眼看见的,也没必要和这些乱七八糟的人细说。反正有人就是见不得别人家好。"说完,还挑剔地上下打量了林氏一眼。

林氏立刻被她这态度刺激了。她在娘家时是娘家最受重视的女儿之一,嫁到李家后又是进士娘子,何曾被人这样轻视过,好像她是个市井里没见过世面,没读过书的妇人似的。

林氏满脸通红,上前就要和那女香客理论。谁知道那些人见了,如见了瘟疫似的,竟然一哄而散。

她气得一句话都说不出来,手直发抖,想回屋去,突然间就四肢不听使唤,倒在了地上……等李端赶过去,请了大夫来看,大夫说这是中风,只能好生养着,不能受气,不能动怒云云。

李端无奈,亲自去熬了药服侍林氏喝,林氏已然半身不遂还不忘交代李端:"不能,不能,放过,郁氏!"

他心中苦涩,点头称好,敷衍着林氏。

而得了自鸣钟的郁棠,围着那钟转了好几圈,稀罕地盯着看了半天,这才问郁文:"阿爹,您是怎么弄到的?我还是第一次听说有这样的物件。"足够给她长脸的了。

郁文得意地道:"这可不是我想到的,是江老爷想到的。"然后颇有些得意地说起了他这次去苏州的事:"他知道裴家有意抬举他,非常高兴,特意找了这座自鸣钟。我和吴老爷不好意思,又让了他十个点。"

上次去宁波的时候,江潮还说要考虑,这次却主动邀了他们去苏州,估计是打听过裴家的情况了。

陈氏端了托盘进来,正好听到句尾巴,不由道:"那说没说这钟多少钱?得把钱给他才是。亲兄弟明算账,账算清楚了,生意才能长久地做下去,也免得你欠了人情要裴三老爷还。他帮我们家的可够多了。这也是大伯的意思,说若是裴三老爷这样帮我们家,我们家都发不了家,那就是没这个命,以后也不要再麻烦裴三老爷了。"

裴宴虽然已经是她女婿了,可她还是有点不敢相信,不敢随意称呼裴宴。

郁文在钱财上向来豁达，闻言笑道："你这天天在我耳边叨念，我能不把钱给江老爷吗？你放心好了，他是个聪明人。两千两银子，已经收下了。我不管是真值这个银子还是假值这个银子，钱我是给了的。"

陈氏这才满意，把托盘里的燕窝递给了郁棠："快喝了。我托了吴太太帮着买的。"

郁棠不太喜欢喝这些，可随着婚期的来临，她姆妈开始炖各种养颜的补品给她喝，还请杨御医给她把了一次平安脉，问杨御医要不要开方子。

杨御医也知道了郁家和裴家联姻的事，对郁家比从前又更客气了几分，觉得郁棠身体好得很，不需要开任何的方子，陈氏才作罢。

郁棠像喝药似的把碗中燕窝一饮而尽。

陈氏欣慰地笑了笑，让双桃收了碗，说起了这次陪着郁棠嫁过去的两个丫鬟："杏儿好说，我瞧着非常机灵。倒是那个兰花，什么都不懂，我寻思是不是把她送到吴太太那边调教两天。"

郁家没多少仆妇，对待家中的仆妇也都颇为宽和，陈氏的确不擅长这些。夫妻两个就在那不时说着郁棠出阁的事。

郁棠在旁边听着，反而成了局外人。她不由抿了嘴笑。

忙碌起来时间就过得特别快。眨眼间，就到了十月初一祭祖。

郁文觉得今年他们家与往年特别不同，家中添了长孙不说，郁棠的婚事也有了着落，祭祖的祭品比平时更丰盛，还去昭明寺做了场佛事。

这个时候裴宴却轻车简从地见了江潮。两人商定了一些生意上的事，江潮这才摆明阵势去郁家。

郁棠出阁的事就正式开始了。

搭棚、设礼房、请灶上的师傅、请唱戏的班子，除了郁棠，郁家的其他人都忙得脚不沾地。

郁棠听着外面的喧嚣声，越发觉得自己的房间静谧了。她起身抚着挂在衣架上的大红色嫁衣，眼角眉梢都是喜悦，甚至很稚气地用手细细地顺着那些金丝线摩挲了半天。

十月初六，艳阳高照。

郁棠和平时一样起了床，午膳是相氏端进来的，还笑盈盈地向郁棠讨了个大红包。

用过午膳，吴太太带着长媳过来了。她是郁家请的全福人。

洗澡，绞面，梳头，吃了甜米酒，吴太太和长媳就帮她穿了嫁衣，煌煌耀目，明丽浓艳。就是这些日子常见郁棠的吴太太也被惊艳到，赞着"真漂亮"，躲在门外看了一眼的陈氏却哭了起来。

来送嫁的马太太和马秀娘忙把陈氏拉到了一旁。

马秀娘递了帕子给陈氏，马太太则悄声劝道："姑娘又不是远嫁，裴家又是积善之家，不论平日还是过节，想回来还不是就回来了，你这样，让姑娘心里怎么想？大喜的日子，等会儿哭花了妆可就不好看了。再说了，要哭，也不是这个时候哭，等姑娘上轿的时候你再哭也不迟啊！"

陈氏接过马秀娘的帕子擦着眼泪，哽咽道："我也知道，我这不是忍不住吗？那么小一个白白胖胖的团子，我揣在怀里，托在掌心里，好不容易长这么大了，就这样嫁到别人家去了，生儿育女不说，还要管着一家老小的日常嚼用，也不知道有没有人怜惜她的辛苦，做母亲的时候会不会顺利……"

都是生了女儿的人，马太太和陈氏能说到一块儿去，她闻言叹了口气，揽了陈氏的肩膀，道："当初秀娘出阁的时候我何尝不是和你一样的？可你看，我们家秀娘不是好好的吗？你要相信你们家阿棠，她会把日子过好的。"

两人说着，迎面碰到了满头是汗的郁远。

郁远看见陈氏顿时两眼发光，面露喜色，急急地跑了过来，道："婶婶，您看到叔父了没有？卫老爷一家过来了，叔父不见了。我里里外外都找了个遍！"

陈氏顾不得伤心，忙问："书房找了吗？账房呢？会不会在后面的花园？"

郁远摇头，道："都没有。"

陈氏跟着急起来，匆匆安排好了马氏母女，和郁远到处找郁文。

两个人好不容易在郁家后门的巷子找到了郁文，谁知道郁文却蹲在后门口的台阶上抹着眼泪。

陈氏和郁远看着停下了脚步。

听到动静的郁文却没有抬头，只是道："你让我自己一个人待一会儿。"声音里还带着几分泣音。陈氏的眼泪忍不住又掉了下来。夫妻俩抱头痛哭。

郁远虽然觉得好笑，可也跟着落下泪来。

还好郁博也找过来了，见此情景直皱眉，道："你们这是做什么呢？快，别想这些有的没的了。卫老爷一家都过来了不说，江老爷也过来了，要不是有吴老爷顶着，今天我们家可就要丢脸了。"

郁文到底是男子，很快就收拾好了心情，跟着郁博去接待宾客去了。陈氏却静静地又伤心了一会儿，这才强颜欢笑地进了屋。

那边裴家已经在准备接亲的事宜了。裴家请的全福人是裴禅的母亲。

她虽是裴家的旁支，但她不仅公婆、亲生父母俱全，嫁到裴家之后，还生了五男二女，娘家更是人丁兴旺，二十几个表兄，裴禅都认不全。裴家有人娶亲，通常都请她做全福人。

她也是难得看到穿着大红袍的裴宴，由二太太陪着过来的时候不禁打趣裴宴："三叔穿这身才叫个精神，以后也应该多穿些亮色的衣裳才是。"

裴宴长这么大，还只在小时候没有能力选择的时候穿过大红的衣衫，闻言不免有些懊恼,不自在地扯了扯衣襟。

裴禅的母亲连忙阻止,道:"可不能这样,小心把衣服弄乱了。"

裴宴冷着脸"嗯"了一声,果然不再扯衣服了。

裴禅的母亲看着又想笑。平时那么冷傲的一个人,她们妯娌私底下就不止一次地议论,不知道他成亲的时候是不是也这样。今天可算看到了。脸还是和平常一样冷冰冰的,可那眼睛却像有光,亮晶晶的,就算是压着也压不住心里的喜悦。

三天无大小。裴禅的母亲就想逗逗裴宴,却被跟着过来的儿子拉了拉衣袖,道:"姆妈,您要不要去大祖母那里打个招呼,也不知道她老人家有没有话交代给您。"

裴禅的母亲"哎哟"一声,想起这桩事来,把七岁的裴江交给了裴禅,道:"你领着他在这里等着,我去去就来。"

裴江是裴泊胞弟,家里和裴禅一样,不仅祖父母、曾祖父母都在,还从小就聪明伶俐,裴老安人就选了他做压轿的童子。

他手里抱着个宝瓶,把苹果放在了宝瓶口上,见裴禅的母亲走了,就朝着裴禅撒着娇:"禅堂兄,我手疼,你帮我拿拿呗。"

裴禅就吓他:"你去跟三叔父说。"

裴江不做声了。

裴宴不知道这宝瓶交到压轿童子手里能不能经别人的手,但听裴江这么说,还真怕他手疼,把这宝瓶交给了别人,就拿了颗糖塞到了裴江的嘴里,并道:"你好好抱着别乱放,等把你婶婶娶回来了,我就给你方歙砚。"

裴江两眼骨碌碌直转,道:"三叔父,我不要歙砚,我要您案头上的那方雕着仙鹤的砚台。"

裴宴一愣。家里人都怕他,很少有人这样和他说话。

他笑道:"你这小子,还挺有眼光的,那是方澄泥砚。不过,我既然要送你一方砚台,肯定也不会比这方差。你要想好了,澄泥砚未必比歙砚好。"

裴江眼睛珠子转得更快了,小包子脸上全是算计,道:"可我听人说,三叔父案上的那方砚,是陪着三叔父下场的砚台。"

裴泊过两年要下场了。

裴宴哈哈大笑起来,道:"你这是为阿泊讨东西呢!"

裴江不敢承认。裴宴却觉得小孩子也挺有意思的,要是他以后有儿子,最好也能像裴江这样。

他弯腰把裴江抱了起来,道:"行!到时候就把我案头上的那方砚台给你带回家去。"

裴江高兴得笑得见牙不见眼。

裴宴就道:"那你是不是把苹果也抱在怀里。"按道理,压轿的童子应该一手抱着宝瓶,一手抱着苹果的。

裴江忙应了一声，挣扎着要从裴宴的怀里下来。

裴禅生怕小孩儿把怀里的宝瓶或是宝瓶上的苹果弄落下来，上前护着裴江落了地。

裴宴就问裴禅："你准备得怎么样了？"

族里的孩子都跟着毅老太爷读书，常听毅老太爷说裴宴多聪慧。他没和裴宴直接打过交道，听裴宴这么问，他笑着把这段时间的功课跟裴宴说了说。裴宴就提点了他几句。这样一来一往的，裴宴心里的那点慌张也就慢慢地消散了。

等到他骑上马往郁家去的时候，开始苦恼晚上的洞房。

他信道，修的是道家修身养性，长生之道。长生之道首要的就是禁欲。

道家经典虽多，但他从前对这类书是不屑一顾的。现在他要成亲了，裴老夫人当然不好跟他说这些，可裴老太爷已经不在了，裴宣也去了京城，裴老安人只好托了毅老太爷跟他说这些。

毅老太爷又觉得裴宴都是这样大的人了，从小就最爱读杂书，他说多了不免会伤了裴宴的颜面，干脆丢几本书让裴宴自己去看。

裴宴倒是仔细地研究了一下。也不知道是那书画得不好，还是他本身不太喜欢这些。不看还好，看了，他脸色铁青，那一点点绮念都没了。要是洞房也这样，他怎么办……

结果娶亲的整个过程他就一直板着个脸。

陪他去娶亲的裴禅只好不停地拉着裴宴的衣角，反复地悄声道："三叔父，您笑一笑，大家都看着您呢！"

裴宴实在是笑不出来，就算偶尔笑了笑，也笑得很勉强，反而把郁文给逗笑了，心想，就算是裴遐光又怎么样，成亲的时候还不是一样紧张得说不出话来。女婿能这样就行了！他也就没有为难裴宴，痛痛快快地让郁远背着郁棠出了门。

等到花轿在噼里啪啦的爆竹声中离开后，郁文还在那里笑着摇头，倒是江潮，对裴宴的提议更心动了。裴宴这样，是想帮郁家，郁家又没有那个能力，所以需要他在前面撑着，让郁家能轻轻松松地赚些富贵钱吧！做生意的人，就怕彼此没利。要是能找到互利的利益线，这个生意就能理直气壮地长久地做下去。

江潮突然找到了自己在裴宴处的作用，一下子信心倍增。他决定再仔细想想和裴家的合作，走之前见裴宴一面，把自己的打算和裴宴好好说说。江潮有些心不在焉地喝着郁家的喜酒。

裴宴这边已经拜了堂，进了洞房。

能够不分大小地闹腾裴宴一番，裴家的人都挺期盼的。因而来看新娘子的人也格外多。大家就直起哄要裴宴掀盖头。

裴宴头都大了，不明白为什么新房挤满了人。他很想把人都赶出去，却也知道自己这么做了未免太煞风景了，觉得郁棠肯定会伤心的。

裴宴强忍着心中的不快挑了郁棠的盖头。郁棠不由抬头朝着裴宴抿着嘴笑了笑。

化过妆的郁棠相比平时更明艳，浅浅的笑，像春风吹过荒原，让裴宴觉得自己心里仿佛有片草原，冒出很多翠绿的草来。

"阿棠！"裴宴轻声喃喃，身边的那些喧哗仿佛都不存在了，只有他的心在怦怦怦地跳着。

郁棠望着裴宴，一时间也觉得有些挪不开眼睛。穿大红的裴宴可真英俊。白玉般的面庞，鸦翅般的鬓角，炯炯有神的目光里含着不容错识的欢喜……都让郁棠的心像被泡在暖流中，融化了。

"哎呀，新娘子长得可真漂亮！"新房里有人惊叹，打破了两人之间的胶着。

喧嚣声重新传入两人耳朵。裴宴和郁棠不约而同地侧过脸去，再也没敢看对方一眼。

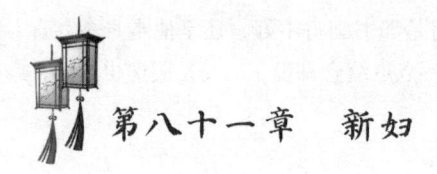

第八十一章　新妇

裴家历代的宗主都住在裴府东路的立雪堂。裴老安人也在裴老太爷去世后搬了出去，可裴宴却不愿意搬家，依旧住在他原来住的耕园。裴家的长辈们见宗房还在孝期，裴宴还没有成亲，也就没有谁去催他。

等到他的婚事定下来了，他却把婚房设在了耕园旁的漱玉山房。这下子老一辈的就有些不满了。

裴宴却什么也没有解释，执意重新装点了漱玉山房，还把一株原本种在立雪堂的银杏树移栽到了漱玉山房。

毅老太爷不免要去拜访一趟裴老安人，颇有些感慨地道："我知道这孩子孝顺。可国有国法，家有家规，您也不能任由他的性子这样乱来啊！"

裴老安人端起茶盅轻轻地吹了吹水面上的浮叶，却没有喝茶，而是放下茶盅道："你也知道遐光的脾气拗，原本这宗主的位子应该是阿宥那一房继承的，现在担子落在了他的身上，他可能也有他的打算。我看这件事啊，你们就依着他好了。他愿意住在哪里，就住在哪里好了。"

毅老太爷不免多想。难道裴宴还准备把宗主的位置还给裴宥这一支不成？这也不是不可能的。

想当初，他们从洛阳搬过来的时候，宗房无子，就是他们这一房老祖宗接过了宗主的位置。后来宗房生了儿子，他们这一房的老祖宗就把宗主的位置重新还给了宗房。以裴宴的高傲，他还真做得出来！

但毅老太爷并不太赞同这样的安排，他提醒裴老安人："不管怎么说，在我看来，阿彤和阿绯都不是合适的人选。在这件事上，大嫂您可得多指点指点才是。裴家能有今天，宗房居功至伟，可不能让我那老哥哥在九泉下不能闭眼啊！"

裴老安人何尝不是这样想的。她向毅老太爷保证："你放心，肯定不会出现那样的事的。"

毅老太爷提起的心只放下了一半，叹着气走了。

裴老安人连着几夜都没有睡好。

身边的人只当是裴宴要成亲了，她高兴的，可只有她自己知道，她这是怕裴宴真存了这样的心思，把宗主的位置再还给裴宥这一支。

她还知道，那株细细瘦瘦的银杏树，是裴宴出生那年，裴老太爷亲手种下的。裴老太爷还曾说过，希望这树能像裴宴，平平安安，顺风顺水地长成一棵参天大树。

裴宴表面不以为意，却常常给这棵树浇水，还差点把树给浇死了。如果他把这树移栽到了漱玉山房，十之八九是打定主意以后要住在漱玉山房了。

裴老安人在心里叹气。

等到闹洞房的人散了，大家都各自歇下了，她却思绪万千，怎么也睡不着。

陈大娘领了人进来给她点了安神香。

可她却突然不想睡了，想起了她和裴老太爷刚成亲的那会儿，两个人常常并肩躺在床上，憧憬着未来，生几个孩子，若是儿子要怎样，若是女儿又应该怎样教养……可如今，他丢下她走了，留下她一个人在这世间煎熬着。

裴老安人突然悲从心起，泪眼婆娑。

陈大娘忙道："您这是怎么了？要不要我给您读读佛经？或者是我们去老太爷的书房里坐会儿？"

裴老太爷的书房还保留着，陈设一如他生前，按着四季的不同换着陈设。裴老安人有点想那个陪伴了她半生的人。

她点了点头，声音有些嘶哑地道："也好。我们到老太爷屋里去坐会儿。"

陈大娘松了口气，吩咐丫鬟们拿了披风、手炉过来，虚扶着裴老安人往立雪堂去。

昏黄的灯光照在青石板的甬道上，泛着温暖的光芒。

陈大娘轻声细语地劝着裴老安人："如今三老爷也成了亲，再过上些日子，老安人您就要再添孙子孙女了。到时候这院子里就该热闹起来了。三太太毕竟年轻，还有很多不懂的，到时候孙子孙女的教养还得你在旁边帮着看着点。您可得保重身体，让三老爷的孩子也像钱家宗房的几个孙子一样，个个都会读书才行。"

裴老安人想起了幺儿小时顽皮的样子，顿时觉得心情大好，忍不住"扑哧"笑出声来，道："我哪有你说的那么重要？他们两个都是聪明人，没有我，他们肯定也能做得很好。"

说着话，她突然不太想去立雪堂了。她站在甬道口沉思了片刻，对陈大娘道："我们去漱玉山房。"

陈大娘吃了一惊，很想问"您去那里做什么？总不至于要去听房吧"，但随即她就知道自己想岔了。

裴老安人可不是这样的母亲。

她随着裴老安人去了漱玉山房。

宾客已散，漱玉山房静悄悄的，只有几个守夜的婆子打着哈欠在那里打扫着院子。红红的爆竹纸炸得到处都是，红彤彤的一片，像铺着一层红毯，非常喜庆。

有婆子要去禀告青沅，却被裴老安人阻止了，她道："我就来看看，你们不要惊动了三老爷和三太太。今天可是他们的洞房花烛夜。"

婆子赔着笑，不知道如何应对。

裴老安人就对那婆子道："你也陪我一起吧！若是遇到了遐光院里的人，你也可以帮着打声招呼。"

裴家很大，像裴老安人这样的，未必就每个房头的人都认识，何况裴宴前些日子又重新调整了家中仆妇的差事。

那婆子立刻恭敬地应"是"，陪在了裴老安人身边。

裴老安人就问她："现在漱玉山房的大丫鬟还是青沅吗？青燕呢？她负责耕园？两边的人没有合并吗？你原是在哪里当差？什么时候调过来的？只管外院的清扫吗？你可知道三老爷移过来的那株银杏种哪里了？我想去看看。"

"知道！"婆子答着，一面领了裴老安人住移栽的银杏树那里去，一面回答着裴老安人，"我原就是漱玉山房负责清扫的，三老爷搬过来之后，依旧让我当差。耕园和漱玉山房的人没有合并，燕姑娘依旧负责耕园，青沅姑娘调到这边来了，具体到时候谁负责些什么，还要等三太太认过亲了，重新安排……"

漱玉山房之所以叫山房，是因为它建在一个小山坡上，地势高低起伏，颇具野趣。

裴老安人由陈大娘和那婆子扶着，走到了半路竟然下起了雨。

雨不大，淅淅沥沥的，却颇有缠绵不绝之态。

陈大娘大急，不由道："冬雨伤人，我们还是折回去吧？"又吩咐那婆子："还不去找把伞来！或者是叫抬肩轿来。"

"不用了！"裴老安人驻足，转而朝旁边的一座凉亭去，"我们在这里歇歇。"

陈大娘不敢让裴老安人立在雨中，想着先避一避也好。

那婆子却精乖，冒着雨就往山下跑，一面跑还一面道："您和老安人等一会儿，我这就去拿伞。"

如果能叫抬肩轿来就更好了，只是别惊动了三老爷才好。

陈大娘暗暗称赞。

裴老安人却突然指了凉亭下的一株银杏树，道："你看，那是不是从前老太爷种的那一株？"

陈大娘提了灯，仔细一看，那树上还绑着条崭新红布带子，正是裴家花匠常用的法子。

"还真是啊！"陈大娘走近了，踮着脚又多看了几眼，确定道，"我瞧着那树干上还模模糊糊地刻着两个字。"

裴宴小的时候，因为顽皮不肯背书，曾被裴老太爷在树下罚站。他罚站的时候也不消停，在树上刻了两个裴字。

"可惜有点远，看得不是很清楚。"陈大娘道，"要不我下去看看，您坐在这里别动。"

"不用了。"裴老安人看着这雨有越下越大的趋势，有点后悔自己的任性了。若是她生病了，裴宴新婚就要侍疾，这不是折腾他们两口子吗？

她道，"我们明天来看也不迟。等那婆子拿了伞过来，我们就回去吧！"

陈大娘也就没有坚持。

裴老安人走了过去，发现那株银杏树旁边还有株芙蓉花。

十月的天气，一树的花苞，明明是晚上，却如春花遇春雨，悄然地绽放花萼，露出些娇嫩的红色花瓣，挣扎着要盛放般，累累的花枝都有些承受不起似的，在那笔直高大的银杏衬托下，莫名透露出"侍儿扶起娇无力"的旖旎。

裴老安人失笑。

是家里太久没有看到这样肆意的花树了吧？

自从老太爷去世，他家三儿看到这样的花树就烦，家里的人哪个不围着他转，自然是以他的喜好为喜好，没等花期就把花捏了。

这株芙蓉树能留下来，不知道是因为这些日子众人都忙着裴宴的婚事忘了，还是因为地势偏远，没有人注意到，可在这夜色中，却让人生出几分暖意，看出几分潋滟。

也挺好！裴老安人决定交代漱玉山房的人一声，若是裴宴不交代，就别把这些花捏了。到时候开出一树丽色，会格外好看。

裴老安人由丫鬟婆子们簇拥着回了房，留下那一树花蕾，被那细细的雨丝轻叩，一滴又一滴，直到那花蕾哆哆嗦嗦地绽开一角，然后被攻城略地般强行进入，直落花房，毫不设防地被迫开出第一朵花为止。

雨势时大时小，噼里啪啦到天快亮的时候才停。青沉已经收拾打扮好了，准备去新房服侍。

服侍她的小丫鬟推开窗，望着还带着几分湿意的地面和泛着鱼肚白的天空笑道："三老爷这婚期可选得真好。前几天艳阳高照的，等到新娘子进了门，宾客都散了，才开始下雨。可谁知道这雨才下了一夜，天亮了，新娘子要认亲了，雨就停了。昭明寺的大师父们可真厉害！"

这是好兆头。青沅也觉得郁棠的运气很好。她笑道："这日子可不是昭明寺算出来的，是三老爷随的皇历，自己定的。"可见还是三老爷更厉害。

她又叮嘱身边的小丫鬟们："以后可不能'新娘子''新娘子'的，要称三太太。"

众丫鬟齐齐应"是"。

青燕带着两个丫鬟过来了。

青沅看了看天色，觉得裴宴和郁棠应该没有这么早起，遂请了青燕到屋里坐，问她怎么这么早就过来了。

青燕比青沅大两岁，按理可以放出去了。但她不愿意出府，求了裴老安人，等郁棠进了门，就会自梳。若是郁棠用她，她就跟在郁棠身边；若是郁棠无意抬举她，就会去裴老安人身边服侍。

她笑道："这不是怕你这边忙不过来，我早点过来，看看有没有什么能帮得上你的。"

青沅给她斟了杯茶，笑道："还不知道三太太是怎么安排的呢，要等正房那边发话。"

青燕也不急，向青沅打听消息："听说三太太只带了两个丫鬟过来，一个叫杏儿的，一个叫兰儿的，没有带陪嫁过来。这两个丫鬟你都打过交道吗？知道是什么性子吗？"

裴宴和裴老安人给郁棠做面子，嫁妆单子上写着陪嫁的丫鬟四个，陪嫁两家。她们这些身边的人却知道，真正从郁家带过来的只有杏儿和兰儿。

青沅进府的时候曾经得到过青燕很多的照顾，她也有意帮衬青燕，闻言道："我从前和三太太身边的双桃颇有些交情，但她九月份嫁了人，这次跟过来的两个小姑娘我也是第一次打交道，不知道什么脾性。不过，三太太为人很宽和，想必不是那刁钻的人。"

能做到裴府主管一方的大丫鬟，青燕并不怕谁刁钻，只怕得不到郁棠的信任。

两人又说了会儿郁棠的陪房。

郁棠另两个"陪嫁"的丫鬟都是裴宴亲自挑的，她们也没有见过，不知道是从裴家哪个田庄里选的，还是从外面买的。

青沅和青燕都有些担心。

青燕只好安慰青沅："累枝和柳絮她们都在三太太身边服侍，两房陪嫁也是认识的，若是这样都被三太太身边的人给涮了，我们也没脸待在裴府了。"

青沆也这么认为。

她笑着点头，见天色不早了，叫了个小丫鬟过来陪着青燕，自己领着柳絮和累枝她们去了裴宴和郁棠的新房。

不承想裴宴已经起了床，而且已经收拾梳洗停当了，正拿着把镏金的小剪刀对着那盆放在郁棠书房供观赏的兰花剪枝。

青沆忙上前给裴宴行了礼，还用眼角的余光飞快地睃了裴宴一眼。

裴宴穿了件银红色杭绸素面直裰，眼角眉梢都含着笑，更映衬着他风度翩翩，卓然如玉了，让青沆这个逼迫自己视裴宴美色如无物的人也忍不住心里怦怦地乱跳了两下，这才开口道："三老爷，三太太洗漱的热水我们是先放在这里还是倒在盆里？"

这么简单的问题，裴宴居然犹豫了一会儿，看了看厅堂的自鸣钟，这才道："你们等一会儿，我去叫了三太太起床。"

青沆等人自然不敢乱动乱看。

大家静心屏气的，隐隐可以听见内室动静。

郁棠慵懒地呢喃，裴宴耐心温柔地低语，不一会儿，就传来穿衣服的窸窣声。可以猜得到，他们应该是自己在穿衣服。

青沆心腹的小丫鬟忍不住和青沆悄声道："三太太身边服侍的昨天晚上没有当值吗？"

青沆生怕裴宴听见了，恨恨地瞪了那小丫鬟一眼，转身对青莲小声道："你们等会儿进去给三太太梳头，眼睛别乱看。"

青莲和青蓉俱抿了嘴笑，脸上红彤彤的，不住地点头。

好一会儿，内室的动静才停下来。她们听到裴宴喊"进来"。

青沆垂手敛目，领着丫鬟们鱼贯着进了内室。

内室不知道什么时候把窗棂打开了，十月的寒风直往窗里穿，还好屋里已经烧起了地龙，不仅不觉得冷，还因为这冷冽的空气让人精神一振。

青沆再抬头望去，只见郁棠和裴宴一样，也穿了身银红色杭绸素面的衣裳，虽然说男女有别，款式不同，但看得出来，是出于同种料子。

她已经坐在了梳妆的镜台前，头发草草地绾了个髻，簪了一根一滴油的金簪，床铺已经收拾得很干净，龙凤喜被已经叠好，整齐地放在床上。

看见青沆，她朝着青沆笑了笑。

那些小丫鬟只觉得郁棠笑靥如花，明艳照人，都被惊艳到，在心里直呼"漂亮"，只有和她接触比较多的青沆看出来了，她笑得颇为羞赧。

新娘子应该都这样吧？

青沆也朝着郁棠笑了笑，然后开始指使小丫鬟们给郁棠打水洗脸，梳头妆扫，收拾房间。

郁棠自然是非常配合，甚至在戴什么样的首饰的时候，还听从了青莲的意见，选了全套的累丝金凤。可收拾房间的小丫鬟们就有些不自在了。

裴宴始终坐在床上，看着青莲她们给郁棠梳头。

那床上是收拾还是不收拾呢？两个小丫鬟用眼神朝青沅求救。

以青沅服侍裴宴的经验，这个时候当然是不能去打扰裴宴的。她轻轻地朝着两个小丫鬟摇了摇头，等到郁棠打扮好了，柳絮和累枝端了早膳进来。

食不语，寝不言。郁棠和裴宴虽然都没有说话，但裴宴从始至终都在照顾郁棠，一会儿让青沅给郁棠盛碗乌鸡汤，一会儿夹块雪花糕到郁棠的碟子里。快吃完了，他还破天荒地对郁棠说了句"你多吃点"。

这是做了亏心事吧？郁棠羞得不敢抬头，心里却腹诽不已。昨天晚上那么强势，现在跟她低头，她才不会轻易地原谅他呢！

想是这么想，见裴宴这样待她，她心里不由得又软又甜，觉得昨天晚上的事好像也不是那么不容易接受了，而且，她还有意无意地很想往裴宴身边靠，好像只要挨着他，心里就非常快活似的。

她怎么这么没有出息呢？郁棠有些郁闷，狠狠地拿筷子捣了捣碗里的糕点。

好不容易吃完了饭，郁棠带着柳絮和累枝，随着裴宴出了新房。看样子裴宴准备先祭祖、认亲。

青沅匆忙地交代了几个继续留在房间里收拾的小丫鬟，也跟了过去。

裴家的祠堂在天目山脚下，但在裴家的祖宅也设了一个小一点的祠堂，平时敬香什么的就在这边，清明等节日就去天目山脚下的祠堂。

郁棠要成亲三个月之后才能正式入族谱，那个时候才需要去天目山的祠堂。今天的祭祖，就在裴府的小祠堂里举行。

她跟在裴宴身后慢慢地朝小祠堂去，一路上绿树成荫，景致如画，眼帘所见，处处不同又处处相似。

郁棠不由对裴宴心生感激。要不是他让她提前熟悉了解过裴家，她这样嫁过来，肯定会一头雾水，走个路都要迷路。

裴宴却有些担心她的身体，回过身来低声问她："你还好吗？"

郁棠顿时脸上火辣辣的，忙撇清似的道："我，我挺好的。你快在前面带好路，别让长辈们等了。"

裴宴笑了笑，却突然停下了脚步。

郁棠猝不及防，差点撞到他的身上。她嗔怒地瞪了裴宴一眼。

裴宴却眼里带着笑，神色间带着纵容地看着她。这让她想到昨天晚上他吻她时的模样。

她还傻傻的什么也不知道，痴痴迷迷地瞪着他的俊脸，就这样让他得逞了不说，还主动地凑了过去……

郁棠的脸更热了。她色厉内荏地低声道："你，你要干吗？"

他不想做什么。他就想摸摸她。裴宴想着，就伸手摸了摸郁棠如新剥的鸡蛋般白嫩滑溜的脸。

郁棠眼角余光里全是丫鬟们目瞪口呆的面孔。她羞涩之极，想也没有多想地"啪"的一下打落了裴宴的手。

裴宴一愣。

郁棠也一愣。

她当然知道昨天晚上的事是每对夫妻都应该做的，出阁前，她娘还怕她不懂，专程让吴太太跟她说了半天，她也不是不喜欢裴宴这样那样地待她……可知道是一回事，经历又是另一回事，她不免有些慌张，所以才会……她可不是有意的。

郁棠低下头，垂着眼帘。从裴宴的角度望去，会看到她鸦青色的睫毛，像被雨淋了般，无力垂落着，还有几分狼狈，让他无端生出几分怜悯，随后又觉得好笑。这小丫头，刚嫁给他就又伸出了爪子，稍不如意就要挠他一把。可这样精神抖擞的郁棠，却更让他稀罕。

他干脆一把搂住了她，在她耳边低语道："好啊！胆儿肥了，都敢打我了，看我回房之后怎么收拾你！"

郁棠脑海里浮现出上次裴宴说这话时的情景。她两腿一软，要不是裴宴搂着她，她觉得自己会打个趔趄。

"你，你，休想！"郁棠说着，推开裴宴就跑了。

她身后传来裴宴"哈哈"的笑声。那笑声，不仅响亮，还很畅快。

这混蛋，就知道欺负她！郁棠在心里腹诽着，却不知道自己的嘴角轻翘，弯出一抹甜蜜的微笑来。今天可是认亲的日子，她当然不好真的把裴宴丢下。她跑了几步，就慢慢停下了脚步。

裴宴看着暗暗直笑，快步追上前去，决定不再逗她，跟她说起自己的打算来："去姆妈那边祭了祖，认了亲，中午就在姆妈那边用膳。回来后你看要不要歇会儿。要是要歇会儿，我们就先睡个午觉，要是还有精神，不想歇的话，就和我们身边服侍的人都见见。晚上估计也得去姆妈那里用膳。晚上回来我们把明天回门的东西准备好了，明天我们早点起来，一起去青竹巷。你觉得如何？"完全是一副商量的口吻。

郁棠惊讶地望着裴宴。

裴宴不由笑了起来，道："难道这不是我们俩的事？当然得由我们两个人一起决定！"他父亲在世的时候，就是这样和他母亲处理家里的事的。

郁棠心里有一点点高兴。她笑眯眯地点头。

裴宴想到她那样害羞，怕她等会儿见到家里的人不自在，又安抚她："家里的人你也别太在意，你最终是要和我、和姆妈一起过日子的。其他的人，你觉得合得来的，多来往；合不来的，面子上顾着就行了。至于裴家之外的人，就更不用在意了。你现在是裴家的宗妇，代表着裴家，不敬重你，就是不敬重裴家。若是遇到这样的糊涂人，你大可不搭理，有什么，让他们冲着我来好了。"

话说到最后，他声音有点淡漠，让郁棠不由想起自己初见到裴宴，也是这样的高冷，这样的倨傲。这才是裴宴真正的想法吧！郁棠猜测着，不免心生向往。一个人，能按照自己的喜好生活，得有真本事才行吧！她不禁就拉了拉裴宴的手指头，低低地"嗯"了一声。

裴宴手指传来一阵温暖细腻的触感，让他突然有种心被填满的餍足感。或者是因为新婚燕尔吧？成亲之前他还怕自己很讨厌夫妻敦伦，谁知道成亲之后他却像得到了一个好玩的玩具，爱不释手。只怪那些画画得太难看了。若是有机会，他觉得他可以自己画一本。就照着阿棠的模样。

他朝郁棠望去。郁棠不谙世事般朝着他甜蜜地微笑。那模样，说多无邪就有多无邪。裴宴也笑了笑。骤然间觉得画画不太好。他活着的时候自然只有他一个人能欣赏，若是他不在了，或是有个什么闪失流传出去了……他只是那么一想，就觉得非常不高兴了。还是想想别的办法吧！

裴宴面上端庄肃然，心里却一团乱麻般乱七八糟地和郁棠到了裴老安人住的地方。

裴家的祠堂就离这里不远。他们先去给裴老安人问了安。

裴老安人虽是孀居，可裴宴新婚，她破天荒地穿了件枣红色遍地金的通袖薄袄，戴了缀绿松石的额帕，看上去富丽堂皇的，十分雍容。

她望着眼前的一对璧人就笑了起来，等他们行了大礼就朝着郁棠招手，拉了郁棠的手叮嘱裴宴："你现在也是大人了，以后行事除了要更稳重一些，还要记得做事要顾着家中妻小。"

裴宴恭敬地一一应答。

裴老安人就问他们用过早膳没有，知道他们已经吃过了，这才道："去吧！快到吉时了，你们先去给祖宗们上几炷香，再到我这边来。"

认亲的仪式在裴老安人住的地方。两人应诺，去了不远处的裴家小祠堂。

毅老太爷等都在那边等着，他们也都换了华服，由毅老太爷带着，他们去上了香。

回到裴老安人这里，家中的女眷和近亲已经到了齐了，叽叽喳喳的，满院子人，还有好几个小孩子在院子里乱跑，各自的乳娘或是大丫鬟满头大汗地跟在他们身后叮嘱着，那场面，堪比过年。可在裴家老一辈的眼里看着，这就是人丁兴旺的表现。

毅老太爷甚至捏着长须笑道："仔细看着点，别让他们跌倒了。"

身边的管事自然是垂手恭立应"是"。

大家就准备穿过院子去大厅，几个小孩子却不怕生地一拥而上，或是抱着毅老太爷的腿，或是抱了裴宴的腿，喊着"三叔父"或是"三叔祖父"，讨要红包。

毅老太爷哈哈大笑，抱起了其中一个抱着他大腿的孩子，和善地对抱着他大腿的其他两个孩子道："你们抱错人了，今天可是你们三叔父成亲，不能抱叔祖父。"

几个孩子懵懵懂懂的，望望这个，望望那个，微蓝色的大眼睛如纯净的晴空，让人看着就心里变得柔软起来。

郁棠忙朝着跟在她身后的杏儿看了一眼。杏儿立刻上前递了一大叠封红。

郁棠正要给几个孩子一人一个封红，就听见几个孩子中年纪最大的一个嚷道："成亲要穿红衣服，要找穿红衣服的三叔父要红包。"

其他几个小萝卜头听了，立刻丢下了穿着酱紫色银红色五福团花直裰的毅老太爷，朝裴宴拥去。

被毅老太爷抱着的孩子还挣扎着要下来。毅老太爷呵呵地笑。他身边的随从立刻把孩子从他身上抱下来。小孩子就迈着小短腿也朝裴宴跑去。

郁棠抿了嘴直笑，忙一个个都递个封红。

小孩子们都被教得很好，一个接着一个来领红包，领了之后还奶声奶气地说"谢谢三叔母"或是"谢谢三叔祖母"。

郁棠在家里是小字辈，刚嫁过来就被人称"叔母"还好，被称"叔祖母"就有点刺激了。她不好意思地望了望裴宴。

裴宴却正朝着她微笑。郁棠只好低了头，轻轻地摸了摸小孩子的头顶。

小孩子们的乳娘或是大丫鬟们纷纷上前抱了各自的小主人。

毅老太爷领着他们进了厅堂。

中堂摆着罗汉床，裴老安人坐在右边首位，左边的首位则空着。几位老安人坐在裴老安人下首，其他的裴家女眷则按辈分大小坐在几位老安人的身后，男子则被安排坐在左边。

因为毅老太爷他们领着裴宴夫妻去了小祠堂，右边靠近下首的位置也都空着。大太太坐在那里陪着几位老安人说着话，二太太则指使着家里的丫鬟上着茶点，招呼着家里的亲眷。

郁棠进门，大太太撩起眼皮子看了一眼，嘴角泛起一丝冷意，然后继续和几位老安人说着话，像没有看见她似的。

二太太则是忙得不可开交，只是朝着郁棠点了点头。

郁棠则一眼就看见几个伸长的脖子。是五小姐她们。郁棠不由脸一红。自她和裴宴正式定下亲事，她们还没有见过。

五小姐和四小姐就嘻嘻地笑。

郁棠赧然地回了她们一个笑。

她们就笑得更欢畅了。

郁棠顾不得和她们打眼眉官司，司仪官开始唱和，她和裴宴要开始给家中的长辈们敬茶了。

裴老安人给郁棠的认亲礼是一张银票，郁棠没好意思打开看是多少。

大太太送的是一套青金石的头面，二太太送的是一套琥珀头面，价值都差不多。

其他的裴家女眷或送的是一对金簪，或送的是一对金手镯，相比寻常人家，自然是颇为贵重，可相比裴氏这样的江南世家，却很是普通。

这让郁棠心里松了口气。从今天开始，这些东西就算是她小家的收入了，她收多少，以后就要还别人家多少的。裴家内部这样随礼，让她比较没有压力。

她给裴家还礼一律是两双鞋子两双袜子，然后按着辈分或添一份额帕或添一对扇套之类的。

裴家的亲戚很多，闹哄哄的，很快一个上午就过去了。大家留在裴老安人那里用午膳。

裴家的几个小辈就拿了酒来灌裴宴，还嚷道："昨天让三叔父（三叔祖）跑了的，今天必须补上。"

裴宴也放开了，来者不拒，还和几个小辈打起了机锋，你来我往地灌着酒。

郁棠看着有趣，二太太却笑着颇为无奈地告诉郁棠："当初你二叔就是这样被灌醉的，你也小心点。你们明天还要回门呢！"

"那怎么办？"郁棠也没有办法。这些都是场面上的事，大家也是趁着这个机会要玩闹一番，若是板着脸不接招，未免也太扫兴了。

二太太也没法子，道："那我吩咐厨房给三叔做好醒酒汤，你到时候记得喂他喝就是了。"

郁棠感激地点头。

大太太无语地瞥了两人一眼，望着和裴禅等人一起灌裴宴酒的儿子若有所思。

裴宴再次装醉逃过了几位小辈的酒，但到底还是有点头晕，回到新房就指使郁棠，一会儿要喝水，一会儿要吃糖，一会儿又要洗脸，别人服侍还不行，非要郁棠不可，服侍的时候还拉着郁棠的手不放，只要郁棠有抽手的意思他就哼哼，弄得郁棠紧张得不得了，差点就去喊了大夫。

裴宴就懒洋洋地道："你们上次说的那个医婆，后来又请她去别院给你们艾灸了没有？要是觉得这个还老实本分，就把她留在我们家好了。你以后有个头疼脑热的，也可以挡一挡。"

裴家族人不少，大家聚居在一起，有些事就不可避免地会让人知道，特别是像这种请大夫的事。临安城只有那几个大夫，医术高明的就更少了。裴家是临安城最显赫的人家，谁不舒服都会找这几个大夫，谁家的谁得了个什么病，就算一时不知道，过两天也就都知道了。

裴宴不想郁棠的事被别人知道。

郁棠发现裴宴特别不喜欢别人知道他的事。

她从小在市井里长大，各人家中的仆妇聚在一起就喜欢家长里短的，有什么好事了，仆妇们还喜欢炫耀，因而谁家有个什么事都逃不过邻里的耳朵。

郁棠也习惯了这样的生活氛围。

不过，她现在嫁到裴家，就应该遵守裴家的规矩才是，特别是裴宴，他们以后要生活在一起，就更应该彼此尊重相互的习惯才是。而且裴家的事也的确不太好往外说，比如在江西买田庄的事。

郁棠暗暗记在了心里，道："后来姆妈请史婆子来过两趟，感觉这个人还好，不过我没有接触过，要不要请到家里来，还是问问姆妈好了。"

裴宴觉得郁棠说得有道理。主要是这医婆擅长的是艾灸，裴老安人用得更多一些。

他就随手钩了郁棠的禁步，拿在手里把玩道："那你等会儿去问问姆妈。"

郁棠有些不好意思。

裴宴就告诉她："俗话说，远亲不如近邻。为什么呢？就是因为近邻接触得多。人和人之间也是如此，走动得越多，了解得就越多，感情也就越好。大嫂那里就不用说了，二嫂为人和善，却没有什么决断，家里的事常常要二哥给她拿主意，姆妈就想让她跟着二哥过日子，这样他们三四人，二嫂管起来也不吃力。我们肯定是要跟着姆妈一起过的，姆妈的性子要强，只有委屈你多让着她老人家一点了。"

郁棠觉得这不是个事儿。她是晚辈，原本就应该孝顺长辈。何况裴老安人不是不讲道理的妇人。她笑着保证道："你放心，我肯定会听姆妈的话的。"

这原本是句极温驯的话，可裴宴听了，却心里微微觉得不满。也不能愚孝啊！

他忍不住又道："但你也别太委屈自己了。姆妈要是有什么地方做得不对，你别跟她顶嘴就是了，回来告诉我，我来想办法。"

晚辈还敢跟长辈顶嘴的吗？郁棠睁大了眼睛瞪着裴宴。

裴宴哈哈地笑，翻了个身，趴在床上对郁棠道："我小时候就常常和阿爹顶嘴，阿爹好几次气得要把我从家族除名。"说到这里，他想到了去世的父亲，面露黯然，又翻了个身，仰躺在床上，也不玩郁棠的禁步了，以手枕在脑后，长长地叹了口气："要是阿爹还在就好了。他知道我成了亲，肯定很高兴的。"

郁棠知道他孝敬裴老太爷，为此还把家里开得热闹的花都掐了，看他这样子，不由心疼，温声地安慰他："等过了腊月，我们去给阿爹上香吧！还可以请了昭明寺的大师父们做场法事。"

裴宴觉得这件事不错，道："阿爹信道的，我们请上清观的道士给阿爹做法事好了。"

他说完，开始大谈道教和佛教之间的不同。

郁棠还是第一次听说，不由听得津津有味的，看着裴宴说的时间长了，还亲自给他斟了杯茶。

这么枯燥的话题两人都能一说一下午，要不是青沅提醒他们，快要去裴老安人那里用膳了，他们估计还能继续说下去。

裴宴不禁眉眼带笑。他已经很久没有和人聊天了，没想到郁棠对他说的话题还挺感兴趣。也许，他可以教郁棠读书？裴宴在心里琢磨着，郁棠则暗暗后悔，道："看来只有等晚上回来才有空见见漱玉山房的人了。"

裴宴却不想。他道："黑灯瞎火的,你能认清楚几张脸啊！等我们回来再说吧！"

去裴老安人那里用过了晚膳，裴老安人把两人留了下来，交代了半天回门应该注意的事，又叮嘱了裴宴几句"不可板着脸""我知道你不是发脾气，可别人不知道"之类的话，这才放了两人出了门。

但两人一出门，裴老安人就对陈大娘道："你看遐光，是不是有点从前顽皮好动的样子了？我今天让他对他岳父和颜悦色一些，他居然瞪了我两眼。他小时候，不愿意做功课的时候，他阿爹说他，我若是在旁边，他就这样朝我瞪眼。"

陈大娘奉裴老安人之命去重新检查了一遍郁棠他们回门带的东西。

次日，郁棠起了床。

裴宴在厅堂里摆弄着几盆君子兰。

他一身青竹色织暗纹竹叶纹的杭绸直裰薄袍，面如冠玉，在晨曦中发着光，如珠玉在侧般让人相形见绌。

裴宴回过头来朝她笑着说："起来了！不着急,时间还早,大兄没这么快过来。"

临安这边的风俗，姑娘家回门，娘家的兄弟要带了装着吃食的攒盒过来接。

郁棠怕郁远来得太早，遂比昨天起得早，挣扎着起了床，见裴宴这么说，只好不理。

裴宴知道她害羞，也不恼，让青沅送了碗熬了一夜的乌鸡党参汤，道："先垫一垫肚子。"

郁棠也的确饿了，连喝了两碗汤。

郁远过来了。他先去给裴老安人问了安，再过来接郁棠和裴宴回门。

裴宴按礼数请他用了早膳，然后大家一起回了郁家。

郁棠出阁弄得十分热闹，他们回门还有邻里特意等在门口看。

裴宴也颇为大方和气地和邻里们打着招呼，那些邻里不停地称赞他有风度，有气质。

郁文知道了自然高兴，亲自出了厅堂迎接新姑爷。裴宴也把女婿的姿态做足了，让郁家的人都非常满意。

郁棠则被家里的女眷叫到了内室，陈氏更是紧张地拉了她的手问："怎么样？你嫁过去之后裴家待你还好吧？姑爷有没有好好照顾你？"

就裴宴那种照顾，不是让她一夜不能睡就是让她不要怕和别人吵架，还好她是个老实人，听听就算了，要是换了其他人，还不得把家里弄得鸡犬不宁。郁棠在心里腹诽着，却直觉地认为这种事就是母亲也不好意思说，前者羞赧，后者是怕家里的人误解裴宴。

她只好含含糊糊地道："挺好的！不管是三老爷还是老安人，待我都挺好的。"

陈氏还有些不相信，上下地打量着郁棠。

王氏看了在旁边直笑，道："你看姑娘这样子，是不好的样子吗？她既然不想说，你就别问了。我们也是从小姑娘过来的。来日方长。以后有的是机会。"

陈氏呵呵地笑，果然不再问。

相氏却有些好奇地问："我听人说裴家大太太很不好相处，你感觉怎么样？"

嫁到哪家就要为哪家人说话。郁棠笑道："我这才刚嫁过去，只是认亲的时候和她打过一个照面。人到底怎样，现在还不好说。不过，她孀居，不太方便出门倒是真的。"言下之意，她冷淡些才是应该的。

相氏觉得自己问错了话，笑道："我也就是想知道一下真假。"

郁棠挺理解的，她从前对这些也很感兴趣。

大家欢欢喜喜地招待着裴宴夫妻，因为离得近，郁棠他们在郁家用了晚膳才回去。只是没有想到回去的路上会遇到大太太。

她刚从裴老安人那里出来，冷冷地和裴宴、郁棠打了个招呼就走了。裴宴的态度也很冷淡，点了点头，拉着郁棠就走。看这样子，就是面子情都撕破了似的。

她跟着裴宴去给裴老安人问安，裴老安人面色有些不好，勉强地笑着问了他们几句回门的事，就露出了疲色。

郁棠忙拉了拉裴宴的衣袖。

裴宴就带着她起身告辞了。

裴老安人望着摇晃的门帘，对陈大娘感慨道："你说得对，遐光娶了妻子，性子变柔和了，这是好事。至刚易折，这样正好。"

陈大娘想到刚才大太太来说的那些话，在心里暗暗地叹了口气。

第二天，郁棠才正式地认识了漱玉山房的仆妇，对自己身边的人还有裴宴身边的人按着之前裴宴告诉她的，做了个调整，确定下了各自负责的人，漱玉山房很快就像其他的院子一样，有条不紊起来。

郁棠除了每天去给裴老安人晨昏定省，就是迎接裴家几位小姐的调笑。就这样，都让她身心疲惫。

特别是有几位小姐，一会儿带了这个房头的小侄儿过来拜见叔祖母，一会儿带了那个房头的兄弟过来拜见叔母。漱玉山房每天下午都笑声不断，裴宴板了脸也没有用。

郁棠只好求裴宴："你能不能去书房睡几天？"

裴宴气得脸都黑了，比他的那些小侄儿小侄孙还不如，负气嚷道："凭什么？我娶了老婆还得去书房里睡？你听听，你说的是人话吗？"

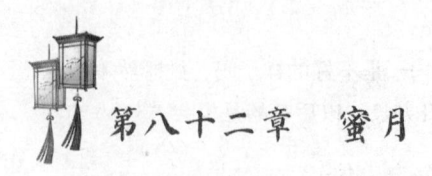

郁棠心虚不已，低声呢喃道："还不是你……你总得让我睡个囫囵觉吧！"

第八十二章　蜜月

裴宴听着半点不觉得理亏，道："还不是因为你！你就不能不去见那些小崽子？还有阿丹，天天来，你就不能跟她们说说，让她们歇几天。你可是她们的叔母。"

她这不是不好意思吗？从前大家一起姐妹一样地玩闹，现在她突然成了五小姐的长辈，已经够让人羞报了，怎么还好意思在她们面前摆谱？

郁棠嗔道："你怎么不说？你可是她们的三叔父，你板着脸她们都当没有看见的，我说就有用了？"

裴宴气结，下了最后的通令："我不管，反正你这几天把她们全都给我赶走。不然，我就带着你去别院过几天。"

那岂不是让人笑话？！郁棠不愿意。

两人拉拉扯扯的，就滚到了床上。云收雨散，郁棠躲在被子里不敢露脸。

裴宴倒一派神清气爽，重新换了件蛋青色素面的杭绸直裰，还挂上了银白色的荷包、金七件，对郁棠道："我去前面抱厦了，庄子里的庄头快来报账了，家里的几个管事要和我商量这件事呢！"

郁棠躺在被子里"嗯"了一声。那声音，又甜又腻。裴宴伏在床头，又和郁棠腻歪了半天，被郁棠踹了一脚，这才哈哈笑着出了房门。

郁棠实在没脸见五小姐，五小姐几个过来的时候，只好让青沉说她还没有起床。

四小姐惊呼："三叔母不会是怀了宝宝吧？"

"不会吧？"五小姐听得目瞪口呆，问四小姐，"你是怎么知道的？我姆妈都还不知道呢！"

二小姐和三小姐年龄大一点，也都定了亲，身边的嬷嬷们都教了些人事上的东西。两人闻言不由惊恐地互望了一眼，正犹豫着要怎么阻止四小姐和五小姐胡说八道，就听见四小姐振振有词地道："我当然知道。我表姐怀了小宝宝的时候就是这样，白天睡，晚上睡，一天到晚都睡不醒似的。我姨母说，这是正常的，怀了宝宝都这样。还说，怀了宝宝就是一个人吃，两个人养，所以一定得吃得很好才行。"

五小姐觉得她言之有理，不住地点头。

三小姐想着，郁棠这才嫁过来没满月，要是真的有了孩子，岂不是……说出去不仅郁家没脸，就是三叔父裴宴也没脸啊！

她就招揽了两个小的，对青沅道："既然三叔母在休息，我们就不打扰了。我们过两天再来看她。"

青沅松了口气。裴宴的不满，她们这些身边服侍的早就看在了眼里，只有三太太还是个蒙的。她们还寻思着要不要提醒三太太一声，没想到三老爷就这么忍不住气，爆发了。如今几位裴小姐自己愿意暂时不过来，她们自然高兴。

青沅等人欢欢喜喜地送走了几位裴小姐。

二小姐不由奇道："难道我们就这么不受欢迎？不会是做了我们的长辈就翻脸了吧？"

三小姐总觉得自己的这个堂姐对郁棠有偏见，听着笑道："我是觉得我们去得也太频繁了一些。三叔母刚刚嫁进来，肯定有很多事要办，不说别的，她的陪嫁挺多的，把这些东西一一清点入库，就要花费不少时间。"

二小姐不以为然，道："谁家的嫁妆还少不成？她身边那些服侍的难道都是吃闲饭的？"

在这上面，三小姐从来不跟她争的，但二小姐的话让她不由得想起了顾曦，她问："你知道顾姐姐和大堂兄的婚期定在了什么时候吗？"

说起这件事，二小姐有些不满地撇了撇嘴，道："大伯母说要先和娘家商量商量，大堂兄已经没了父亲，不能再没有了舅舅！"

这话说得三小姐都跟着不高兴起来，她道："难道杨家的舅舅还真能赶到临安来不成。"

"所以大伯母想让大堂兄在杭州成亲。"二小姐毫不犹豫地把自己知道的都竹筒倒豆子似的全都倒了出来，"伯祖母估计不同意，所以大伯母自己在杭州城给大堂兄买了个院子，还用自己的体己银子重新修缮了宅子。伯祖母知道后很不高兴。可大伯母坚持如此，他们现在又不用继承宗主了，家里的长辈为了补偿他们，估计会同意。但伯祖母到时候肯定会更不舒坦了。"然后还评价道："我看她这是走进了死胡同，非要和伯祖母别着来。她倒是舒服了，怎么不替大堂兄和二堂兄想想，让他们以后怎么在裴家走动，顾姐姐也是可怜，还没有嫁进来就能想象她到时候两头受气的情景了。也不知道这门亲事是好是坏。唉！"

三小姐比二小姐想得透彻，她笑道："谁家不是这样——没有这矛盾就有那矛盾，夹板气虽然不好受，总比李家好。你可听说了，李太太林氏给李公子说亲，居然连杭州城的商贾之家都去相看了。李家，真的要败了。"

照她们的想法，越是这个时候，越要坚持住，想办法和官宦人家联姻，争取仕途上的支援，才能让李家翻盘。

"李家就是太短视了，要不然顾家也不会要退亲了。"二小姐道。

几个小丫头说着体己话，去了二小姐那边玩。二小姐的母亲热情地招待了家里的小辈。

裴家已经和杨家说好了，二小姐的婚期初步定在了十二月初二。因为桐庐和临安还有两天的路程，裴二小姐要提前几天发亲，还要选送亲的人，这件事还得两家商量好，因而婚期还没有往外说。

二小姐在家里也就待不了几天了。

二小姐的母亲想起来就不忍心，不免有些纵容二小姐，随着她的性子行事。

四小姐和五小姐就讨论着明天要不要去郁棠那里玩。

三小姐道："还是别去了。让三叔母好好休息。"五小姐也赞成。

四小姐没有说话，回去时特意和五小姐一起，悄悄地对五小姐道："我还是觉得三叔母那里好玩些，有好多吃的。"

五小姐直点头，小声和四小姐道："我们过两天再去？我们隔段时间去，应该没什么吧！"

四小姐和五小姐达成了共识，回到家里，五小姐就把郁棠"怀孕"的消息告诉了二太太，还道："是四姐姐说的。"

二太太大惊失色，把五小姐教训了半天，直到五小姐答应再也不说这件事，她就忧心忡忡地去见了裴老安人，委婉地把这件事告诉了裴老安人。

裴老安人哭笑不得，道："郁氏嫁进来之前，我派人去给她请了平安脉，还做了些补气血的药丸给她服用。若是她有了身孕，我怎么会不知道？你呀！"

实在让人有些不知道说什么好。这也是她没办法把中馈的事交给二太太的主要原因。

二太太臊红了脸。

裴老安人趁机指点她："以后遇事不可不动脑筋，可也不能乱动脑筋，要想想前因后果，有没有可能。"

二太太如小鸡啄米般地点头。

裴老安人却知道她能力有限，很难改正，索性问她："东西收得怎么样了？阿宣那里还没有什么音讯吗？"

二太太忙恭敬地道："一些不常用的衣饰陈设都已经装箱了。二老爷那边只说见了他恩师，也去见了张大人，还有周状元。"

裴老安人就安慰她："不要着急，心急吃不了热汤圆。周状元如今做了六部给事中，以后再怎么着出来也能在部里做个侍郎，他又是热忱之人，和他们兄弟三人交情都不错，理应走近些。"

二太太对朝廷上的事也不是太懂，全听丈夫和婆婆的，恭立应诺。

裴老安人见没什么可交代她的，就端茶送了客。

二太太出了裴老安人的门，暗暗把自己骂了几句，难免会觉得有些对不起郁棠，从箱底找了几匹好料子送了过去。

这不年不节的，郁棠拿着东西一头雾水。

二太太也不解释，只说是收拾东西，看这几匹料子好，适合郁棠，就拿过来了。

郁棠只好道了谢，记在心里，想着以后再还礼。

倒是裴宴，看了几匹料子之后有了新想法，招了王氏几个裁缝在家里，亲自画了花样子，给郁棠做衣服。

郁棠只求晚上能睡个好觉，觉得能让裴宴转移一下视线也好，不仅很积极地参与到做什么样的衣服中去，还会有意挑选挑选面料，说这个她喜欢，那个她不喜欢，把裴宴哄得恨不得把今年贡品的料子全都买了回来，给郁棠都做成衣裳。

好在是裴宴很忙，转眼间裴家各庄子里的庄头都陆陆续续到了临安。

佟大掌柜出面招待了这些庄头。这些庄头知道裴宴娶亲之后，纷纷派了代表庄子来给裴老安人问安的妇人去给郁棠问安，还有一些去了郁家的铺子，和郁远见了面，买了些漆器回去。

最初郁远还以为他们家的铺子声名远播了，高兴得不得了，回去后还和相氏好好夸耀了一番，后来知道是因为郁棠，他还沮丧了一阵子，好在相氏安抚道："这是人情世故，你阻止不了的。与其在这里懊恼，不如照着姑爷的法子，把家里的漆器做好了，让别人买回去觉得值得。说不定还会推荐别人来买呢！做生意，就是不管什么机会都不要放弃。"

后来还果真如相氏所说的，郁家的漆器铺子慢慢地由裴家田庄的这些庄头推荐出去了不少生意，很多庄户人家嫁姑娘添家当都来他们家的铺子里买东西，这当然都是后话。

甜蜜安稳的日子总是过得特别快，仿佛眨眼的工夫，郁棠嫁到裴家就有一个月了。时序也进入了十一月，家家户户都开始忙着过年的事宜了。裴老安人就喊了郁棠去帮忙，开始慢慢地把裴府的一些中馈交给郁棠。

郁棠有梦中的经历，虽说有些事还是第一次遇到，但秉着有前例遵循前例，没前例参考惯例的原则，处理起事情来也有模有样，甚至在被勇老安人称赞的时候还因为谦逊地说了句"我这也是循规蹈矩"的话被勇老安人青睐，来拜访裴老安人的时候说裴宴这个媳妇选对了。

裴老安人面上不显，心里却十分高兴。

等到十一月中旬，京城传来消息，说裴宣填了山东布政使的差事，裴老安人就更高兴了，私底下对陈大娘道："京官固然好，可这个时候能去山东任职，以阿宣的秉性，却是更合适。"

裴祥也私下里和裴泊说起这件事。他觉得裴家还是太保守了。裴泊却不以为然，道："我觉得此事保守些好。你可别忘了，我们家还有个三叔父。他就算是不做官，只怕也不是那么安分的人。张家的长子不在了，周世伯虽说才高八斗，却不够沉稳，做个六部给事中或是六部侍郎自然无大碍，可若是主宰一方，却显得有些浮躁，张家到时候肯定会拉了三叔父入局。"

说完，他有些担忧地扒了扒头发，嘀咕道："我现在就怕张家想着拉三叔父入局，要和我们家联姻。我们家应该没有和张家适龄的兄弟姐妹了吧？"

裴禅听了哈哈大笑，觉得裴泊有些杞人忧天，道："就算张家愿意，也得三叔父愿意吧！我们家可是有规矩的，中立，不站队，是根本。"

裴泊不屑地撇了裴禅一眼，那眼神，和裴宴如出一辙："此一时，彼一时。火烧到自家眉毛上了，还能保持中立不站队？"

裴禅听着呵呵了两声，想着这也不是他们两个可以决定的，在这里说再多也没有用，遂转移了话题，朝着裴泊挑了挑眉毛，道："你说，三叔父会不会离开临安？我听家里的仆妇说，三叔父这段时间一直陪着三叔母。没想到，三叔父成了亲会是这个样子的。"

裴泊也不想和裴禅这个傻子说什么，闻言道："关你什么事啊！你有这功夫还不如好好读读书呢！再说了，三叔父和三叔母感情好不好吗？我们家可没有那贪色之徒！"

"你这人，就这点不好。"裴禅也觉得心累，道，"跟你说什么都一本正经的。"

裴泊不想理他了。

裴禅只好起身告辞。

出了裴泊的书房门，却看见裴江，正捧着一衣兜的糖往屋里跑。

他立刻叫住了裴江，问他："哪来的糖？"

裴江大眼睛骨碌碌地转，道："是三叔母给的。二叔父做了山东布政使，宗房说要小小地庆祝一番，明天有酒喝。"

每当这个时候，他们这些小孩子就会被放出来玩，不用写功课了。

裴禅就逗着裴江玩了一会儿，这才离开。

那边裴宴在忙着准备给二哥上任打点的东西，二太太则在收拾去山东的箱笼。只有大太太笼着玄色的貂毛手笼，站在后园的假山上，眺望着东边的庭院，问贴身的嬷嬷："大少爷真这么说的？"

裴彤和顾曦都不小了，裴宴成亲之后，裴、顾两家开始商定婚期，原本照大太太的意思，最好把婚期定在明年的三月份，她也好有时间准备，可顾家却想在年前，趁着顾昶还没有上任。这样两家看了很多的日子，最适合的日子就是十二月二日，可裴家二小姐又定了十二月二日出阁……裴、顾两家又看了半天，最后选了十二月六日。

大太太想着裴彤和裴宴成亲的日子隔得太近，两人的婚事不免会让人比较，先不说辈分，裴彤还只是个秀才，裴宴已是进士，来恭贺的人和婚礼场面都不同，裴彤肯定吃亏，这才想在杭州举办婚事。举办个小一点的婚事，只请家中不出五服的亲眷和一些从前帮过裴宥的故旧来参加。

裴老安人当然不高兴。她没有想到的是裴彤也不同意。

大太太贴身的嬷嬷就劝她："我觉得大公子是对的。来日方长，您又何必争这朝夕？只要大公子好好读书，一朝金榜题名了，以后有的是风光的日子，没必要因为这件事惹得老安人不高兴。"

大太太到底不甘心。偏偏顾家那边传了话过来，说是顾昶准备初四就带着新妇去京城，她要么继续和老安人别扭，要不就听裴彤的，先把婚事办了。

大太太叹气，道："那你就亲自去趟顾家吧，跟顾小姐说说，这件事委屈她了，以后我肯定会补偿她的。"

那嬷嬷顿时欢天喜地，但不敢有半点的流露。她怕大太太看了多心，又改变了主意，赶紧把这件事告诉了裴彤。裴彤悬着的心落了下来，催着媒婆去和顾家把日子定下来。这下子裴家又热闹起来。

大太太也露出了久违的笑容，特别是当她收到娘家的来信，说她娘家的大嫂已经启程赶往临安，来参加裴彤的婚事了，她更是高兴地叫了银楼的师傅打了几件首饰，既有自己戴的，也有送给她大嫂的。

郁棠则派累枝去请了陈大娘过来，请教她裴彤成亲的见面礼该怎么办。

陈大娘温声笑道："这件事您应该和二太太商量。虽说您是宗妇，可抛开这个，您和二太太都是做叔母的，理应一样。但我建议你，就和您成亲的时候大太太给您见面礼一样，送个等值的头面好了。最多，也就添个金手镯之类的。因为禅少爷、泊少爷他们也到了成亲的年纪，婚期应该也就在这一两年，厚此薄彼不太好。"

郁棠连连点头，去了二太太那里。

二太太准备郁棠不过来找她商量，她就去找郁棠商量的。郁棠过来，正中她下怀，她道："我是准备一套赤金头面。你要不加上玉佩什么的就行了。"

郁棠回去就把这件事跟裴宴说了，裴宴觉得这样也行，让郁棠到他的库房里去拿："应该有很多水头不错的玉佩。"

裴宴收藏的，肯定没有凡品。但若是送给裴彤，就成了顾曦的。郁棠舍不得，托佟大掌柜花了几十两银子买了一块水头也不错的新玉作为见面礼。

裴宴知道后笑了她一阵子。

郁棠毫不示弱，道："你的东西就算不是我的东西，那也是我们孩儿的东西，凭什么给我不喜欢的人？不管你怎么说，内宅的事是我当家做主，我决定了，你不许插手。"

裴宴就瞟了她的肚子一眼，满脸是笑地点头，道："的确，的确。我们家的东西凭什么给别人。你做得对。"

这两人虽然同床，却第一次歇了晚间的事，因为郁棠的小日子来了。她当然不可能怀孕。郁棠见裴宴这样，就瞪了他一眼。

他看着郁棠生动俏皮的神色，心里却非常满意。他的妻子就应该这样，想做什么就做什么。郁棠这小猫，也是越来越野了，而且眼睛也越来越有神，神采越来越飞扬。裴宴暗暗庆幸自己没有继续犹豫，冒险般地娶了郁棠。可见他还是有眼光的。

裴宴志得意满地去了账房，还在路上寻思着要不要给他费师兄支支招。夫妻俩还是和和美美的好，短短几十年，把时间都浪费在斗气上实在是划不来。可让他万万没有想到的是，就在那天的晚上，他收到了费家的丧帖。

费质文的夫人十六天前已经病逝了。因为费夫人留下遗嘱，一切从简。所以费家不准备大办丧事，按照费质文的意思，只是通知各家世交故旧一声。

裴宴站在书房的中央，半晌都没有回过神来。他第一次晚膳的时候回去晚了。

郁棠很是担心，亲自给他盛了碗文蛤汤。裴宴勉强喝了一碗，在饭桌上和郁棠说起费夫人去世的事。

郁棠不知道费家的事，听了只当是费质文和裴宴私交非常好，还给他出主意，道："虽说是丧事从简，不需要我们派了人去吊唁，但你可以写封信去给费大人，安慰安慰他。"恐怕费大人这个时候需要的不仅仅是几句无关痛痒的安慰了。

涉及费质文的隐私，裴宴不好跟郁棠细说，敷衍地点了点头，事后还是决定装作什么也不知道，写了封简短的信安慰了费质文几句。

谁知道到了月底，裴家正忙碌地准备着嫁姑娘娶媳妇，远在京城的张英写了一封信给裴老安人，希望裴老安人能帮着他说服裴宴，到京城小住些日子。说是费质文因为夫人去世，悲恸不已，决定致仕。如今能劝得动费质文的，只有裴宴了。

裴老安人当然不太相信张英的话。别人不知道，她却知道。费质文比裴宴大了二十岁，也是个心高气傲的主，平时看在同门的份儿上，颇为照顾裴宴，可若说和裴宴的私交，毕竟年纪隔在那里，未必就能说得动费质文。说服裴宴去京城，十之八九是想让裴宴帮张家和其他几家角力而已。

裴老安人没有理会这封信，高高兴兴地嫁侄孙女，娶了孙媳妇进门。

顾曦给郁棠敬茶的时候心情是非常复杂的。她理不清是不甘多一些还是妒忌多一些，或者是后悔多一些。如果她再沉得住气一点，等到郁棠和裴宴的婚讯传出来再决定自己的婚事，是不是就不会面临如此窘然的境地呢？

好像也不是。

江南一带，年轻一辈的子弟中，没有比裴宴更好的夫婿了。她就算是不嫁给裴彤，也没能力勾住裴宴。而裴彤，是她认识的人中最好的人选了。她若是错过了裴彤，恐怕会更后悔。那就这样吧？！顾曦想，日子都是自己过出来的。想当初，她姆妈也嫁的是个好人家，最终还不是落得个病死的下场。她就不相信，她不能把这日子过好了。这么一想，好像给郁棠敬茶也不是那么难以接受了。

顾曦声音平稳地冲郁棠喊了声"三叔母"，既不热情，但也算不上清冷。

大太太满意地点了点头。旁边的几位裴小姐却捂了嘴笑。

裴老安人看了就嗔怒地瞪了她们一眼。还没有出阁的三小姐、四小姐和五小姐就鹌鹑一样地缩了肩膀，不敢再笑。

郁棠有种扬眉吐气的爽快，心情格外好。

她和顾曦可真是有缘啊！

这种缘分她太喜欢了。

"大侄媳妇不必这么客气。"她笑吟吟地说着，把茶盅交给了旁边站着的喜婆，接过青沉递过来的见面礼，给了顾曦。

顾曦笑着道了谢，见郁棠的见面礼比同辈的妯娌多了块玉佩，那玉佩的水头也还行，心情也变得好了起来。虽说以后见到郁棠要行晚辈礼，可逢年过节，郁棠还得给她红包，也算是礼数上她吃亏却在金钱上补偿了她，不是亏得那么厉害。

倒是杨大太太，也就是大太太娘家的大嫂，吃过认亲酒之后，回去的路上就忍不住开始吐槽裴家："还是这么小气。连成双成对都舍不得。"

这次杨大太太代表杨家过来，几位舅舅家的见面礼都在二千两银子左右，非常体面。

大太太苦笑，道："您难道还指望裴家能和从前不一样不成？就是他阿爹在的时候，都没办法改变，何况他阿爹不在了，裴宴又是个和我们家老太爷一样固执的。总之，裴家我是指望不上了。"

杨大太太叹气，帮着裴大太太整了整斗篷上的狐狸毛，道："我跟你说的事你考虑得怎么样了？"

她这次来，也是有目的的。杨家是想和裴家再结亲的。裴彤不成了，还有裴绯。如果裴绯这边不成，那杨家娶个裴家的姑娘回去也成。杨家看中了五小姐裴丹。

杨大太太道："肯定不会让你为难。我是为锋儿来求亲的。"

杨锋，是杨大太太的次子。虽说是次子，但却是杨家读书最好的一个，的确没有委屈裴丹。裴大太太皱了皱眉。她不喜欢二太太，自然也不喜欢二太太生的五小姐，更不想让五小姐嫁个这样好的夫婿。

"总得等阿彤的婚事过去了。"她有些推托地道，"二太太过了年才启程去山东，还有时间。"

可杨大太太却赶着回去，她想在回去之前把这件事定下来。她不由道："你阿兄说了，裴宣这个人，他从前小瞧了。你可知道是谁在和裴宣争那山东布政使的位置？是黎家的五爷！张老大人亲自推荐的裴宣。"

大太太不知道。她微微张大了嘴巴。黎家和张家是姻亲不说，在官场上还共同进退。若裴宣的这个山东布政使真如杨大太太这么说的，那也就是说，张、黎两家为了拉裴家入局，付出了很大的代价，放弃了很大的利益。

"不仅如此，"杨大太太又给了大太太一记重锤，"裴宣的恩师，据说出任都察院都御史了。"九卿之一，进入了朝廷的核心。

"你阿兄还没有摸清楚这是张、黎两家和裴宣恩师讲的条件之一，还是仅仅为了拉拢裴家。"杨大太太喃喃地道，"我们之前都以为裴宣会留在京城做个主簿或是个少卿之类的，没想到他居然放弃了京城选了山东，山东离京城很近，当然，这也许不是他想选就有得选的，但目前这个职位肯定是对他最好的……"

她絮絮叨叨的，大太太有些心烦，但她更知道，她如今的靠山就是娘家人，她不管喜欢不喜欢，都必须要帮着娘家人。

"那我抓紧时间问问。"裴大太太改变了主意，"你就等我的消息好了。"

她不敢担保二太太会答应。因为二太太是孝媳，什么都听裴老安人的，而裴老安人最不喜欢的就是她了。

两人说着，回了大太太住的宅子。杨大太太还有很多的话要问裴大太太，今天晚上她们决定一起休息。

翌日，顾曦和裴彤回门，裴大太太去了二太太那里。二太太不在，问二太太身边的丫鬟，说是去了三太太那里。大太太过了几息的工夫才反应过来，三太太指的是郁棠那丫头片子。现在也和她们相提并论了。

大太太心里有些不高兴，偏生那小丫鬟还叽叽喳喳地道："三位小姐也都在三太太那里，说是要一起去城外的别院看梅花。三老爷还说，要是天气太冷，今天晚上就不回来了。五小姐可高兴了，还带了烤架去，说是要在那边烤肉吃。三老爷还让带了鹿肉过去。听说那是京城张家派人送来的。我们都想跟着去。我们都还没有见过鹿肉长得怎么样呢！听说京城的大户人家冬天到了，天天吃鹿肉。要是好吃，五小姐以后冬天肯定也会吃鹿肉，说不定我们都能尝尝呢！"

一副小家子气没见过世面的样子。二太太说起来也出身世家，屋里养的怎么全是这些玩意儿。

大太太冷哼了几声，转身就走了。

小丫鬟左右看看没人，朝着大太太的背影做了个鬼脸，跑回了烧着地龙的屋里。

杨大太太听了回信却沉吟道："张家吗？还专门派人送了鹿肉过来，这么看重裴家？"

可惜，二太太知道杨家有意和她结亲之后，婉言拒绝了："我和我娘家嫂嫂说好了，想让阿丹去金陵。"这就是想把自己的女儿嫁到娘家去的意思了。

大太太原本就不是擅长说服别人的人，闻言更不好再说什么——如果她有个女儿，也愿意嫁给自己娘家的侄儿。

只是她前脚刚走，二太太后脚就跑到了裴老安人那里，把这件事告诉了裴老安人不说，还像个闺女在母亲面前诉苦一样哭道："我也不是一定要把阿丹嫁去金陵，可像杨家大太太这样的婆婆肯定是不行的。"

她连大太太都斗不过，更不可能斗得过杨大太太了。她家娇滴滴的女儿嫁过去了，岂不是要被欺负得连话都不能说。

之前大太太说要在杭州城接媳妇的时候裴老安人就憋着一口气，后来是把裴彤叫过来敲打了几句，裴彤聪明，劝大太太改变了主意，裴老安人才没有发脾气的，此时见杨家又打起裴家的主意来了，哪里还忍得住？没等杨大太太返京，就直接叫了大太太过来训斥："你也是养儿养女的人，怎么就没有一点点的同情心？二房家的儿女亲事也是你能插手的？他们是没有娘老子还是没有祖父母？哦，我说错了，你只养了儿子，自然不知道养女儿的心。我们家老太爷不在了，你也不必顾忌我这个只知道深宅大院的老婆子了。可你是为母的人了，这点我没说错吧！既然是为人母，就得做出点表率来，怎么连家里的那些世仆都不如呢？那些世仆还知道什么话能说不能说呢，你嫁到裴家这么多年，你就不能学着点？你……"

婆婆劈头盖脸的，那语速，像冰雹似的砸在大太太头上，她过了好一会儿才反应过来。等她反应过来了，又急又气，羞惭地恨不得一头撞死在裴老安人厅堂那合抱粗的红漆柱子上。

偏偏裴老安人还不放过她，道："你也别觉得委屈。知道我为什么瞧不起你吗？就是因为你不好学，而且是无知还不好学。你们杨家是个什么东西，身上的铜钱臭洗干净了没有？怎么不学好，还把些市井的习气带到我们家来呢？要不是裴彤这孩子懂事，我看你们这一房就等着和杨家一样，除了数钱，也没什么可做的了。"

这下可戳中了大太太的痛脚了。她起身就要去撞那柱子。

裴老安人却看着冷笑，道："你别脏了我的地方。要撞，回你自己屋里撞去。正好，把两个孩子交给他二叔父或是三叔父教养，也免得坏在了你手里。"

陈大娘都在，当然不可能让大太太撞了柱子，有的去叫裴宴夫妇，有的给二太太报信，还有的去叫了杨大太太过来。

杨大太太也不是吃素的，似笑非笑地顶撞着裴老安人："谁家会这样对待守寡的儿媳妇。"

裴老安人本来就是敲山震虎，现在老虎出来了，斗志就更旺盛了，讥笑道："要是觉得委屈，舅太太不如把小姑子接回家去住着，也让京城的那些大户人家看看是我们裴家不对还是你们杨家有道理？还是说，我那两个孙儿都想跟着她娘回杨家？"

这话杨大太太没法接。因为不管从哪方面来说，大太太回娘家好说，却不能把两个已到舞勺之年的儿子带走。这可是大太太以后的依靠。

不能带走，小姑子回娘家了怎么办？裴老安人一句话就把杨大太太给噎住了。

杨大太太哑然无语，裴大太太再傲气，没有了裴宥撑腰，她也不敢顶撞裴老安人，加之裴老安人提到了她的两个儿子，问她们是不是要带着走，她就更不敢吭声了。

这场争执就在雷声大，雨点小的状况下烟消云散了。

只是裴大太太回去之后哭了很久，杨大太太在旁边看着只叹气，不知道如何劝慰她。倒是裴彤，从顾家回来听说母亲和祖母起了争执，神色一黯，独处半响，才打起精神去了裴大太太那里。

顾曦的丫鬟荷香看了不免有些担心，问顾曦："要不要劝姑爷几句？"

顾曦对镜卸妆，想着哥哥叮嘱她的"在没有能力收拾残局的时候，不要把自己掺和进去"。她淡淡地说了声"不用"，吩咐荷香帮她把嫁妆清点清点，道："过两天哥哥嫂嫂就要启程去京城了，送些仪程过去。"

但也不至于动用嫁妆吧！荷香道："大少爷向来心疼你，您送东西过去，他肯定不会收的。"

顾曦没有说话，瞥了荷香一眼。

这就是要荷香少废话，照她的吩咐去做的意思。

荷香只好去清点顾曦的陪嫁。

顾曦则坐在妆台前久久没有动弹。

正式过礼的时候，她的陪嫁单子又多了两张纸。这两张纸上的东西，都是她的那个小嫂子殷氏从自己的陪嫁里匀给她的。她知道这是嫂嫂给她做面子。可她心里还是非常不好受。什么时候，她顾曦沦落到了这个地步了？

她决定把嫂嫂给她的东西折成银子一点一点地还给嫂嫂。不然她这个做小姑子的怎么能在嫂嫂面前抬得起头，说得起话？只是这样一来，她就得好好计算一番，手里留多少银子才不至于囊中羞涩，捉襟见肘。

顾曦这边把东西都收拣好了，想等了裴彤回来和他打个招呼，结果都打了三更鼓，裴彤还没有回来。她有点担心，又不想卷到裴彤母子之间的事里去，派了乳娘悄悄去打听。

乳娘回来的时候脸色不太好，附耳告诉她："母子两个吵了起来，舅太太在旁边煽风点火的，大太太要上吊呢！"

顾曦听了心里顿时烧起团火来。这个大太太，没有一点眼力，现在是什么时候了，全家人都靠着裴宴赏饭吃，还在那里拿乔。常言说得好，君子报仇，十年不晚。她就不能忍一忍？忍到裴彤读书入仕，升官发达？

顾曦有点烦大太太了，想先去睡了，又觉得新婚燕尔的，她这样也未免太冷漠了。

乳娘就提点她："得趁机把姑爷的心笼络过来才行，不然以后大太太要是为其他的事闹起来，您肯定要吃亏的。"

这个其他事，指的是她若是得罪了大太太。

"我省得。"顾曦道，嘱咐乳娘，"你们也要把称呼改过来，免得被人听见了不好。"

裴家和顾家一样，也是一大家子人住在一起，人多口杂的，很容易落人口实。

顾曦没忍住道："知道郁氏今天都做了些什么吗？"

乳娘知道她的心结，也提醒她："你也别郁氏郁氏的了，说习惯了，容易说漏嘴。"然后才道："老安人今天心情不好，二太太好像是在收拾东西，三太太就请了那个史婆子进府，给老安人艾灸。听说效果不错，老安人晚膳的时候好多了，三太太就留了那史婆子在家里多住几天，说是顺便也给其他几位老安人按摩，做个艾灸什么的。"

顾曦撇嘴，冷笑道："小门小户的，不懂规矩。这三姑六婆的引进了门，保不准什么时候就成了祸害！"

乳娘道："那也是她的事，我们别管。"

顾曦点了点头。她又等了快半个时辰，裴彤才回房。

顾曦忙上前帮他更衣："怎么这么晚才回来？可是有什么要紧的事？"

毕竟是刚成亲，裴彤要面子，听她这么问，一时间不知道说什么好，含含糊糊地应了一声，道："时候不早了，我们早点歇了吧！有什么事明天再说。"

顾曦巴不得不问。

第二天早上起来，她用了早膳准备先去给婆婆问安，再去裴老安人那里。谁知道她还没来得及去裴大太太那里，裴大太太那边就传了讯过来，说是杨大太太要赶回京城，让他们快点过去。

顾曦奇道："不是说过两天才走吗？"

裴彤知道是因为杨大太太觉得继续待在这里没有什么意义，想早点赶回杨家过年了，又含含糊糊地应了一声，和顾曦去了杨大太太那里。

杨大太太东西都收拾好了，见过了他们就一道去了裴老安人那里。

裴老安人一点面子也没有给杨大太太，直接说天太早，还没有起来，就不亲自送杨大太太了。

杨大太太气得脸色发青。

裴老安人知道了就拉住了郁棠——原本她是准备让郁棠代她去送客的，既然杨大太太觉得受了委屈，她还怕郁棠去送杨大太太的时候要听闲话，索性让陈大娘去送客。

杨大太太拂袖而去。裴大太太更想回自己娘家了。

她红着眼睛拉了儿子商量："你也别劝那些有的没的了，我是不想在这里再多待一天了。你要是不想看着你娘死，你就给我想办法去京城，去你舅舅那里读书。有一天把我和你弟弟接到京城去。我们在京城，还有自己的宅子呢！"

这是裴宥自己买的。裴宥死后，裴家不知道是装聋作哑还是没空理会，这宅子一直在他们的手里。

裴彤想到父亲在世时家里的温馨，也不禁眼眶发红，低声向母亲保证："您且忍忍，我们一家肯定会在京城团圆的。"

裴大太太心里这才好受了一些。

等到了腊月中旬，铺子开始盘点关门，家家户户开始腌鱼腌肉，炸麻花做年糕，李家宗房的大老爷突然来拜访裴宴，面色苍白地拉着裴宴到了一处僻静的地方道："只怕是又要麻烦三老爷了。"

裴宴心里很不耐烦。郁棠因为过年不能回去，就想过小年的时候回家看看。他准备送郁棠回娘家，然后顺便在郁家吃个饭，下午去铺子里看看，再接了郁棠回来，晚上到裴老安人那里用膳的。李家宗主这么一来，这件事估计是要泡汤了。他几不可见地皱了皱眉，道："出了什么事？"

李家宗房的大老爷苦笑道："李端被人捅死了！"

听到这个消息，就算是裴宴，也吓了一大跳，声音紧绷地道："怎么回事？"

李家宗房大老爷的笑容就更苦涩了，道："之前不是说李意收了别人的银子，草菅人命吗？那苦主也是个固执的，听说李端是个读书的种子，李家以后靠着李端就能东山再起，那苦主心里不平，千里迢迢找到这里来，杀了李端！"

这可真是……裴宴半天都没有说话。

李家宗房的大老爷叹息道："原本他们家富贵的时候和我们分了家，可一笔写不出两个李字。李意流放，李竣又跟着去照顾父亲，林氏一介女流，突然遇此大难，据说已经躺在床上呜咽着说不出话来了，我们宗房的总不能看着他暴尸荒野吧？"

照裴宴的想法，暴尸荒野也没什么不好的。只是当着李家宗房的人，他不好这么说而已。他道："那我能做些什么？"

李家宗房大老爷看了裴宴一眼，道："事发在杭州，也算是大案要案了，据说李大人要亲审。李大人身边的幕僚告诉我，李大人疾恶如仇，觉得苦主情有可原，估计不会判那人斩立决。我就想，李端是我们临安人，能不能请您去跟李大人说一声，把这案子移交到临安来审。"

李家在临安是数得着的乡绅大户了，裴宴出面帮着说情，案子又被移到乌大人手中，那苦主肯定会被判极刑。

裴宴不想帮这个忙。他道："就算案子到临安来审，最终也要拿给李大人过目。何况这件事这么严重，我觉得我出面给他求情不太适合。"

李家宗房的大老爷非常意外，他没想到裴宴不帮本乡人，忙道："我也是为了我们临安人的声誉着想……"

裴宴毫不留情地打断了他的话，道："若是为临安人的声誉着想，我们就更不应该阻挠李大人判案了。世上谁人不犯错？知错能改，善莫大焉。照我说，我们临安人更应该以此为鉴，在外为官不仅要清廉，还要心怀仁义。善心，这才是真正的为官之道。"

李家宗房说不过裴宴，失望告辞，回去之后反复地想了半天，却不得不承认裴宴说的有道理。后来他常常拿这件事教育李家的子嗣，让裴宴名声更显，甚至写到了史书中，这又是后话了。

杭州城里，新上任的浙江布政使李光等了半天也没有等来裴宴求情，他不禁问身边的幕僚："他这是什么意思？任由我这样判？李端可是他们临安人。而且我听说李太太已经疯疯癫癫的了，还是他帮着送去的庵堂。"却没有出面打声招呼。

他那幕僚把李家宗房大老爷传出来的话告诉了李光，还笑道："说不定裴遐光和您想的一样，觉得李家种瓜得瓜，种豆得豆，是他们该有的孽报呢！"

李光沉思良久，微微点头，遂对裴宴的印象非常好，暗中觉得裴宴是他的知己。

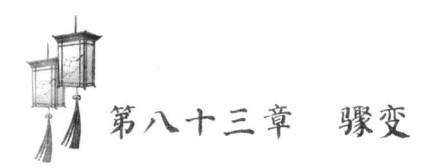

第八十三章　骤变

裴宴压根不准备把自己的人情用在李端那样的人渣身上，可对于苦主能千里迢迢地追过来，他还是觉得很是诧异。他吩咐裴满："那苦主什么时候启程？你想办法派个人给他送桌酒席过去，探探他的口风，他是怎么知道李家的情景的。"

裴满应诺。

裴宴又说起林氏来："既然李家宗房一时没地方安置她，那就让她继续待在苦庵寺好了。请个人照看着，等到李竣回来了，交给李竣。"

李家出了这样大的事，李竣不可能陪着李意待在西北的。至少也要回来把林氏安排好。

裴满应下，安排了苦主那边的事，又去了趟苦庵寺。

苦庵寺愿意接受林氏，一方面是同情她的遭遇，一方面是看在裴家的面子上。裴府的女眷自然很快就知道了。

裴老安人和陈大娘对视了一眼，都在对方的眼里看到了困惑。裴老安人甚至在没人的时候悄声对陈大娘道："遐光这是转了性了？怎么突然发起善心来？像林氏这样的人，他从前可是从来不轻饶的。"

陈大娘猜测道："难道是因为成了亲？想着自己快要做父亲了，就变得心软了？从前老太爷不也是这样的？"

裴老安人听她提起这件事来，不免想起另一桩事，她将声音又压低了几分，道："三太太那里，一点消息也没有？"

陈大娘心里咯噔一声，忙道："这还没有三个月呢，哪有那么快！"

"那倒也是。"裴老安人叹息着，没再多问。

裴家三小姐几个却有些愤愤不平，跑到郁棠这里说道："他们家做了那么多的坏事，理应得到这样的报应。怎么她疯疯癫癫了，三叔父就照顾起她来？难道别人不是人？别人家的性命不是性命？怎么能厚此薄彼？"

郁棠的心情是很复杂的。她见过林氏飞扬跋扈的样子，见过林氏尖酸刻薄的样子，见过林氏趾高气昂的样子，就是没有见过林氏落魄狼狈的样子。但她在心里想过，还不止一次地想过。

等她真的等到了这一天，又觉得像是做梦一样。

裴宴告诉她这件事的时候，她久久都没有回过神来。裴宴似乎看懂了她的心思，第一次没闹她，只是静静地抱着她，轻轻地拍打着她的背，像哄小孩子睡觉似的哄了她一夜。

她到现在还不知道应该怎样才算是给了林氏惩罚。因为当初的罪魁祸首之一李端，被李意连累，被人给捅死了。她是就这样放过林氏，还是该落井下石呢？

郁棠决定去祭拜卫小山，把这个消息告诉卫小山。

她没有瞒着裴宴，却也没有特意告诉裴宴一声，就带了纸钱香烛，由青沅陪着，去了卫小山的墓地。

卫小山的墓前有残留的供品，应该是卫家的人来祭拜过他了。郁棠恭敬地给卫小山上了香，在碑前站了好一会儿。也不知道卫小山到了黄泉会不会怪她，她想起卫小山敦厚的样子，突然发现自己已经记不清他的脸了，只记得他给自己的感觉。一个人，就这样没了。

郁棠潸然泪下。

身后有人惊诧地道："裴家三太太？！"

郁棠忙擦了擦眼泪，转过身去。

是卫家的人。卫小元带卫小川兄弟几个。大家手里或拿着供品，或提着纸钱。

郁棠不由回头望了望卫小山墓前的残留物。不是卫家的人吗？那是谁？

没等她细想，卫小元已满脸感激地道："没想到您会来祭拜小二……"他若是泉下有知，也会很欣慰的。但这话他不好说出来。

郁棠现在毕竟已经嫁人了，不管从前如何，活着的人才最重要，他们卫家的人都盼着郁棠能一生顺遂，平安康福。

他忙将手中的供品递给了卫家老三，道："你先带着他们去给小二烧纸钱摆供品。"然后转身，指了墓地不远处大树下的石凳，对郁棠道："三太太这边歇一会儿吧，这里离城里有点远，这一路过来，您也辛苦了。"

卫家其他几个兄弟都听卫小元的话开始摆弄供品，只有卫小川，上前给郁棠行礼，喊了声"姐姐"。

郁棠还是成亲之前见过他，现在一看感觉他好像又长高了一点。她不由轻轻地搂了搂卫小川的肩膀，问他："沈先生走了之后学堂里谁在管事？这人学问怎样？

对你的功课有影响吗？"

沈先生是去京城，人往高处走，大家不好留他。

卫小川好像比她之前见到时显得更沉默了，他沉声道："功课跟得上。学堂里的先生也都挺好的。不过，我明年准备下场。要是我能顺利地考中秀才，阿爹说就送我去杭州求学。我想去杭州求学。"

就算是考上了秀才，也还只是个十五六岁的少年郎。郁棠有些心疼，道："若是要去杭州城，你跟我说一声，我看到时候能不能常派人去看看你。"

实际上十五六岁的少年秀才挺少见，但在裴氏这样的人家却不是没有，只因为这个人是卫小川，郁棠当弟弟一样的人，她才会格外心疼罢了。

卫小川破天荒地没有和她客气，而是笑了笑，道："那我就先谢谢姐姐了。"

郁棠想，明年郁远要去杭州城开铺子了，到时候肯定能照顾得了他的。她也跟着笑了起来不说，还摸了摸他的头。

他怪叫着跳开，道："姐，你不能摸我头，我是大人了。"

"什么大人！"卫小元笑骂着，跟着摸了摸卫小川的头，换来了卫小川的大喝一声。

大家都笑了起来。

不远处的树林边，不知道什么时候停了辆黑漆平头的马车。

裴宴坐在马车里，透过车窗看着和卫氏兄弟说说笑笑的郁棠，手紧紧地攥成了拳。

赵振心惊胆跳，硬着头皮上前道："要不要我去接了三太太？"

"不用！"裴宴咬牙切齿地道，"我们走！"

赵振不敢耽搁，立刻驾着马车飞奔着离开了。

裴宴轻哼了一声。他又不傻！这个时候去接郁棠，她还以为他是尾随她而来，岂不让她觉得他不相信她。他才不会干这种事呢！想到死了的李端，他又冷哼了一声。真是活该被人捅死了，要是让他继续活着，真是个祸害。

想到这些，裴宴摸了摸下巴。那苦主居然是受了彭十一的怂恿，还真是让人有点意外啊！李端和彭十一之间，或者是说，李家和彭家之间难道还有什么让人不能说的关系？有趣！有趣！

裴宴又连着冷哼两声，在昭明寺见了曲氏兄弟。

"帮我查查李家和彭家都有什么交情。"他冷傲地对曲氏兄弟道，"你们要是怕出事，事情水落石出之后，可以去江西，也可以去京城。"

曲氏兄弟喜出望外。之前裴宴虽然有笼络他们的意思，却没有具体交办些什么事给他们。如今他们领了差事，悬着的心终于放了下来，这才有了点在给裴家、在给裴宴办事的感觉。

兄弟俩齐齐给裴宴行礼，恭声道："三老爷放心，这件事您就看我们兄弟的了。

我们若是办不好,也不好意思再求您庇护了。"

裴宴没有说话,丢了一小袋银子给他们,放下车帘走了。

曲氏兄弟齐齐松了口气,老大对老二道:"这件事肯定对裴老爷很重要,不然裴老爷不会亲自来见我们。咱们得小心了。"

曲老二的心思更细腻些,迟疑道:"裴家会不会杀人灭口?"

曲老大朝着弟弟哈哈大笑了两声,道:"要是想灭口,三老爷就不会亲自出马了。"

曲老二不好意思地摸了摸头。

他们不知道,裴宴原是想去苦庵寺看看林氏的,是在路上无意间发现了郁棠的马车。他才知道原来郁棠今天出城是来祭拜卫家的那个卫小山的,这才临时改变主意,去见了曲氏兄弟。

死人就是比活着的人占便宜!永远活在人心里,永远比活着的人要好!裴宴不服气得很,决定从今天开始,要让郁棠知道他的好才行!

结果就是郁棠回到家里,发现裴家银楼那个给她打首饰的师傅又来了,还带了一斛粒粒都有莲子米大小的南珠过来,拿出好几个图样,皱着眉头请她示下:"这是我们铺子里能拿得出来的全部新款式了,就算把这些款式一样做一对,这斛珍珠也用不完啊!您看,您有没有其他的想法,我们的师傅也可以照着您的意思给您打首饰的,不一定要用我们铺子里的图样。"

郁棠问了半晌,才知道原来是裴宴命人拿了一斛南珠给他们,让他们全都做成首饰。她哭笑不得。不知道裴宴又有什么新想法。她只好让银楼的师傅把那斛南珠留下,等定好了款式再联系他们。

银楼的师傅神色轻松了很多,连连告罪,退了下去。

郁棠拨弄着那堆珠子,叮叮当当,声音清脆好听,入手冰凉细腻,珠光宝气的,让人爱不释手。等裴宴回来,她娇嗔道:"这么好的珠子,为何要全都打了首饰?"

不留些给孩子们吗?做个珠花头箍不好吗?

裴宴只要她喜欢,笑道:"那你就留着好了。"平日里没事拿出来玩,也是个消遣。

郁棠不理解他的这种消遣,而是珍而重之地把这斛南珠放在了库房。

裴宴原想提醒她两句话,转念一想,说不定人家就喜欢放库房里收着呢?他的目的是想让她高兴,既然她高兴这样,那就这样好了。

两人再没有机会提起这斛南珠,因为郁棠说起了林氏的事。

"你有什么打算吗?"郁棠问裴宴。要不然为什么在其他人都束手无策的时候把林氏送去了苦庵寺?

裴宴没准备瞒着郁棠,他道:"我想让李竣接手他母亲的事。"

郁棠不解。

裴宴道:"如果林氏由李家宗房照顾,勉强说得上是李家应该做的。可现在,林氏在苦庵寺，李竣作为儿子，若是任由林氏住在苦庵寺，别人会怎么评价他？他必须把林氏接到身边服侍。就算他没有办法把林氏接到身边服侍，他也得回来一趟，给李端立碑，安顿好林氏以后的生活。这对李竣来说是一笔不小的负担。我看他未必能亲自照顾林氏。最好的办法，是托了李家宗房照顾林氏。可李家宗房和他们李家已经分了家，李端去世之后，很多人就说这是李意的报应，李家宗房的人未必愿意分担李竣的负担。李竣就算是把林氏托付给李家宗房，李家宗房也没可能全心全意地照顾林氏。"这样，也算是给卫小山报了个仇，郁棠应该会很高兴吧？

郁棠眉宇间却是一片怅然。冤冤相报何时了？但愿他们的恩怨能到此为止！

郁棠颇有些感慨地道："人还是别做坏事，做了坏事，就算一时不报在自身，也会报在身边其他人身上的。"

裴宴信道，所以只信今生。不过，前辈的言行举止的确会影响后辈的行为准则，李意也的确是给家中人带来了祸事。最最要紧的是，郁棠并没有因为这件事而高兴起来。

他想了又想，沉声道："卫家那边，要不要去说一声？李端虽说是无妄之灾，但到底也算是给卫家的二公子报了仇……"

郁棠没有瞒他，把自己心情复杂地去祭拜了卫小山的事告诉了裴宴，并道："卫家人也不是很清楚其中的原委，有些事，我们自己知道就行了。"

裴宴立刻被郁棠的坦诚和那句"我们"治愈了。

他笑道："那好，我们今天晚上去姆妈那里用晚膳吧！我听人说钱家给姆妈送了些海珍过来，我们蹭个饭去。"

裴家不缺这些，裴宴这样，也不过是想制造更多的机会让郁棠和裴老安人接触罢了。

郁棠领他的心意，去了裴老安人那里不仅恭维了钱家一番，还顺着裴老安人的话题说了说史婆子的手艺。

裴老安人见郁棠也挺喜欢史婆子的，决定等明年开春了，把史婆子请进府来，给她们这些不怎么动弹的老妪做做按摩什么的。

郁棠也能跟着沾光。裴宴自然是举双手赞成。

两个人陪着裴老安人高高兴兴地吃了顿饭，晚辈们就开始过来给裴老安人问安。见裴宴和郁棠在这里，小辈们就七嘴八舌地说起了元宵节的花灯来。其中五小姐最积极，道："三叔父，我姆妈说，我们过了十五就启程。等我们去了山东，还不知道什么时候能回来。这也许就是我这几年在裴家过的最后一个元宵节了，您就准了吧，我们今年元宵节的时候办个灯会好了！"

这话裴宴爱听。今年是郁棠嫁进来的第一年，是要好好庆贺庆贺。他笑道："那我先让管事去问问乌大人有什么打算。"既然要办，那就办大一点。裴家干脆资助府衙里办一场元宵灯会好了。乌大人今年也是刚刚到任。他肯定也会喜欢的。裴宴暗暗打定了主意。

裴五小姐兴奋得直跳，抱了郁棠的胳膊有些没大没小地道："还是三叔母好。三叔母嫁进来了之后，三叔父都好说话了。以后还要请三叔母多多帮我们说说话才好。"

郁棠脸红不已，笑道："与我何干？分明是你求的你三叔父！"

五小姐就道："我求也没用，你没有嫁过来的时候，三叔父不知道回绝过我多少次，只有这次答应得痛快。"

大家就都想到了裴宴"不好说话"的名声，哄堂笑了起来。

裴老安人老了，就喜欢看着家里热热闹闹的，怕裴宴没把这件事放在心上，第二天还让陈大娘去催裴宴，问裴宴派了谁来管这件事。

不承想陈大娘回来告诉裴老安人："老张大人的幕僚来了，三老爷在接待那位老先生，我没敢打扰，就先回来了。但我跟阿茗说过了，三老爷那边一得了闲他就会告诉三老爷。三老爷肯定不会忘记这件事的。"

裴老安人却皱了皱眉，轻轻地叩着手边的茶几，半响都没有说话。

陈大娘在旁边垂手恭立，不敢吭声，裴老安人却突然道："三太太在做什么？"

前几天郁棠回了趟娘家，按理这个时候应该待在家。

陈大娘却道："三太太去了苦庵寺。"

裴老安人微愣。

陈大娘道："是苦庵寺那边带了信过来，说是今年的香烛生意非常好，这不到了年底吗？他们算了个账，就请了三太太过去看看账目。三太太觉得这是件好事，跟二太太商量了，把三位小姐也一并带了过去，还向三老爷借了个账房先生跟着。应该是去那边查账去了。"

这才是应有的态度。

裴老安人点头，毫无征兆地站了起来，对陈大娘道："走，我们去三老爷那里看看。"

陈大娘已经习惯了裴老安人突然的想法，不惊不慌地吩咐下去，抬了肩轿过来，陪着裴老安人去了耕园。

裴宴对母亲的到来非常惊讶。他母亲并不是喜欢插手外院的事的人。

他送走了张英的幕僚，忙去迎了母亲过来。

裴老安人没和裴宴绕圈子，直言道："张家来找你做什么？你有什么打算？"

裴宴也不想瞒着母亲，道："恩师他老人家想我进京帮周大哥站住脚跟，顺便帮帮张家二兄，过完了年，恩师准备想办法提拔二兄做工部侍郎。"

四品和从三品仿佛一道天堑，跨过去可不简单，特别是像张家二老爷这样依靠祖荫的世家子弟。

裴老安人眉头皱得死死的，道："那你准备去京城？"

"没准备去。"裴宴道，"您放心好了，我答应过阿爹的。"

他的承诺不仅没有让裴老安人松了眉头，反而使她眼底平添了些许的悲伤。她沉默良久，欲言又止，最终还是什么也没有说，扶着陈大娘走了。

裴宴望着母亲的背影，久久没有回过神来。

张英的幕僚是在临安过的年——这个时候，他就算是想赶回去也没办法，船停了，客栈也歇业了。

裴宴照常初二的时候陪着郁棠回了娘家，初三去了郁博那里。

王氏满脸喜色地迎了郁棠进门，接着她和陈氏就去了相氏那里，小丫鬟刚刚给她们上了茶，她就迫不及待地告诉郁棠母女："我们家又要添丁了！"

也就是说，相氏怀孕了。

郁棠和母亲有些意外，但还是满心欢喜地恭祝王氏。

王氏感慨道："我也没有想到这么快。可这是好事。"然后问起郁棠来，"你呢？可有什么消息？"

郁棠红着脸摇了摇头。

陈氏神色黯然。

王氏忙道："这事急不得。反正阿棠年纪还小，过几年做母亲正好。你看你大嫂，出阁的时候都快二十了，怀孩子、生孩子都顺顺当当的，可见姑娘家还是别嫁那么早好。"

"是啊！"这话安抚了陈氏，她的神色立即由阴转了晴，连连点头。

郁棠不好意思说话。

裴宴好像一点都不急，还说什么"没有孩子正好，我们过几年好日子"，要开了春带她去泰山玩。说那泰山是皇帝封禅的地方，人生不去一回不值当之类的话。

也不知道是真的还是假的，郁棠在心里嘀咕着，裴宴则被郁博、郁文和郁博请过来陪新姑爷的吴老爷灌了个大醉，回去的路上不仅和郁棠挤在了一顶轿子里，回去之后还不安生，拉着郁棠的手不让她去给他弄醒酒汤，非要郁棠陪着他，走开一会儿都不成，像个小孩子似的。

郁棠心疼得不得了，顾不得青沅等人促狭的目光，一直陪着他，折腾了大半宿，连裴老安人都被惊动了，笑个不停。

陈大娘有些担忧，道："您要不要去看看？"

裴老安人"呸"了一声，道："我才不管他们的事呢！他要在岳父和大舅兄面前逞能，就别怕丢人。还算他机灵，知道不能在郁家丢人，回来了才乱吭吭。"

陈大娘只有赔笑。

裴老安人到底心疼儿子，让人送了些人参过去，说是给裴宴补补元气。

裴宴脸黑得如锅底，趁机在郁棠面前耍赖："我生平两次喝醉都是在岳父那里，你得补偿我！"

郁棠惊讶，道："你什么时候又喝醉过一次？"

裴宴振振有词地道："就是那次岳父喊我过去问我是不是真的要娶你。你居然不记得了？"

他一副非常震惊，非常失望的样子，道："阿棠，原来我的事你根本就没有放在心上。你得将功补过。我头疼，今天一整天都准备躺在床上，你要陪着我，给我读书听。"说来说去，就是要她在他跟前。

郁棠没见过比裴宴更黏人的人了。就是小孩子也少有他这样的。但她又莫名喜欢裴宴这样黏着她，好像她是很重要的，没有她就不行一样。

结果一直到初十之前，郁棠都像裴宴的挂件似的，被他走到哪里就带到哪里。

郁棠怀疑他根本就没醉，是想利用这次喝多了，好把她带在身边。

至于初十之后，不是裴宴不想带着郁棠，而是乌大人知道了裴家有意资助府衙办元宵节的灯会后，开始频频地拜访裴宴。裴宴不想让郁棠见外男，就只能忍痛把郁棠留在家里，因而和乌大人商量元宵灯会的时候，他不免偶尔会流露出几分急躁来。

乌大人不知道缘由，只当是裴宴不耐烦这些琐事，后来几天，他颇有眼色地没有去打扰裴宴，让裴宴能够带着郁棠好好地逛了逛灯会。

等收了灯，连着几天晴空万里，风吹在脸上暖暖的，没有了之前的寒冷。

郁棠找佟大掌柜买了些天麻、何首乌、人参，装在纸匣子里，由青沉提着去了二太太那里。

她们已经决定二十日启程去山东，东西都已经收拾好了，只等祭拜了裴老太爷就出发。

裴家五小姐满脸不舍，抱了郁棠的胳膊反复地对她道："你到时候跟三叔父好好说说，去山东探望我们吧。我阿爹来信说了，山东按察使从前和三叔父一起弹劾过国子监，很欣赏三叔父。这次阿爹去山东，得到了他很多的帮衬。你到时候想办法怂恿三叔父带你一道过去。"

官场上居然还有这样的交情？！郁棠心里的小人抹着额头，她则笑着捏了捏五小姐的面颊。

五小姐领着郁棠去了厅堂。

二太太这边该收拾的都已经收拾好了，正发愁裴红养的几只鹦鹉，对郁棠愁道："也不知道能不能活着到山东。"

郁棠是觉得谁养的谁负责，就笑着问了声："跑哪里去了？"

元宵节的灯会，这小子带着身边随从买了十几盏灯，走在大街上，人人避之，像个小霸王似的。裴宴看着当时没有说什么，却把他交给了裴满，让裴满送二太太一家去山东不说，还让裴红跟着裴满帮忙。也不知道裴满能不能镇得住这小子！

二太太叹气，道："被大总管拎去了船上，今天晚上船工们都要上船。"

因是去山东，路途遥远，裴家把家中那艘三桅帆船停在了苕溪码头，给二太太赶路用。

郁棠不知道说什么好。从前裴宣在的时候，裴红挺听话的，结果裴宣一走，裴红就像放出笼子的猫似的，天天闯祸。不过，裴老安人也说了，小孩子不闯祸难道大人闯祸？闯祸不要紧，要紧的是不再闯同样的祸。郁棠还挺赞同的。

两人说了会儿闲话，就到了午膳的时候，今天裴宴不在家。开春了，裴宴要督促各田庄春耕了。他这段时间有点忙。

郁棠就和二太太、五小姐们一起去裴老安人那里蹭饭吃。

二太太呵呵地笑，觉得郁棠还挺乖巧的，知道常去裴老安人那里陪伴，遂道："我走后家里更冷清了，你以后要走动得更勤一些才是。"

按理，裴老安人膝下有裴彤和裴绯两个孙子，裴彤还娶了妻子，裴老安人身边应该很热闹才是。可不知道什么原因，裴老安人免了裴宥这一房的晨昏定省，大太太估计是心里有口气，索性装病，躲在自己的院子里不出来，弄得裴彤两兄弟也不知道如何是好，元宵节的灯会都以侍疾为借口没有参加。

虽说郁棠和顾曦同住在一个屋檐下，郁棠却自从大年初一去给裴老安人拜年的时候遇到过顾曦，就再也没有遇到过她了。

这也算嫁到了大家族的好处之一吧！郁棠在心里打趣着自己，笑盈盈地朝着二太太点头，感激地道："我知道！二嫂放心，我以后肯定会常去陪伴姆妈的。"

二太太满意地笑着颔首。两人并肩去了裴老安人那里。

不承想进了老安人院子，却看见个年约五旬的青衣文士模样的人站在老安人的院子中央，几个小厮满头大汗地陪在那里，都是副进退两难的模样。

二太太和郁棠都有些好奇，悄悄地出院子，拐了个弯，从后院重新进了院子。

计大娘应该是得了信。她们一进去就看见了计大娘。

她迎上前来，连忙低声解释道："是老张大人的幕僚，非要见老安人一面不可。老安人不见，他就不走。偏偏三老爷不在，既不好强行把人赶走，也不好就把人扔在那里，我们都不知道怎么办好了！"

主要还是裴老安人不愿意见他吧！郁棠在心里暗暗琢磨着，没好发表意见，只有些担心地对计大娘道："到底是服侍过张老大人的人，也不能不给面子，你们就当和他磨了，无论如何别把人给得罪死了。"

计大娘苦笑，道："我们也知道。可这到底不是办法，如果三老爷能赶回来最好了。"

说话间，几个人已进了裴老安人的厅堂。

裴老安人明显有些不高兴，但看见她们还是打起了精神，让人拿了糖果给郁棠和五小姐吃。

郁棠想着自己是长辈，有些不好意思。倒是裴老安人，不以为然地挥了挥手，笑道："你也就比阿丹大几岁而已，让你吃你就吃。"

郁棠几个笑着围着裴老安人坐下，先剥了个橘子给裴老安人。裴老安人刚接过橘子，就听见外面有人在说话："您这又是何苦？三叔父不在家，您这样，不是让我祖母为难吗？"

是裴彤的声音。郁棠和二太太不由交换了个眼神。

外面传来那幕僚的声音，因为声音平淡，屋里的人听不清楚都说了些什么。

裴老安人的目光却顿时锐利起来。她老人家脸一沉，沉默半晌，道："请大少爷和那位陈先生进来吧！"

陈大娘暗暗叹气，去请两人进来。

郁棠和二太太几个则避去了东边的书房，等到裴彤和那位陈先生走了，几个人才出来。

裴老安人就吩咐摆饭。

郁棠和二太太又不禁交换了个眼神，都在心里寻思着要不要在这里用午膳了。

裴老安人却道："与你们无关！你们在这里陪着我，我心里也好受一些。"

郁棠和二太太笑着应"是"，尽量说些家长里短的笑话，想让气氛变得轻松些。裴老安人脸上渐渐有了笑容。

郁棠就寻思着等裴宴回来得跟裴宴说一声，让裴宴想办法把张家这位幕僚打发走了，不然这样总是求这个求那个的，弄得大家都不自在。

不承想那天裴宴到了快天亮的时候才回来，回来的时候还满脸疲惫。

郁棠想着他肯定是赶了大半夜的路，心疼得不得了，忙起身亲自服侍他梳洗更衣，吩咐青沉把灶上炖着的乌鸡人参汤盛一碗进来。

裴宴没有说话，直到换了衣裳洗了脸，身上没了夜露的凉意，这才紧紧地抱住了郁棠，低声道："给我抱一会儿。"如受了打击般，带着些许的颓然。

郁棠什么也不想问，使劲地抱住了裴宴，还轻轻地抚着他的背，好像这样，就能让他少些疲惫，多些暖意似的，就是青沉端了鸡汤进来，郁棠也没有像平时那样害羞地躲起来，而是朝着青沉轻轻地摇了摇头，示意她轻手轻脚地将鸡汤放在桌上，待她退下去之后，温声地对裴宴道："要不要喝点鸡汤？先暖暖胃，再好好睡一觉，等养足了精神再说。"

裴宴在郁棠的身上靠了一会儿，这才低低地"嗯"了一声，却没有起身。

郁棠只好又抱了抱裴宴，把他安置在旁边的太妃榻上坐下，去端了鸡汤。

裴宴一饮而尽。

也不知道是缓过口气来，还是这鸡汤的确能让人感觉到温暖，裴宴的脸色好了很多，但依旧没有和郁棠说话的意思。

郁棠还挺能理解这种心情的。梦中，当她知道李家十之八九就是害死她全家的凶手时，她也是一句话都不想说。

她服侍裴宴歇息。

裴宴闭着眼睛，好像疲极而眠似的，但郁棠和他有过太多的亲密，听他的呼吸声就知道他没有睡着，也不太想说话。

她握紧了他的手，轻声地道："睡着！我在旁边守着，要是有人，我就叫你。"

裴宴回握了郁棠两下，呼吸慢慢变得绵长，熟睡过去。

郁棠长长地嘘了口气，这才发现自己背心全是汗。她微微一愣。她，好像比自己想象的更担心裴宴……换郁棠睡不着了。

但裴宴还是比郁棠以为的起来得早。

他笑盈盈地朝着郁棠道"早"，白净的面孔神采奕奕，半点看不出昨晚的沮丧，在清晨明亮光线中仿佛发着光。

郁棠"腾"地一下坐了起来，感觉自己在做梦似的。

裴宴笑着捏了捏她的鼻子，道："快起床！太阳都要烧屁股了。还好姆妈只让你初一、十五去给她问安，不然就你这样，肯定得被人议论是个懒媳妇。"

他越是这样，郁棠越不敢问。怕挑起他的伤心事，怕他没有准备好怎么回答，怕他不愿意再提，怕他不高兴……而且这种"怕"还和从前的"怕"不一样。从前的"怕"，是想着大不了我想办法哄着你。现在的"怕"，是想想就觉得心疼，而且心疼到没有办法呼吸的样子。郁棠的手捂在了胸口。

裴宴看了关心地道："怎么了？是哪里不舒服吗？"

"哦，"郁棠道，"不是，是我起得太急，还有点蒙。"

裴宴笑了笑，道："那快起来用早膳。等会儿我们一起去见过姆妈，你再回来补觉好了。"

郁棠的心跳个不停。完了，她心疼裴宴，甚至到了不愿意他为自己担心的地步！她，应该是喜欢上了裴宴吧？！

郁棠笑着应"好"，望着裴宴却挪不开眼睛。她想看清楚他的样子，除了她喜欢的眉眼，还有什么……

可裴宴已笑着把她从床上拉了起来，还催她："快点！我等会儿还有事和姆妈，和你商量！"

与他的晚归有关系吗？郁棠心中一跳，忙应了一声，起床穿衣。

裴宴没像往常那样在旁边看着她穿衣，或者是在她梳妆的时候帮她挑一两件小首饰，而是出了内室。

外面很快传来说话的声音。一个是裴宴，一个是裴满。只是隔得远，听得不是很清楚。肯定发生了什么事。

郁棠心里有些急，面上却不显，笑盈盈地梳了妆，出来和裴宴一起往裴老安人那里去。

裴宴比平时走得慢，他问郁棠："我要出趟远门，你想不想和我一起去？"

"肯定想和你一起啊！"郁棠想也没想地回答。

这些日子她和裴宴好得蜜里调油似的，她一会儿看不见他都觉得惦记，何况是他要出远门，不知道什么时候回来，不知道有多长时间见不到他。

裴宴笑了笑，一副很满意她的回答的样子。

她不由道："你要去哪里？时间很长吗？应该跟姆妈说一声吧！还有青竹巷那边，我也得去说一声吧！"

"当然。"裴宴笑道，"这些都是后话，好安排。我先问你一声，是想知道你心里是怎么想的。"

郁棠脸有些热，心也怦怦地乱跳，但她还是大胆地上前拉了拉裴宴的衣角，低声道："我想和你一起。"

这次裴宴扬着眉大笑起来。

郁棠有些不好意思。

裴宴已揽了她的肩膀，道："我准备近期去趟江西，看看我在江西买的几个庄园。"

带着郁棠，也有让她散散心，见见世面的意思。

郁棠的笑容都没办法抑制了。要知道，临安城里大部分的人一辈子都没有去过苏州，更不要说是江西了。她能跟着裴宴出远门，真的可以长见识。

她不由叽叽喳喳地问："我们什么时候出门？陶大人在江西任巡抚，你到时候会去拜访他吗？那边天气怎么样？我要带些什么东西过去？"欢快得像只小鸟。

能让郁棠高兴，裴宴心里十分满意。

两人说说笑笑的，很快到了裴老安人的院子。

这种事当然由裴宴跟裴老安人说更好。

郁棠抿着嘴笑，和裴宴一起陪着裴老安人用了早膳。

裴老安人就问郁棠："可是有什么好事？我看你一直在笑。"

郁棠忙正襟危坐，求助般地朝裴宴望去。

裴宴正要说话，裴老安人却道："你昨天怎么那么晚才回来？"

可见裴家发生了什么事，裴老安人都是知道的。

裴宴想了想，把出远门的事先放下，解释了自己晚归的事："那个捅死李端的苦主，刚出杭州城就被人杀了。乌大人和李大人都头大如斗，很委婉地派了人来问我是不是我的意思。"

裴老安人皱眉。郁棠则非常惊讶。

裴宴说起这件事来情绪低落。他道："我没有想到会这样，就派人去仔细地查证了一番，发现这件事和彭家那个排行十一的家伙有关，便把证据交给了李大人。至于李大人怎么解决，就看他怎么想了。但这件事我也有责任，我明明知道怂恿他的人是彭十一,却没有多加防范,害他白白丢了一条性命。"

他说这话的时候,目光落在了郁棠的身上。郁棠曾经告诉过他,彭十一和李端之间有不可告人的关系,可他自认为已经破了这个局,护得住郁棠,却没想到事情会发展变化到如今这样。

裴老安人听着儿子话里有话,不由厉声道:"这到底是怎么一回事?"

裴宴叹气,瞒下了郁家那幅《松溪钓隐图》的事,只说是彭家怕泉州市舶司被撤销,打起了宁波市舶司的主意,因顾忌裴家,就请李家帮忙,想给裴家找点麻烦,让裴家无暇顾及宁波那边的生意。谁知道李家不仅没能帮上忙,反而暴露了行踪,打草惊蛇,让裴家提早有了准备,还把李端干的事给捅了出去。彭家怕李家把他们家招出来,杀人灭口,先是怂恿着苦主捅死了李端,又杀了苦主……把郁棠和郁家给择了出来。

郁棠知道裴宴的好意,就更不好说什么了。

裴老安人听了大怒,道:"这个彭家,手段也太阴损了,这样的人家,你们要少来往。为富不仁,不会有什么好结果的。"

裴宴应诺,道:"所以我把人交给了官衙,若是动私刑,那我们家和彭家又有什么区别?"

裴老安人连连点头。

郁棠却对裴宴另眼相看。有权力不用,比滥用权力更要有自制力,更要有毅力。郁棠非常佩服裴宴。

裴老安人就和郁棠说起张英的那个幕僚来,只是话刚开了个头,陈大娘就有些尴尬地进来通报,说陈先生又来了。

裴彤虽说有些越俎代庖,但他的话也不无道理。

这本是裴宴的事,陈先生却屡屡打扰到裴老安人。

郁棠看着裴宴。

裴宴已吩咐陈大娘:"请他去我书房里坐吧!"

陈大娘却窘然地道:"那位陈先生说,他是来告辞的。还说,他刚刚收到了京城里的飞鸽传书,彭家的七爷彭屿,任了刑部侍郎,是首辅沈大人亲自推荐的。"

短短的几句话,却透露出太多的信息。这让裴宴不得不重视。

他忙请了陈先生进来。

陈先生除了满脸疲惫还有满脸焦虑,开门见山地道:"我来之前,张大人和我谈了半宿,我们当时都觉得自己挺有道理的。可我来了裴家,看到裴家的太平日子,我就有点后悔当时没有劝劝张大人。可没想到我的一时犹豫,却变成了今天这样的局面。遐光,沈大人应该在最近就会提出致仕,张大人那里少不了我,我就不打扰你了,明天一早就启程回京城了。"

裴宴没有说话。

陈先生长叹了几声,揖了一礼就退了下去。

"你等一等。"陈先生已经一只脚迈出了门槛,裴宴突然叫住了他,淡然地道,"我明天和你一块儿去京城。"

"什么?!"陈先生又惊又喜。

裴宴却面无表情地道:"先生先回去收拾行李吧,我这边,还要和我母亲说一声,家里的事也要安排下去。"

陈先生已经高兴得不知道东南西北了,连声应"是",四十来岁的人了,却脚步雀跃地退了下去。

屋里一片寂静。

好一会儿,郁棠才扶着裴老安人从屏风后面走了出来。

"姆妈!"裴宴颇有些无奈地喊了裴老安人一声,然后目带愧疚地望向了郁棠。

郁棠忙向他摇了摇头,表示她并不介意。相比去江西,自然是京城的事更重要。

裴老安人大惊。

裴宴非常尊重自己的父亲。他既然在裴老太爷临终前有过承诺,就不可能推翻这个承诺,可现在……

裴宴就握住了母亲的手,沉声道:"我昨天晚上仔细地想了很久,与其一味防守,一味回避,不如主动参与到其中去,打得那些人措手不及,打得他们疼痛失声,打得他们想起我们裴家就要掂量掂量自己的分量。"

裴老安人半晌没有说话。她自己生养的儿子她自己知道。若说裴宥是个野心勃勃永远不甘于平凡的人,裴宣是个诚实本分永远循规蹈矩的人,裴宴就是个既有蓬勃的野心、永不愿放弃又能为了达到目的沉默守候的人。他既然觉得现在的防守已经不能让裴家置之度外,那肯定会锐意进取,主动出击,想办法摆脱裴家的困境。

当初裴老太爷选他做宗主,不就是看中了他这一点吗?既能隐忍又不至于忍气吞声。让他守在家里,也不过是怕他年轻气盛,修养功夫不到家而已。孩子大了,就不能关在家里养着,就得把他放到野外去和人厮杀一番,才能在残酷的环境下生存下来。

裴老安人紧紧地回握住了儿子的手,不再犹豫,斩钉截铁地道:"既然你已经决定了,就不要三心二意。去京城。好好将那些狗眼看人低的东西狠狠地收拾一顿,让他们知道,我们裴家避居临安,那是我们不愿意惹事。可要是有人敢惹我们,我们也不会就此罢休,让他们看看我们裴氏是怎样的人家!"

那说话的气势,就像个整装待发的将军,铮铮铁骨不说,还充满了一往无前的无畏。

郁棠大开眼界,继而心生向往。只有像裴老安人这样的母亲,才能养出裴宴、裴宣这样的儿子吧!她也应该向裴老安人学习,做个好母亲才是!她因为裴老安人的战意激动起来了。

裴宴却笑了笑，抽出了放在母亲掌心的手，安抚般地拍了拍母亲的手背，道："姆妈，您放心。我把京城的事处置好了，就会回来的。"

"我和你阿爹若是不放心你，就不会把裴家交给你了。"裴老安人道，"我相信你心里自有乾坤，能把裴家的事处理好。"

裴宴"嗯"了一声。

裴老安人站了起来，道："既然已经做了决定，就不要婆婆妈妈的了，你们快回去收拾行李吧！明天一早我送你上船。"说到这里，她想起二太太来，又道："你是和你二嫂一起走，还是单独走？"